T0246685

AUDREY HEPBURN

entre diamantes

Juliana Weinberg

AUDREY HEPBURN

entre diamantes

Traducción de
María Dolores Ábalos y Carmen Bas

Papel certificado por el Forest Stewardship Council®

Título original: *Audrey Hepburn und der Glanz der Sterne*
Primera edición: mayo de 2022

© 2020, Ullstein Buchverlage GmbH, Berlín
© 2022, Penguin Random House Grupo Editorial, S. A. U.
Travessera de Gràcia, 47-49. 08021 Barcelona
© 2022, María Dolores Ábalos y Carmen Bas, por la traducción

Printed in Spain – Impreso en España

ISBN: 978-84-9129-629-4
Depósito legal: B-5320-2022

Compuesto en MT Color & Diseño, S. L.
Impreso en Rodesa, Villatuerta (Navarra)

SL96294

Nací con una enorme necesidad de recibir amor
y una terrible necesidad de darlo.

AUDREY HEPBURN

PRÓLOGO

Bruselas, mayo de 1935

Audrey estaba en cuclillas en el armario del cuarto de los niños, con el mono de peluche, desgastado tras tantas noches con ella en su cama, fuertemente apretado entre los brazos. El monito había sido un regalo de su padre, Joseph, el único que a sus seis años ella podía recordar. Su padre lo había puesto en sus manos un día, a su regreso de un viaje de negocios.

—Me ha recordado a ti, monita. Tiene los mismos ojos grandes y marrones que tú —le dijo revolviéndole el pelo castaño antes de volver enseguida a sus ocupaciones. Este gesto sorprendió mucho a Audrey. Normalmente su padre siempre se mostraba frío y reservado con ella y sus hermanos mayores, Alex e Ian.

—¡No quiero tener que pedirle otra vez dinero a mi padre! —oyó decir a su madre, Ella, en el salón contiguo—. ¿Cómo le voy a decir que volvemos a estar mal de dinero a pesar de que tú ganas un buen sueldo en el banco, Joseph?

Audrey se estremeció al oírlo responder con mordaz sarcasmo:

—¿La baronesa Ella van Heemstra considera indigno pedirle a su padre una pequeña ayuda económica, querida? No te la va a negar, eres la niña de sus ojos.

—¡Eres un irresponsable! —increpó Ella a su marido. Su voz temblaba por la rabia a duras penas contenida. Audrey apretó las rodillas encogidas contra las orejas. Para ella era un horror oír a su madre, siempre tan moderada y controlada, siempre una perfecta dama, gritar fuera de sí.

La respuesta de su padre consistió en un simple murmullo que no entendió desde el armario. Durante un rato solo se oyeron los pasos de su madre sobre el suelo de madera del salón.

—¿Cómo has podido malgastar toda nuestra..., toda mi fortuna? —Ella volvió a elevar la voz, y Audrey se asustó. Le habría gustado que estuvieran en casa sus hermanos, se sentía muy sola y perdida. Sus padres discutían a menudo, pero nunca de forma tan acalorada como hoy.

—Además... Además no me gusta nada que cada vez simpatices más con ese movimiento nacionalsocialista.

Ahora también las palabras de su padre eran tan claras que llegaban hasta el armario donde se escondía. Respiró tensa apretando la nariz contra su mono de peluche.

—Para ya, Ella —dijo Joseph en un tono peligrosamente tranquilo—. Antes tú misma considerabas razonable ese nuevo movimiento. Como cualquiera con un poco de cabeza.

—Sí, al principio algunos aspectos de esa ideología me parecían muy bien pensados —admitió Ella—. Pero cada vez estoy más lejos de ella. Creo que la ideología de los nazis desprecia la dignidad humana.

Audrey jugueteó ensimismada con las puntillas de los vestidos que colgaban en perchas sobre su cabeza. No entendía lo que decían ahora sus padres, usaban muchas palabras que no conocía.

—Y ese odio a los judíos... —balbuceó Ella—, a los católicos, a los negros... Me da miedo, Joseph.

De la respuesta de este solo llegaron hasta el armario algunos fragmentos incomprensibles. Sus padres siguieron hablando un buen rato, ahora más tranquilos y en voz más baja que antes. Audrey empezaba a confiar en que también esta vez hubieran dejado ya a un lado la discusión cuando de pronto oyó ruido de sillas y un gran alboroto. Asustada, contuvo la respiración, apretando el monito tan fuerte que casi lo dejó plano. La puerta del salón se abrió; en la escalera se oían pasos enérgicos que se acercaban a la puerta de la vivienda.

Dejó caer su peluche, abrió el armario y corrió hacia la ventana llevada por un horrible presentimiento. Cuando la puerta de la calle se cerró de golpe, acercó un taburete, se subió a él y abrió la ventana. Se quedó helada al ver a su padre bajar los escalones hasta la acera con una maleta en la mano.

—¡Papá! —gritó con voz ahogada; luego, como él no parecía haberla oído, repitió más fuerte—: ¡Papá!

Joseph se detuvo, maleta en mano, y se giró hacia ella. Posó sus ojos fríos e inexpresivos en ella, luego se volvió y siguió avanzando sin decir una sola palabra. A Audrey se le saltaron las lágrimas de espanto.

—¡Papá! —gimió de nuevo, pero él ya no se giró.

Mucho después de que él hubiera desaparecido de su vista, ella seguía subida al taburete y lloraba con el corazón roto por la pena y la incierta sensación de que a partir de ese momento su vida no volvería a ser nunca la misma.

Su madre abrió la puerta del cuarto de los niños sin hacer ruido y entró, igual de llorosa que ella. Abrazó a su hija y durante un tiempo estuvieron en silencio, presas de un dolor compartido.

—¿Va a volver? —susurró Audrey.

Pero Ella sacudió la cabeza y se mordió los labios.

—No, mi amor. Se ha marchado.

—¿Pero a dónde se va?

Su madre hizo un impreciso movimiento con la mano.

—No lo sé. A Londres, tal vez, a su antigua patria. —Sacó un pañuelo bordado y se limpió las lágrimas.

—¿Qué va a ser de nosotras? ¿Sin papá? —preguntó Audrey con voz casi inaudible.

Ella volvió a abrazarla, y la pequeña de seis años sintió que el cuerpo de su madre se tensaba hasta volver a ser esa persona enérgica y decidida que no mostraba sus emociones.

—Lo conseguiremos solas, Audrey. Tú, yo y tus hermanos. —Le ofreció el pañuelo—. Y ahora límpiate las lágrimas. No quiero que la criada nos vea así.

Obediente, se secó las mejillas, agarró su monito y escondió la cara en él. Se sentía aturdida. La sensación de que a partir de entonces a su vida le iba a faltar una gran parte de amor era cada vez más grande, y no la abandonó ya nunca.

PRIMERA PARTE

◆ ◆ ◆

BOMBAS Y BALLET
1944-1945

Por un lado, tal vez yo seguí siendo muy infantil;
por otro lado, maduré muy deprisa, porque desde muy
pequeña fui consciente del sufrimiento y el miedo.

AUDREY HEPBURN

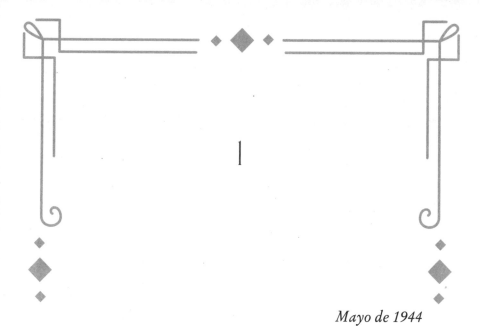

I

Mayo de 1944

Dos aviones sobrevolaron Arnhem atronando el cielo y haciendo vibrar los cristales emplomados de las ventanas de la sala de ballet del conservatorio. Las niñas siguieron bailando como si no hubiera pasado nada. Estaban acostumbradas a que las máquinas de guerra impidieran que se oyera la música del gramófono.

—*Un, deux, trois* —recitó madame Marova imperturbable—. *Un, deux, trois, allongé...* —Con su vestido largo y fluido y las desgastadas zapatillas de ballet que eran de antes de la guerra, recorrió la fila de niñas que practicaban en la barra. Corrigió con suavidad aquí la postura del brazo, allí la inclinación de la cabeza—. La mano hacia fuera, Frida. ¡Femke, los pies! ¡Los pies!

Las niñas se esforzaban en contentar a madame Marova. Era estricta, pero cariñosa; era la directora del coro en el conservatorio de Arnhem, si bien sus condiciones de trabajo empeoraban mes a mes. Holanda llevaba cuatro años bajo la ocupación alemana. La población vivía con miedo, todos conocían a alguien que había sido asesinado por los alemanes por cualquier supuesto delito. Muchas estudiantes de ballet apenas se atrevían a salir de casa y ya no asistían a clase. Además, escaseaba la comida; las niñas que todavía seguían acudiendo estaban muy delgadas, algunas literalmente en los huesos.

Madame Marova había llegado al final de la fila.

—Muy bien, Edda —elogió a la quinceañera totalmente concentrada en sus movimientos, reposando la mirada sobre ella.

Audrey se estremeció. Todavía no había logrado acostumbrarse al nombre de Edda, a pesar de que la llamaban así desde el comienzo de la ocupación, al menos en el colegio y en el conservatorio. Su madre insistió en ello cuando, al estallar la guerra, llegaron a Holanda para vivir con los abuelos.

—Audrey es un nombre muy inglés —había dicho Ella mirándola de arriba abajo con los ojos entornados—. Lamentablemente, tu padre se empeñó en ponerte un nombre inglés. Pero no podemos arriesgarnos a llamarte así en estos tiempos que corren. Los alemanes odian a los británicos. Podrían llevarte con ellos por ser medio inglesa.

Desde entonces Audrey tenía en la cabeza horribles escenas que la perseguían de noche mientras dormía: había visto varias veces cómo los alemanes sacaban de sus casas a madres y niños alemanes, a familias judías enteras; los cargaban en camiones y los conducían a la estación para llevarlos a Alemania. No se hablaba de ello abiertamente, pero todos sabían que esas familias no iban a volver jamás. Por eso había accedido a cambiar su nombre por uno holandés, y desde entonces en público Audrey se llamaba Edda.

—En los últimos meses has hecho grandes avances —le susurró madame de forma casi inaudible, posiblemente para evitar los celos de las demás niñas. En aquellos tiempos el ballet era lo único que les permitía escapar de la triste realidad durante una hora—. Creo que podrías convertirte en una auténtica *prima ballerina*.

Audrey se sonrojó de alegría por el elogio y, siguiendo las nuevas indicaciones de la profesora, apoyó con gracia la pierna en la barra como el resto de las niñas. Apretó los labios cuando se vio las medias blancas varias veces zurcidas. No era un motivo de vergüenza, las demás niñas también carecían de todo, muchas llevaban tutús con pequeños agujeros, algunas tenían las zapatillas llenas de parches, y ella deseó que no fuera así.

—*Un, deux, trois, demiplié...*

Audrey cerró los ojos y se dejó llevar por los acordes del gramófono. Se sumergió en un mundo deslumbrante, se vio sobre un escenario como *prima ballerina*, con un tutú blanco como la nieve con volantes de plumas, zapatillas de punta impecables y flores blancas en el pelo, bailando como si fuera Odette en *El lago de los cisnes*. Era su huida de la cotidianeidad marcada por la guerra, su sueño cuando quería olvidar los rugidos del estómago o el miedo por sus dos hermanos mayores. Alex estaba escondido en algún sitio y a Ian se lo habían llevado a Alemania ante los ojos horrorizados de su familia para ser sometido a trabajos forzados.

Audrey sintió un ligero mareo cuando volvió a incorporarse para cambiar a la siguiente posición, aunque tras sus párpados cerrados se seguía viendo como una aclamada bailarina que recibía un aplauso atronador.

—¿Qué te ocurre, Edda? —oyó decir a madame Marova con voz preocupada—. ¿No te encuentras bien?

Audrey abrió los ojos y trató de alejar el mareo parpadeando.

—No, estoy bien. —Temía que madame Marova la excluyera de los ensayos si admitía que sentía las piernas muy débiles.

—¡Se acabó por hoy! —La profesora de ballet dio unas palmadas—. No sea que te nos desplomes, Edda. Como Vicky la semana pasada. Esta maldita guerra nos pone a todos al límite. ¿Tenéis suficientes víveres en casa, Edda?

Audrey se limitó a mirarla en silencio, por lo que madame se llevó la mano a la frente.

—¡Qué pregunta más tonta! Disculpa, pequeña. Quién come suficiente hoy en día...

Aquella tarde de mayo era templada y agradable. El sol del atardecer sumía a Arnhem en una luz suave, hacía brillar los cuidados caminos, macizos de flores y fuentes del parque que Audrey atravesaba de camino a casa. La ciudad habría resultado idílica si no hubiera por todas partes soldados alemanes deambulando ociosos y observándolo todo.

Llegó enseguida a la vieja finca de sus abuelos en la que se habían refugiado ella y su madre. Había sido una construcción impresionante, pero hacía tiempo que necesitaba algunas reparaciones. Dos ventanas estaban desvencijadas y el último temporal de primavera había levantado varias tejas. En estos tiempos marcados por el hambre y el continuo miedo a los ocupantes, nadie tenía ni la tranquilidad necesaria para encargarse de esas tareas ni la posibilidad de hacerlo.

A Audrey le rugieron las tripas, una hueca sensación que conocía muy bien. A mediodía solo había tomado una sopa aguada, y esperaba que para cenar hubiera algo más que ese horrible pan de harina de guisantes.

—Ya estás aquí, pequeña —la saludó el abuelo, que estaba arrancando malas hierbas delante de la casa—. Entra, te estamos esperando para cenar.

—¿Pan de harina de guisantes? —preguntó ella arrugando la nariz.

Su abuelo se rio.

—No seas melindrosa. Es una exquisitez. Muchos países envidiarían a los holandeses si conocieran nuestro delicioso pan de harina de guisantes.

—Seguro —murmuró Audrey con ironía.

—Pero queda un poco de la mermelada de frambuesas que hace tu abuela —le prometió él, acompañándola hasta la casa.

—Bueno, algo es algo.

Su madre y su abuela ya estaban sentadas a la mesa de la cocina.

—¿Qué tal en el ballet? —preguntó Ella mientras repartía el pan. A cada uno le correspondía solo una pequeña rebanada.

—Bien. Como siempre. —Por un momento, Audrey volvió a ver ante sí escenas de una grandiosa representación de ballet, con ella como *prima ballerina* entregada con gracia y encanto a los elegantes movimientos—. Vicky no va a volver. Madame dice que está tan desnutrida que es peligroso que baile.

Ella no respondió, pero dejó vagar su mirada por el huesudo cuerpo de Audrey. Esta se sujetó enseguida la servilleta delante del pecho para ocultar su cuerpo y mordisqueó un trozo de corteza de pan casi con obstinación. Impensable que su madre le prohibiera bailar. Sin el ballet, con el que soñaba continuamente, sería solo media persona. Esa fantasía la ayudaba a dormir por la noche, incluso cuando estaba hambrienta, y durante el día soñar con la danza la distraía cuando se acordaba de sus hermanos, que quién sabía dónde estaban.

El abuelo, que también había visto la mirada de Ella, salió en ayuda de su nieta.

—Bueno, bueno, seguro que eso no le va a ocurrir a nuestra Audrey. Ya casi es verano, y el huerto de la abuela ya nos está proporcionando alimentos, ¿verdad?

Como confirmación, la abuela le acercó el tarro de mermelada.

—Come, pequeña.

—Lo que me da miedo es el próximo invierno —murmuró el abuelo, y miró a lo lejos ensimismado—. No se ve cerca el final de la guerra. El invierno va a ser duro.

—Si al menos volviéramos a tener noticias de los chicos... —suspiró Ella.

Audrey mantuvo la cabeza agachada para no tener que ver el dolor en los ojos de su madre. Se le partía el corazón cada vez que hablaban de sus hermanos, ella también estaba muy preocupada por los dos.

El abuelo le apretó la mano a Ella.

—No lo pienses tanto, querida. Alex no se va a doblegar. Es muy listo. No se dejará atrapar; después de todo, conoce cada rincón de nuestra región mucho mejor que los alemanes. ¿Y no estás orgullosa de que apoye clandestinamente a la resistencia?

Ella se estiró y adoptó una postura erguida. Con una mezcla de fascinación y preocupación, Audrey observó cómo su madre trataba de irradiar calma y serenidad. Los momentos de miedo y desesperación duraban poco, después Ella se mostraba siempre imbatible. Una aristócrata que siempre exhibía contención. Había sido educada así en su juventud, y se lo había transmitido a Audrey.

—Tienes razón, papá. Claro que estoy orgullosa de Alex. —Ella suspiró y se limpió suavemente los labios con una servi-

lleta—. Al menos da señales de vida de vez en cuando. Pero Ian...
—Su actitud volvió a desmoronarse, y Audrey vio brillar las lágrimas en sus ojos—. No sabemos nada de él desde que lo trasladaron a Alemania. Probablemente lo hagan trabajar como una bestia en una de esas espantosas fábricas de munición...

La abuela le puso la mano en el brazo a Ella en señal de consuelo.

—Yo rezo para que los dos vuelvan a casa sanos y salvos.

—Ojalá tus oraciones sirvan de algo —murmuró Ella. Audrey también rezaba a menudo desde el comienzo de la guerra, aunque hacía ya tiempo que no creía en el poder de los pensamientos. Quien quisiera cambiar algo tenía que actuar.

—Por cierto —dijo el abuelo a la vez que se metía en la boca el último trozo de su escasa cena—, la resistencia tiene previsto un nuevo encuentro. Me he enterado hoy. Naturalmente, todo debe desarrollarse de la forma más discreta posible, esos alemanes tienen ojos y oídos por todas partes. A pesar de todo, alguien tendría que informar a los jóvenes que viven fuera.

Audrey se puso de pie de un salto.

—Yo lo haré otra vez, abuelo.

—¡Ni hablar! —exclamó Ella, y tiró con energía de su hija para que se volviera a sentar en su silla—. ¡Ya te permití una vez llevar información a la resistencia y casi me muero de miedo! ¡Tienes quince años, Audrey, mejor que te mantengas al margen!

—¡Pero mamá! Eso es lo bueno, que tengo quince años. Nadie va a sospechar si voy a las granjas y les llevo información a los granjeros en secreto. Parecerá que estoy paseando o dando una vuelta en bicicleta.

Audrey miró a su abuelo buscando su apoyo, y él carraspeó.

—La chica tiene razón, Ella. Nadie va a sospechar de una joven guapa que va en bicicleta hacia las granjas. Otra cosa sería que yo, un hombre mayor y antiguo alcalde de Arnhem, fuera hacia allí. Los alemanes pensarían enseguida que me traigo algo entre manos.

—Déjame hacerlo, mamá —suplicó Audrey—. Me gustaría contribuir a que esta guerra horrible termine pronto.

Vio cómo su madre luchaba consigo misma. Finalmente, el gesto reservado de Ella se suavizó.

—Está bien, pequeña —dijo con un suspiro—. Pero te ruego encarecidamente que tengas cuidado. No podría soportar que te pasara algo.

Audrey asintió con educación. Ayudó a su madre y a su abuela a lavar los platos y fregar la cocina, luego les dio las buenas noches y se fue a la cama. Todavía no se había puesto el sol, pero en los últimos meses se había acostumbrado a irse pronto a dormir. Por un lado, esperaba que el sueño le evitara la sensación de hambre que iba a aparecer pronto; por otro, disfrutaba soñando con el ballet antes de quedarse dormida.

Y con su padre. Se agarró con fuerza a su monito, que en los últimos años se había despeluchado aún más, y se preguntó, como cada noche, si estaría bien. ¿Le iría bien en Londres, sacudida por la guerra? ¿Pensaría alguna vez en ella? Observó por la ventana el cielo vespertino teñido de naranja y se le encogió el corazón de nostalgia. Desde aquel día en Bruselas, cuando él no se volvió otra vez a mirarla, se había abierto una gran grieta en su interior, no se sentía querida, valorada. Si no, ¿por qué Joseph no había intentado volver a contactar con ella, a verla de nuevo? Ningún padre abandonaba a su hijo así, sin más, ¿no?

Al día siguiente era sábado. Audrey se despertó temprano; la idea de la misión que iba a llevar a cabo le había hecho dormir mal. Se puso un vestido veraniego de flores amarillas que su abuela le había cosido el verano anterior con restos de telas y que onduló sobre su cuerpo.

En la cocina estaban ya su madre y la abuela ante un frugal desayuno. A Audrey no le pasaron desapercibidas las miradas preocupadas que le lanzaron. Solo su abuelo le dirigió un guiño de ánimo.

—Toma, mi niña. —La abuela le sirvió un té de hierbas ligero en una taza.

—No tienes que hacerlo —dijo Ella sin más. Audrey miró a su madre. Estaba pálida, con los labios apretados.

Logró esbozar una leve sonrisa.

—Pero quiero hacerlo. Alex es muy valiente y lucha con la resistencia, seguro que yo también soy capaz de llevarles unos simples mensajes.

—Lo vas a conseguir, pequeña. —El abuelo le sonrió dándole ánimos y sacó dos papeles doblados del bolsillo del pantalón—. Toma. Una nota se la entregarás al granjero De Groot y la otra, a Timmermans, ¿entendido?

Audrey asintió. Se inclinó y ocultó los papeles en un lado de sus zapatos de cordones. Nadie pensaría al verla que llevaba dos mensajes secretos escondidos.

—Muy bien. —El abuelo le puso sus manos grandes y cálidas sobre los hombros en señal de reconocimiento mientras Ella y la abuela los observaban con el ceño fruncido.

—Date prisa, niña, para que estés aquí cuanto antes —le advirtió la abuela.

—Coge la bicicleta —le aconsejó Ella con los labios pálidos—. Cuanto antes estés de vuelta, antes dejaré de preocuparme.

—Me daré prisa —prometió Audrey. Se bebió el último resto del té aguado y se puso de pie—. Adiós.

Los tres adultos la siguieron con la mirada por la ventana hasta que la bicicleta desapareció a lo lejos en el camino.

Era una espléndida mañana de comienzos del verano. Audrey sintió el calor del sol en los brazos e inspiró con fuerza el aire suave que olía al dulce aroma de los tulipanes. En la primera curva del camino había dos soldados alemanes patrullando, lo que, como le ocurría a diario, le provocó una sensación de vaga amenaza. De todos modos, estaba nerviosa. Aunque era muy improbable que le dijeran algo (parecía una adolescente que aprovechaba el buen tiempo del fin de semana para dar un pequeño paseo en bicicleta), tenía en la cabeza suficientes imágenes de situaciones en las que los soldados les preguntaban a los vecinos holandeses a dónde se dirigían.

Enseguida llegó a la finca del granjero De Groot; solo tenía que cruzar un pequeño bosquecillo y seguir un camino de tierra. Lo vio en los establos, así que apenas tardó cinco minutos en entregarle el mensaje y volver a ponerse en marcha.

La granja de Timmermans estaba en el extremo opuesto de Arnhem, así que iba a necesitar el doble de tiempo. Pedaleó con energía con la esperanza de no tener tampoco ningún problema en la segunda entrega. Al pasar por una casa algo apartada vio a un soldado alemán apoyado en un árbol, como si estuviera esperando. Era poco mayor que ella. Intentó no mirarlo mientras pasaba por delante de él; ojalá no la hiciera parar. Para su sorpresa, el soldado se limitó a sonreír tímidamente.

Ahora hacía ya verdadero calor y Audrey llegó a su nuevo destino sudando. La granja tenía un aspecto tranquilo y solitario a la luz del mediodía. Aparte de los mugidos de las vacas en los pastos cercanos, no se oía nada. No hacía viento, no se movía una sola hoja.

—¿*Mijnheer* Timmermans? —Audrey dejó la bicicleta tirada en el suelo polvoriento y miró alrededor. No había ni un alma. Rodeó la vivienda y a través de las puertas abiertas del establo vio que estaba por completo vacío.

Finalmente llamó a la puerta de la vivienda y vio que estaba entreabierta. Vacilante, entró en la casa y avanzó un poco por el pasillo en penumbra. Olía a cerrado.

—¿*Mijnheer* Timmermans?

Poco a poco, sus ojos se acostumbraron a la oscuridad; la tensión le hizo contener la respiración. Notó que la trampilla para bajar al sótano estaba abierta y oyó murmullos y crujidos abajo. Luego volvió a reinar el silencio.

Audrey estuvo un minuto quieta, sin moverse, y luego probó otra vez, asustada.

—¿*Mijnheer* Timmermans?

Un instante después el corazón le dio un vuelco por el pánico cuando alguien la sujetó por atrás y le agarró el cuello con fuerza. Se quedó paralizada de miedo, tanto que ni siquiera se le ocurrió defenderse.

La giraron enérgicamente... y se quedó mirando la cara de su hermano Alex. Estaba sucio, olía fatal y parecía tan asustado como ella. Una sonrisa le fue iluminando lentamente el rostro.

—¡Audrey! ¿Qué demonios haces tú aquí?

—¡Alex! —Audrey se lanzó al cuello de su hermano mayor, y estuvieron así un rato en la penumbra del pasillo—. ¡Me alegro mucho de verte y de que estés bien!

—¡Chsss! —Alex se llevó el dedo índice a los labios—. Calla. Parece que estamos solos, pero nunca se sabe por dónde merodean los alemanes. Vamos al sótano.

Se adelantó a Audrey y descendió por la estrecha escalera del sótano, donde había otros dos jóvenes en la penumbra. Una franja estrecha de luz se colaba por la ventana. Audrey se sentó sobre un saco de paja, tensa y erguida.

—Estos son Piet y Claes. Llevamos unos días escondidos aquí, en la granja de Timmermans, hasta que tengamos nuevos planes.

Los dos hombres la saludaron inclinando la cabeza.

—¿Dónde te has escondido últimamente? Mamá estaba muy preocupada por ti, y yo también.

Alex hizo un gesto de rechazo con la mano.

—No debéis preocuparos. Tenemos mucho cuidado. Estuvimos un tiempo en Ámsterdam, donde atacamos un campamento alemán junto con otros miembros de la resistencia.

—¿En serio? —Audrey miró a su hermano con los ojos muy abiertos.

—Sí. —Él pareció desmoronarse después de hablar, y Piet y Claes también mostraban un aspecto triste—. No es que consiguiéramos demasiado. No hubo grandes daños. Tan solo una gota en el océano, otra vez. Sencillamente, los holandeses somos muy pocos para hacer algo contra la ocupación.

—Mmm. —Audrey se arrimó cariñosamente a su hermano y disfrutó de los pocos minutos que tenían para estar juntos—. Al menos puedo decirle a mamá que estás bien.

—Hazlo. Pero ¿por qué estás aquí, en esta granja?

—Debo entregarle a Timmermans una nota sobre un encuentro secreto de la resistencia. Pero te la doy a ti.

Alex cogió el papel que le tendió y se lo guardó en el bolsillo del pantalón.

—Luego se lo digo a Timmermans. Ha ido a buscar comida, si es que logra encontrar algo. Y ahora vete, hermanita, antes de que mamá empiece a preocuparse.

Audrey volvió a abrazar a su hermano con fuerza y trató de grabar bien su imagen en la mente, allí, en cuclillas en un sótano oscuro, con la cara sucia y la ropa raída. Mientras subía por la escalera, sintió el corazón pesado. En esos tiempos no se sabía nunca si era la última vez que se veía a una persona querida.

Los abuelos y su madre estaban sentados en la cocina esperándola. Cuando entró, su madre se levantó de un salto y la abrazó, algo poco habitual, ya que Ella pocas veces expresaba su cariño corporalmente.

—Estoy orgulloso de ti —dijo el abuelo—. ¿Ha ido todo bien?

Audrey acercó una silla y contó excitada lo que había ocurrido. Ella primero palideció y luego un ligero rubor iluminó su rostro pálido.

—¡Me alegro mucho de que Alex esté bien! —dijo juntando las manos—. Aunque, naturalmente, sería más feliz si no participara en esas acciones tan peligrosas, que en realidad no cambian nada nuestra situación.

La abuela asintió con la cabeza, pero el abuelo la contradijo:

—Alguien tiene que hacer algo. ¿O es que los holandeses debemos cruzarnos de brazos y esperar a que alguien nos libere? Lo que el chico hace está muy bien.

—Lo sé, tienes razón, papá. —Ella se quedó observándose fijamente las manos durante un rato; luego se le volvió a iluminar la cara y miró a su hija—. Nosotras deberíamos volver a ayudar a la resistencia, Audrey. Es hora de hacer una función negra.

—¡Una función negra! —susurró ella, y sus ojos brillaron—. ¡Genial!

—Veo que las mujeres tenéis cosas que hacer —dijo el abuelo sonriendo satisfecho, y las dejó a las tres solas. La abuela también se retiró para preparar una comida sobria con unas pocas patatas.

Audrey y Ella pasaron el resto del día cosiendo zapatillas de ballet con los restos de fieltro que había en los baúles del desván. El año anterior habían participado en muchas funciones negras. Sí, Ella había colaborado con madame Marova de forma decisiva en su organización. Estas representaciones clandestinas tenían lugar en secreto, por las tardes, en los sótanos de los vecinos, cambiando siempre de lugar. En ellas las alumnas de madame bailaban una pieza de ballet en penumbra y en completo silencio; otras veces alguien recitaba poemas en voz baja. El dinero recaudado con la venta de las entradas se destinaba a los miembros de la resistencia. Naturalmente, se exigía máxima cautela, los alemanes no debían enterarse de nada.

—Van de Heijdens está dispuesto a poner esta vez su sótano a nuestra disposición. Madame Marova ha venido esta mañana, mientras tú estabas fuera, a pedirme ayuda. Ha dicho que muchas de tus compañeras están bailando descalzas porque tienen las zapatillas rotas.

Inclinada sobre su costura, Audrey asintió.

—Cierto. Es horrible. Aunque... —Alejó un poco el trozo de fieltro en el que estaba trabajando y lo examinó con mirada crítica—. Aunque estas zapatillas de fieltro no son serias, no sujetan bien el pie. ¡Lo que daría por un par de zapatillas de punta nuevas!

Ella suspiró.

—Lo sé. Espero que alguna vez llegue un tiempo en el que volvamos a la normalidad. En el que puedas actuar ante el gran público a la luz del día, en el que ya no estés tan delgada que hasta un soplo de viento te tiraría...

—¿Te ha dicho madame qué vamos a representar?

—Un fragmento de *La bella durmiente*.

—*La bella durmiente*... —Audrey cerró los ojos un momento y se vio sobre un gran escenario con un traje brillante y zapatillas de ballet nuevas; se sumió en un maravilloso sueño, lejos de la penosa realidad.

Una semana más tarde tuvo lugar la representación. Al atardecer los vecinos se reunieron en casa de la familia Van de Heijdens y enseguida fueron conducidos al sótano, cuyas ventanas estaban oscurecidas al máximo. Audrey y su familia llegaron temprano, ya que ella quería calentar un poco. Se reunió con las demás niñas del conservatorio en la cocina, donde estiraron en silencio y se revisaron los peinados.

Luego madame Marova apareció en la puerta como una sombra y les indicó que había llegado el momento de su gran actuación.

—¡Silencio, *mes filles*! ¡Una detrás de otra escaleras abajo! Despacio, no os empujéis, que no se caiga ninguna. Edda, se te ha soltado una horquilla, sujétala bien, por favor.

Las niñas descendieron en fila india y a pasitos cortos con sus zapatillas de fieltro hasta el sótano, donde las recibió un vertiginoso silencio.

Audrey vio a su madre y sus abuelos sentados en la primera fila del patio de butacas improvisado, formado por sillas y taburetes de distintas formas y colores. Había unos veinte vecinos de las granjas y la ciudad esperando expectantes y en silencio a que empezara la función. El abuelo le hizo un gesto de ánimo, y Audrey observó que su madre se agarraba nerviosa al bolso, como si ella misma tuviera miedo escénico.

—Buenas tardes, mis queridos amigos —dijo madame Marova en un tono apenas audible—. ¡Me alegro mucho de poder saludar hoy de nuevo a tantos espectadores de nuestra función negra! Mis bailarinas están impacientes por bailar algunas secuencias de *La bella durmiente*. Como siempre, al final una de las niñas estará en la salida con una lata de donativos. ¡Por favor, hagan una pequeña aportación para los miembros de la resistencia, para apoyar su campaña contra la ocupación!

Audrey miró al público. Los rostros de los presentes estaban en penumbra, nadie se atrevía a moverse ni a aplaudir. Todos sabían que la máxima prioridad era estar en silencio. No podía salir ningún sonido del sótano al exterior, donde los soldados patrullaban a intervalos irregulares.

Las niñas ocuparon su posición y madame Marova le hizo una seña al viejo pianista que a veces hacía el acompañamiento musical en las clases de ballet del conservatorio. Tocó un par de compases lo más apagados posible, y las niñas empezaron a bailar. La pista de baile solo estaba iluminada por dos lámparas de pie viejas.

Audrey se entregó por completo a la música, se dejó llevar a un mundo más allá del sótano oscurecido, un mundo en el que se sentía ligera y libre de preocupaciones, donde flotaba como una pluma en el aire. Cuando salió por un momento de su ensimismamiento y miró hacia el público, vio a Ella con la mirada anhelante clavada en ella.

La música callada se apagó demasiado pronto; la función había terminado. Las niñas y madame Marova saludaron al público con una reverencia. En las primeras representaciones a Audrey le había parecido raro no recibir ningún aplauso, pero las muestras de entusiasmo de veinte personas aplaudiendo habrían llamado la atención de los soldados, naturalmente.

—¡Gracias! —susurró madame Marova al público. Y, tan en silencio como habían llegado, todos se pusieron de pie y subieron por la escalera, no sin antes dejar un donativo en la lata que sujetaba Femke.

Al salir, madame Marova le puso la mano en el brazo a Audrey.

—Has estado fantástica, como siempre, Edda.

Audrey se alegró del reconocimiento, con el rostro resplandeciente.

Mientras, Ella le puso a su hija un chal por los hombros para protegerla del frescor de la tarde.

—Sí, no ha estado mal —dijo sin más. Nunca se había dejado llevar más allá en sus elogios, pero Audrey vio que sus ojos brillaban orgullosos. A pesar de todo, le habría gustado que su madre olvidara su reserva habitual por una vez. Sus palabras harían posteriormente que su éxito pareciera insustancial. Subió despacio la escalera, algo aturdida, para salir al exterior.

Cuando llegaron arriba se arrimó cariñosamente a su abuelo. Él la abrazó y le susurró al oído:

—Todos te miraban solo a ti, te lo juro. Me he vuelto... y todos te seguían embobados con los ojos. Esta tarde has sido la estrella, la que ha bailado con más gracia y expresividad.

—Gracias, abuelo —susurró Audrey. Volvió a sentirse alegre y notó una sensación cálida en la tripa.

2

Noviembre de 1944

El verano dejó paso al otoño y el invierno. Se rumoreaba que los aliados planeaban su entrada en los Países Bajos, pero nadie sabía si eso era verdad. Si bien en septiembre y en octubre Audrey había seguido entregándose con gran pasión a sus clases de ballet y sus sueños de un gran futuro como bailarina le habían ayudado a superar las duras condiciones de vida, a partir de noviembre le fue resultando cada vez más difícil.

—*Mes chères filles* —dijo preocupada madame Marova un día, paseando la mirada por las pocas alumnas que le quedaban—, me dan ganas de llorar. En el verano erais veinte niñas y ahora apenas sois cinco.

Audrey y sus cuatro compañeras agacharon la cabeza afligidas. Estaban sentadas en el suelo con las piernas cruzadas, rodeando a madame Marova, todas más o menos abatidas.

—Femke se desmayó la semana pasada —murmuró una niña delgada y rubia que se llamaba Tomke—. El médico le ha dicho que está tan desnutrida que su vida corre peligro, pero que él no puede hacer nada.

—A Marijke ya no la dejan venir porque está tan débil que no puede ponerse de pie —susurró Vicky, que ni siquiera intentaba

31

ocultar el largo desgarrón de su tutú blanco—. Su madre ha dicho que le da miedo que se muera.

Todas notaron que madame Marova trataba de mantener la calma. Por muy estricta que fuera en sus clases, sentía un gran cariño hacia sus alumnas.

—Lo sé —logró decir—. A la mayoría le ocurre lo mismo. Y por eso, mis queridas niñas...

Audrey levantó la cabeza de golpe. Se había apoderado de ella un pánico repentino a que madame Marova cancelara las clases de ballet por un tiempo, tal vez para siempre. No parecía que las cosas fueran a mejorar pronto.

—¡No, madame! —gritó con el horror reflejado en sus ojos marrones, que ahora parecían más grandes que nunca en su rostro demacrado.

—Sí, mi querida Edda. —La profesora de ballet se agachó y le puso ambas manos en los hombros a Audrey—. Tengo que hacerlo. Esta será nuestra última clase de ballet juntas. He hablado con el director del conservatorio. Él opina, como yo, que no estáis en condiciones de hacer esfuerzos físicos.

—¡Pero yo todavía puedo bailar! —exclamó ella con lágrimas en los ojos—. ¡No me importa el hambre, lo voy a conseguir!

Madame Marova sonrió con tristeza mientras las demás niñas se miraban las zapatillas de ballet desgastadas.

—Es demasiado arriesgado, Edda. Mírate, estás tan delgada como una cerilla. ¿Y crees que no me he dado cuenta de que siempre te mareas al bailar? Aunque sabes disimularlo muy bien.

—Pero... —A Audrey se le quebró la voz. La profesora la abrazó y le acarició el pelo—. Yo no puedo vivir sin el ballet... Usted sabe que sueño con ser bailarina profesional...

—Lo sé. —Madame Marova se puso de pie y se alisó el vestido—. Pero no sirve de nada, niñas, lo siento mucho. Quizá un día, cuando la guerra haya acabado...

—¿Y cuándo será eso? —murmuró Vicky.

Las niñas se vistieron en silencio para volver a casa. Madame se puso en la puerta y dio a cada una un beso callado en la frente. A Audrey le ardían los ojos. Se marchó a casa sin notar el viento fuerte ni la lluvia que enseguida la empapó. El cielo estaba oscuro y el tiempo era tan desapacible que incluso los soldados habían desaparecido.

Se le encogió el estómago, no de hambre, sino sobre todo de pena. No entendía que le quitaran lo más bonito que existía en su vida, el ballet. Sin la danza su existencia no tenía sentido. Todos sus sueños, en los que se veía sobre un escenario y sus movimientos acompasaban a la música con suavidad, se habían desvanecido, se habían perdido para siempre.

Una vez en casa, pasó corriendo por delante de su abuelo, que estaba en la puerta mirando la lluvia.

—¿Qué pasa, pequeña? —gritó asustado—. ¿Ha ocurrido algo?

—Sí, ha ocurrido algo —dijo ella llorando, y entró corriendo en la cocina, donde chocó con su madre, que la sujetó por ambas muñecas.

—¡Audrey! ¿Qué manera de entrar es esa?

—¡Se acabó, mamá! —gritó—. El ballet, el conservatorio, todo... No voy a poder ser *prima ballerina*, ya no habrá más clases. ¡Madame nos ha mandado a todas a casa!

Ella intercambió una mirada significativa con los abuelos.

—Lo veía venir. Estáis todas demasiado débiles para bailar. Lo siento, Audrey, pero es mejor así.

—Cuando acabe la guerra volverás a las clases —trató de consolarla torpemente la abuela.

—Cuando, cuando... —gritó Audrey—. ¡Jamás se va a acabar! ¡Hay guerra desde que yo tenía diez años! ¡Dentro de seis meses cumplo dieciséis años! ¡Esta maldita guerra me lo ha quitado todo! El ballet, mis hermanos...

—No digas eso —le advirtió su madre de forma automática.

—Ay, la niña tiene razón —murmuró el abuelo—. Esta guerra le ha robado la juventud y el futuro. —Salió al exterior andando muy despacio.

Una sensación de mareo se apoderó de Audrey, como tantas veces en los últimos tiempos. Las paredes de la cocina parecían girar a su alrededor. Ella le tocó la frente preocupada.

—Estás ardiendo, pequeña. A la cama ahora mismo.

Sin protestar, ella se fue a su habitación y se metió en la cama sin desvestir. El vacío en el estómago y el dolor por el ballet se unieron en una sensación casi insoportable, le dolía incluso respirar. Cuando cerró los ojos apareció ante ella la imagen pálida de su padre. Sus hermanos habían desaparecido y a ella le habían arrebatado el ballet; si tan solo estuviera su padre aquí... Él los ayudaría en estos tiempos tan difíciles.

—¡Canalla miserable! —sollozó, y se hundió en la almohada antes de sumirse en un sueño intranquilo.

A partir de entonces, Audrey pasó casi todo el tiempo en la cama. Estaba demasiado débil para levantarse. A menudo tenía fiebre, que le provocaba confusas fantasías en las que sus hermanos, su padre y sus compañeras de ballet se arremolinaban como las hojas con el viento. Los días en que se encontraba mejor se sentaba en la cama y observaba por la ventana la nieve que desde diciembre se acumulaba en el exterior.

A través de la puerta oía a su madre y sus abuelos conversar en voz baja. Hablaban con frecuencia de «este horrible invierno de hambre» o de los aliados, en los que veían la última esperanza de ser liberados de aquella miseria.

—Ha muerto el hijo de los Van Dijk, tenía trece años —murmuró el abuelo una mañana de enero sin saber que Audrey lo oía—. De hambre. Otro niño más. Esto es increíble. ¡¿Por qué nos dejan morir como animales?!

Audrey oyó que golpeaba la mesa con el puño cerrado. Su familia tampoco tenía mucho que comer. Audrey añoraba a veces el pan de harina de guisantes o la hierba cocida que había durante el verano. A menudo tenía que conformarse con una patata cocida disuelta con agua caliente para dos días. El abuelo encontró un par de veces unos bulbos de tulipán que todos devoraron al momento, pero que apenas lograron mitigar el dolor de los estómagos vacíos.

En algún momento el terrible invierno llegó a su fin y despertó la primavera, de forma callada, casi imperceptible, aunque sin traer cambios consigo. La población de Arnhem estaba como sumida en un sueño profundo, apenas había gente por la calle ni niños yendo a la escuela. Regía un estado de excepción insólito en el país.

A principios de mayo, Audrey cumplió dieciséis años, aunque si su madre no la hubiera felicitado ni siquiera se habría enterado. Los tiempos en que recibía regalos habían pasado hacía mucho; ahora se combatía el hambre todos los días.

Al día siguiente de su cumpleaños, Ella, que últimamente iba casi siempre en bata, entró en la habitación de Audrey. También ella era ahora una sombra de lo que había sido. La mujer, que siempre había mostrado un aspecto tan cuidado y correcto, estaba pálida como una sábana y tenía la cara más fina.

—Abre alguna vez la ventana —dijo malhumorada—. Hay un ambiente sofocante, fuera al menos es ya primavera. —Se inclinó sobre la cama de su hija y abrió la ventana.

—Me da igual —murmuró Audrey con los ojos cerrados. Pero el aire suave con olor a flores que entró por la ventana no la dejó indiferente. Y de pronto notó que había otro olor en el aire. Su madre también lo había percibido, porque se acercó y miró por la ventana.

—Es... es... ¡Audrey! —jadeó Ella. La niña se incorporó en la cama, lo que le provocó un fuerte mareo, y miró también a la calle. Al principio pensó que era una alucinación.

Fuera había dos soldados fumando. Eso era lo que habían olido Ella y Audrey. Era una escena casi habitual, pero parecía distinta a otras veces.

Revivió de golpe.

—¡Vamos fuera, mamá! Deprisa. No son soldados alemanes, mira los uniformes; son... —El resto de sus palabras se ahogó en un sollozo callado.

Abandonaron juntas el dormitorio, corrieron por el pasillo y salieron por la puerta al exterior, donde se detuvieron cegadas por la clara luz del sol.

Los dos soldados las saludaron amablemente en inglés, y detrás de ellos, al final de la calle, venía todo un convoy de soldados británicos. Fue una entrada triunfal, como las de las antiguas legiones de Roma; los soldados iban seguidos de numerosos holandeses que gritaban de júbilo y cantaban. Los abuelos también habían oído el estruendo y salieron a la calle. El abuelo se llevó las manos a la cara y cayó sentado en los escalones de la entrada.

—¡Ha terminado! —le gritó Audrey al oído para que el creciente ruido del convoy no ahogara sus palabras—. ¡Ha terminado, abuelo!

—No me lo puedo creer —murmuró este entre lágrimas. Era la primera vez en su vida que Audrey veía llorar a su abuelo, siempre sonriente e inconmovible. También la abuela y Ella estaban atónitas, y los cuatro se quedaron muy juntos viendo cómo se acercaban los soldados aliados entre los gritos de alegría de la población.

Uno de los que seguían delante de su casa y esperaban a sus camaradas repasó con la mirada el cuerpo de Audrey, cuyo camisón apenas ocultaba su figura huesuda. No tenía ni un gramo de grasa. Avergonzada, ella cruzó los brazos deseando haberse puesto al menos un vestido.

—Ten, toma. —Para Audrey fue maravilloso que alguien le hablara en inglés, idioma que había usado con su padre durante seis años y que desde el estallido de la guerra había tenido prohibido para no llamar la atención. Miró fijamente al joven y vio sus amables ojos azules. Le tendía una tableta de chocolate—. Cógelo sin miedo.

Al agarrar la tableta envuelta en un brillante papel dorado, sintió un hormigueo en los dedos. Todo le parecía un sueño del que iba a despertar de golpe.

—Gracias —dijo en inglés.

—¿Cómo te llamas? —preguntó el soldado.

Audrey lo miró, y un escalofrío le recorrió la espalda.

—Audrey —respondió casi afónica—. Me llamo Audrey.

No quería volver a llamarse Edda nunca más; los tiempos en los que tenía que ocultar su origen medio británico habían pasado definitivamente.

Los dos soldados le sonrieron y se unieron a sus compatriotas, que ya estaban muy cerca.

—Vamos, abre el chocolate —la animó sonriendo el abuelo, que entretanto se había recuperado ya de la emoción—. Seguro que ya no recuerdas cómo sabe.

—Hace ya tantos años... —murmuró Audrey, y abrió el papel dorado despacio y con cuidado. Partió un trozo de chocolate y se lo metió en la boca, luego otro más antes de pasarles la tableta a su madre y a los abuelos. El sabor le explotó en la boca, dulce y prometedor.

La golosina fue como un buen presagio para ella. Ahora todo iba a ir mejor, ahora iba a recuperar su vida anterior. Aprovecharía cada oportunidad de hacer realidad los sueños que creía perdidos.

A partir de entonces todo fue a mejor. Durante días reinó la alegría en las calles de Arnhem, fue como una gigantesca fiesta popular. Todos reían y bailaban y se abrazaban. A los pocos días Alex volvió a casa; una mañana apareció sucio y andrajoso en la puerta. Ella soltó un grito de alegría y se lanzó a su cuello. También Ian regresó, aunque él tardó algo más. Tuvo que hacer a pie todo el camino desde Berlín hasta Arnhem porque en Alemania reinaba el caos.

Audrey estaba loca de alegría de ver a su familia otra vez reunida, y poco a poco volvió a crecer en su corazón la esperanza de volver a bailar muy pronto. De momento el país seguía sumido en el caos y la comida escaseaba todavía, pero el alcalde anunció que pronto llegaría la ayuda de las Naciones Unidas para todos y cada uno de los vecinos.

La vieja escuela de Audrey se reconvirtió rápidamente en un centro de auxilio, y dos semanas después de la entrada triunfal de los aliados esperaba expectante en el patio, junto al resto de los vecinos, la llegada de los camiones anunciados. Como tantas veces en esos días, la alegría se desató cuando aparecieron por fin a lo lejos. Los vecinos formaron una fila y esperaron pacientes a que les llegara el turno de recibir alimentos, medicamentos y ropa.

Audrey temblaba cuando se acercó junto a sus hermanos al mostrador improvisado con pupitres.

—¿Mantas? —preguntó la joven que se encontraba entre incontables cajas y paquetes y se encargaba de la distribución.

Audrey no podía hablar por la excitación, pero sus hermanos asintieron.

—Sí, por favor. Para nuestros abuelos. Y pastillas contra el dolor de cabeza para nuestra abuela.

La joven depositó en los brazos de Ian varias mantas y cajas de medicinas.

Audrey se limitaba a mirar; después del largo invierno lleno de privaciones y escasez, los trabajadores de las Naciones Unidas le parecían ángeles salvadores. Estaba muy impresionada por el cuidado con que los jóvenes abastecían a la población y se ocupaban de que cada uno recibiera lo que necesitaba.

La mujer del mostrador le sonrió.

—Levanta un poco más la cesta, por favor, así no te la puedo llenar.

Audrey se avergonzó de estar allí parada y muda como un pez y puso rápidamente la cesta sobre la mesa. Observó fascinada cómo la mujer metía caldo concentrado, carne enlatada, tocino, margarina y fruta en conserva.

—Mi estómago se va a poner muy contento —dijo Alex, y la colaboradora de las Naciones Unidas sonrió.

Audrey apenas podía creer lo que veía cuando la mujer añadió además a la cesta azúcar, pasas, miel, chocolate, café y leche en polvo.

—Creo que con esto bastará hasta la próxima entrega —dijo.

—¡Gracias! —contestaron Ian y Alex entusiasmados. Ian cogió la pesada cesta y cruzaron el patio de la escuela entre la gente que esperaba su turno.

—Cómo me gustaría ahora mismo... —murmuró Alex sacando de la cesta una tableta de chocolate.

Ian le dio unos golpecitos en los dedos.

—Pues tendrás que esperar, ya lo repartiremos en casa. —Se volvió hacia su hermana pequeña, que parecía sumida en sus pensamientos—. ¿Qué pasa, hermanita? ¿Has visto un fantasma?

Audrey sacudió la cabeza y trató de sonreír. Seguía muy impresionada por la buena disposición y la generosidad de los trabajadores de las Naciones Unidas. No podía creer que aquellos extranjeros totalmente desconocidos hubieran puesto en movimiento todo aquel mecanismo para salvarlos.

SEGUNDA PARTE

◆ ◆ ◆

AL ALCANCE DE LAS ESTRELLAS
1948-1953

He tenido suerte. Las oportunidades no se le brindan a uno con frecuencia. Por eso hay que atraparlas cuando se presentan.

AUDREY HEPBURN

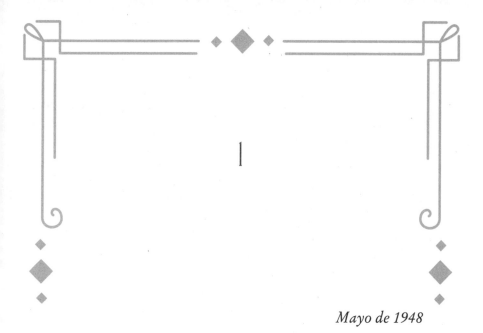

I

Mayo de 1948

El despertador sonó despiadadamente temprano. Aún somnolienta, comprobó que la lluvia golpeaba las ventanas. Al momento siguiente, cuando se desperezó para espabilarse del todo, notó que le dolía todo el cuerpo. Una vez más, el ensayo del día anterior había sido implacable. Se levantó con un leve suspiro y fue al baño.

El piso de Mayfair, que desde hacía poco compartía con su madre, era de dimensiones muy reducidas, pero hacían todo lo posible por proporcionarle cierta comodidad. Audrey sonrió al ver el tulipán, de un color amarillo luminoso, que Ella había colocado en un tarro de mostaza viejo sobre el armarito del pasillo. Un recuerdo de su país natal, que las dos habían abandonado unos pocos meses atrás para trasladarse a Londres. Ella no había dudado ni un momento en marcharse de Holanda para proporcionar a su hija una formación profesional de ballet en Inglaterra.

Audrey se lavó, se peinó su pelo corto castaño y se puso un vestido camisero sencillo. Para ir a la escuela de ballet no hacía falta que se pusiera elegante; de todas maneras, iba a pasar la mayor parte del día en tutú y con puntas de ballet.

Se hizo a todo correr un café y pescó un plátano. Madame Rambert odiaba que sus alumnas llegaran tarde a clase. Tenía la lengua afilada y era muy propensa a soltar una sarta de insultos; Audrey no quería arriesgarse a ocupar el centro de su atención.

En la escalera del edificio victoriano de tres plantas, dividido en varias viviendas pequeñas, se encontró con su madre, que en ese momento recogía la basura que los residentes habían colocado delante de las puertas para llevarla a los grandes bidones. Con las tareas de portera y diversos trabajos ocasionales, Ella ganaba algo para sacar a las dos a flote. Aunque Audrey tenía una beca en la escuela de ballet, el dinero siempre escaseaba.

—Buenos días, mamá.

Ella dejó en el suelo una bolsa grande de basura y se volvió hacia ella. Su mirada de agotamiento se enterneció. Aunque para trabajar llevaba un vestido viejo, el porte erguido y la mirada capaz de taladrar a cualquiera irradiaban un aire aristocrático.

—Audrey, ¿has desayunado?

—Sí, sí.

—¿De verdad? —Le lanzó una mirada severa, y a Audrey le dio la risa.

—Sí, de verdad, mamá.

—No te tomes la salud tan a la ligera. Tu entrenamiento con madame Rambert es duro y te puede afectar mucho. ¿Cuántas niñas han tirado ya la toalla desde que vas a la escuela?

—Tres, pero a mí no me va a pasar eso. Yo aguanto, aunque madame sea un auténtico sargento. —Audrey intentó dar un tono jocoso a sus palabras, pero no acabó de salirle. El brazo en el que llevaba la bolsa del ballet le dolía por las agujetas—. ¿Acaso no dices tú siempre que en la vida hay que trabajar duro y que no te regalan nada?

—Lo sé.

Ella cogió varias bolsas de basura a la vez y adelantó a su hija al bajar las escaleras, que daban a un patio interior adoquinado. Normalmente reinaba allí la claridad y se oía cantar a los pájaros (Hyde Park quedaba a la vuelta de la esquina), pero hoy el cielo estaba cargado de nubarrones. Grandes gotas de lluvia reventaban contra los adoquines mojados y relucientes. Pese a que ya era mayo, nada indicaba la proximidad del verano. Audrey se subió el cuello de la ligera gabardina y notó con desagrado que los goterones le salpicaban en la cara.

—Por cierto, esta noche llegaré tarde. La señora Greene me ha preguntado si podía echarle una mano en la floristería durante una o dos horas.

Audrey se peleó con el paraguas hasta que por fin se abrió sobre su cabeza con un chasquido fuerte.

—De acuerdo. Yo también tengo un trabajo después de la clase de ballet. Algo relacionado con un anuncio de un jabón.

—¿Un anuncio de un jabón? —Ella aupó la basura y la metió en los cubos grandes.

—Yo tampoco sé más. En el tablón de anuncios de la escuela había un letrerito donde ponía que buscaban modelos fotográficos para ese tipo de publicidad. Ayer, en la pausa del mediodía, me presenté y me aceptaron.

—Bien, aunque en realidad es demasiado para ti. Después de pasar todo el día deslomándote en la escuela de ballet, ¿vas a hacer también de modelo? Deberías venir derechita a casa y tomar un baño caliente para relajar los músculos. —Ella cerró la tapa del cubo de la basura y dedicó a Audrey una mirada de preocupación.

—Cuando algún día sea *prima ballerina*, ya no necesitaremos hacer todos estos trabajos suplementarios, ninguna de las dos —dijo Audrey con plena confianza en sí misma, y dio a su madre en la mejilla un beso de despedida que esta no le devolvió.

No era muy dada a las muestras de cariño, pero ella valoraba mucho que la apoyara tanto en cumplir su sueño de dedicarse al ballet. Su madre había renunciado a muchas cosas en Holanda para acompañarla a Londres.

Acurrucada bajo el paraguas y con unos minutos de retraso, se apresuró por la calle que llevaba a la estación de metro para llegar a Cambridge Circus. Bajo el azote continuo de la lluvia, el antiguo edificio victoriano en el que se alojaba la escuela de ballet parecía triste y descolorido. Solo las farolas de la entrada iluminaban la grisura del día con un resplandor cálido. Audrey entró por la imponente puerta en el vestíbulo y procuró no resbalar en el suelo de mármol con las suelas mojadas de los zapatos.

En el vestuario todavía había pocas chicas. Ella solía ser de las primeras en llegar, para no tener que apurarse con las prisas. Moira y Alice, con las que había trabado amistad, también acababan de llegar y se estaban quitando la ropa humedecida.

—¿A vosotras también os duele todo? —preguntó Moira con la cara desfigurada por el dolor cuando se agachó para atarse las puntas de ballet—. Necesitaría urgentemente un masaje. —Era una auténtica rosa inglesa, con la tez pálida y el pelo liso de color rubio oscuro, que para el ensayo se había recogido en un primoroso moño *chignon*.

—¡A quién se lo vas a contar! —respondió Alice con amargura mientras se hacía unas trenzas con su pelo largo y oscuro para recogérselas en lo alto de la cabeza—. Si queréis saber mi opinión, madame nos las hace pasar canutas. ¡Ni que estuviéramos en un campo de entrenamiento militar!

—¿Con madame Rambert como instructora militar? —A Audrey, que se acababa de poner el tutú, le entró la risa floja—. ¿Una instructora militar de un metro cincuenta de altura? Sería divertidísimo.

Las tres chicas se echaron a reír. Las bromas que hacían sobre la magistral bailarina de ballet solo le servían para ahuyentar el miedo que le tenía a la profesora. Pese a su corta estatura y su peso pluma, Marie Rambert era toda una institución. Decidía quién iba a llegar lejos y quién iba a acabar en las últimas filas de una compañía de baile mediocre. Poseía un poder increíble; en su mano estaba que se cumplieran los sueños de Audrey o que se derrumbaran como un castillo de naipes.

Moira y Alice se adelantaron y pasaron a la sala de ballet para ir entrando en calor. Audrey, como todas las mañanas, las siguió con un nudo en el estómago de puro nerviosismo. Recordó con nostalgia los tiempos en el conservatorio de Arnhem y las clases de ballet en Ámsterdam después de la guerra. Por aquel entonces, la pasión por el baile ardía en ella como un fanal y desterraba cualquier otro pensamiento; en aquella época, la alentaba la esperanza de convertirse en algo grande. Ahora, en cambio, cada vez la asaltaban más dudas e interpretaba al pie de la letra cada palabra pronunciada por madame, todos los comentarios críticos que le hacía. ¿Era lo suficientemente buena como para bailar sola en los escenarios de todo el mundo?

Cuando se colocó en la barra al lado de Moira y Alice para ir precalentando, suspiró profundamente. Lo deseaba tanto... Solo cuando bailaba se sentía en armonía consigo misma y era la persona que quería ser, libre de toda timidez e incertidumbre.

—Segunda posición —gruñó Marie Rambert poco después, cuando la clase había empezado y todas las alumnas estaban alineadas junto a la barra—. ¡Segunda posición! ¡Lo que está usted haciendo, señorita, se parece más al corro de la patata de un parvulario que a un ballet profesional! —La aludida, una chica con un cutis casi transparente y numerosas pecas, se ruborizó. Corrigió de inmediato su postura, pero madame seguía sin darse por satisfecha. Con la vara que siempre llevaba consigo le dio un golpecito en el brazo—. Tenga en cuenta, y esto tiene validez para todas ustedes, que es un honor poder estudiar aquí. Solo formamos a las mejores de entre las mejores. Todavía sigo observándolas, señoritas. Pero ya saben que pronto voy a tener que tomar decisiones. Veré quién de ustedes es lo suficientemente buena como para quedarse en este instituto y a quién le valdría más interrumpir su formación profesional y buscarse un trabajo.

Audrey se mordió los labios y estiró las piernas. Marie Rambert pronunciaba todos los días el mismo discurso, pero este seguía causándole terror. La maestra de ballet era un corifeo mundialmente reconocido que había formado ya a los bailarines más famosos. Que por su figura se asemejara más a una niña de diez años no menoscababa en modo alguno su autoridad.

De repente, también ella recibió un golpecito con la vara. Audrey se estremeció, volvió la cabeza y vio a madame a su espalda.

—La postura de la cabeza —bramó la profesora—. ¿Qué llevo diciéndole desde hace semanas sobre la postura de la cabeza? ¿De qué sirve que haga los movimientos más o menos correctamente si la postura de la cabeza se parece a la de una campesina holandesa sentada en la banqueta de ordeñar y estirándole las tetas a una vaca?

Audrey oyó que algunas chicas de más atrás de la fila contenían la risa. La sangre se le subió a las mejillas; le ardía la cara de vergüenza por haber cometido un error y de amargura por el injusto comentario. Pero así era madame. Por un lado, tenía capacidad para provocar el máximo rendimiento y, por otro, era ruda e hiriente.

—No te lo tomes a mal —oyó que susurraba Moira a su espalda cuando la profesora se hubo alejado—. Ya sabes cómo nos trata a todas.

Audrey se esforzó por esbozar una sonrisa de gratitud, pero en el fondo se sentía muy dolida por la reprimenda.

Como en la pausa del mediodía seguía lloviendo, las chicas se quedaron en la escuela. En una sala de descanso austera por cuyas rendijas entraba el viento, se estiraron sobre unos bancos y sillas incómodos. Desenvolvieron los paquetes con el almuerzo. Casi todas llevaban sobre todo fruta, pues madame les insistía en que hicieran una dieta ligera. A Audrey le rugía el estómago cuando dio un bocado a su sándwich de pollo. Como postre se había llevado una barrita pequeña de chocolate. Desde el terrible invierno que había pasado en Holanda durante la guerra, soportaba muy mal el hambre. Una y otra vez, se forzaba a entrar en razón y adquirir conciencia de que la época de privaciones ya había terminado. Había alimentos disponibles y comía sin preocuparse de si al día siguiente aún quedaría algo.

—Que madame no te vea el chocolate —le aconsejó Alice, sentada a lo sastre en una silla—. De lo contrario, se va a poner hecha un basilisco.

—Si por ella fuera, tendríamos que vivir todas a base de pan y agua —añadió Moira, y dio un mordisco a una manzana.

Audrey puso los ojos en blanco.

—Algún capricho hay que darse de vez en cuando. El día de la liberación, un soldado inglés me regaló chocolate, y desde entonces soy totalmente adicta a él. ¡Qué se le va a hacer!

Moira y Alice se lanzaron una mirada de regocijo.

—Que sí, Audrey. Esa historia ya la hemos oído mil veces. Ahórranosla. —Audrey mordió ostensiblemente el chocolate, y Alice añadió en un tono más conciliador—: Ya sabemos que has tenido que pasar por un infierno, Audrey. Moira y yo no podemos hablar de eso. Durante la guerra, en Gales estuvimos más o menos bien abastecidas.

Moira bostezó.

—Dejemos de hablar de temas tan deprimentes, que ya falta poco para que se termine el recreo. ¿Os habéis enterado de que madame está planeando hacer una gira en ultramar? Se quiere llevar solo a las mejores alumnas.

A Alice se le pusieron los ojos brillantes y empezó a especular sobre las posibilidades que, en su opinión, tenían los distintos alumnos de ballet. Audrey, sin embargo, notó el habitual nudo en el estómago. Una gira por países extranjeros, actuar en diferentes escenarios y bailar en público era su sueño. ¿Conseguiría estar entre los elegidos? Probablemente no, pensó con tristeza.

—Yo ya me lo puedo ir quitando de la cabeza —anunció Alice.

—Yo también —se sumó Audrey—. Con mi pinta de campesina holandesa y los pies tan grandes que tengo, como dice siempre madame, seguro que no me tiene en cuenta.

—No digas tonterías —dijo Alice—. ¡Las cosas que te imaginas! Eres grácil como un corzo.

—Eres la mejor de nosotras tres —intervino Moira.

Audrey se echó a reír. Pero el apoyo de sus amigas le sentó bien, por lo que asistió al ensayo de la tarde sintiéndose más aliviada.

Por la noche había dejado de llover. El aire olía a tierra y a flores cuando Audrey tomó el metro para llegar hasta el estudio en el que se iban a hacer las tomas del anuncio publicitario. Tenía sueño, estaba agotada y, como todos los días, le dolían las extremidades. Ya tenía ganas de que llegara el fin de semana; iba a ir con su madre de excursión a Hyde Park para merendar allí y holgazanear encima de una manta.

Normalmente, durante el trayecto iba observando la cara de los pasajeros. ¿Viviría su padre todavía en Londres? Trató de imaginar cómo sería si de repente lo descubriera entre la multitud, en el metro, de compras o en el parque. ¿La reconocería todavía? Para entonces tenía diecinueve años y era una muchacha espigada; de niña ya no le quedaba nada. Con un poco de envidia miró a una chica adolescente que iba con su padre; reían por alguna cosa, parecían muy relajados y se notaba que se tenían confianza.

Las tomas fotográficas para el anuncio del jabón terminaron enseguida. El director la elogió y le dijo que con esos ojos grandes de color castaño, el pelo lustroso y la figura esbelta era como si hubiera nacido para hacer de modelo. Audrey agradeció el cumplido con una sonrisa, pero para sus adentros seguía acordándose de la campesina holandesa con la que la había comparado madame Rambert.

Llegó a casa tarde y hecha polvo. Sabía que su madre acababa de llegar poco antes que ella, pero ya estaba guisando en la pequeña cocina. Le llegó el olor de la sopa de verdura y notó que otra vez tenía mucha hambre.

—Bueno, ¿qué tal ha ido el día? —preguntó Ella mientras la removía.

Audrey bostezó, dejó la bolsa del ballet y se sentó en una silla de la cocina. Apenas podía mantener los ojos abiertos.

—Como siempre. El ensayo ha sido duro, y madame estaba imprevisible. Al menos me he sacado un par de billetitos por el anuncio del jabón.

Extrajo del bolso el dinero que le había dado el director y lo puso encima de la mesa.

—Muy bien. Eso nos mantendrá unos días a flote. —Ella los guardó en una caja de té vieja que conservaba en el armario de la cocina.

Se tomaron la sopa a cucharadas sin apenas dirigirse la palabra, ya que Ella también se encontraba cansada tras una dura jornada de trabajo. Después de cenar, Audrey cogió el estropajo para fregar los cacharros, pero su madre se lo quitó de la mano con resolución.

—No, hija, no hagas eso. Para ser bailarina y modelo hay que tener unas manos muy cuidadas.

—Como quieras. —Audrey miró las manos ásperas y muy trabajadas de su madre—. Pero a mí no me cuesta nada; no tienes por qué hacerlo todo tú sola.

—Buenas noches —dijo Ella y la empujó con suavidad para que saliera de la cocina.

Un cuarto de hora más tarde, Audrey se desplomó en la cama. Estaba tan cansada que, más que dormirse, le pareció que caía en un estado de profunda inconsciencia.

2

Agosto de 1948

La primavera pasada por agua fue sustituida por un verano inglés suave. Audrey pasaba casi todos los fines de semana con su madre en Hyde Park, donde leían o dormitaban. Ella solía tumbarse boca arriba en la manta del pícnic, aspiraba el aroma de la hierba recién segada, contemplaba el cielo azul despejado y se abandonaba a sus ensoñaciones.

Madame Rambert todavía no había dicho nada concreto acerca de la gira que tenía previsto hacer en ultramar, y las clases continuaban con su habitual rigor, pero, a diferencia de otras chicas, que renunciaron y optaron por seguir un curso de secretariado, Audrey hacía de tripas corazón y seguía luchando. La disciplina que Ella le había inculcado desde pequeña y el entusiasmo con el que se entregaba a su objetivo la ayudaban en los momentos en los que creía no poder dar un paso más por los dolores que padecía. Entretanto, Alice había abandonado la escuela de ballet; no le veía ningún sentido a seguir torturándose; como además se había prometido hacía unas semanas, de todas maneras su vida iba a tomar otro rumbo.

Así que Moira y Audrey se quedaron solas. Pasaban juntas cada minuto que tenían de ocio. A veces, durante el recreo del mediodía, iban a un café cercano sencillamente para ver algo distinto que no fueran bailarinas vestidas de blanco con peinado severo y para oír algo que no fueran las notas del piano ni el crujido del suelo de parqué, que las acompañaban de la mañana a la noche todos los días de clase.

—Buf, madame estaba hoy de un humor de perros —suspiró Moira, que, en aquel día cálido de finales de agosto, se sentó en una silla de mimbre de la terraza de su nuevo café favorito—. Hoy me ha golpeado tres veces el brazo con su varita. Mañana seguro que me salen cardenales. Y solo porque me he tropezado. Iris se me ha pegado tanto que no podía hacer otra cosa.

—Y a mí me ha vuelto a llamar quesera holandesa —dijo Audrey enfurruñada, y abrió la carta del menú—. Mis pies, sobre los que según ella solo sé tambalearme, le deben de recordar al queso de bola.

Moira soltó una carcajada.

—No te lo tomes a mal. A todas nos baja la moral; seguramente cree que eso nos sirve de acicate. Ayer a Tabitha la llamó «una hoja marchita al viento», y a Rebecca le dijo que estaba tan rígida como un soldado del palacio de Buckingham. No lo dice en serio. Como sabrás, somos las mejores bailarinas de ballet de todo el Reino Unido.

—Mmm. —Audrey no estaba muy convencida—. De todas formas, de vez en cuando no nos vendría mal algún elogio por su parte.

—Da igual. ¿Qué vas a tomar?

Audrey echó un vistazo a la carta. Mentalmente calculó enseguida lo que podría permitirse tomar con sus míseros ingresos. En realidad, las excursiones al café iban a ser una excepción, pero últimamente Moira cada vez la convencía más a menudo para que la acompañara. Su amiga no tenía de qué preocuparse, porque sus padres la ayudaban económicamente, mientras que ella y su madre seguían aceptando cualquier trabajo ocasional que se les presentara.

—Solo un *scone* con mermelada y un té.

—¿De verdad que con eso te basta? —Moira hizo una seña al camarero y pidió para las dos.

—No tengo mucha hambre —mintió Audrey.

Después de comer, se dejaron bañar perezosamente por los rayos de sol que entraban entre las sombrillas.

—Iris cree haber oído que hoy madame va a anunciar quién va a ir a la gira —dijo luego Audrey en voz baja.

—Sí, yo también he oído algo de eso —se mostró de acuerdo Moira, y cerró los ojos. El sol le hacía chiribitas en los párpados. Audrey deseó estar ella también así de relajada. Pero había mucho en juego. Las elegidas para viajar por el mundo y bailar en muchos escenarios conocidos no tenían por qué preocuparse del futuro. Se lo merecían; habían estado a la altura de las exigencias de madame. Audrey llevaba todo el verano soñando despierta, abandonándose mentalmente a la música de piano suave de los grandes escenarios, adoptando los papeles de la princesa Odette o de Giselle o del Hada de Azúcar.

Como si Moira se hubiera dado cuenta de su tensión, volvió a abrir los ojos y le puso a su amiga la mano en el brazo.

—No tienes por qué preocuparte, Audrey. Eres una bailarina maravillosa.

Audrey sonrió.

—Tú también. Ojalá lo consigamos las dos. —Pero ya solo de pensar que hoy madame iba a revelar el secreto de qué bailarinas eran lo suficientemente buenas para seguir en la escuela, o incluso para ir a la ansiada gira, a Audrey le temblaban las manos y se le formaba un nudo en la garganta. Porque desde muy pequeña hacía todo cuanto estaba en su mano por cumplir su sueño de dedicarse al ballet. Quizá hoy se le planteara una disyuntiva: o bien se acercaba un poco más a su objetivo, o bien lo perdía todo.

Marie Rambert le dio emoción al asunto. Dejó que las chicas bailaran sin pausa hasta última hora de la tarde y les hizo repetir otra vez todo. En esta ocasión se abstuvo de hacer comentarios y, a cambio, observó atentamente a cada una con los ojos entornados. Por último, hacia las siete, dio un golpecito con la vara en el piano para que el pianista dejara inmediatamente de tocar y las chicas interrumpieran sus movimientos. En el aire se mascaba la tensión. ¿Sería cierto el rumor? ¿Anunciaría hoy madame quién iba a ir de gira?

—Sentaos —ordenó la profesora de ballet, señalando con la vara el banco del otro extremo de la sala. Las chicas corrieron hacia allí presurosas y se sentaron muy pegaditas. La luz suave del sol vespertino que entraba por las ventanas extraía el brillo de sus trenzas—. Seguro que ya lo habéis oído —empezó madame, paseándose arriba y abajo delante de las chicas—. Los rumores se propagan aquí más aprisa que la lenteja de agua. Y sí, se corresponden con la verdad. Durante los últimos meses he estado observándoos con mucho detenimiento para hacerme una idea. Hay planeada una gira con alumnos de la escuela. Para no torturaros más tiempo, os diré que el viaje es a Australia y Nueva Zelanda. —Un murmullo recorrió la hilera de chicas. Australia y Nueva Zelanda parecían muy lejanas, como si madame Rambert les hubiera hablado de un viaje a la luna. Todas se habían criado durante la guerra; la mayor parte de ellas no habían salido nunca de Inglaterra—. Entiendo que es como para encandilarse —dijo, comprendiendo los murmullos de entusiasmo, mientras miraba los ojos brillantes de sus alumnas. Todas ellas deseaban ardientemente figurar entre las elegidas—. Como es natural, ha de quedaros claro que solo puedo llevarme a unas pocas. A las mejores, por supuesto.

Una chica con una mata voluminosa y ondulada de pelo rojo, que a duras penas se dejaba domar por las horquillas, alzó dubitativa la mano:

—¿Qué pasa con las demás, madame? ¿Las que no van a ir de gira sencillamente se quedan aquí y siguen recibiendo clase?

—En parte sí —dijo en voz muy alta, lanzando una mirada aguda a su alrededor. Audrey se mordía las uñas de puro nerviosismo. ¿Qué significaría «en parte»? ¿Qué pasaba con las otras?—. Hoy y aquí voy a decidir no solo quién puede venir de gira, sino también a quién le merece la pena continuar con su formación. A algunas más les vale buscarse un empleo de cualquier clase. O casarse.

Las chicas se pusieron pálidas, y también a Audrey le dio un vuelco el estómago. Los pensamientos a los que se había entregado durante la pausa del mediodía parecían revelarse como ciertos. Una palabra de madame y adiós a sus sueños.

—Basta ya de hablar —decidió la profesora—. Ahora voy a leer los nombres de aquellas que tienen la suerte y el talento necesarios para ir de gira. ¡Silencio, por favor! —gritó disgustada cuando las chicas, nerviosas, empezaron a cuchichear—. La primera que puede alegrarse es Mary Summerset. Elizabeth Clarke. Delilah Andrews.

A cada nombre que mencionaba, se le iba acelerando el corazón a Audrey. Moira, sentada a su lado, le cogió la mano y se la apretó.

Madame dijo otros cinco nombres. Luego se hizo el silencio en la gran sala. Las chicas elegidas recogieron sus cosas y la abandonaron charlando animadamente. Al día siguiente recibirían más instrucciones.

Entre las alumnas que quedaban reinaba un silencio sepulcral.

—A continuación voy a leer los nombres de las que están suficientemente dotadas como para seguir estudiando en la escuela. —Madame desplegó otro papel y leyó sin el menor tono emotivo en la voz—. Maya Robins. Eve Longstream. Susan-Ann Burnett.

Según iba leyendo los nombres, Moira le apretaba cada vez con más fuerza la mano a Audrey. Esta había cerrado los ojos, convencida de que el corazón le iba a estallar de un momento a otro.

—Amanda Armhust. Minnie Johnson.

—¿Eso es todo? —preguntó Moira en medio del silencio que se instaló funestamente tras los últimos nombres leídos.

—Eso es todo —confirmó escuetamente Marie Rambert—. Ya pueden marcharse todas.

Las alumnas que, en opinión de la profesora, eran lo bastante buenas como para seguir yendo a la escuela abandonaron la sala hablando en voz baja; entre las otras reinaba el silencio. No obstante, también recogieron sus cosas y se marcharon cabizbajas. Solo siguió sentada en el banco Audrey, que parecía anestesiada.

—Ven —la apremió Moira con un susurro, e intentó tirar de ella hacia arriba—. Vámonos. Vamos fuera a hablar.

Audrey negó con la cabeza.

—No. Quiero saber por qué no soy lo bastante buena.

—Déjalo ya —le dijo, pescando el bolso de Audrey—. Ya sabes que la Rambert no discute.

—Pero tengo derecho a una respuesta —insistió ella con las mejillas ardiendo, y se puso de pie—. Me lo debe, y, por cierto, a ti también.

—¿Hay algún problema? —preguntó madame Rambert, que ordenaba sus papeles a cierta distancia. Desde su modesta estatura, taladró a Audrey con la mirada. Esta cogió aire.

—Yo... —dijo con la voz temblorosa—. ¿Puede decirme por qué cree que no tengo el suficiente talento como para seguir en la escuela?

Madame Rambert se acercó unos pasos y la escudriñó.

—Está clarísimo. ¿Cuánto mide usted? ¿Un metro setenta, un metro setenta y dos?

—Un metro setenta —logró decir ella.

—¿Lo ve? En el mundo del ballet usted es sencillamente una grandullona. Demasiado alta.

Madame se volvió como dando por despachado el asunto, pero Audrey no podía ceder tan fácilmente.

—¡Madame! —la llamó con una voz mucho más firme mientras Moira le tiraba desesperada del brazo para ahorrarle más disgustos—. ¿Eso es todo? ¿Mi altura? ¿Es esa la única razón? —Le costaba trabajo creer que su estatura fuera lo único que le impedía hacer una carrera como bailarina profesional.

Madame Rambert suspiró.

—No, eso no es todo. La verdad es que... ¿Cómo lo diría yo? Su fuerza muscular no puede competir con la de mis otras alumnas. Por el cuerpo que tiene se le nota que ha pasado hambre en la guerra.

Audrey se mostró completamente sorprendida.

—Sí, pero...

Los ojos de la profesora de ballet adoptaron una expresión que Audrey y Moira no habían visto nunca en ella. A lo que más se parecía era a la compasión.

—Eso se nota. Una vez que alguien ha estado tan mal alimentado como usted, el cuerpo padece daños irreversibles. Su desarrollo muscular no resiste la comparación con el de las chicas inglesas. Sencillamente no puede convertirse en una *prima ballerina*, y, cuanto antes lo comprenda, antes logrará reorientarse, emprender otro camino.

Audrey miró desconcertada a madame Rambert. «No hay ningún otro camino para mí», le habría gustado contestarle. Apenas notó que Moira, para consolarla, le había rodeado los hombros con el brazo.

—¿No hay ninguna esperanza, ninguna posibilidad? —preguntó; un último intento en medio de su aturdimiento.

Madame Rambert negó con la cabeza.

—Por desgracia, no, querida. Pero eso no significa que no pueda dedicarse al baile profesional. Existen numerosos teatros pequeños en la ciudad que siempre buscan bailarinas de fondo para sus revistas musicales. Obras estridentes y abigarradas que reflejan el espíritu moderno de la época. —Por cómo fruncía los labios, Audrey reconoció enseguida qué consideración le merecían esas obras—. Aunque usted no responde al ideal de belleza tradicional, señorita Hepburn, sin embargo, con esos ojos de corzo enormes y acastañados resulta muy linda. Me la imagino perfectamente en un grupo de baile. Pero ya es suficiente. Le he dado abundante información; ahora es usted quien ha de ver lo que puede hacer con ella. Buenas noches. —Guardó sus documentos. La conversación había terminado.

Con los hombros caídos, Audrey y Moira se dirigieron al vestuario, se pusieron la ropa de calle en silencio y abandonaron el edificio.

—Bueno, qué se le va a hacer —opinó Moira melancólica cuando se quedaron paradas en la calle sin saber qué hacer.

—Sí —le dio la razón Audrey—. Siento mucho que tú tampoco lo hayas conseguido, Moira.

—Ay, Audrey —suspiró su amiga, y la abrazó—. Yo he sido derrotada, pero creo que a ti te afecta más que a mí. El ballet es... era... tu gran sueño. A mí, en cambio, no me cuesta ningún trabajo imaginarme otras cosas que quiero hacer.

—Es que no me lo puedo creer —murmuró Audrey—. Llevo estudiando ballet desde los seis años. ¡Nunca he tenido más deseos que el de ser bailarina! ¡Esta maldita guerra tiene la culpa de todo! Si no hubiera existido y no hubiéramos pasado tanta hambre, mis músculos se habrían desarrollado bien... —Se le quebró la voz y tuvo que llevarse la mano a la boca para no romper a llorar en plena calle. Aún bramaban en su interior los sentimientos por la pérdida de su gran sueño, la tremenda decepción, la súbita soledad, como un ciclón desencadenado; pero pronto, de eso estaba segura, la devoraría por dentro un vacío tan grande como un agujero negro. Pues ¿qué le quedaba ahora en la vida? ¿De qué podría alegrarse? ¿A qué podía aspirar?

—¿Vamos a comer algo juntas? —preguntó Moira titubeante—. Así seguimos hablando otro poco.

Audrey asintió. Ciertamente, su magro presupuesto no le permitía entrar dos veces al día en un local, pero en ese momento le daba todo igual. Moira la cogió del brazo y juntas se metieron por una bocacalle de Cambridge Circus, donde Moira conocía un pub. Bajo la luz débil del sol de aquel día de finales del verano, entraron en un local modesto, apuntalado con unas vigas negras llenas de hollín, y se sentaron a una mesa apartada.

—¿Tú también quieres *fish and chips*? —preguntó Moira—. Ahora que ya no tengo que cuidar la línea, para variar puedo comer lo que quiera.

—Sí, por mí está bien —murmuró Audrey, mirando al vacío. Le venían los recuerdos del pasado. Con seis años había empezado con el ballet tras la partida de su padre; ya entonces el baile era su refugio, le hacía olvidarse de sus penas y la transportaba a un mundo que se componía de música, de gracia y de ternura. Recordó que en Arnhem había sido una de las mejores alumnas de madame Marova y, durante la guerra, había brillado en algunas representaciones. El ballet le había proporcionado

60

seguridad en sí misma, había sido el objetivo de todas sus ansias y anhelos... Y ahora, en cambio, todo eso había acabado. ¿Qué sentido tenía ya levantarse por las mañanas? ¿Qué iba a hacer ahora con su vida?

Dejó sus cavilaciones cuando Moira volvió de la barra, donde había hecho el pedido. Poco después les sirvieron la comida, que picotearon a desgana porque ninguna de las dos tenía apetito.

—Vamos a ir pensando con qué podemos ganarnos el pan —meditó Moira mientras pinchaba una patata frita con el tenedor—. En realidad, tú ya tienes con qué mantenerte, ¿no? Llevas ya un tiempo trabajando como modelo para carteles publicitarios. Puedes seguir haciéndolo sin problema.

—Sí, pero con eso solo gano unas pocas libras —objetó Audrey, y se metió un trozo de pescado frito en la boca—. Con eso no podría vivir por cuenta propia.

—Es verdad lo que dijo un día madame Feldwebel —dijo Moira—. Podríamos intentar trabajar como bailarinas en una de esas novedosas comedias musicales del West End. En el tablón de anuncios de la escuela están las direcciones de los directores y de las agencias a las que dirigirse, ¿lo recuerdas? Podríamos tantear ese terreno un día de estos.

—No nos va a quedar más remedio —admitió sombríamente Audrey—. Pero ahora en serio. He oído hablar de esas revistas musicales. Son producciones baratas; mi madre seguramente las llamaría frívolas. —Un gesto de amargura le desfiguró la boca. ¡Menudo descenso en un solo día! Esa mañana todavía soñaba con un futuro brillante como bailarina y ahora como mucho aspiraba a formar parte de un número de baile insignificante.

Moira se encogió de hombros.

—A falta de pan, buenas son tortas, diría yo. ¿Y si empezamos mañana mismo a preguntar en las agencias para ver si nos necesitan?

—Bueno —concedió Audrey.

La amiga le dio un apretoncito en el brazo para animarla.

—¡Arriba ese ánimo! Lo conseguiremos. A veces la alternativa acaba siendo mejor que el plan original.

—Eso me atrevo a ponerlo seriamente en duda —murmuró Audrey—. ¿Nos marchamos? Todavía tengo que darle la noticia a mi madre, y debo hacerlo con mucha precaución.

Ya estaba anocheciendo cuando llegó a casa. El aire anunciaba ya la promesa del otoño que se acercaba; hacía fresco y olía a hojas y a tierra húmeda.

Sentada en bata en su sillón favorito, Ella escuchaba una emisora de radio. Parecía agotada; probablemente acababa de llegar a casa de alguno de sus trabajos.

—Todavía queda algo de verdura en la cocina. Y hay un poco de pan en... —Echó un vistazo a su hija y se asustó—. Dios mío, qué pálida estás, hija. ¿Pasa algo?

—Sí. —Audrey, afligida, tomó asiento frente a ella—. Hoy ha sido mi último día en la escuela de ballet. Madame Rambert me ha dicho que no voy a llegar a *prima ballerina*.

Cansada, le contó a su madre lo que había ocurrido. Ella escuchó sin decir una palabra. Al final suspiró y cruzó las manos sobre el regazo.

—¿Estás desilusionada, mamá? —preguntó Audrey. Durante todo el camino de vuelta a casa había intentado imaginar la reacción de Ella, y el temor a decepcionarla le roía el alma.

Pero, para su gran alivio, su madre negó con la cabeza.

—No, no pasa nada, Audrey. No es culpa tuya que madame Rambert no vea más posibilidades en ti. A lo mejor todos estos años hemos tenido unas expectativas poco realistas. Arnhem y Ámsterdam no dejan de ser provincias. Allí era mucho más fácil destacar que en Londres, la metrópoli. Aquí los requisitos son muy distintos, y no todo el mundo está a la altura.

—Estoy tan triste, mamá... —Por primera vez en ese día tan desdichado, Audrey dio rienda suelta a las lágrimas, que le ardían en los ojos y le rodaban por las mejillas.

—Míralo desde un punto de vista práctico. —Ella no hizo el menor amago de abrazar a su hija, como esta deseaba de todo corazón—. En cualquier caso, con el ballet solo habrías podido seguir unos años más. En algún momento te habrías casado y lo habrías dejado, ¿no es cierto?

—Sí, pero... —balbuceó Audrey.

—¿Es que no te quieres casar? Es lo que desean todas las jóvenes.

Audrey se enjugó las lágrimas.

—Claro que quiero casarme y tener hijos.

—¿Lo ves? —observó su madre—. Entonces da igual que dejes el ballet ahora o dentro de dos o tres o cuatro años. Y hasta que encuentres un hombre bueno y aceptable, te buscas otro trabajo. Estoy segura de que lo vas a conseguir sin demasiado esfuerzo.

3

Abril de 1951

En el camerino minúsculo y asfixiante que compartía con las otras bailarinas del fondo, Audrey estaba delante del espejo quitándose el vestido para ponerse una camiseta y unos pantalones deportivos para el ensayo. De una barra colgaban ya preparados los trajes para la representación de la noche, unos vestidos de color negro y lila de escasa calidad pero con mucho brillo.

Otra bailarina la apartó de un codazo para verse ella también en el espejo. El camerino rebosaba de risas y cuchicheos femeninos. El olor a diferentes perfumes, a laca, a maquillaje y a cigarrillo impregnaba el aire como una nube densa y picaba en la nariz. Audrey procuraba no respirar demasiado hondo; en el fondo, anhelaba el aire fresco.

La puerta del camerino se abrió y entró Moira con cara de atosigada.

—Lo siento, he vuelto a quedarme dormida. —Rápidamente se puso el jersey.

—Tienes suerte de que ya no estemos sometidas a la férula de madame Rambert. ¡Llegar con retraso dos veces en una semana! *Impossible, ma fille!* —Audrey imitó con tal realismo el acento de su anterior profesora de ballet que hizo reír a Moira.

—Déjalo, Audrey; de lo contrario, esta noche voy a tener pesadillas. Menos mal que esa época ya pasó, ¿no te parece? ¿O todavía sigues triste?

Audrey se peinó el pelo hacia atrás y negó con la cabeza.

—No, ya estoy bien. En el teatro es todo mucho más distinto que en la escuela de ballet, pero al menos aquí también bailo todo el día. La verdad es que me lo paso muy bien.

Después de darse de baja en la escuela de ballet, ya al día siguiente se pusieron en marcha llenas de espíritu emprendedor y se presentaron en varias agencias de artistas. Como las dos eran jóvenes y guapas y habían recibido una formación de baile sólida con madame Rambert, no tardaron mucho en ser contratadas. Para alegría de ambas, encontraron trabajo en el West End londinense, en una compañía que representaba una comedia musical en un teatro pequeño. Ahora salían a escena noche tras noche.

Nada más cambiarse de ropa las bailarinas, se dirigieron al escenario como una recua de gansas parlanchinas, pero, como ocurría muy a menudo, también hoy les tocó esperar. Aún faltaba el protagonista masculino, por lo que el director se paseaba arriba y abajo con la cara roja de ira. Audrey y Moira se sentaron con las otras chicas al borde del escenario con las piernas colgando y se pusieron a fumar.

—¡Hoy en día ya no hay disciplina! —bramó el director, llevándose las manos a sus ralos cabellos. Moira le guiñó el ojo a Audrey: esta escena se repetía en una u otra versión todas las mañanas.

Audrey sonrió y le pidió fuego a su amiga para fumarse otro cigarrillo. Al principio se había mantenido alejada de la nicotina, pero a estas alturas fumaba ya tanto como sus compañeros y compañeras. Cuando estaban en ascuas esperando la salida a escena o se aburrían entre un ensayo y otro, el consumo de tabaco era el recurso favorito para pasar el rato.

A su madre no le parecía nada bien y a menudo la reprendía.

—¿También tienes que hacerlo tú porque lo hacen todos, Audrey? El humo se queda pegado al pelo y hueles a taberna.

Audrey aguantaba las recriminaciones con un suspiro, pero seguía fumando. Era la única manera de distraerse un poco en su ajetreada vida cotidiana.

Rápidamente apagó el cigarrillo cuando por fin apareció el protagonista con unas ojeras muy marcadas.

—¿Otra vez de juerga toda la noche? —Cecil desvió asqueado la mirada y ordenó a las chicas que se levantaran del borde del escenario—. A vuestras posiciones. No tenemos todo el día.

Aunque los ensayos transcurrieron como siempre llenos de incidentes (dos de las bailarinas del fondo no podían parar de reírse al ver que una tercera se caía de culo, y durante la pausa otras dos chicas se pelearon tanto que sus gritos resonaron por todo el teatrito), la función de la noche salió bien. En la pequeña sala hacía un calor asfixiante, pero el público era muy animoso y aplaudió con entusiasmo. Se oyeron algunos piropos descarados, y Audrey tuvo que contener la risa más de una vez.

Cuando terminaron la representación, se sintió aliviada. Los días se hacían largos en el teatro y acababa tan cansada que por la noche estaba muerta de sueño y deseando meterse en la cama.

—¿Te vienes al pub? —le preguntó Moira mientras salían del escenario, que para entonces se había cerrado tras el telón grueso de terciopelo, y regresaban al camerino.

—Sí, venga, apúntate —la animaron otras dos chicas.

Audrey reprimió un bostezo y negó con la cabeza.

—Hoy no. Estoy hecha polvo. Tal vez mañana.

De repente, alguien le puso una mano en el brazo. Dejó pasar a las otras chicas, se volvió y reconoció a Cecil, el director, que se había acercado en silencio a las oscuras escaleras que daban al camerino. Tras él vio otra figura en la sombra.

—Audrey, espera un momento —le pidió Cecil.

Con sus finas zapatillitas de baile, desplazó el peso de un pie a otro. El miedo a haber cometido algún error y a que la reprendieran le puso un nudo en la garganta. Tenía profundamente arraigado el recuerdo de madame Rambert.

—Quiero presentarte a alguien —dijo Cecil, haciendo una seña a su acompañante para que se acercara—. Este es Robert

Lennard. Es director de *casting* en una compañía cinematográfica llamada ABPC; es pequeña pero selecta.

—Buenas noches —dijo el señor Lennard, y le dio la mano escudriñándola con la mirada.

—Buenas noches —susurró ella desconcertada. Se le aceleró el pulso. ¿Una compañía cinematográfica?

—Me ha entusiasmado su actuación en el escenario. Esta noche ha sido usted de las mejores, probablemente incluso la mejor.

—Gracias. —Audrey se puso tan nerviosa que se le humedecieron las manos; se preguntaba adónde conduciría esa conversación.

—Es una de mis mejores bailarinas —le informó orgulloso Cecil—. Y, a diferencia de las otras chicas, es muy formal y disciplinada. No ha llegado tarde ni una sola vez. Y nunca protesta cuando los ensayos se prolongan más de lo debido. Hace un trabajo extraordinario.

A Audrey empezaron a arderle las mejillas de pura alegría y también de vergüenza.

Robert Lennard no apartaba la vista de ella, a la que seguía examinando con la mirada.

—Es bueno saberlo, Cecil. Bueno, Audrey, he estado charlando un poco con Cecil sobre usted y me ha animado a que le hable sinceramente. Quiero hacerle una oferta: a la ABPC le gustaría contratarla. Siempre estamos buscando mujeres jóvenes con talento, como usted.

—¿Para qué? —balbuceó Audrey, que no entendía nada. Ella era bailarina; ¿para qué la quería una compañía cinematográfica?

Lennard sonrió.

—Además de su trabajo en el teatro, usted podría hacer papeles pequeños en nuestras películas. De figurante. Quizá también algún pequeño papel con una o dos frases. ¿Qué me dice al respecto?

Audrey se había quedado sin habla. Miró primero a Lennard y luego a Cecil, que le hizo un gesto para animarla. En ese momento, sintió una montaña rusa de emociones. Aunque el trabajo en la revista musical le divertía, cada vez se preguntaba con mayor frecuencia si el West End era una solución provisional para ella o el punto culminante de su carrera en el escenario. Y ahora parecía que el peso recaía en la primera opción. Su profesión como bailarina podía ser un trampolín hacia el mundo cinematográfico.

Se sentía tan abrumada que tuvo que respirar hondo.

—Muchas gracias, señor Lennard. Me alegro muchísimo de su oferta. Y sí, la acepto con mucho gusto.

Él le tendió la mano.

—Estupendo. Entonces pásese mañana temprano por mi despacho para firmar el contrato.

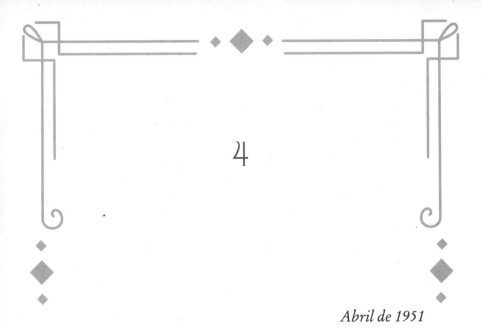

Abril de 1951

Audrey había abierto de par en par la ventana de su dormitorio para que entrara el aire tibio. En el patio interior de la casa un pájaro gorjeaba con un canto agudo y entrecortado y olía embriagadoramente a jacinto. Tumbada en la cama, tenía sobre el pecho un libro abierto, una novela policiaca de Agatha Christie. En los pocos minutos que le quedaban libres devoraba en toda regla las novelas de la famosa escritora, pero en ese momento tenía tanto sueño que se le cerraban los ojos. Haciendo un gran esfuerzo, los volvió a abrir. Solo le quedaba un cuarto de hora; luego debía vestirse y peinarse. Era sábado por la noche y tanto ella como Moira y otros pequeños astros y artistas habían sido invitados a una fiesta. Si por ella fuera, le habría encantado quedarse en la cama y seguir enfrascada en su novela de detectives, pero ni se planteaba la cuestión. Robert Lennard, su jefe de ABPC, esperaba de ella que asistiera a la fiesta bien arreglada, radiantemente bella y de buen humor. Desde que hacía papeles pequeños para su compañía cinematográfica, estaba obligada por razones de publicidad a mostrarse en público lo más a menudo posible.

Dejó a un lado el libro y se vistió. La tela rígida del vestido crujió cuando se lo puso, todavía descalza. Los botones forrados de tela de la espalda no podía abrochárselos ella sola; tendría que ayudarla su madre. Se maquilló con esmero, se puso rímel en las pestañas de un negro un tanto dramático y utilizó el carmín para pintarse los labios de un color rojo aterciopelado. Luego escogió un bolsito de mano negro en el que guardó la barra de labios, la polvera y dinero para el taxi. Poco después, se presentó en el cuarto de estar para que la viera su madre, que concedía mucha importancia a formar parte de su vida y de su carrera.

Sentada junto a su escritorio, Ella estaba escribiendo una carta a sus hijos varones, que estaban en Holanda. Pero inmediatamente dejó la pluma estilográfica para dar el visto bueno a su hija.

—No está nada mal —sentenció. Le abrochó los botones de la espalda del vestido de fiesta y dio unos cuantos tirones a los pliegues de la falda. La prenda era de color burdeos, muy ajustada en el pecho, con tirantes cruzados en los hombros y una falda con mucho vuelo que le llegaba hasta la rodilla. Audrey había escogido unos zapatos de salón negros que iban a juego—. Así estás muy presentable. Pero, espera, falta una cosa. —Ella fue corriendo a su habitación y volvió poco después con un collar de perlas, que le puso a su hija al cuello—. Herencia de los Van Heemstra. Ahora ya vas completa.

—Gracias, es un detalle. —Audrey notó las perlas frías en la piel—. El taxi viene enseguida. No creo que llegue demasiado tarde a casa, pero entraré con cuidado para no despertarte.

—No tienes por qué llegar siempre a casa como la Cenicienta antes de que den las doce —dijo Ella meneando la cabeza, y volvió a su escritorio—. Diviértete. A lo mejor te encuentras en la fiesta con algún joven con el que te apetezca charlar.

—Me extrañaría. Además, preferiría acostarme pronto.

Delante de la casa paró un coche, y ella se despidió rápidamente de su madre, se echó una estola, cogió el bolsito de noche y se apresuró a bajar. Moira ya la esperaba en el taxi.

—Hola, ¿qué tal? ¿Preparada para nuevas aventuras? —la saludó su amiga, siempre tan vivaracha. Se había recogido artísticamente su cabello rubio oscuro sedoso y llevaba un vestido parecido al de Audrey, solo que con motas blancas y negras.

—Qué remedio —afirmó Audrey tan de mala gana que a su amiga le quedó claro que no estaba para aventuras.

A Moira le hizo gracia y se echó a reír.

—Venga, nos lo vamos a pasar bien. Me pregunto si estará otra vez ese actor tan guapo que hace de Macbeth en el teatro Globe. Me refiero a aquel con el que bailé en la última fiesta.

Audrey sonrió. Moira llevaba varias semanas sin hablar de otra cosa.

Cuando llegaron a Belgravia, el taxista les abrió gentilmente la puerta y se apearon. El club era uno de los más distinguidos de la zona. En el vestíbulo había unas columnas de mármol, y en los espejos de las paredes se reflejaba la luz de numerosas arañas de cristal. El ambiente resultaba tan noble y solemne que ambas se sintieron mágicamente atraídas hacia el salón de la fiesta. Para entusiasmo de Moira, esta fue de inmediato acaparada por su adorado, que asimismo estaba presente, y por un momento Audrey se quedó indecisa y deslumbrada por la luz de tantas lámparas. Un camarero que pasaba por allí le ofreció una copa de champán, que ella aceptó agradecida por tener algo a lo que agarrarse.

—¡Audrey, querida, cómo me alegro de que haya venido! —Robert Lennard se abalanzó sobre ella. Al igual que todos los caballeros presentes, también él llevaba el esmoquin obligatorio y el pelo bien peinado y alisado. Como normalmente vestía ropa informal, en ese tipo de veladas parecía disfrazado, como si estuviera haciendo un papel en una de sus propias películas. Probablemente se encontraría más a gusto sentado junto a la chimenea de su casa tomando una infusión, pero, a semejanza de los artistas invitados, también él tenía que hacer acto de presencia.

—Hola, Robert. El club es precioso, muy elegante y bien decorado —dijo Audrey, dando un sorbito de champán.

—¿Verdad que sí? Pues ahora mézclese con el pueblo, ¿entendido? —Lennard le guiñó el ojo con complicidad—. Ya sabe que aquí no venimos por diversión, sino para ver y ser vistos. Y procurando estar siempre bien cerquita de los fotógrafos de la prensa.

73

—Le haré caso —prometió ella. Él se fue enseguida para atender a otros invitados.

Audrey se puso al lado de una columna de mármol y observó con curiosidad a los asistentes. Entre las mujeres había caras conocidas y otras menos, unas más guapas que otras. Por doquier se veían vestidos con faldas de amplio vuelo, tal y como lo dictaba entonces la moda, así como perlas y mucho oro. Al fondo, una banda tocaba «I can dream, can't I», de las Andrew Sisters, que en ese momento ocupaba los primeros puestos de las listas de éxitos musicales.

Le llamó la atención un grupo pequeño. En el centro destacaba un hombre joven y atractivo de pelo rubio y ondulado. Superaba en altura a casi todos los allí presentes, a quienes entretenía gesticulando mucho y, a juzgar por las carcajadas de los demás, a base de humor.

Audrey se quedó un rato mirándolo como embobada; luego se volvió y fue hacia las puertas de dos hojas abiertas que daban a una terraza con unas vistas impresionantes de Belgravia. Hacía una noche primaveral deliciosa. Estaba a punto de anochecer y de instalarse una oscuridad completa.

—Vaya, ¿tan sola aquí fuera?

Asustada, dio un respingo y se volvió. Estaba tan abismada en la contemplación de las vistas que no se había percatado de que alguien se le había acercado por detrás. El joven que antes le había llamado la atención surgió ante ella con una copa de champán en la mano.

Audrey sonrió.

—Solo un momento. Enseguida vuelvo dentro. Es tan bonito y reina tanto silencio aquí fuera...

—Como si el mundo hubiera contenido la respiración —dijo él, y la miró con unos ojos tan azules y brillantes que ella apartó la vista—. Creo que la he visto alguna vez en el teatro. ¿Puede ser? ¿En la representación de *One Wild Cat*, tal vez?

—Sí —respondió Audrey sorprendida de que se acordara, pues al fin y al cabo ella solo era una entre tantas—. Es cierto. Tiene buena memoria.

—Para recordar a las mujeres guapas, siempre. —Le tendió la mano, riéndose—. James Hanson. Me alegro de conocerla al natural.

—Audrey Hepburn. —Le dio la mano y él se la estrechó con fuerza—. Lo mismo digo. ¿Es usted también actor?

—No, yo soy heredero. —Cuando vio la cara de extrañeza de ella, se rio más todavía—. Lo siento, pero disfruto cuando la gente se queda tan desconcertada como usted; por eso digo siempre esa frase cuando conozco a alguien.

—Vaya, vaya, conque heredero... —repitió Audrey, y lo observó disimuladamente—. A mí eso me suena a mansiones señoriales polvorientas y a aburrimiento.

James se echó a reír.

—Bueno, no está tan mal. Además me gano la vida trabajando. Mi familia posee una empresa de transporte. Organizamos transportes de larga distancia. ¿Tiene usted pensado mudarse de casa? ¿Le gustaría hacer carrera en Hollywood? Entonces, contráteme. Le haré precio de amigo y embarcaré todos sus enseres a América.

—En realidad tenía previsto quedarme aquí otra temporada. —Audrey sonrió y añadió en broma—: Hollywood no me corre tanta prisa.

—Me alegro de que se quede un tiempo en Inglaterra, porque me gustaría volver a verla. —James le ofreció con gesto galante el brazo para acompañarla al salón de la fiesta—. Naturalmente, solo si usted quiere.

Ella vio lo seguro que estaba de que no le iba a dar calabazas. Tenía razón. ¿Quién podía resistirse a su encantador desparpajo?

—Ya veremos si podemos organizarlo —dijo.

Él rio de nuevo y la condujo hacia el bar. Audrey se ruborizó, pues le pareció que la había calado, que sabía lo atractivo que le resultaba.

La semana siguiente se le pasó volando. El viernes por la mañana, James se presentó en el ensayo de Audrey y la invitó a cenar el sábado. Ella aceptó inmediatamente porque le ardían las mejillas; le daba vergüenza que la viera con el finísimo traje de bailarina.

—James Hanson —susurró Moira impresionada cuando lo vio alejarse—. No dejes que se te escape de las manos. Está muy solicitado.

Ella se volvió hacia su amiga.

—¿A qué te refieres?

—Pues a que sale siempre en la sección de cotilleos de los periódicos. ¿No los lees? —Moira la miró asombrada mientras empezaba a hacer ejercicios de estiramiento—. Es un heredero rico y, al mismo tiempo, un vividor. No se pierde ninguna fiesta. Lo han visto del brazo de docenas de celebridades.

De repente, a Audrey se le aguó la invitación. Seguramente fuera una ingenuidad creer que para James estar con ella también era algo muy especial. ¿Por qué iba a querer pasar el tiempo con ella si podía tener a su disposición mujeres mucho más guapas y famosas? Pero la cena ya no quería anularla.

—Y a mí qué. Solo es una cena —murmuró, y a ella misma le sonó a un pretexto terco.

Su madre se mostró encantada cuando le contó por la noche las novedades.

—¡James Hanson, qué maravilla! He leído muchas cosas sobre él. ¡Lo has hecho muy bien, Audrey!

Audrey miró un poco irritada a Ella, que estaba en la cocina cociendo patatas en una cazuela.

—Yo no he hecho nada, mamá. Únicamente me lo encontré en la fiesta y charlamos un poco. Eso es todo.

Ella hizo un gesto de rechazo.

—Claro, claro, hija, pero por algo se empieza. James Hanson es un buen partido. Rico y apuesto.

Audrey se mordió los labios.

—Sí, lo es. Y también un calavera. Moira me ha contado que le sacan continuamente fotos acompañado de otras mujeres. A mí no me gustaría ser una de tantas.

Ella retiró la cazuela del fuego y escurrió el agua.

—Tú déjate llevar. Al fin y al cabo, un vividor también ha de sentar la cabeza alguna vez. Tiene veintiocho años y tú en mayo cumples veintidós. La edad perfecta.

Audrey puso los ojos en blanco.

—¿La edad perfecta para qué?

Su madre se limitó a esbozar una sonrisa resabiada.

—Ya lo verás.

James la llevó a un restaurante caro y elegante. Al principio, Audrey todavía no sabía bien qué pensar de él, pues aún le rondaban por la cabeza las conversaciones con Moira y con su madre. Pero, en vista de las atenciones con las que la trataba, las reservas que abrigaba se fueron disolviendo como el chocolate al sol. Disfrutó de su compañía y ya no pensó más en su fama de mujeriego. La noche tocó a su fin más aprisa de lo esperado. James la llevó a casa en su limusina.

—Gracias —dijo ella en voz baja cuando él la acompañó hasta la puerta y esperó a que rebuscara las llaves en el bolsito de noche—. Gracias por esta fantástica noche y por la cena tan exquisita.

En lugar de responderle, James se inclinó sobre ella, le puso una mano cálida en la nuca y acercó la cara para besarla.

—Quiero volver a verte tan pronto como sea posible —le dijo.

—A mí también me gustaría —contestó ella, todavía con el sabor de su beso en los labios.

A partir de entonces empezaron a verse con regularidad. Ella recortaba toda orgullosa las fotos de los periódicos en las que James y su hija aparecían juntos en público, unas veces en fiestas y otras en los restaurantes más distinguidos. A veces Audrey echaba de menos las plácidas noches que pasaba en la cama leyendo a Agatha Christie, pero la energía que rebosaba James acababa siempre por contagiársele.

—Tal y como estamos ahora podríamos seguir siempre —le prometió James una noche, un fin de semana que pasaron en un castillo antiguo cerca de Edimburgo—. Los dos podemos conquistar el mundo. Podemos pasar cada fin de semana en un sitio distinto, incluso viajar a lugares lejanos. Con mi jet privado no supondría ningún problema. Vamos a planear un futuro juntos.

—Todo eso suena fantástico, James —empezó ella dubitativa.

—¿Pero?

—Pero... A la larga me resultaría una vida demasiado ajetreada. Naturalmente, quiero seguir trabajando en el teatro y en el cine, al menos durante un tiempo, pero en algún momento también me gustaría tener mi propia familia, hijos... —Le vinieron a la memoria recuerdos de su infancia y sintió una punzada de dolor cuando pensó que su padre sencillamente había echado por tierra los días felices de su niñez. Audrey quería hacerlo mejor, quería tener sus propios hijos y colmarlos de amor y atenciones. Alice, su vieja amiga de la escuela de ballet, se había casado recientemente y esperaba su primer hijo, lo que a Audrey le provocaba asombro y también un poco de envidia.

James se echó a reír e hizo una seña al sumiller para pedir otra botella de vino.

—Pues claro que sí, querida. En algún momento también pensaremos en tener hijos. Pero antes disfrutemos de la vida.

—Seguramente tengas razón —dijo ella no muy convencida. Durante un momento la asaltaron las dudas: ¿coincidían realmente James y ella en el modo de ver la vida?

—Por nosotros —brindó él, con los ojos centelleantes.

—Por nosotros —repitió ella, olvidando sus reparos.

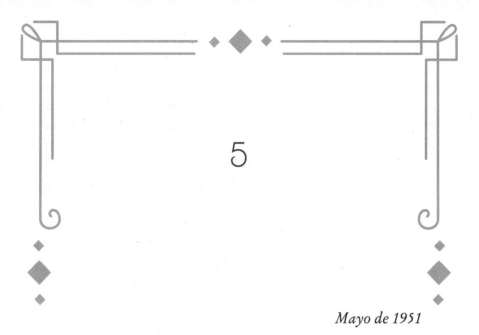

5

Mayo de 1951

El 4 de mayo Audrey cumplió veintidós años. Como en todo el día no había parado de hacer ensayos y actuaciones, por la noche cayó muerta de sueño en la cama sin haberlo festejado. Para el sábado había invitado a James a tomar el té.

Era la primera vez que lo invitaba a su casa. Ella estaba más nerviosa que la propia Audrey y se pasó toda la mañana cocinando, recogiendo y limpiando. Cuando finalmente llegó James por la tarde, en la mesa de la sala de estar había puesto el mantel de batista más delicado y, sobre él, la porcelana fina y cara que se había traído de Holanda. A su lado había colocado una tarta espolvoreada de azúcar glas y una vela encendida.

—Qué bien lo ha dispuesto todo —observó James, lanzándole una sonrisa encantadora.

—Muchas gracias, señor Hanson. Me alegro de conocerlo.

Delante de la madre, él solo dio a Audrey un beso suave en los labios y le entregó un ramo enorme de rosas rojas, así como un paquetito atado con cintas doradas.

—Gracias, James.

Se sentaron a la mesa, Ella sirvió el té y Audrey abrió con cuidado el regalo: un frasco de perfume Apple Blossom, recién aparecido en el mercado.

—Me recuerda a ti —le dijo—. Es igual de fresco, dulce y sencillo que tú.

Audrey sonrió y se llevó el perfume a la nariz. Olía a flor de manzano, a lirio de los valles y a jazmín.

—Huele de maravilla. Lo voy a usar a diario.

Ella puso un trozo de tarta en el plato de James.

—Espero que le guste, señor Hanson. ¿Ha oído ya la magnífica novedad de Audrey?

—No, ¿cuál es? —James miró atentamente a Audrey.

—No puede saberlo, mamá —explicó Audrey—. Yo misma no me enteré hasta anteayer. He recibido una oferta, James.

—Una oferta sumamente tentadora —añadió Ella.

—Tengo la posibilidad de actuar en una película —siguió contando—. Es una comedia musical. Aunque no me van a dar el papel principal, ya es algo más que pegar saltitos al fondo de un grupo de baile.

—Suena de lo más interesante. Cuéntame —dijo él.

—Hago de una actriz cuyo hijo le entregan por error a un músico. Luego surgen unos cuantos conflictos y enredos, pero naturalmente la película tiene un final feliz.

—Vaya, eso es genial —dijo James—. Mi más cordial enhorabuena, cariño. Pero me da la impresión de que no estás muy entusiasmada. ¿Qué pasa?

—Ay, no sé. El rodaje es en la Costa Azul.

James sonrió con indulgencia.

—Si tienes miedo a separarte de mí, estate tranquila. Los fines de semana iré sin falta a verte. ¡Para algo poseo un jet privado!

—Claro que te voy a echar de menos, James. Pero no es solo eso. Estoy agradecida de que me den un papel en el que no desaparezca entre la multitud anónima. Pero la película es una tontería, James. Ya solo el título, *Monte Carlo Baby*, lo dice todo, ¿no te parece?

—Toda estrella tiene sus inicios —dijo con una sonrisa él, y Ella mostró su conformidad asintiendo con la cabeza.

—El guion es de lo más insustancial y está lleno de retruécanos estúpidos. Naturalmente, sé que no puedo desperdiciar una ocasión así. Por eso acepto la oferta. —Audrey enmudeció y se llevó un trozo de tarta a la boca. En realidad, no se trataba solo del guion. Algo en su interior le impedía abandonar Londres. ¿Sería la esperanza de encontrarse casualmente con su padre por las calles de la ciudad? En cualquier caso, llevaba ya tres años viviendo allí y de Joseph no había ni rastro. Poco a poco, tenía que ir librándose de esa nostalgia, que solo servía para entristecerla.

—Es una buena decisión —dijo James—. Y, como te he dicho, iré a verte a la Costa Azul.

—No se preocupe, señor Hanson —intervino Ella—. Como es natural, voy a acompañar a mi hija y a cuidar de ella.

Audrey aceptó el encargo de la compañía cinematográfica y, poco después, voló con su madre a la Costa Azul, donde se registraron en el elegante Hôtel de Paris. Ya solo por el agradable calorcito que hacía y el olor a viento y a salitre, se alegró de haber aceptado la oferta.

La tarde de su llegada, Audrey se asomó a la ventana, que daba al mar, y miró ensimismada hacia el horizonte lejano. Pequeñas olas rizaban el mar, y la puesta del sol en el cielo era un espectáculo grandioso. Unas nubes de color naranja se apelotonaban como bolas de fuego, sumergiendo la playa en una luz incandescente antes de que, poco a poco, la oscuridad se instalara por completo. De repente le entró frío y se rodeó el cuerpo con los brazos.

Ella llamó a la puerta que separaba las dos habitaciones. A Audrey le extrañó lo relajada que parecía su madre. Sin duda, le iba a sentar bien descansar de sus diversos trabajos en Londres y recuperarse junto al mar. Una vez más, adquirió conciencia de lo mucho que se esforzaba Ella por apoyarla y le sobrevino un profundo sentimiento de gratitud.

—¿Estás contenta? —le preguntó su madre, acercándose a la ventana.

—Claro que sí —respondió alegremente Audrey—. Ha sido una idea muy buena venir aquí.

—¿Lo ves? Ya te lo decía yo. Y James también. Ahora ve a dormir. El rodaje empieza mañana muy temprano y tienes que estar bien despejada.

Prepararon muy temprano un desayuno solo para el equipo de la película, ya que Ray Ventura, el director, quería aprovechar la primera luz de la mañana.

—Estás estupenda ante la cámara —dijo satisfecho aquel después de que Audrey diera unos cuantos saltos y pasos de baile—. Moderna, grácil, fresca... No se puede pedir más.

Audrey renunció a hacer comentarios. No se sentía ni mucho menos tan despreocupada como parecía. Bailar no le suponía ningún problema, lo dominaba hasta dormida; pero, cada vez que en una película tenía que decir un par de palabras (hasta entonces solo le habían dado papeles pequeñísimos) le asaltaba la duda de si podría satisfacer las esperanzas que depositaban en ella.

—No pongas esa cara de asustada. Lo digo en serio —le aseguró Ventura riéndose, y se encendió un cigarrillo antes de convocar a todos los actores para darles instrucciones. Como siempre, cada escena se rodaba primero en inglés y luego en francés, para mostrar la película en varios países. A Ventura le entusiasmaba el impecable francés de Audrey, del que esta se había apropiado durante sus primeros años en Bélgica.

A altas horas de la madrugada, los turistas salían del hotel y se quedaban tras las cintas del acordonamiento para contemplar el rodaje. Audrey sudaba la gota gorda por la vergüenza que le daba tener que repetir siempre los mismos diálogos insulsos y los pasos de baile ridículos delante de todo el mundo. Cuando rodaban una escena en la playa, notaba que Ella, acomodada en una tumbona con un sombrero de paja amplio, la observaba con ojo crítico.

Después de haber rodado la última escena del día, contra todo pronóstico, Audrey tuvo la sensación de haber hecho muy bien su papel. Ventura le golpeó jovialmente el hombro.

—¿Ves como ha salido bien?

Audrey sonrió de medio lado.

82

—¿Se ha notado el esfuerzo que me ha costado hacer el payaso?

—Solo lo he notado yo, pero yo soy un profesional, lo veo todo. —Ventura se encendió un cigarrillo y la observó con los ojos entornados—. Creo que le das demasiadas vueltas a las cosas. Limítate a actuar y a moverte con naturalidad. Es lo mejor que puedes hacer.

—Lo intentaré —murmuró ella, pero en el fondo no se podía imaginar que algún día estuviera liberada de dudas y cavilaciones.

Después de cenar, Audrey fue con su madre a la playa. Le encantaba andar descalza por el agua y hundirse a cada paso en la arena blanda. Había pasado mucho tiempo desde la última vez que vio el mar; debió de ser antes de la guerra.

—La verdad es que estoy muy contenta de haber venido —dijo cuando se sentó en la arena junto a Ella—. Aunque el guion no responda del todo a mis expectativas, es muy bonito salir de vez en cuando de Londres y ver algo tan distinto.

Su madre le dio la razón.

—Claro que sí. Además, tienes que aprovechar cualquier oportunidad que se te brinde. Quién sabe; a lo mejor, gracias a esta película, se fija en ti otro director y te ofrece un papel más importante. Tal vez esta película sea como un trampolín para ti.

Audrey sonrió.

—No creo. Solo tengo un papel muy pequeño. ¿Cómo se va a fijar alguien en mí?

Sin embargo, el razonamiento de Ella resultaba tentador, y, mientras contemplaba junto a su madre cómo iba oscureciéndose el agua, se sorprendió a sí misma entregada a las ensoñaciones. Hacía dos años soñaba con convertirse en *prima ballerina*. Luego empezó a actuar con papeles pequeños. Y ahora parecía que una chispa nueva brotaba en su interior. Se le aceleró el pulso ante la idea de recorrer caminos distintos. ¿Y si trabajar en una película era realmente lo suyo? De repente, se vio colmada de esperanzas y le picó la curiosidad por lo que le deparara el futuro.

Los días siguientes transcurrieron con arreglo al mismo esquema: levantarse al alba, desayunar deprisa y empezar lo antes posible con el rodaje. La luz se aprovechaba al máximo para rodar la mayor cantidad posible de escenas. Ya a media mañana hacía mucho calor y Audrey sudaba bajo el maquillaje. Pero siempre era maravilloso ver cómo el día iba tocando a su fin en la playa y disfrutar de la paz y el silencio, por muy agotada que estuviera.

Un día de la segunda semana rodaron por la noche una escena en el vestíbulo del hotel, lujosamente decorado al estilo *belle époque*. Como de costumbre, Audrey tuvo que bailar y hacer un poco el tonto, cosa que seguía sin gustarle. Pero a esas alturas ya le había cogido cierta rutina. Después de haber pasado el día en la playa, los huéspedes del hotel, quemados por el sol y llenos de arena, se acercaban al acordonamiento con las toallas, bolsas repletas de conchas y las palas. Por el rabillo del ojo, a Audrey le llamó la atención una mujer que estaba tras la cinta mirándola todo el rato sin disimulo. Iba sentada en una silla de ruedas empujada por un hombre de buen aspecto. Él paseaba la mirada por toda la escena, mientras que la mujer, sin lugar a dudas, la tenía a ella en el punto de mira.

Cuando Ventura dio una palmada para indicar que la escena estaba terminada y se daba por satisfecho, Audrey dirigió los ojos de nuevo a la mujer de la silla de ruedas. Aunque parecía de una edad avanzada, lucía una melena rubia de rizos tan rebeldes que envolvían su cabeza como una nube. Llevaba un vestido de seda de color crema y un montón de pulseras doradas que le ceñían las muñecas. En ese momento, giró un poco la cabeza hacia atrás y le susurró algo a su acompañante. Luego miró por última vez a Audrey y en sus labios se dibujó una sonrisa apenas perceptible. Tal vez fueran figuraciones suyas, porque ¿a quién le iba a interesar una actriz de reparto insignificante? El hombre giró la silla de ruedas y llevó a la mujer hacia los ascensores. Audrey desvió desconcertada la mirada.

Más tarde, después de ducharse, ponerse un vestido blanco sin mangas y rociarse con Apple Blossom, mientras estaba sentada con Ella en el comedor, el camarero le llevó a la mesa una nota en una bandeja de plata.

Audrey lo miró con un gesto interrogativo.

—Un recado de Colette —susurró él discretamente.

Ella alzó asombrada las cejas y Audrey repitió sin entender nada:

—¿Colette?

—La escritora francesa famosa —le explicó el camarero en voz baja.

—¿Está aquí en la sala? —preguntó Audrey también en voz baja.

Él negó con la cabeza.

—No, la señora cena normalmente en su suite.

Audrey cogió el papel doblado de la bandeja y le dio las gracias.

—¿Tú conoces a una escritora que se llama Colette, mamá?

—Pues claro que sí. Y si tú no leyeras siempre solo novelas policiacas, también la conocerías. Es la que ha escrito esas novelas sobre Claudine, una serie de libros de mucho éxito sobre la historia de una joven francesa. Pero de eso hace ya unos cincuenta años. Desde entonces ha escrito muchas obras que a ti por supuesto ni te sonarán. —Ella suspiró audiblemente y se llenó la boca de marisco.

—Lo siento, mamá. A mí lo que me apasiona es más bien *Asesinato en el Orient Express* y *Muerte en el Nilo*. —Audrey desplegó la nota y se puso a leer—. Me invita a su suite después de la cena. Dice que tendría mucho gusto en conocerme. Apuesto a que es la mujer que no me quitaba ojo durante el rodaje. —Desconcertada, dejó a un lado la nota y siguió comiendo—. Qué raro, ¿no? ¿Qué querrá de mí?

—A lo mejor la has inspirado para una novela nueva.

A ella le parecía impensable que pudiera inspirar a una completa desconocida para algún trabajo artístico.

—Eso será, mamá —respondió con cierta ironía, sin poder contener la risa.

Después de la cena, Audrey subió en el ascensor hasta la última planta, donde se encontraban la suite de Colette. Ella no había podido evitar dar a su hija los últimos retoques y alisarle un poco el pelo castaño y sedoso que le cubría la frente.

Llamó titubeante a la puerta con los nudillos. Le abrió el mismo hombre atractivo y trajeado que antes empujaba la silla de ruedas de la escritora.

—Pase usted, joven dama. Mi mujer la espera ya impaciente —dijo con acento francés, y le abrió galantemente paso hacia la suite—. Yo soy Maurice Goudeket, esposo del arte y chico para todo.

—Encantada, yo soy Audrey Hepburn —contestó y entró dubitativa. Seguía devanándose los sesos intentando averiguar qué querría de ella la autora, pero no se le ocurría nada.

Goudeket se echó a reír.

—Sabemos cómo se llama. Mi mujer ha tocado todas las teclas para enterarse de cuanto fuera posible acerca de usted después de haberla visto hace un rato durante el rodaje.

Audrey lo miró sin comprender.

—Pero ¿por qué?

—Pregúnteselo a la propia artista —respondió él con una sonrisa de satisfacción, y la condujo a un gran salón con las ventanas abiertas de par en par dando al mar. Se oían el embate de las olas y los chillidos agudos de las gaviotas.

Colette estaba sentada en su silla de ruedas junto a tres sofás aterciopelados elegantes y blandos y una mesa sobre la que había un juego de café y unos *macarons* de color pastel con un aspecto muy apetitoso.

—¡Querida mía! —exclamó, como si Audrey fuera una nieta suya a la que llevaba mucho tiempo sin ver, y ya desde lejos le tendió las manos—. ¡Cómo me alegro de que haya venido! Teníamos un miedo tremendo a que no se presentara, ¿verdad, Maurice?

Goudeket se limitó a sonreír, se sentó en uno de los sofás y cogió un *macaron*.

—Antes la he oído hablar en perfecto francés, así que charlemos en francés, ¿de acuerdo? —preguntó Colette.

—Sí, con mucho gusto. —Audrey también tomó asiento después de que la escritora la invitara a hacerlo con la mano. El marido le sirvió café.

—Perdone que esté tan inmóvil —dijo Colette—. Mi artritis es una tortura que no se la deseo a mi peor enemigo.

—Lo siento —dijo ella, cada vez más ansiosa por saber para qué la había invitado.

—Por suerte todavía puedo escribir; de lo contrario, me subiría por las paredes. Pero dejemos de hablar de la anciana. Seguro que está preguntándose por qué la he invitado, ¿no es cierto?

—Sí. Yo... —empezó Audrey, pero Colette la interrumpió impaciente.

—Hace algunos años escribí una novela corta de la que ahora se ha hecho una adaptación teatral —dijo llevándose la taza a la boca con los dedos temblorosos—. Maurice, pásame por favor un *macaron* antes de que te los zampes todos—. La obra se llama *Gigi*. Trata de una joven parisina a la que educan para convertirse en cortesana. Gigi se resiste a estos planes, se enamora de un hombre cariñoso y encantador y, para espanto y asombro de todos, se casa con él. Ese es el argumento, muy resumido. Naturalmente, no es una cursilada, como pueda parecer a simple vista, sino que tiene su buena dosis de crítica social.

Audrey escuchaba con atención, hechizada por la excentricidad de la anciana. Aún seguía preguntándose por qué le contaba todo eso.

—Pero vayamos al grano —concluyó Colette sus explicaciones—. La versión teatral de *Gigi* se va a representar dentro de poco en Broadway, pero hasta ahora no han encontrado ninguna actriz que yo considere apropiada para mi Gigi. Esta noche, cuando la he visto en el rodaje de esa pequeña..., cómo diría yo..., peliculilla, le he dicho espontáneamente a mi marido: «He encontrado a mi Gigi».

—Así es —confirmó Goudeket—. Mi mujer ha encontrado a su Gigi. O sea, usted.

—¿A mí? —A Audrey se le mezclaron los sentimientos ante esta inesperada oferta: el desconcierto, el miedo a no poder estar a la altura de ese papel y la esperanza, incluso el orgullo, de que se hubieran fijado en ella, una bailarina insignificante, para una obra de Broadway.

—Sí, usted —afirmó secamente Colette—. Cuando antes la he visto en esa escena de diálogos un tanto descerebrados, he percibido con toda claridad la ligereza y la frescura que usted desprende. Eso es exactamente lo que estoy buscando.

—Me conmueve mucho que me haga esa oferta tan maravillosa, señora. Pero en el fondo solo soy una bailarina, no una actriz. Bailando me siento segura; es lo que he hecho siempre. Sin embargo, me cuesta un gran esfuerzo actuar y representar a otras personas. Me temo que sencillamente no sería lo bastante buena para un papel relevante.

Colette sonrió como si no se tomara en serio sus reparos.

—Paparruchas. La he observado antes en el rodaje y, créame, a mis setenta y ocho años he acumulado la suficiente experiencia en la vida como para saber evaluar a las personas. Usted encarna a la perfecta Gigi.

—Quizá deba pensárselo un poco, *chérie* —dijo Goudeket zampándose el último *macaron*—. No vaya a sentirse presionada.

—No, no siento presión. Solo estoy muy impresionada por esta oferta.

—Bueno, está bien. Hagámoslo así —propuso Colette—. Piénseselo. El sábado por la mañana salimos de viaje. Venga a cenar el viernes por la noche y comuníquenos su decisión. *D'accord?*

—*D'accord* —dijo Audrey aliviada de poder pensarlo tranquilamente.

Después de que Colette se despidiera efusivamente de ella y Goudeket le entregara una foto firmada de su mujer, abandonó la suite. Al llegar al pasillo, se apoyó en la pared y se deslizó hacia abajo. Mientras contemplaba el retrato de la famosa escritora, pensó en la perspectiva de hallarse ante algo completamente nuevo, ¡algo grande!, lo que le provocó una especie de mareo mezclado con una alegría incipiente, y también con el miedo a no poder estar a la altura.

Audrey vio que su madre reventaba de orgullo.

—Es una oferta respetable que deberías aceptar sin falta. ¿No te lo había dicho yo? Solo tenías que esperar hasta recibir una oferta mejor. Y ha llegado antes de lo que ni siquiera en sueños nos habíamos imaginado. Acéptala. Cuando te cases, se acabó lo de ser actriz, así que aprovecha todo lo que te ofrezcan ahora.

Audrey puso los ojos en blanco cuando su madre, una vez más, mencionó una posible boda. Aunque ella misma quería casarse y formar una familia, esta cuestión no ocupaba todos sus pensamientos. Ella, en cambio, parecía no pensar en otra cosa. Lo consultó con James por teléfono y también él se mostró a favor de que aceptara la oferta de Colette. Aunque le había prometido ir a verla el fin de semana con su jet privado, ahora le dijo que tenía que volar a Canadá.

—Espero que no te sientas muy desilusionada, cariño —dijo al otro lado de la línea.

—No, no importa. De todas formas, pronto regreso a Londres; estamos terminando el rodaje —murmuró ella, sin pensar en James, sino en Broadway y en Gigi.

Audrey pasó el tiempo libre del fin de semana en compañía de su madre en una tumbona, en la playa, donde estudió a fondo la novela corta de Colette que Ella le había comprado en una librería. También le había traído un montón de revistas para que se enterara de más cosas sobre la legendaria escritora francesa. Para su sorpresa, descubrió en una revista de cotilleos inglesa una foto de James acudiendo a una recepción con una bella joven del brazo.

—¿Por qué hace eso, mamá? —le preguntó Audrey consternada.

Ella suspiró.

—En fin, no se le puede pedir que se quede solo en casa mientras tú estás en el extranjero.

—Siempre lo estás defendiendo —repuso—. Entre quedarse en casa e ir a una fiesta en compañía de una mujer guapa hay una pequeña diferencia.

6

Junio de 1951

Cuando al poco tiempo regresó Audrey, el verano también había llegado a Inglaterra. James fue a recogerla un domingo en un cabriolé descapotable para llevarla a Hyde Park.

—En una revista de cotilleos he visto una foto tuya con una mujer joven en una recepción.

Él le lanzó una mirada divertida.

—¿Estás celosa, cariño?

—En absoluto —respondió ella—. Pero quiero que te quede claro que no me hace gracia que salgas con otras mujeres en mi ausencia.

—Audrey. —James retiró la mano del volante y la puso sobre la suya—. Ya sabes cómo son los reporteros de esa clase de revistas. Están deseando sacar fotos que se vendan bien. La mujer estaba casualmente a mi lado.

—Mmm. —Hizo ver que no estaba convencida del todo. Pero hacía una mañana de junio demasiado espléndida como para estropearla poniéndose de mal humor, de manera que no volvió a sacar el tema.

En una pradera encontraron un sitio a la sombra de un castaño. La hierba estaba fresca y olía a verano. James desplegó una manta de pícnic y puso encima un cesto del que extrajo una botella de champán.

—¿Champán? —preguntó Audrey sonriente cuando se sentó en la manta.

—Claro que sí. Al fin y al cabo, tenemos algo que celebrar. —Descorchó la botella con un estallido y sirvió el champán en dos copas de cristal de tallo largo—. No todos los días se recibe una oferta para trabajar en Broadway. La dueña de mi corazón hace carrera en América, ¡quién lo hubiera pensado!

—Ni yo misma me lo creo todavía —confesó ella. Brindaron y se besaron. Audrey tenía la sensación de que nada más existía en el mundo, solo ellos dos atrapados en una burbuja de felicidad—. Aún tengo otra novedad. Ayer Robert Lennard, ya sabes, el jefe de la ABPC, me dijo que William Wyler quiere conocerme y hacer conmigo unas tomas de prueba.

A Audrey se le había puesto la voz ronca por la excitación, y James la miró con ojos de incrédulo.

—¿William Wyler? ¿El director de cine americano? ¿No ha ganado ya algún Oscar?

Audrey asintió.

—Sí, alguno ha ganado. Y quiere reunirse conmigo, ¿te das cuenta? ¡Conmigo!

—¡Madre mía, Audrey, vas a ser una estrella! —se le escapó a James.

—Qué va, aún me queda mucho camino por recorrer. Hasta ahora solo se trata de un breve encuentro. A lo mejor no le caigo bien a Wyler, o las tomas de prueba se van al traste. Intento mantener muy bajas mis expectativas para luego no llevarme un chasco.

—Tienes todas las posibilidades de triunfar. ¿Sacarás tiempo para el bueno y viejo de James cuando conquistes América?

Audrey se rio y se arrimó a su pecho.

—Como te digo, aún falta mucho para eso. Además, ya habíamos hablado sobre el futuro. Formar una familia, tener hijos... En eso no he cambiado nada. Sigo queriendo lo mismo. ¿Tú no, James?

—Sí, claro. Pero ¿vas a poder hacerlo todo a la vez?

—Sí —respondió ella con rotundidad—. Hay muchas actrices que tienen hijos. No será tan difícil.

Los meses de verano pasaron volando y Audrey tenía la sensación de encontrarse en un torbellino que la zarandeaba de acá para allá entre rodajes, posados como modelo para fotos publicitarias y citas con James. La esperanza de que William Wyler le diera un papel era como una perita en dulce que la aguardaba en alguna parte que aún estaba fuera de su alcance. Cuanto más se acercaba el otoño, más vértigo le daba la perspectiva de tener que viajar pronto a Nueva York.

Llegó al fin septiembre y, tras recibir numerosos consejos de Robert Lennard, se puso un vestido oscuro elegante y discreto y se dirigió al hotel Claridge, donde la esperaba el famoso director americano. El corazón le palpitaba en el cuello, y, de repente, fue como si nunca hubiera estado delante de una cámara y estuviera firmemente convencida de que iba a fracasar.

Wyler la recibió amablemente y la condujo a un rincón donde sentarse. Tendría cuarenta y tantos años, o tal vez cincuenta; sus rasgos eran agradables. Audrey supo apreciar que con su amabilidad intentaba no ponerla nerviosa.

—Me alegro de que haya venido —le dijo él, y le sirvió un té—. Siempre voy a la búsqueda de nuevos talentos y casualmente han llegado a mis manos unas cuantas fotos suyas. Robert Lennard me ha dado a entender que podría disponer de usted. —Le guiñó un ojo y cogió un montón de papeles de una mesita auxiliar—. ¿Sabe lo que es esto?

—¿Un guion? —A Audrey se le quebró la voz y le dio mucha rabia. ¿Cómo le iba a gustar a Wyler si apenas sabía abrir la boca?

—Exactamente. Para una película que se titula *Vacaciones en Roma*. Llevo ya un tiempo planeándola, pero hasta ahora no he encontrado a la protagonista apropiada. La película trata de una princesa de un Estado europeo inventado que está haciendo una gira por muchísimos países, pero que cada vez está más harta de tener que cumplir todos los días con sus obligaciones, de sonreír a diestro y siniestro y de mantener siempre las mismas conversaciones con los hombres de Estado. Al llegar a Roma se escapa y se encuentra con un periodista americano que le enseña las pequeñas diversiones de la vida cotidiana. ¿Qué tal le suena la historia? ¿Se imagina haciendo el papel de la princesa Ann en Roma?

—Yo... yo... ¡Naturalmente! —dijo Audrey, que no cabía en sí de gozo—. Tiene una pinta estupenda. —La pregunta de Wyler le pareció un tanto retórica; habría aceptado cualquier papel que le hubiera ofrecido. ¿Qué actriz principiante habría rechazado rodar una película con un director americano de éxito?

—Me alegro de que le guste. Entonces pongámonos a trabajar. Hemos traído algunas prendas de ropa parecidas a las que llevará la princesa Ann en la película, vestidos de gala, trajes de noche, etcétera. Póngase de punta en blanco para que veamos cómo le sientan. —Wyler llamó a una colaboradora, una joven llamada Carrie, que llevó a Audrey al cuarto colindante y le enseñó los vestidos. Había suntuosos trajes largos de noche de telas nobles y pesadas. Cuando Carrie cogió de la barra las perchas con las prendas para enseñárselas, ella se fijó en que también había un camisón blanco bordado.

—¿Me tengo que poner un camisón? —preguntó. La idea de posar ante Wyler y el cámara en camisón le resultaba todo menos agradable. Para ella era una prenda muy íntima, y él era un completo desconocido. Notó que le subía el calor a las mejillas. Ni siquiera James la había visto en camisón.

Wyler apareció en el marco de la puerta.

—No tema; el camisón es muy casto y cerrado, tal y como le corresponde a una princesa.

—Ah, bueno. —Audrey ya no puso más reparos. Wyler desapareció y ella se cambió de ropa detrás de un biombo con la ayuda de Carrie, pues no era tan fácil abrocharse los diminutos botones en forma de perla que tenían los vestidos de noche en la espalda.

Finalmente se presentó ante el director. En la habitación seguía reinando la oscuridad, pero se puso en el círculo de luz que arrojaba una lámpara, que era como un escenario improvisado, mientras el cámara la enfocaba.

Gotas de sudor le perlaban la frente y el nacimiento del pelo a Audrey, que de pronto se sintió perdida. ¿Qué hacía ella allí? «Yo no soy una actriz —le cruzó por la cabeza—. Esto no sé hacerlo».

—Vamos, empiece —dijo amablemente Wyler, que se hallaba sentado en una silla e inclinado hacia delante, lleno de expectación.

—¿Qué tengo que hacer? —preguntó ella con la voz ahogada, y se sintió como una niña pequeña en el colegio.

—Cualquier cosa, da igual. —El director hizo un gesto indefinido con la mano—. Cuéntenos algo, ríase, muévase.

Durante un rato dolorosamente largo, Audrey permaneció inmóvil, deseando que se la tragara la tierra. Luego respiró profundamente y empezó a hablar de su infancia en Bruselas y en Arnhem, de su familia, del ballet y de su sueño de otra época, que se evaporó en el aire.

Wyler la escuchó sin hacer ningún gesto. Cada dos por tres la interrumpía y le mandaba cambiarse de ropa. Después de haberse probado tres vestidos y haberse puesto delante de la cámara contando alguna historia de su pasado, ya solo le quedaba salir en camisón.

Rápidamente, volvió a colocarse en el cono de luz y a narrar una anécdota tras otra. El camisón le llegaba hasta los pies y era amplísimo; le picaba un poco a la altura del cuello. Wyler seguía observándola sin manifestar ninguna reacción. Como ya no se le ocurrían más historietas, dijo:

—Antes soñaba con ser bailarina, pero ahora... Hacer películas me entretiene, incluso me divierte mucho. Me encanta meterme en la piel de algún personaje y ser alguien distinto durante unas horas.

—Es suficiente —dijo Wyler para alivio de Audrey, y se volvió hacia el cámara—. Puedes apagar el chisme, Jim, ya me basta. Quítese esa prenda, que le estará dando mucho calor, y luego venga a verme otra vez.

Colorada como un tomate, ella desapareció y se puso su vestido. Al poco rato, se sentó con el director en el sofá; estaba tan agotada como si hubiera estado todo el día trabajando. Deseó tener una coraza a su alrededor para que la inevitable respuesta negativa de Wyler rebotara como las gotas de lluvia. No tenía la menor duda de que el director daría marcha atrás y buscaría a su princesa Ann en otra parte. No podía ser de otra manera. Notaba un nudo en la garganta. Hacer una película con él habría sido como un sueño.

—Me ha gustado —dijo Wyler tan a la ligera como si hablara del tiempo—. El papel es suyo.

A Audrey le daba vueltas la cabeza; se encontraba tan aturdida que no entendía lo que estaba pasando. Se sentía como en trance, como si no formara parte de lo que sucedía en ese momento.

—¿De verdad? Eso es... —Se interrumpió y solo fue capaz de decir—: Gracias.

—No hay de qué. Me alegra haber encontrado por fin a mi princesa Ann después de una larga odisea. Con su acento británico, está predestinada para el papel. Le sientan divinamente los focos, Audrey, y creo que no es consciente de ello. Reúne en una sola persona elegancia y encanto, además de frescura juvenil. A partir de ahora queda usted contratada por la Paramount; más adelante haremos el papeleo. Ah, por cierto. —Wyler ya se había levantado para acompañarla a la puerta, pero se detuvo de nuevo—. ¿Le he dicho quién será el protagonista masculino?

—Eh..., no... —murmuró ella, que tenía la sensación de que tenía las piernas de cera.

—Gregory Peck.

—¡Madre mía! —Wyler desapareció de sus ojos; más que ver, Audrey intuyó su sonrisa, y abandonó definitivamente todo comedimiento—. Tengo que llamar de inmediato a mi amiga Moira. No se lo va a creer ni loca, se va a morir de envidia... —De repente, se mareó y tuvo que agarrarse al marco de la puerta. El director la sujetó por el brazo para que no se cayera.

—¿Se encuentra bien, princesa? —Wyler tiró de ella hacia arriba—. ¿Va a aguantar unas semanas trabajando a diario con uno de los actores más atractivos del mundo, o tengo que buscar otro reparto?

Audrey se recompuso con rapidez para no parecer una cría ridícula.

—Lo resistiré —dijo lacónicamente.

Por la noche, el champán corrió a raudales. James las había invitado a ella y a su madre al Café Royal, en Regent Street, y lo celebraron como si Audrey hubiera ganado ya un Oscar. Ella ardía de orgullo, aunque solo lo manifestara con su habitual discreción aristocrática. Madre e hija se habían puesto de punta en blanco, con vestido de cóctel y perlas, como si estuvieran en la alfombra roja.

—Por la Paramount y por William Wyler, que ha reconocido el potencial de mi amada, y por nosotros —dijo James alzando la copa.

—Y, naturalmente, por Gregory Peck —añadió Audrey riéndose—. Mi maravillosa pareja cinematográfica, con quien voy a pasar unas semanas en Roma el verano que viene.

—Sé buena, Audrey, no te vayas a enamorar de él —dijo James.

—Demasiado tarde, cariño. Todas las mujeres están enamoradas de Gregory Peck, ¿verdad, mamá?

—Ya lo creo —corroboró Ella—. Gregory Peck es un sueño hecho hombre. Eso no tiene vuelta de hoja, James.

—Entonces procuraré volar todos los fines de semana a Roma, cuando estés rodando allí —gruñó James.

Audrey le besó en la mejilla.

—No hables tanto. Vamos a bailar.

Audrey se sentía como si tuviera el mundo entero a sus pies. Esa noche se dio cuenta con toda claridad de que, si trabajaba con ahínco, podía conseguirlo todo. Soñó con Roma, con Gregory Peck y su cálida sonrisa, con noches bajo el cielo italiano aterciopelado y cuajado de estrellas, con recepciones, rodajes y, por muy extraño que pareciera, con dejar en casa el propio yo y adoptar el papel de otras personas.

7

Audrey viajó en barco a Nueva York para ensayar *Gigi*. Se le hacía raro estar de repente sola, pues hasta ahora en todos los viajes la había acompañado Ella. Durante las noches eternas en el camarote se sentía perdida y escribía cartas largas a su madre y a James para tener la sensación de estar cerca de ellos. Apoyada en la barandilla, lo primero que vio de América fue la estatua de la Libertad. Majestuosa e insondable, se recortaba contra el cielo brumoso y parecía darle la bienvenida en silencio. De camino hacia el hotel, tenía la sensación de haber encogido al ver los rascacielos y las multitudes anónimas, al oír el ruido del tráfico y los incesantes bocinazos de los coches. De nuevo la asaltó la duda de siempre: ¿conseguiría hacer bien su trabajo en Broadway? La firme convicción de no saber actuar se adueñó una vez más de ella.

Una astracanada, una historia aburrida, chistes insulsos... Esas críticas recibió más o menos *Monte Carlo Baby*. Audrey intentaba ignorarlas, porque dolían mucho, y concentrarse en *Gigi*. La obra teatral había sido todo un éxito de taquilla en Broadway, y, de la noche a la mañana, Audrey se había convertido en una estrella. Ni ella misma entendía la suerte que tenía, no comprendía lo que le estaba pasando, y a menudo, cuando volvía a su habitación del hotel Blackstone después de la función, ya muy entrada la noche, se asomaba a la ventana y se quedaba mirando la iluminación de la ciudad que nunca dormía. Echaba de menos contarle a alguien el éxito que estaba teniendo. Todas las personas importantes para ella se encontraban al otro lado del océano. Llamar por teléfono salía caro y la conexión solía ser mala. Pero le costaba mucho acostumbrarse a guardárselo todo para sí misma. Ella y James habían acudido al estreno de *Gigi* en noviembre, pero en el fondo ninguno de ellos se hacía a la idea de cómo se siente uno cuando de repente el éxito parece catapultarlo hacia otra dimensión.

A veces se preguntaba si su padre, en Inglaterra o donde estuviera, se habría enterado por la prensa de lo que había sido de ella. Aún lo llevaba en el fondo de su corazón, y ese dolor seguramente le duraría toda la vida.

Incansablemente iba de cita en cita, de los ensayos a las representaciones, de las entrevistas y sesiones de fotos a las fiestas en las que debía presentarse. En esa época solo salió una vez de Nueva York, y fue cuando tuvo que dirigirse a los estudios de la Paramount, en Los Ángeles. Esos dos días todo giró en torno a una cena a la que había sido invitada junto con algunos otros actores en casa de Connie Wald, la esposa del productor Jerry Wald, que trabajaba con celebridades como Joan Crawford, Lana Turner, Cary Grant y Paul Newman.

Ataviada con un vestido de cóctel negro, zapatos de tacón alto y las perlas de su madre, Audrey se bajó de la limusina que la Paramount había puesto a su disposición y se encontró ante la entrada de una villa imponente, en Beverly Hills, de una anfitriona nada pretenciosa. Vestida con un pantalón, un jersey y unos zapatos planos cómodos, le dio cordialmente la bienvenida y la abrazó.

—Cómo me alegro de que haya venido —dijo Connie, que tendría unos treinta y cinco años—. Soy Constance, pero todos me llaman Connie. Jerry estará por ahí en la barbacoa; hace toda una ciencia de asar las salchichas en su punto, aunque normalmente le salen carbonizadas.

Audrey se echó a reír y lanzó una mirada al jardín.

—Esto que tenéis aquí es impresionante, Connie —dijo aspirando el aire nocturno suave y ahumado—. No he venido vestida muy apropiadamente, ¿verdad? Hasta ahora solo me han invitado a recepciones elegantes en Nueva York o en Londres.

—No pasa nada, Audrey. No podías saber cómo son las fiestas en la casa de los Wald. Debería habértelo escrito en la invitación, tal vez. Ven, te voy a prestar un par de zapatos para que no te hundas en la hierba con los tacones altos.

Audrey siguió a su anfitriona a una habitación, donde se puso unas sandalias que no pegaban nada con el vestido de cóctel. Si la hubiera visto Ella, no se habría aguantado el comentario crítico.

Hacía tiempo que Audrey no pasaba una noche tan divertida y relajada. De los invitados no se esperaba nada; cada uno se sentaba donde quería, comía cuando quería y charlaba con quien quería.

Audrey y Connie pasaron horas fumando y tomando cócteles en la mesa de la cocina (ella, que solo tomaba alcohol muy de tarde en tarde, enseguida se achispó) y hablando de lo divino y de lo humano. Al final tenía la impresión de haber encontrado un alma gemela en aquella mujer. Por primera vez le contó a alguien la confusión de sentimientos que la asaltaba desde que tenía tanto éxito.

—Sencillamente, no lo entiendo —susurró trabándosele la lengua y con la cabeza apoyada en la mano—. En realidad, yo no soy actriz. Dios mío, en la vida he recibido clases de interpretación. ¡No he hecho más que bailar y bailar! Y de repente alguien me conoce y me echa piropos..., y yo me pregunto: ¿por qué, Connie, por qué?

—Le hemos dado un poco demasiado al frasco, ¿no crees? —dijo Connie divertida, y se tomó lo que quedaba de ensalada de pasta directamente de la fuente.

—No, en serio, mírame. Soy huesuda como un chucho vagabundo, aunque todos los días como chocolate. Tengo el cuello tan largo como una jirafa y los pies tan grandes como lanchas neumáticas. ¡Ni se te ocurra preguntarme qué número calzo! Tengo la cara rectangular y los dientes torcidos. Eso no me cuadra con haberme convertido de repente en una estrella —dijo haciendo una mueca al pronunciar la palabra «estrella».

Connie no podía parar de reírse.

—¡Los británicos y vuestro inconfundible humor inglés! Tienes un aspecto encantador, ¿me oyes? Encantador. Ya me gustaría a mí tener una décima parte de tu gracia. Disfruta del éxito en lugar de dudar de ti, porque todo se acaba demasiado aprisa. ¿Sabes cuántos artistas he tenido ya en mi casa? ¿Y cuántos de ellos han sufrido una caída dolorosa porque ya no les daban ningún papel o porque ya solo cosechaban malas críticas?

—Ni idea —farfulló Audrey, y echó mano de la botella de vino para rellenar el vaso.

—¿No prefieres una tacita de café? —le dijo Connie con voz meliflua y pestañeando exageradamente.

A ella le entró la risa, pero enseguida le dio la tos por el humo de los cigarrillos, que flotaba sobre su cabeza como una nube gris.

—Mmm, sí, tienes razón. Tienes razón en todo, Connie. Es solo que... para una chica de Holanda es difícil digerir eso de estar de repente tan solicitada. Es como un milagro. Siempre he tenido que trabajar para ganarme la vida, pero nunca habría imaginado que el trabajo me divirtiera tanto y me llevara a la otra punta del mundo...

Esa noche fue la última en marcharse a casa. Connie le prometió que seguirían en contacto y le dijo que no dejara de visitarla cuando regresara a Los Ángeles. Como a Audrey le tambaleaban un poco las piernas, sobre todo cuando se volvió a poner sus zapatos, Jerry Wald la acompañó a la limusina, que la esperaba fuera, en la ancha carretera flanqueada de palmeras. Con la mano le dijo adiós a Connie y cerró los ojos llena de satisfacción. Uno de sus últimos pensamientos fue que, después de haber perdido un poco el contacto con Moira desde su boda, al fin había encontrado otra amiga.

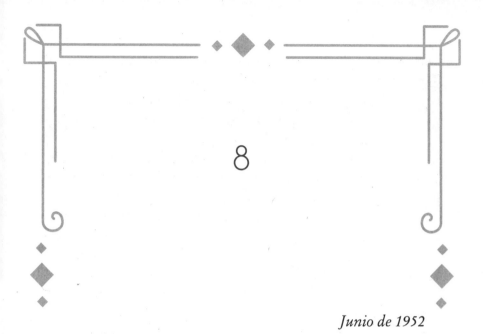

8

Después de una temporada grandiosa en Broadway, Audrey llegó a Roma en plena ola de calor. William Wyler quería empezar el rodaje a principios del verano para evitar la canícula de agosto, cuando en la ciudad haría un calor verdaderamente insoportable. Pero ya ahora el asfalto lanzaba destellos bajo la luz ardiente del sol. El contorno de los monumentos de la ciudad eterna parecía desaparecer entre centellas cuando Audrey se dirigía al hotel en taxi. Llevaba sus características gafas de sol grandes, una blusa sin mangas, un pantalón tres cuartos y unas bailarinas, pero se moría de ganas de ducharse con agua fría en el hotel y de ponerse un vestido ligero.

Multitudes de turistas se agolpaban en torno a los monumentos famosos, y también ella contempló con asombro el Coliseo desde el coche. Por un momento le sobrevino una sensación de felicidad enorme por poder trabajar en esa maravillosa ciudad llena de historia.

El hotel era un edificio grande e imponente, y se notaba que en tiempos pasados había tenido su esplendor y su encanto. Para su alivio, tras sus muros gruesos de ladrillo hacía más fresco que fuera, y su habitación daba a un patio interior que recibía la sombra de unas palmeras y unas sombrillas.

Se desprendió de la ropa empapada de sudor, se duchó, deshizo la maleta y se fue al vestíbulo con un par de monedas para llamar a casa desde la cabina telefónica. Le había prometido a Ella que avisaría en cuanto llegara. Luego telefoneó a James, que a su vez esperaba noticias de ella.

—Cariño, cómo me alegro de que hayas llegado bien. —A James apenas se le entendía por el barullo de voces y risas que había en su casa.

—¿Tienes visita? —preguntó Audrey irritada.

—No tiene importancia. Cuéntame qué tal en Roma. ¿Has conocido ya al maravilloso señor Peck?

—Todavía no lo he visto. Acabo de llegar. Pero estoy deseando conocerlo. Debe de ser un colega magnífico, además de un hombre deslumbrante.

—No te pases de la raya. Mantente alejada de él —gruñó James.

—No te preocupes. Peck tiene trece años más que yo, o sea, treinta y seis, y está casado. Felizmente casado. Ahora tengo que colgar, James. Veo que Gregory Peck está delante de la cabina y también quiere hacer una llamada.

—Muy graciosa —dijo él malhumorado. Audrey decidió que hacía demasiado calor allí dentro como para ponerse a discutir, de modo que, tras una despedida breve, colgó.

Cuando dio media vuelta, se quedó petrificada. Delante de la puerta de cristal entreabierta estaba efectivamente el mismísimo Gregory Peck. Iba vestido con un pantalón de lino arrugado y una camisa blanca de manga corta. Parecía igual de cansado que ella por el largo vuelo. Apoyado indolentemente en la pared con los brazos cruzados, le sonrió.

—Señor Peck...

—¿Señorita Hepburn? —preguntó él, todavía con la sonrisa dibujada en su atractiva cara—. Llámeme Gregory. Greg. Y vamos a tutearnos —dijo cordialmente, y salió de su rincón y le tendió la mano.

—Audrey —susurró ella con timidez.

—Por lo que me han contado, estás bien informada en lo que atañe a mi persona —dijo él, y la comisura de los labios le dio un respingo—. Así nada se interpondrá entre nosotros y nuestra colaboración se verá coronada por el éxito.

—Eso espero —murmuró ella con la voz un poco ronca.

—Estupendo. He visto las tomas de prueba que te hizo William. Son fabulosas. Es como si hubieras nacido para hacer el papel de la princesa Ann. Ya tengo ganas de empezar el rodaje.

—Yo también —dijo ella, enfadándose consigo misma por su escasa elocuencia.

—Ahora tengo que llamar sin falta a mi mujer para decirle que he llegado bien —dijo él—. Cuando quieras, nos sentamos un rato a repasar los textos.

—Con mucho gusto —respondió ella, sin poder contener una amplia sonrisa.

Cuando regresó a su habitación, tuvo que llamarse al orden: «Ha dicho "repasar los textos", no "quedar una noche para tomar un cóctel"».

Como Audrey se acostó pronto, esa noche no volvió a ver a ningún otro miembro del equipo de la película. A la mañana siguiente fue al plató, que se encontraba en medio del barullo de las calles romanas. En su tráiler, la estilista Grazia le arregló el pelo mientras su marido, Alberto, la maquillaba.

—Con el calor que hace, podríamos ahorrarnos el maquillaje —suspiró Audrey. Había mandado que le trajeran un café porque le parecía necesitar urgentemente cafeína, pero la bebida caliente le hizo sudar por todos los poros—. Dentro de nada voy a parecer un oso panda.

—No se preocupe, *signorina* —la tranquilizó Alberto—. Está preciosa.

—En la escena del camisón, parezco mi bisabuela. No me extraña que la princesa Ann de la película tenga ganas de ponerse un pijama...

En ese momento llamaron a la puerta. Wyler entró en la caravana después de que Audrey le diera permiso. Desde tan temprano, ya tenía manchas de sudor en la camiseta, a la altura de las axilas.

—Dios mío, aquí dentro hace un calor insoportable —protestó, y besó a Audrey en la mejilla—. ¿Te han traído a la antesala del infierno?

—Cuidado, señor Wyler. Le va a estropear el maquillaje —advirtió Alberto.

—Estás muy guapa —dijo William, sonriéndole descaradamente—. Bueno, si los señores están listos, podríamos empezar ya. A mediodía estaremos todos derretidos como la gelatina de frambuesa al sol; por eso hay que aprovechar cada minuto.

En las primeras escenas que rodó en camisón no aparecía Gregory Peck, pero a media mañana iban a rodar varias juntos. El actor salió de su tráiler y se acercó a ella.

—Bonito atuendo —observó, mirando la falda y la blusa que Audrey iba a llevar en la escena en la que se conocían.

—Estoy nerviosa —dijo de sopetón—. Aunque ya he rodado unas cuantas escenas, sin embargo...

Gregory le lanzó una mirada cálida con sus ojos de color castaño.

—Pero ¿por qué? Seguro que te sale divinamente.

—No. —Audrey respiró hondo—. Me siento como una novata. No puedo hacerlo, Greg. Seguro que me pongo tan rígida como si fuera de madera, igual que Pinocho.

Gregory le miró la nariz y contestó tan tranquilo:

—Desde luego, ahora no te pareces nada a él.

—A tu lado voy a parecer una vulgar aficionada. Tú... tú eres un actor célebre; en cambio, yo... yo solo soy una bailarina.

—Una bailarina que ha causado furor en Broadway —replicó él en voz baja. Audrey vio que la miraba tan serio y preocupado que el corazón le dio un vuelco. Entendía perfectamente que millones de mujeres estuvieran locas por él—. Una actriz y bailarina que, según me parece, tiene un problema con la autoestima que hay que solucionar urgentemente. No te muevas de aquí —dijo Gregory, y la dejó desconcertada. A los cinco minutos volvió con dos helados de frambuesa grandes en las manos—.

Aquí tienes, tómate un helado para relajarte. Esto te calmará los nervios y te refrescará.

Audrey lo miró sin dar crédito a sus ojos; luego se rio y cogió el helado.

—Qué ideas tienes. Muchas gracias.

Se retiraron a los escalones de un tráiler y allí se pusieron a dar lametones al helado.

—¿Y bien? ¿Ha funcionado? —preguntó Gregory cuando ella se terminó la punta del barquillo.

—Ya lo creo. Ahora soy la tranquilidad en persona, y a lo mejor hasta me sale bien el texto. —Audrey le sonrió y él asintió satisfecho. Se sentía bien en su compañía. Aunque solo se conocían desde la noche anterior, entre ellos reinaba ya una atmósfera de confianza y amistad. Se alegraba de que en las próximas semanas se le permitiera enamorarse de él en la película. Naturalmente, James seguía ocupando para ella el primer lugar, pero también estaba un poquito enamorada de Gregory.

—¡Okey! —gritó William, secándose con un pañuelo grande el sudor de la frente—. Todos a sus puestos. Vamos a empezar.

Ambos se dirigieron al lugar que les habían marcado lanzándose una última sonrisa de complicidad.

William se acercó sin apenas aliento a ella.

—Pero bueno, ¿qué os habéis creído? ¡A quién se le ocurre sentarse tranquilamente a tomar un helado y arrugarse la ropa! Estamos en un plató de cine, no en un teatro de títeres. —Le echó un último vistazo a Audrey, como pensando si decirle algo o no, hasta que reventó—: Dios mío, qué guapa eres, hija. Eso lo saben aquí todos y tu aspecto cada vez lo están copiando más admiradoras. Creo que todas esas divas que veíamos hasta ahora en las películas tendrán que espabilar en el futuro.

Ruborizada, ella bajó la mirada deslizándola por su cuerpo delgado.

—Lárgate, vejestorio —le dijo Gregory a William—, y haz tu trabajo, que para eso te pagan.

William hizo una mueca de contrariedad y se alejó mientras Gregory y Audrey se sonrieron de nuevo con complicidad.

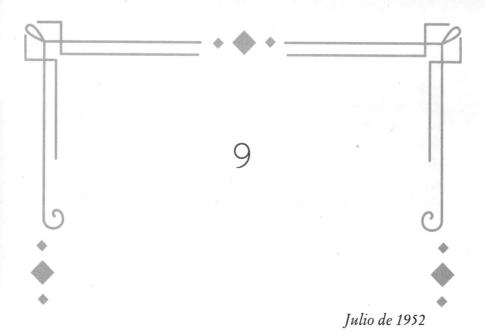

9

Los días en Roma se convirtieron en una época inolvidable para Audrey. Ella y Gregory se hicieron inseparables, se entendían sin necesidad de utilizar palabras. Tenían el mismo tipo de humor y, al igual que ella, también él era muy sensible y se preocupaba por sus congéneres. La apoyaba infatigablemente cada vez que la veía sumida en sus dudas sobre sí misma, cada vez que se manifestaba temerosa de no poder estar a la altura del papel de la princesa Ann. Su entusiasmo inicial por él se convirtió en una especie de compañerismo fraternal; lo veía como si fuera otro hermano mayor.

A última hora de la tarde se quedaban en el patio interior del hotel, a la sombra de las hojas enormes de las palmeras, que formaban una bóveda verde y centelleante y los aislaban del resto del mundo. Solo existían ellos dos. Concentrados en sus textos, practicaban los pasajes difíciles oyéndose el uno al otro. Durante el día, en las pausas del rodaje, se sentaban en los escalones de sus caravanas y jugaban a las cartas tomando alguna bebida fría. Los otros miembros del equipo de rodaje les tomaban el pelo por su afición exagerada al Skat, un juego de naipes.

James fue a visitarla a Roma dos fines de semana, y Audrey se sentía extraña, porque tenía que optar entre él y el equipo de rodaje. Como todos estaban en Italia sin la familia, los domingos organizaban comidas informales en las que, sobre todo, se reían mucho. Audrey disfrutaba de la sensación de ser parte de una gran familia; por eso se decepcionaba cuando James rechazaba participar en esas comidas. Él quería estar a solas con ella y no saber nada de los demás, en especial, de Gregory, del que nunca decía nada bueno. Audrey se adaptaba a sus deseos, pero no se encontraba a gusto. Cuando sus colegas la llamaban a la puerta para preguntarle si querían tomarse la última copa en el patio interior, declinaba compungida la invitación.

El último domingo de julio, James fue por la mañana a su habitación anunciándole que quería cambiar unas palabras con William.

—¿A santo de qué, James? —preguntó ella—. ¿Qué quieres de él?

—¿Qué quiero yo de él? Es todo lo contrario, cariño. Más bien habría que decir qué quiere él de ti, de nosotros. Dispone de tu tiempo a su antojo. Te monopoliza incluso los fines de semana.

Audrey se tragó el nudo de la garganta. Que James se negara a aceptar lo importante que era para ella reunirse con los compañeros le producía un gran malestar.

—Nadie me monopoliza. Todos nos entendemos de maravilla. Todo el equipo es como una familia. Aquí me encuentro como en casa y me encanta pasar el rato con esas personas.

—Como en casa —repitió él en tono despectivo—. Sí, eso me parece. Con ellos te sientes mejor que conmigo.

—Tonterías. —Se mordió los labios. En el fondo, no iba muy desencaminado. Cuando pensaba en lo a gusto y tranquila que se sentía con Gregory, libre de toda preocupación, tenía que reconocer que su relación con James últimamente se había enfriado un poco.

—A mí no puedes engañarme. Voy a hablar con Wyler.

—¡Por Dios! No hagas eso. Me vas a hacer pasar mucho bochorno —soltó Audrey, y lo agarró del brazo, pero él se soltó y desapareció, dejando la puerta abierta.

Cuando volvió, no le quiso contar nada de su conversación con el director. Finalmente, por la noche emprendió el viaje de vuelta. Audrey se sintió muy aliviada, como si se hubiera quitado un peso de encima que le impedía respirar.

Se duchó, se puso un vestido ancho de color azul claro y bajó al patio interior, donde vio a William y Gregory tomando un cóctel.

—¡Audrey! —la saludó William—. ¡Por fin has resucitado! Te hemos echado de menos.

—¿Otro cóctel? —le preguntó Gregory escudriñándola disimuladamente con la mirada, pues la notaba un poco preocupada—. Tienes pinta de necesitar uno.

—¡Ya lo creo que sí! —suspiró Audrey.

—Por cierto. —William apoyó los codos en la mesa y se inclinó hacia ella—. De aquí en adelante, no permitas que tu querido señor Hanson mantenga conmigo conversaciones, digamos, de tipo técnico. Estás en la Paramount bajo contrato, y a él nuestro plan de rodaje ni le va ni le viene. Perdona que sea tan franco, pero se ha tomado demasiadas libertades.

Audrey le dio las gracias al camarero por el cóctel y bebió un trago largo.

—¿Qué quería de ti?

William resopló.

—Darme instrucciones. Que no dispusiera de ti y que cambiara el calendario del rodaje. Que quería tenerte lo antes posible en casa para hacer planes de boda.

—Ay, Dios mío. —Echó mano a la cajetilla de tabaco que había encima de la mesa—. ¿Puedo coger uno? Antes de que pierda la razón.

—Adelante. —William hizo un gesto con la mano—. Mantén a ese hombre alejado de mí. No lo soporto, y menos con el calor que hace. —Cogió el periódico y se enfrascó en él.

Gregory la miró con ojos compasivos.

—¿Va todo bien? Si quieres que hablemos...

—Vamos a tomar un helado, Greg —propuso ella—. Eso sienta siempre bien.

—Me parece estupendo —dijo él sonriendo—. Hasta luego, Will.

—No sé lo que está pasando aquí —le confió Audrey a Gregory cuando ya habían comprado los helados—. Desde que estoy en Roma, es como si mi mundo se hubiera desplazado... Tal vez sea por lo simpáticos que son todos los del equipo y por lo bien que lo pasamos. Vista desde lejos, mi relación con James es tan... —Buscó la palabra.

—¿Tan...? —intentó ayudarla Gregory.

—Tan falsa... —confesó Audrey.

—Mmm. Te vendrá bien estar lejos de casa —dijo él—. Desde la distancia se ven las cosas de otra manera. También las relaciones.

—Lo sé —musitó ella.

—Tómate un tiempo y piénsalo con tranquilidad.

—De acuerdo —dijo Audrey mirándolo agradecida, y de nuevo fue capaz de sonreír un poco.

Gregory seguía esforzándose por animarla, y, mientras se dirigían a la Bocca della Verità, se la veía ya más relajada.

Audrey conocía el relieve por los libros y las guías de viaje. Se quedó mirando la cara de mármol con los ojos redondos.

—La boca de la verdad —dijo Gregory—. Según la leyenda, si alguien ha mentido e introduce la mano, la boca se la muerde. Inténtalo tú a ver.

Audrey metió titubeante la mano izquierda en la boca de piedra fría y la sacó inmediatamente después.

—Ahora métela tú.

A Greg la comisura del labio le dio un respingo, como si intentara mantener la seriedad.

—Claro que sí.

Metió la mano en el hueco, más adentro que ella, y de repente dio un grito e intentó sacar el brazo, que parecía haberse quedado atrapado en el interior. Instintivamente, Audrey se lanzó sobre Greg, tiró de él e intentó salvarle del monstruo que parecía esconderse en la Bocca della Verità. Entonces Gregory sacó de un tirón el brazo y se lo enseñó: la mano había desaparecido.

Audrey tuvo que mirar por segunda vez para darse cuenta de que estaba escondida en la manga.

De repente, Gregory la sacó y dijo con una sonrisita:

—Buenas tardes.

Cuando todos los que había a su alrededor prorrumpieron en risas y aplausos, Audrey se dio cuenta de que había sido víctima de una jugarreta y de que todos menos ella estaban en el ajo.

—Qué malvado —dijo ella medio enfadada, medio en broma—. ¡Menudo susto me has dado!

Gregory le dio un abrazo sin dejar de reírse.

William, desde su silla de director, también se desternillaba de risa antes de dirigirse a los cámaras.

—¿Lo tenéis?

Audrey se puso en jarras.

—No contentos con haberme tomado el pelo, ¿encima lo habéis rodado?

—¡Pues claro! —El director le lanzó una sonrisa radiante—. Y en la película la escena se verá en esta versión, sin añadir ni quitar nada; de eso puedes estar segura.

Para alivio de Audrey, James no pudo volar a Italia el siguiente fin de semana, pues sus negocios lo llevaban a Nueva York. Así que aprovechó los dos días libres para comer con el equipo de rodaje y por la noche tomar cócteles en el patio interior del hotel. Bajo el cielo nocturno del verano se sentía más libre que en toda su vida. Todos estaban alegres y distendidos. Fue una época tan magnífica y despreocupada que a todos les parecía estar de vacaciones, pese a que durante el día trabajaban duro y con ese calor tan abrasador no era fácil concentrarse de la mañana a la noche y estar a pleno rendimiento.

Aunque una y otra vez la asaltaban las dudas sobre si quedaba bien delante de la cámara, por fin Audrey sabía con total certeza que ser actriz era lo que quería ser en la vida y lo que la hacía feliz.

Al final de un día de mucho trabajo, que los había dejado a todos agotados pero satisfechos con lo conseguido, se sentó con

Gregory en el patio interior. Mientras daba, como él, sorbitos de un cóctel Pink Squirrel, se puso a hojear una revista inglesa que se había dejado en la mesa algún miembro del equipo de rodaje.

—Me gustaría que este tiempo en Roma no acabara nunca —suspiró Audrey—. Si por mí fuera, podrían hacer de la película una serie interminable. ¿Acaso no vivimos aquí como los dioses?

—Sí, sobre todo porque todavía me queda chocolate. —Gregory sacó una tableta y la compartió como un buen hermano con Audrey, a quien le dejó el trozo más grande, porque sabía que era una adicta en toda regla.

—El paraíso terrenal —constató ella, partiendo un trocito—. Tú sabes lo que hace felices a las mujeres.

Él hizo una mueca en broma.

—Ojalá mi mujer lo viera de la misma manera.

—¿Echas de menos a Greta? —preguntó Audrey mientras hojeaba la revista.

Greg asintió.

—Claro. ¿Y tú a tu guaperas? Lleva mucho tiempo sin dejarse ver por aquí, ¿no?

Cuando ella se disponía a responder, de pronto le faltó el aire y se puso pálida.

—¿Qué pasa? —Gregory se inclinó hacia delante y la miró preocupado.

—A propósito del guaperas... —murmuró Audrey, y le pasó la revista. Dos páginas reproducían fotos de una fiesta de alto copete. En una de ellas salía James luciendo un esmoquin con una beldad rubia en vestido de noche. Él la cogía de la cintura, y ella se arrimaba tanto que entre ellos no cabía ni una hoja de papel. Esta vez no podía disculparse diciendo que no la conocía y que estaban juntos por casualidad delante de las cámaras de los fotógrafos. El dolor y una amarga decepción se apoderaron hasta tal punto de ella que de repente le pareció un extraño. Greg le puso las manos en los hombros desde atrás y la atrajo hacia sí. Así se quedaron un rato escuchando los grillos.

—¿Por qué hará una cosa así? —susurró Audrey, apoyándose en el pecho de Gregory.

—Ni idea —respondió él en voz baja—. No entiendo cómo se puede uno divertir con otras si está saliendo contigo. O con cualquier otra mujer.

—No lo reconozco. No reconozco al hombre con el que quería formar una familia.

—¿«Quería»? —preguntó Gregory con precaución, y la besó suavemente en el pelo—. ¿En pasado o en presente?

—Ni idea —dijo ella con amargura—. Solo me estoy planteando si no cometeré un tremendo error haciendo lo que he hecho hasta ahora.

Connie Wald se había convertido en una buena amiga; dado que las separaba un océano, se escribían con regularidad. Connie le contó que había estado con su marido Jerry en Nueva York en una fiesta después de un estreno y que allí había visto a James. Aunque describía vagamente la situación para no herir a Audrey, esta entendió a la perfección lo que ponía entre líneas. Él no iba solo y se había divertido de lo lindo.

«No sé ya qué hacer —le escribió una noche—. ¿Qué pinto yo con un hombre que se divierte con otras en cuanto me voy? Y por mi profesión en el futuro tendré que viajar a menudo. No puedo pasarme el día dándole vueltas a si sobrepasará ciertos límites con sus acompañantes... Cada vez me lo imagino menos como el padre de mis hijos. Tengo miedo, Connie, miedo a cometer el mismo error que mi madre. También ella se casó con un hombre que solo nos trajo desgracias».

A la mañana siguiente envió la carta. La respuesta, que llegó dos semanas después, fue muy elocuente aun cuando no utilizara palabras. En su lugar le mandaba una foto recortada de la página de cotilleos de un periódico. Era James cenando en la intimidad, a la luz de las velas, con una linda pelirroja que lo miraba embelesada.

—Okey —susurró Audrey, y arrugó la foto. Dolorida como si tuviera un ladrillo en el estómago, decidió que a la primera oportunidad que se le brindara hablaría con él.

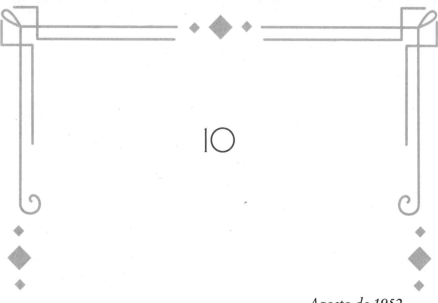

10

Audrey pasó los siguientes días sumida en la desolación. Ante la cámara, sin embargo, recobraba la compostura. Las clases de ballet con madame Rambert le habían enseñado a mantener el control, sonreír y concentrarse aunque el mundo estuviera rompiéndose en pedazos a su alrededor. Y por suerte tenía también a Gregory, que conocía sus penas y la ayudaba suministrándole café y chocolate, distrayéndola y protegiéndola infatigablemente. Ver sus ojos oscuros cálidos y apenados era para ella como un bálsamo para el alma.

Cuando rodaron la escena en la que Joe Bradley, interpretado por Gregory Peck, llevaba de noche a la princesa Ann de vuelta a la embajada, el sol ardía ya tan despiadadamente que el asfalto de las calles romanas humeaba como si estuviera quemándose.

Era una escena triste que se correspondía con el estado de ánimo de Audrey. No obstante, le resultaba difícil verter las lágrimas que prescribía el guion. La educación estricta y puritana de su madre le había enseñado a no manifestar la congoja ni prorrumpir de ningún modo en estallidos sentimentales, de modo que, por más que se esforzaba, sus ojos permanecían secos.

—Por Dios, Audrey —la riñó William cuando, después de repetir cuarenta veces la escena, seguía sin llorar—. Pero si eres una mujer, y las mujeres lloriquean cada dos por tres.

—Deja los clichés para otra ocasión —le amonestó Gregory medio en broma.

—Lo siento, Will —murmuró ella toda compungida.

—Relájate —le susurró su compañero para animarla.

—Otra vez. Claqueta, toma cuarenta y uno —gruñó William, sentándose de nuevo en la silla del director entre gemidos y limpiándose el sudor de la frente con una toalla que le dio su asistente.

—No sé cómo decirte adiós —murmuró Audrey con la cabeza agachada, metiéndose otra vez en el papel de la princesa.

—No hace falta ni que lo intentes —dijo Gregory derrotado. Se volvió hacia ella y se abrazaron efusivamente. Era una escena de una intensidad desesperada que terminaba con un beso apasionado. Besar a Gregory, por una parte, se le hacía raro, porque se había convertido en su mejor amigo, pero, por otra, se entregaba ávidamente a la ternura y la magia que caracterizaban esa escena. En su vida verdadera, en su relación con James, faltaban la intimidad y el afecto que desprendía Gregory.

—¡Corten! —gritó William, y se levantó de la silla de un salto—. ¡Audrey, por Dios! ¡No has vertido ni una sola lágrima! Alberto, ¿dónde te has metido? ¡Glicerina! Si eso no sirve, ya no sé qué hacer.

Audrey se desplomó abatida. Gregory le apretó disimuladamente la mano y susurró:

—Has estado fantástica; no sé lo que quiere. A mí personalmente no me gustan las mujeres que lloran a moco tendido.

Audrey sonrió con debilidad, agradecida de que quisiera animarla.

Alberto, el artista que la maquillaba todos los días, llegó corriendo con un frasquito de glicerina. William se lo arrebató de la mano, agarró la cabeza de Audrey y le dijo que no se moviera.

—Una gota en cada ojo y derramarás lágrimas sin cuento. ¡Mira para arriba!

Audrey miró hacia arriba y el director le echó las gotas de glicerina con sus dedos sudorosos.

—¡Claqueta, toma cuarenta y dos!

—No sé cómo decirte adiós —murmuró Audrey, tan apesadumbrada por la tristeza de la princesa Ann como por la suya propia.

—No hace falta ni que lo intentes —contestó Gregory igual de apenado. Otro beso íntimo y apasionado que a ella le pareció lo mejor del día.

—¡Corten! —bramó William con la cabeza roja como un cangrejo. Su asistente intentó en vano calmarlo. Parecía que le iba a dar un infarto.

—¿Ni siquiera con lágrimas artificiales eres capaz de llorar, Audrey? ¿Es que quieres volverme loco? ¡No solo nos haces perder el tiempo con el espantoso calor que hace, sino también el dinero! ¡Nuestro presupuesto tiene un límite! ¡Es más bien modesto, como sabrás!

En ese momento, las lágrimas brotaron de sus ojos y se deslizaron silenciosas por sus mejillas.

—¡Perfecto! —gritó William fuera de sí—. ¡Claqueta, toma cuarenta y tres!

Esta vez la escena quedó al gusto de todos. Audrey lloraba por el dolor que le causaba la despedida, por sus penas de amor y por una vaga sensación de haber defraudado a William.

—¡Corten! —gritó este, que se desplomó en su silla y volvió a coger la toalla. Parecía como si hubiera corrido una maratón a una temperatura de cuarenta grados.

—Lo siento —murmuró ella abochornada.

—Bah, no te preocupes. Solo he fingido que estaba enfadado. De alguna manera tenía que hacerte llorar. Todo perfecto. ¡Era puro teatro, Audrey!

Gregory se limitó a sonreír y le limpió delicadamente las lágrimas de las mejillas.

Como todos estaban agotados, se tomaron un descanso. Audrey y Gregory se sentaron a la sombra en los escalones de un tráiler y comieron unos sándwiches.

—Lo peor ya ha pasado —dijo él, atrayéndola brevemente hacia sí.

—Sí —suspiró ella—. No sé por qué hoy todo me cuesta mucho esfuerzo.

William pasó por delante de su tráiler y les lanzó una mirada. Llevaba un periódico doblado bajo el brazo.

—Mi más cordial enhorabuena, Audrey —dijo visiblemente confuso.

—¿Por qué? —dijo ella alzando las cejas—. ¿Porque al final he conseguido llorar?

William se la quedó mirando fijamente con los ojos entornados. Luego dejó caer el periódico sobre las rodillas encogidas de Audrey.

Gregory cogió el periódico y murmuró:

—«El afortunado empresario británico James Hanson anuncia la fecha de su boda con la actriz Audrey Hepburn. El enlace matrimonial tendrá lugar el 20 de septiembre en Inglaterra...».

Bajó el periódico; se había quedado estupefacto.

—¿Va en serio, Audrey? Yo creía que...

—¡No, santo cielo! —exclamó ella conmocionada, y se levantó de un salto—. No entiendo nada. ¿Por qué anuncia que nos vamos a casar en septiembre? ¡Yo no sé nada de eso!

—Madre mía —dijo William, más bien para sus adentros—. No soporto a ese tipo. Desde el principio me cayó mal.

—Tienes que hablar con él —le dijo Gregory a Audrey, apoyando pensativo la cabeza en las manos—. En fin, ya sabes que los titulares de hoy sirven para envolver mañana el pescado —intentó calmarla con una sonrisa de medio lado.

Después del rodaje, cuando llegó al hotel agotada y sudorosa, llamó a su madre antes de meterse en la ducha. Ella le aseguró saber tan poco de los planes de James como la propia Audrey, pero se alegró de la boda anunciada. Le faltaron fuerzas para explicarle la situación y le prometió llamarla al día siguiente. Después telefoneó a Connie, que también había leído los titulares.

—Todo Hollywood está hablando de la inminente boda —dijo.

—¿Qué hago ahora?

—Creo que sabes muy bien lo que tienes que hacer —respondió su amiga con resolución.

Audrey no concilió el sueño en toda la noche, no hacía más que dar vueltas entre las sábanas arrugadas. Cada vez soportaba menos el calor y anhelaba unas temperaturas más frescas. Sin embargo, al mismo tiempo tenía miedo de regresar después del rodaje a Inglaterra para recoger con la escoba los añicos de su vida. Allí, en Roma, con Gregory a su lado, vivía en una pompa de jabón que la protegía y que explotaría en cuanto se encontrara con James.

Gregory, que notaba su desesperación y su rencor sin necesidad de que ella le dijera nada, la invitó al día siguiente por la noche a una *trattoria*. Alejada de los lugares turísticos habituales, resultaba muy auténtica con su sótano abovedado, las mesitas con manteles a cuadros rojos y blancos y las velas que parpadeaban sin cesar.

Pidieron pasta y vino tinto. Después de que Audrey devorara su cena como si estuviera desfallecida de hambre, se enjugó los labios y dijo en voz baja:

—Voy a dejar a James. Definitivamente. Ya llevo un tiempo planteándomelo. No seríamos felices juntos. Tenemos unos valores y unos criterios demasiado dispares.

—Okey —dijo él mirándola con sus ojos cálidos de color castaño—. Probablemente esa sea la decisión correcta, siempre y cuando estés segura.

—Estoy tan segura como pocas veces lo he estado en la vida. Gracias por tu apoyo, Greg. No sé qué habría hecho sin ti todas estas semanas.

Él le cogió la mano sonriendo.

—¿Para qué están los amigos? Seguiremos en contacto aunque nos separemos después del rodaje.

—Sí, eso me haría muy feliz. A lo mejor nos vemos en alguna fiesta de Connie.

—Estoy abonado a las fiestas de Connie —dijo él con una sonrisa.

Audrey llamó por teléfono a James y después, sintiéndose completamente agotada y vacía por dentro debido a los reproches que este le había hecho, redactó un comunicado de prensa con la ayuda de Gregory y William. Utilizando palabras sencillas, explicaba que había roto con James Hanson porque con su agenda de trabajo no le sería posible llevar una vida matrimonial normal. El comunicado se publicó en todos los periódicos.

Ella parecía decepcionada por la ruptura, pues ya se había hecho ilusiones y veía a James como el yerno ideal; sorprendentemente, sin embargo, rehusó hacer cualquier tipo de comentario. Audrey supuso que, en vista del fracaso de su propia relación con su marido, no se veía con la autoridad necesaria para ejercer la crítica.

11

Junio de 1953

Audrey tuvo una agenda muy apretada durante el verano que siguió al de Roma. Sesiones fotográficas, entrevistas y fiestas por el estreno de *Vacaciones en Roma* en todas las ciudades grandes, sobre todo en Nueva York, Los Ángeles y Londres. Días libres no tenía ninguno, pero aprovechaba los ratos que le quedaban entre las citas para hojear guiones. Cuando en junio llegó a Londres para la presentación de la película, se fue a vivir otra vez con su madre. Los días en los que abandonaba por las mañanas el modesto piso de su madre para ir a las clases de ballet con madame Rambert, y después a las revistas musicales del West End, para llegar por la noche agotada a casa, le parecían ahora tan lejanos como si pertenecieran a otra vida. Habían pasado tantas cosas desde entonces...

—¿Quieres una taza de té? —le preguntó Ella asomando la cabeza por la puerta. Seguía ocupada con sus distintos trabajos. Como a estas alturas Audrey ya estaba bien pagada, insistía en ayudarla económicamente. Pero a su madre, que era tan orgullosa, no le resultaba fácil aceptarlo.

Con el voluminoso guion bajo el brazo, Audrey se sentó con ella en el salón. Sobre la mesa vio el antiguo servicio de té importado de Holanda, además de unas pastas.

—¿A dónde vas esta noche? —preguntó Ella cuando sirvió el té. Que Audrey se quedara una noche en casa era impensable por la cantidad de compromisos que tenía.

—A una recepción. Más tarde me recogerá una limusina.

—Qué lástima. Van a retransmitir por la radio la coronación de la reina Isabel.

—Lo sé. En realidad, me gustaría acostarme pronto, pero a corto plazo no tengo ninguna noche libre. De todas maneras, me apetece muchísimo volver a ver a Gregory en la recepción. —Audrey abrió el guion que estaba estudiando en ese momento.

—No llenes las páginas de migas —le advirtió automáticamente Ella—. ¿Ya has decidido cuál es la siguiente oferta que vas a aceptar?

—Probablemente esta misma —dijo ella con la boca llena, señalando las páginas encuadernadas que tenía ante ella—. *Sabrina*. Ya me he dejado aconsejar por Gregory, y a él también le parece que debo aceptar este guion. —El consejo de su amigo era muy importante para ella; en cualquier caso, no le resultaba difícil identificarse con el papel previsto para ella.

—¿De qué trata? —preguntó Ella, quitándole una miga del cuello.

—De la hija de un chófer que se debate entre dos hermanos ricos. Como es más bien torpe y tímida, la envían a París para que haga unos cursos de cocinera. Cultivada y elegante, regresa por fin a Long Island, donde David, el hermano pequeño, se enamora de ella. El mayor, Linus, hace creer a Sabrina que él también está enamorado para que el pequeño se case, por razones de negocios, con la hija de un fabricante. Pero al final Linus alberga de verdad sentimientos hacia ella. El resto te lo puedes imaginar.

—Pues sí. Parece una película muy entretenida y romántica.

—Lo es. El guion es chistoso y tiene mucho encanto. ¿Sabes, mamá? Lo bueno de haber tenido éxito con *Vacaciones en Roma* es que ahora puedo escoger los papeles que me gusten. Ya no tengo que hacer el payaso, como en *Monte Carlo Baby*.

Ella sonrió.

—Gracias a *Monte Carlo Baby* te descubrieron; no lo olvides.

—No, no lo olvido. Hasta el fin de mis días le estaré agradecida a Colette. —Al pensar en el largo camino que había recorrido desde su estancia en la Costa Azul, se llenó, como tan a menudo, de orgullo e incredulidad.

Ella puso la radio para escuchar la retransmisión de los actos solemnes de la coronación de la reina.

—¿No tendrías que ir arreglándote, Audrey?

Audrey cerró el guion.

—Sí, ya va siendo hora.

Audrey guiñaba los ojos ante la lluvia de destellos. Gregory la había rodeado con el brazo y los dos sonreían hasta sentir dolor en las comisuras de los labios. Los fotógrafos no se cansaban de sacar instantáneas de esa pareja tan sumamente atractiva. Él, alto, con el pelo oscuro y su afable sonrisa, llevaba un esmoquin negro; ella, con su pelo corto brillante y acastañado ceñido por una diadema refulgente, lucía un traje de cóctel de color rojo oscuro. Con las pestañas postizas y la raya negra en los párpados, parecía una diva, y en noches como esa, en la que recibía tantos aplausos, casi creía serlo. Pero solo «casi», pues cuando terminaba la parte oficial de la recepción su corazón sentía un gran alivio.

Gregory le trajo un Pink Lady y se retiraron al balcón del club para rehuir el barullo.

—¿Qué tal están tus chicos, Jonathan, Stephen y Carey? —le preguntó Audrey dando un sorbito del cóctel—. ¿Y Greta?

—Todos están perfectamente —dijo él mientras a su espalda sonaba «Til I Waltz With You Again», una canción de éxito de ese verano—. Esta vez se han quedado en casa, porque estos vuelos tan largos con niños cansan mucho.

Un hombre con un traje negro se acercó a ellos en el balcón. Al principio, Audrey solo distinguió una silueta oscura recortada contra la luz del interior.

—Hola, Greg, al fin te encuentro —dijo.

Él se volvió y sonrió.

—Hola, Mel. Audrey, este es uno de mis mejores amigos. Mel Ferrer.

—La famosa Audrey Hepburn —dijo Mel, que se acercó y le dio sonriente la mano—. No tienes que presentármela, Greg. ¿Quién no la conoce?

Audrey miró al recién llegado por encima del borde de su Pink Lady. Tendría unos diez años más que ella. La cara estrecha, ojos azules, pelo rubio oscuro y una sonrisa discreta pero simpática que dejaba al descubierto un gracioso hueco entre los incisivos.

—Pero ella no te conoce —le dijo Gregory a su amigo—. Mel es actor, pero su estrella empezó a empalidecer hace ya mucho tiempo, Audrey. El pobre solo actúa en producciones de tercera clase.

Mel le dio un puñetazo amistoso en el costado, sin apartar la vista de Audrey, que a su vez lo miraba fascinada.

—Ahora en serio —dijo Gregory—. Mel es un polifacético. Exalumno de Princeton, actor, productor, director... Incluso ha escrito un libro infantil.

—Qué va —dijo Mel sonriente—. Greg tiene razón. Últimamente solo me llegan ofertas que no son precisamente prometedoras.

Audrey sonrió. Mel tenía algo que la atraía. Tal vez sus modales suaves, los ojos claros que no se apartaban de ella...

—Eso puede volver a cambiar de la noche a la mañana.

—Fíate de Audrey —le aconsejó Gregory, dándole una palmada jovial en la espalda—. Trae suerte como por arte de magia.

«Pero solo en la vida profesional», pensó ella por segunda vez en ese día.

—No os mováis de aquí —dijo Mel—. Voy por mi cóctel, enseguida vuelvo.

Cuando desapareció, Gregory la miró sonriente.

—Para tu información te diré que Mel está casado. Así que más te vale mantenerte alejada de él. Sé que resulta encantador, pero ya va por el tercer matrimonio.

Audrey se quedó asombrada.

—¿Se ha casado tres veces?

—Sí. Además, su tercera mujer es la que fue la primera. Y tiene un montón de hijos.

—¿Cuántos? —Audrey le lanzó una mirada burlona—. ¿Siete, ocho?

—No, cuatro. —Gregory le pasó el brazo por el hombro—. Basta ya de hablar de Mel. Cuéntame si te has decidido definitivamente por *Sabrina*.

Esa noche, más tarde, Mel buscó de nuevo su compañía. De repente se acercó a ella sin hacer ruido.

—La he visto en Broadway interpretando a Gigi —dijo, taladrándola con sus ojos azules—. ¿No le gustaría volver a actuar en Broadway? Juego con la idea de estrenar allí una obra.

—De momento me resulta imposible —se disculpó ella—. Pronto voy a rodar en Long Island.

—¿Pero después, tal vez? —preguntó él. Su infatigable testarudez la confundió y la dejó impresionada.

—Creo que rodar películas es más lo mío —dijo Audrey, para que no le ofendiera su rechazo. Después de la maravillosa experiencia de *Vacaciones en Roma*, difícilmente se imaginaba volviendo a hacer teatro.

—Ya veremos. —Su sonrisa la desarmó—. ¿Puedo traerle otro cóctel, Audrey?

Cuando ella asintió con la cabeza, Mel añadió como quien no quiere la cosa:

—Por cierto, me estoy divorciando.

—¿Debería eso ser un dato importante para mí? —preguntó ella, esforzándose por encontrar el tono irónico.

Él se limitó a sonreír y se abrió paso entre la multitud en dirección al bar.

Audrey aceptó definitivamente la oferta de *Sabrina*. Los estudios de la Paramount le dejaron que eligiera ella al modisto que quisiera para la ropa elegante que debía usar en la película. Su elección recayó en Hubert de Givenchy, un modisto joven y floreciente, porque le encantaban sus creaciones, que conocía por las revistas.

En julio viajó con Ella a París, donde había concertado una cita con él.

Hacía un día caluroso y las terrazas de los cafés estaban llenas de turistas que buscaban la sombra de las marquesinas. Audrey dejó a su madre en uno de ellos y le prometió recogerla en cuanto terminara con Givenchy.

El diseñador de moda acababa de mudarse a un taller nuevo que se encontraba en la rue Alfred de Vigny. GIVENCHY, ponía con letras anchas en la barandilla de hierro forjado de un balcón de la casa de cuatro pisos. Un asistente la recibió escudriñándola con la mirada y la condujo hasta el salón, donde la esperaba el creador de moda.

—*Bonjour, monsieur De Givenchy.*

—*Bonjour, mademoiselle.*

Su mirada se paseó rápidamente por el atuendo de Audrey: pantalones pitillo, camiseta corta, bailarinas y un sombrero de paja que le servía para protegerse del sol fuerte de julio. Ese era su conjunto preferido, con el que mejor se sentía. Además, por la mañana había ido con Ella a visitar los monumentos más importantes, como Notre Dame, la torre Eiffel y el arco de Triunfo, lo que con zapatos de tacón y vestido habría sido menos cómodo.

—Pase usted —le pidió Givenchy, llevándola a un rincón donde sentarse que había en la otra punta de su enorme despacho—. Perdone que me pille un poco desprevenido —dijo, reposando en ella sus ojos azules. Tenía una mata abundante de pelo oscuro y rasgos aristocráticos. Sus modales tranquilos le recordaban un poco a Gregory, por lo que simpatizó enseguida con él—. Debe de tratarse de un malentendido. En realidad, yo esperaba a Katharine Hepburn...

Audrey se ruborizó.

—Lo siento, pero no soy ella.

—Obviamente —observó él sonriente.

—Soy Audrey Hepburn.

—He oído hablar de usted. Pero, cuando mi asistente me dijo que una tal miss Hepburn quería concertar una cita conmigo, automáticamente pensé en Katharine. El error lo he cometido yo. Discúlpeme, por favor. —Parecía muy joven, probablemente solo un poco mayor que ella, que tenía veinticuatro años. Audrey sintió admiración por él, que a esa edad ya se había hecho un nombre como creador de moda.

—Es usted muy joven y ya tiene el mundo cinematográfico a sus pies —dijo Givenchy.

—Lo mismo estaba yo pensando ahora mismo de usted —confesó ella—. Naturalmente, no del mundo del cine, sino de la moda.

—Habla usted un francés excelente.

—Gracias. Pasé los primeros años de mi vida en Bélgica y por suerte algo se me pegó.

Givenchy le sirvió una limonada y luego abordó lo esencial.

—¿Qué la ha traído a mí, mademoiselle?

—Me gustaría contratarlo como mi modisto personal. Los estudios de la Paramount me han pedido que busque un creador de moda para la ropa de mi próxima película. Está ambientada en Long Island y tendrá escenas mundanas para las que necesito vestidos elegantes.

—¿Y quiere que yo...?

Ella asintió y esbozó su encantadora sonrisa.

—Sí, me haría muy feliz que diseñara mi ropa para *Sabrina*. Me encantan sus vestidos.

—He de admitir que estoy desbordado de trabajo, mademoiselle. ¿Con cuánto tiempo podríamos contar?

—El rodaje empieza en septiembre.

—¿Septiembre? —El joven creador de moda se mostró sorprendido—. ¿Y de cuántas prendas ha de constar su vestuario para la película?

—Pues... de bastantes, si he de ser sincera. Sabrina necesita vestidos de gala, pero también ropa bonita de diario —confesó Audrey compungida—. Y, a ser posible, no debe repetir ninguna prenda.

—Lo siento, mademoiselle Hepburn. Ya estamos a finales de julio, en agosto me cojo vacaciones, como el resto de los franceses, y enseguida nos plantamos en septiembre. Y, como usted dice, no se trata de dos o tres vestidos, sino de todo un vestuario completo. En tan poco tiempo no podría hacerlo. Lo siento realmente muchísimo.

Por la cara que puso, se notaba que lo decía en serio. Audrey se sintió muy decepcionada, pero aún no estaba dispuesta a darse por vencida.

—¿Realmente no hay ninguna posibilidad, monsieur De Givenchy?

Este negó tristemente con la cabeza.

—Me temo que no. Lo siento muchísimo —repitió.

Después de unos minutos de silencio, la acompañó a la puerta. Cuando ya se iba a despedir, Audrey le preguntó espontáneamente:

—¿Viene a cenar esta noche conmigo? Lo invito.

—¿Usted... invitarme... a mí?

—Sí. Cuando venía hacia aquí, he visto un restaurante que tenía buena pinta. Justo en el cruce. ¿Lo conoce?

—Sí. Pero yo...

—¿A las ocho? —Con estas palabras lo dejó plantado y salió a la rue Alfred de Vigny.

—¿Obtiene siempre todo lo que quiere? —dijo él a su espalda.

Audrey se detuvo y se volvió hacia él. Por un momento, una expresión sombría le entristeció el rostro.

—Por desgracia, no, monsieur.

Acalorada por el sol y la excitación, llegó de nuevo al café donde la esperaba su madre. Se desplomó en una silla y se pidió una Coca-Cola con hielo.

—¿Y bien? —preguntó Ella, y cerró el libro con el que se había entretenido durante la espera—. ¿Qué te ha dicho?

—Desgraciadamente, lo ha rechazado —le informó Audrey deprimida, y sorbió de la pajita—. No le da tiempo a hacer tantos vestidos de aquí a comienzos del rodaje.

—La verdad es que no entiendo por qué tiene que ser precisamente ese tal De Givenchy —dijo Ella, sin poder ocultar cierta desaprobación—. ¿Merecía la pena venir a París expresamente para eso? ¿No crees que en Londres o en Nueva York hay suficientes sastres..., perdón, creadores de moda, que te puedan coser unos cuantos vestidos?

—Yo quería a Givenchy —insistió ella—. En las revistas he visto suficientes creaciones suyas como para saber que es el apropiado para mí. Y todavía no me doy por vencida.

Ella suspiró.

—A veces eres terca como una mula, Audrey.

—Lo he invitado hoy a cenar. ¿Te importa cenar sola en el hotel, mamá?

—¿Qué dices que has hecho? —Ella la miró tan extrañada como si le hubiera dicho que iba a una fiesta en camisón.

—Invitarlo a cenar.

—¡Audrey! Es cierto que estamos en el año 1953 y hasta yo, un viejo carcamal, me he dado cuenta de que los tiempos cambian, pero ¡una dama joven no puede invitar a un hombre a cenar, y menos a uno al que acaba de conocer!

—Es solo una cena —intentó calmarla ella.

—Si no hay más remedio, prométeme al menos que te vas a vestir como es debido. No como una turista de las que se pasean por la playa.

En efecto, esa noche Audrey se esmeró en ir bien arreglada. Optó por un vestido negro de tubo y se maquilló con especial cuidado. Ni siquiera Ella le puso reparos a su aspecto.

Llamó desde el hotel a un taxi que la llevó al restaurante. Givenchy llegó al mismo tiempo que ella y se sentaron a una mesa en un rincón tranquilo del local. De repente Audrey se sintió algo cortada, y tampoco el creador de moda sabía qué decir al principio.

—Mi madre me ha echado la bronca por haberlo invitado así, sin más —confesó cuando se pusieron a mirar la carta—. Espero que no lo encuentre inapropiado, porque esa no era mi intención.

Una sonrisa apenas perceptible se dibujó en la cara de Givenchy.

—Bueno, he de decir que es muy poco habitual que una dama joven me invite a cenar, pero para mí ha sido todo un honor, mademoiselle Hepburn.

Los dos sonrieron. Ya se había roto el hielo.

—¿Quiere usted también ostras gratinadas? —preguntó él.

Audrey miró por encima el menú.

—No, hoy me apetece algo más prosaico, como espaguetis.

—Espaguetis —repitió él algo sorprendido, pero luego cerró la carta con resolución—. Tiene usted razón. No hay nada mejor que la pasta. Yo voy a tomar lo mismo.

El camarero les tomó nota y, cuando se fue, Audrey preguntó:

—¿Se ha pensado mejor lo de hacerme la ropa?

Givenchy meneó preocupado la cabeza.

—Me temo que no va a poder ser. Definitivamente, no. Comprenda, por favor, que sencillamente en tan poco tiempo no puedo atender un encargo de esa magnitud.

—Entiendo. —Audrey bajó la cabeza y jugó con la copa entre las manos—. ¿Siempre ha querido ser creador de moda? —preguntó en un intento desesperado por animar la conversación. Tras la nueva negativa de Givenchy, en realidad no había nada más que decir.

—¡Oh, sí! —Se le iluminaron los ojos; se notaba que estaba en su elemento—. Cuando tenía diez años, se celebró en París la Exposición Universal. Me dejó tan impresionado que tuve clarísimo que me iba a dedicar profesionalmente a la moda. Cuando terminé el colegio, me puse a estudiar algo muy distinto, Derecho, para ser exactos. Pero como lo encontraba mortalmente aburrido lo dejé y seguí por fin lo que me dictaba el corazón. Fui a la École des Beaux-Arts. Después trabajé para distintos diseñadores de moda... y el año pasado abrí mi propio taller. —Audrey sonrió por la pasión con la que hablaba—. ¿Y usted se interesa también por la moda, mademoiselle?

—Sí, mucho. —Entretanto, el camarero ya les había traído los espaguetis y empezaron a comer—. Pero no por la ostentosa y llamativa. La moda ha de adaptarse a la mujer y resaltar lo mejor de cada una.

—Estoy completamente de acuerdo —le dio la razón Givenchy—. Tengo por principio que la ropa que diseño ha de ser elegante, pero lo suficientemente sencilla como para no distraer de la belleza natural de la mujer.

—Elegancia y calidad. —Audrey pescó un espagueti y lo contempló pensativa—. Yo no tengo mucha ropa, solo la necesaria. Me fijo mucho en la calidad. Y en la atemporalidad. Uno debería tener su propio estilo y no someterse al dictado de la moda.

—Mademoiselle —dijo Givenchy, y dejó un momento el tenedor para escudriñarla con una mirada extraña, casi de admiración—, puedo decir sin temor a equivocarme que usted ha encontrado su estilo. Esas líneas claras y elegantes... Pero en serio le digo que parecería elegante aunque se pusiera un saco de patatas.

—Gracias. —Audrey se ruborizó por el piropo—. Y los zapatos. Me vuelven loca los zapatos. Pero no esos de tacón alto con los que tiene que dar miedo romperse las piernas. No, me gustan los zapatos bonitos pero cómodos, que no hagan daño en los pies.

Givenchy apartó el plato vacío y suspiró.

—Mademoiselle, se podría decir que es usted mi hermana gemela. O mi alma gemela. ¿Qué le apetece de postre? ¿Tal vez una *crème brûlée*? La invito.

—No, me gustaría ser yo quien lo invitara a usted. Pero podemos pedir un postre, claro. A mí me apetece más una *mousse* de chocolate. Todavía no he tomado mi ración diaria de chocolate.

Givenchy parecía estar debatiéndose consigo mismo. Por último, suspiró y apoyó los codos en la mesa.

—*Mon dieu.* Me he debido de volver loco. Escuche. Pásese mañana a media mañana por el taller. ¿Podrá?

Audrey lo miró con los ojos como platos.

—Con mucho gusto. Pero ¿con qué fin?

—Sería un honor para mí convertirme en su modisto personal. Por cierto, mis amigos me llaman Hubert.

Flotando en una nube de felicidad, Audrey regresó a última hora de la tarde al hotel.

—Givenchy se va a encargar de mi vestuario —le anunció a su madre mientras se quitaba el vestido negro—. Estoy tan feliz...

Sabrina va a llevar unos vestidos preciosos. Y creo que Hubert y yo vamos a ser buenos amigos; estamos en la misma onda.

—Es un milagro que te haya tomado siquiera en serio con el atuendo de pordiosera que llevabas esta tarde. —Ella no se pudo aguantar el comentario—. ¿Y cómo va a hacer todo ese trabajo titánico? ¿No te había dicho antes que no le daba tiempo de terminarlo?

—Ni idea —dijo Audrey con aire de ensoñación. Ya se veía con un vestido suntuoso bailando con Humphrey Bogart por toda la pista de baile—. Me espera mañana otra vez en sus aposentos.

Estaba demasiado excitada como para desayunar a la mañana siguiente. Dejó a su madre en el hotel y se dirigió de nuevo a la rue Alfred de Vigny. El asistente de Givenchy la condujo al despacho del diseñador de moda, donde este ya la esperaba con café y unos *éclairs*.

—Mi querida Audrey —la saludó y la besó en las dos mejillas.

—Hubert —respondió ella sonriendo. Olía a un buen perfume de hombre, lo que lo hacía aún más atractivo.

—Déjame que te diga antes de nada lo bien que lo pasé anoche.

—Lo mismo digo. Y estoy contentísima de que al final hayas decidido hacerme los vestidos. —De nuevo sintió que la invadía una cálida oleada de gratitud.

Givenchy hizo una mueca, como si fuera a contarle una verdad desagradable y temiera herirla.

—La cuestión es que... No te mentí cuando te dije que de aquí a septiembre no me da tiempo a terminar el vestuario completo de Sabrina. Pero tengo otra idea. Una solución de emergencia, digamos, pero a lo mejor te las puedes arreglar...

Audrey tragó el último bocado de su *éclair* y se chupó el chocolate de los dedos.

—¿En qué consiste esa solución de emergencia?

—Ven conmigo. —La tomó de la mano y la llevó por un pasillo con decoración de mármol hasta una sala de exposición enorme de cuyo techo colgaban unas arañas de cristal.

—Todas estas son prendas ya confeccionadas. El resultado de los últimos meses. Naturalmente, no son vestidos hechos a tu medida o a la de Sabrina, pero a lo mejor te puedes llevar algo a Long Island.

—¿Quieres decir que puedo escoger algunos de estos tesoros?

—Sí. Por desgracia, es lo único que puedo ofrecerte. Algo ya confeccionado. Ya sabes, el problema del tiempo...

—¿Y crees que me estarán bien los vestidos?

Givenchy paseó la mirada por su cuerpo y sonrió.

—Si no te están bien a ti, no sé a quién. Tienes una figura perfecta, Audrey; eres grácil como un elfo. Es como si al diseñarlos te hubiera tenido a ti delante.

—Entonces voy a escoger un par de ellos y me los pruebo, ¿te parece?

—Exacto, *chérie*.

Audrey se sentía como una niña en un paraíso de golosinas.

—Este podría valer para la escena en la que estoy con Humphrey Bogart —murmuró para sus adentros—, y este otro para la del jardín...

—Has hecho una magnífica elección —dijo Givenchy cuando la acompañó para que se cambiara de ropa—. Pruébatelos a ver qué tal.

Ella se metió detrás de una cortina de terciopelo y luego se presentó ante él toda orgullosa, pero también un poco nerviosa.

—¿Qué tal estoy?

—¡Fantástica! —exclamó él—. Sencillamente deslumbrante. Como una reina. Vas a conseguir que mis vestidos adquieran fama mundial.

Audrey se rio.

—Bah, eso lo consigues tú solo, Hubert. Para eso no me necesitas a mí.

Se acercó a ella y le colocó bien la falda.

—¿Sabes una cosa, *chérie*? Todo artista necesita una musa. Y creo que ya he encontrado a la mía.

—Gracias, Hubert —dijo ella, y en un arrebato de euforia le dio un abrazo—. Gracias por todo.

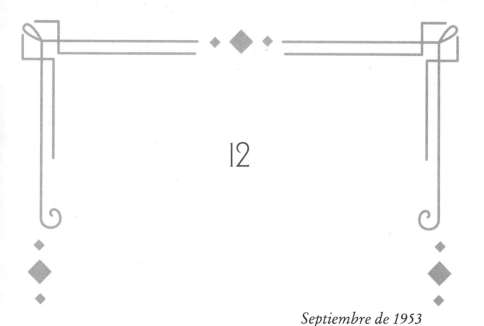

12

El tiempo previo al inicio del rodaje Audrey lo empleó sobre todo en buscarse un agente. Aconsejada por Connie, que conocía a todos los grandes del gremio, se decidió por Kurt Frings, un exboxeador profesional de unos treinta y cinco años que se ocupaba también de otras celebridades. Dado que cada vez estaba más ocupada como actriz y sus citas eran cada vez más numerosas, se sintió aliviada al contar con su ayuda.

Cuando llegó en septiembre a Long Island para empezar con el rodaje de *Sabrina*, Givenchy ya había enviado su ropa desde París en baúles roperos grandes, que iban acompañados de una carta muy personal en la que le deseaba mucha suerte y mucho éxito en la película nueva.

Este gesto le hizo tanta ilusión que lo llamó desde el hotel para darle las gracias. A esa llamada telefónica le siguieron otras muchas, y pronto se acostumbró a hablar con él por teléfono con la misma frecuencia que con Connie y Gregory.

—Acuérdate siempre de estirarte bien la falda antes de sentarte, *chérie* —le aconsejó él cariñosamente en una de esas llamadas—. Si no, cuando te levantes, quedará fea.

—Sí, me acordaré —suspiró ella—. Ojalá estuvieras aquí tú o algún otro amigo. El rodaje no está siendo ni mucho menos como el de *Vacaciones en Roma*.

—Desfógate con el viejo de tu tío Hubert —la animó él, y la hizo reír pese a sentirse deprimida.

—Es un infierno, no te lo puedes ni imaginar. Humphrey Bogart está siempre borracho. William Holden, mi otro compañero, tampoco le hace ascos al alcohol. A veces no podemos empezar a rodar hasta el mediodía, cuando los dos están más o menos sobrios. Para colmo, se odian y están siempre peleándose. Y a eso se añade que... —Titubeó antes de seguir—. William siente debilidad por mí. Yo también lo encuentro muy atractivo, pero está casado. No está siendo fácil, en suma.

—*Mon dieu* —susurró Givenchy aterrorizado—. Vaya un sitio al que has ido a parar.

—La primera noche, Bogart invitó a todos a una copa menos a William Holden y a mí. Me tiene manía. No para de hacer comentarios mordaces sobre mí. Dice, por ejemplo, que si me quitas el acento británico me quedo en nada.

—Increíble —se indignó Givenchy—. ¿Cómo se atreve?

—Menos mal que no soy la única con la que se lleva mal. Él y Billy Wilder, el director, están también en pie de guerra. Bogart se pasa el día intentando darle instrucciones.

—El tiempo pasará —la consoló Givenchy—. Y vendrás otra vez a París y lo pasaremos estupendamente juntos.

Cuando por fin terminó el rodaje, Audrey no se sentía tan animada como después del de *Vacaciones en Roma*. Estaba tan agotada que le habría gustado cogerse unas vacaciones, pero Kurt Frings, su nuevo agente, la presionaba para que no se durmiera en los laureles y estuviera pendiente de ofertas nuevas. Pasó un tiempo en casa de su madre, hizo una visita relámpago a Givenchy en París, visitó a Connie en Beverly Hills y, para gran alegría suya, se encontró allí con Gregory. Todos le aconsejaron que se lo tomara con calma.

Pero el que al final le desbarató los planes no fue sino Mel Ferrer, el amigo de Gregory al que había conocido el verano anterior en Londres. Desde aquella recepción no se habían vuelto a ver.

Estando ella en Nueva York, él la invitó a tomar el té en el salón del Ritz Carlton. La esperaba con impaciencia en un sillón cómodo junto a la ventana, desde la que había una vista impresionante de Central Park. Cuando la vio, se levantó y le lanzó una sonrisa.

—¡Audrey, qué alegría me da verte! Menos mal que has conseguido llegar hasta aquí a pesar del mal tiempo que hace.

—Sí, no me ha llevado el viento de milagro.

Mel le cogió el abrigo y le apartó el sillón para que se sentara frente a él.

—Ya he pedido té, si te parece bien. *English breakfast* con pastas. He pensado que, como inglesa que eres, te gustaría.

—Sí, gracias. —Audrey intentó no mirar con demasiada curiosidad un montón grueso de papeles que había sobre la mesita redonda.

—¿Qué tal fue el rodaje de *Sabrina*? —Sus tiernos ojos azules mostraban verdadero interés por ella. Al mismo tiempo, su cuerpo irradiaba una energía vibrante, como si en todo momento estuviera dispuesto a salvarla de los peligros que pudieran acecharla en el Ritz Carlton. Un príncipe de pelo rubio oscuro que se preocupaba muchísimo por ella y la proveía de té con pastas.

—¿Mmm, qué? —Había estado tan ocupada escudriñándolo disimuladamente con la mirada que a punto estuvo de olvidarse de la pregunta—. Ah, bueno, pues..., en fin, por desgracia no se puede decir que haya ido como la seda. Seguro que a ti también te ha tocado alguna vez un rodaje así. Actores que se pelean, actores borrachos que critican cualquier decisión del director, actores que no están conformes con los diálogos...

Mel se echó a reír.

—Dios mío. También yo me he cruzado alguna vez con semejantes ejemplares. De todas formas, rodar películas es tan bonito... Para mí es la profesión más bonita y más creativa que pueda imaginar. ¿Qué hay mejor que adoptar una y otra vez papeles distintos, vivir, por así decirlo, en una sola vida otras muchas? Es como un sueño. Por eso no entiendo el ambiente que reina en algunos platós ni por qué hay actores que quieren aguarse la fiesta unos a otros.

—Espero que todo eso no se note luego en la película.

—Seguro que no. Tú eres una profesional. Y, aunque la actuación de los otros se haya visto en cierto modo empañada por las intrigas, estoy seguro de que tú salvas la película. *Vacaciones en Roma* también se convirtió en todo un éxito gracias a ti, no al bueno y viejo de Greg. —La desarmó con su sonrisa. Audrey mordió una galleta. No había esperado nada especial del encuentro con Mel Ferrer, pero notó que disfrutaba de su compañía. Desprendía tanto calor que era como sentarse junto a la chimenea a contemplar la lumbre crepitante. Además, físicamente le encantaba: alto y flaco, pelo rubio oscuro y abundante y una sonrisa agradable nada pretenciosa—. Seguro que ahora mismo te llueven las ofertas —dijo, poniendo la mano encima del grueso fajo de papeles.

—Bueno, sí, mi agente no hace más que mandarme ofertas nuevas, pero hasta ahora no me he decidido por ninguna.

—Tal vez esta te interese —dijo, y de repente parecía muy nervioso. *Ondina*, logró descifrar Audrey al inclinarse un poco hacia delante. Cuando volvió a mirarlo a los ojos, que habían adoptado una expresión muy seria, se dio cuenta de lo importante que era su reacción para él.

—¿Qué es eso? —El corazón se le aceleró ante la expectativa. Él tragó saliva.

—Una obra para Broadway.

—¿Aquella de la que me hablaste en verano en Londres?

—Sí. *Ondina*. La historia de una ninfa de las aguas que se enamora de un caballero. Yo voy a interpretar al caballero.

«Naturalmente —pensó Audrey, sin apartar la vista de él—. ¿Qué otro papel podría irte mejor?».

—Ondina y el caballero Hans se enamoran. Alguien le advierte de que él va a morir en cuanto ella lo engañe. Apenada por la presión de la sociedad, que le dicta cómo ha de vivir, Ondina pone tierra por medio. Entretanto, Hans le es infiel. Ella regresa y afirma haberlo engañado antes. Él muere y Ondina regresa al reino subacuático. ¿Qué te parece la historia? ¿Te ves haciendo el papel?

—Mmm, desde luego es muy distinto de todo lo que he hecho hasta ahora. —En realidad, últimamente había deseado interpretar otro papel cinematográfico hecho a su medida, como el de la princesa Ann o el de Sabrina; pero en presencia de Mel, que le provocaba cierto cosquilleo en la piel, sintió como si de repente se le disiparan sus convicciones anteriores.

—Sí, pero tienes experiencia en Broadway. Has interpretado a Gigi.

La mirada implorante de él le llegó al alma.

—No sé, Mel. —Para ganar tiempo y ordenar sus pensamientos, preguntó—: ¿Y qué hay de ti? ¿Has actuado ya en Broadway?

Un gesto apenas perceptible le oscureció el rostro.

—Sí, pero hace mucho. Cuando era joven bailé en algunas obras. Pero a principios de los años cuarenta tuve que dejarlo.

—¿Qué pasó? —preguntó ella en voz baja, pues le daba la sensación de que sus palabras ocultaban algo.

—Contraje la poliomielitis y ya no pude bailar. —Una sonrisa suave sustituyó la tristeza de sus ojos enseguida, pero sus palabras la dejaron impresionada. Entendía perfectamente lo doloroso que tenía que haber sido para él dejar de bailar, pues también ella había pasado por una experiencia similar.

—Qué mal lo debiste de pasar —dijo compasiva—. Yo de jovencita también quería ser bailarina. Bailarina de ballet. Pero no pudo ser.

—Lo siento. —Sus ojos expresaban tanta sinceridad que la conmovieron profundamente.

—Bueno, ¿qué me dices de mi propuesta, Audrey? Sería una experiencia magnífica para los dos intentarlo de nuevo en Broadway. Tú y yo juntos. Sin intrigas ni enemistades ni rivalidades, solo nosotros. —Apoyó un codo en el reposabrazos del sillón, y también ella se inclinó hacia delante. Tanto se acercó a él que vio que tenía en la mejilla una pestaña que se le había desprendido y le dieron ganas de retirársela con suavidad. Por un momento, los labios de él se contrajeron, como si sonriera, y a Audrey le pareció que iba a besarla. Pero entonces él se reclinó de nuevo en el asiento y la miró esperanzado—. ¿Qué te parece? ¿Tú una ninfa de las aguas y yo un caballero?

Audrey se dio por vencida y sonrió. Se sintió atraída como una polilla por el calor que irradiaba Mel y anheló su fuego.

—Está bien. Vamos los dos a Broadway. Tú y yo.

TERCERA PARTE

TRIUNFO Y TRISTEZA
1954-1960

Quien no cree en los milagros no es realista.

AUDREY HEPBURN

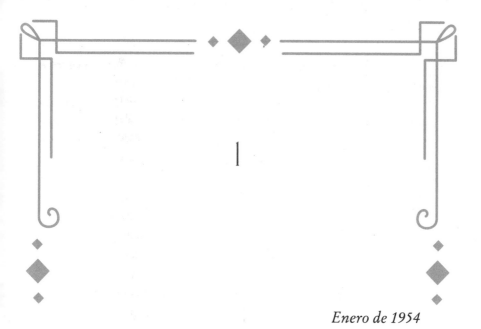

Enero de 1954

Después de haber vuelto al nido en Londres para pasar las fiestas con su madre, a comienzos del nuevo año Audrey voló de regreso a Nueva York para empezar los ensayos de *Ondina*. Una tormenta de nieve asolaba la ciudad y el viento helador arrastraba cascadas de copos de nieve por las calles; costaba mantener los ojos abiertos. Al abandonar el edificio del aeropuerto JFK, se empapó enseguida y apenas se mantenía en pie. La molesta nieve le azotaba la cara, y, resbalándose en el asfalto helado, subió al primer taxi de la fila.

—Al hotel Gorham, por favor.

El taxista la miró con detenimiento después de haber guardado sus cuatro maletas.

—Ha escogido usted muy buen tiempo. ¿Se va a quedar muchos días? Quiero decir, con tantas maletas...

—Sí, probablemente me quede una buena temporada —dijo Audrey cuando por fin estuvo sentada en el interior del taxi.

—¿La conozco de algo? —El taxista la miró con desconfianza por el retrovisor.

—No sé... —murmuró ella, y se quedó mirando la nieve que caía en el exterior. Todavía no se había acostumbrado a ser un personaje conocido. Lo que otras estrellas parecían disfrutar a ella le hacía sentirse incómoda.

—¡Ya sé! Es usted la princesa Ann, ¿verdad? Y pronto se va a estrenar una película suya con Humphrey Bogart.

—Sí. —Audrey logró sonreír. Por suerte, el taxista tuvo que centrar toda su atención en el tráfico y no siguió preguntando. En las calles reinaba un auténtico caos. La visibilidad era tan reducida que los coches avanzaban a paso de tortuga. Tuvieron que detenerse en un cruce y esperar porque se había producido un choque en cadena. Suspiró con alivio cuando por fin llegaron al Gorham y pagó al taxista. A ambos lados de la marquesina roja del hotel, sostenida por postes dorados, caían masas de nieve. Una buena parte acabó sobre Audrey cuando entró en el edificio. Se sacudió molesta.

Un botones subió el equipaje a su suite. Cuando por fin estuvo sola, se quitó el abrigo mojado y las botas. Entonces llamaron a la puerta. Abrió pensando que sería algún empleado del hotel.

—¡Hola! ¡Por fin estás aquí! —la saludó Mel Ferrer, que estaba ante ella con un jersey grueso de cuello alto, sonriendo.

—¡Mel! —Dejó caer sobre la alfombra las botas que todavía tenía en la mano y lo abrazó. Se sintió reconfortada después del largo vuelo y el turbulento trayecto en taxi entre la nieve. Ya no estaba sola y perdida. Además, le resultó muy agradable notar sus brazos fuertes y su olor a madera de cedro.

—Acabo de llegar, ¿cómo lo has sabido?

—He pedido que me dieran la suite al lado de la tuya, para estar cerca —dijo él con gesto pícaro—. Y acabo de oír al mozo con el equipaje y he pensado que eras tú.

—¿Las suites no tendrán por casualidad una puerta interior? —preguntó ella con una mirada de desconfianza fingida.

Mel se rio.

—No, por desgracia no.

Audrey se agarró los brazos tiritando.

—Me gustaría ponerme algo seco y caliente y deshacer las maletas. ¿Nos vemos luego?

—Sí, por supuesto. Paso a recogerte, podemos cenar juntos.

La mirada suave de sus ojos azules se deslizó ansiosa por ella y se quedó colgada en sus ojos. Audrey se sintió confusa y excitada a la vez y deseó recibir de su cercanía algo más de lo que había sentido últimamente. Tenía claro que había aceptado el papel por él. En todo caso, su agente, Kurt Frings, opinaba que debería haber aceptado papeles bien pagados en películas en vez de actuar varios meses en el teatro con un sueldo mínimo.

«Tu estrella ha salido disparada como un cohete hacia el firmamento cinematográfico —le había dicho él en su último encuentro—. Algo así ocurre muy pocas veces. Aprovecha para elegir los mejores papeles. ¡Escoge libremente, el mundo entero está a tus pies! Con esa extraña historia de Broadway no vas a llegar muy lejos. Mel Ferrer habrá tenido sus motivos para insistir en tenerte a su lado sobre el escenario, pero seguro que le benefician más a él que a ti. ¡Ten cuidado, que no te utilice para aprovecharse de tu fama!».

A Audrey le había molestado la franqueza de Frings, pero era demasiado educada para contradecirlo. En cualquier caso, sentía una fuerte necesidad interna de trabajar con Mel, y sabía que se debía a la gran atracción que él ejercía sobre ella. Su determinación de interpretar a Ondina había sido puramente emocional, lo admitía. Pero no por eso tenía que ser una decisión equivocada.

Después de que Audrey guardara sus cosas en los armarios y de vestirse con ropa de invierno, Mel fue a recogerla. Entraron en el ascensor. Él se apoyó en la pared frente a ella y se sonrieron, aunque enseguida apartaron la mirada. Luego puso fin a ese juego estúpido que se había repetido ya varias veces: se inclinó sobre ella, se apoyó con las manos en la pared a su espalda y la besó con tanta pasión que la dejó sin respiración. Nunca la habían besado de esa manera. Audrey cerró los ojos y disfrutó de los pocos segundos que les quedaban como si fuera lo último que iba a hacer en su vida. La piel de Mel irradiaba tal calor y sus labios con sabor a caramelo de nata eran tan suaves que tras el viaje largo y solitario se sintió ya como en casa.

Cuando las puertas del ascensor se abrieron al llegar abajo, había gente esperando para subir, y ellos se separaron sobresaltados. Se habían olvidado por completo del mundo que los rodeaba.

147

Entraron en el restaurante del hotel cogidos del brazo, los dos con una sonrisa en los labios, como si hubieran ganado un Oscar. Audrey tenía la sensación de brillar por dentro y estaba segura de que la gente a su alrededor notaba lo eufórica que estaba.

Mel pidió la cena para los dos, y trataron de poner en orden sus ideas y comentar la agenda del día siguiente. Los ensayos iban a comenzar temprano.

—Confío en que Lunt haga bien su trabajo —manifestó Mel entre dos bocados. Alfred Lunt era el director. Llevaba décadas trabajando sobre el escenario y detrás de él y tenía mucha experiencia.

—Sí, ¿por qué no iba a hacerlo? —preguntó Audrey. Hasta entonces no había tenido ningún problema con ningún director y no se imaginaba que fuera de otra manera. Siempre había aceptado agradecida los consejos de los directores y le había ido bien.

—Es demasiado viejo —dijo él haciendo un gesto—. Estaba ya sobre el escenario cuando empezó el siglo. Mira cómo han cambiado los tiempos. Lo que en 1900, 1920 o 1940 era moderno ahora, en 1954, está ya anticuado. Ha cambiado el gusto, han cambiado las necesidades del público, y también ha cambiado el modo de poner en escena una obra. No, Audrey, me habría gustado tener un director más joven.

—Pero al menos dale una oportunidad —dijo ella, tratando de quitarle hierro al asunto—. Ni siquiera hemos empezado con los ensayos.

—En los próximos días y semanas verás lo que quiero decir. —Mel apuró su copa de vino blanco, y ella cambió de tema. No le gustaba hablar mal de una persona a la que no conocía.

Tras las ventanas del restaurante el mundo se sumió en la oscuridad; el temporal seguía doblando las ramas de los árboles y arrastrando la nieve por las calles como una pared blanca impenetrable. Audrey estaba cansada después de un día tan largo y se alegró de que tras la cena subieran enseguida a la habitación. Se detuvieron delante de su suite.

—Bueno —dijo indecisa, con la espalda apoyada en la puerta y mirando a Mel anhelante.

—Bueno —repitió él, y sonrió muy cerca de ella.

—Hasta mañana. Nos... —No pudo terminar la frase, porque Mel se inclinó sobre ella para besarla como había hecho antes en el ascensor. De nuevo fue una sensación dulce, íntima, como si ambos cuerpos se diluyeran y formaran uno solo.

—Buenas noches —dijo él luego, apartándose lentamente—. Que duermas bien. Te recojo mañana temprano para desayunar, ¿de acuerdo?

—De acuerdo...

Mel abrió la puerta de su suite, le sonrió una última vez, y luego cada uno despareció en su habitación. Ya dentro, ella apoyó la espalda contra la pared y soltó el aire con fuerza. Sentía tal anhelo por dentro que le dolía.

La tormenta había amainado durante la noche, pero en las aceras y las calles de la ciudad seguía la nieve acumulada. Después de desayunar juntos, Audrey y Mel subieron a un taxi para dirigirse a Broadway.

—Estoy nerviosa —murmuró ella, ya dentro del coche, mirando aquella triste mañana neoyorquina a través de los cristales empañados.

Él le agarró la mano.

—¡Dios mío, tienes los dedos helados! No tienes por qué estar nerviosa. Vamos a nuestro primer ensayo de una obra maravillosa, estamos juntos, todo es como debe ser.

—No sé si voy a conseguir hacer bien el papel de Ondina. —Audrey se giró hacia Mel y lo miró preocupada con esos ojos marrones que tenía—. Me he pasado toda la noche dando vueltas en la cama... Ondina no tiene nada que ver con la princesa Ana ni con Sabrina... Son otros requisitos, y, a diferencia de las películas, aquí tiene que salir todo bien a la primera, no existe la posibilidad de hacer treinta tomas de una misma escena...

Mel sonrió con gesto cariñoso.

—¿Es posible que tengas esa manía? Gregory me ha contado que durante los rodajes en Roma te ponías medio mala del miedo que tenías a no hacerlo bien y que luego hacías un trabajo de primera que los dejaba a todos sin habla.

—Tonterías. Me resulta muy difícil.

—No me lo creo. Estoy seguro de que vas a hacer el papel de Ondina bien, muy bien. Y piensa siempre... que yo también estoy ahí, apoyándote, y tú a mí. Lo vamos a conseguir juntos. —Le sonrió con tanto cariño que a ella se le pasaron los nervios, al menos de momento.

Llegaron al teatro, les mostraron sus camerinos y conocieron a toda la compañía y al director. Alfred Lunt era un hombre amable, de poco más de sesenta años, que tenía muchas anécdotas de sus cinco décadas sobre los escenarios. Notó instintivamente que Audrey estaba nerviosa e insegura y la animó a que se limitara a ser ella misma. Al finalizar el primer día de ensayo ya tenía más confianza en sí misma y creía que, cuando se estrenara la obra a finales de enero, ya podría interpretar el papel de Ondina con soltura.

—Está muy bien —la tranquilizó Lunt cuando dio por finalizado el ensayo. Le dio unos golpecitos en la espalda y la miró con gesto paternal—. No sé qué podría salir mal. Ha trabajado usted mucho en casa y se sabe el texto hasta la última coma. Es trabajadora, está muy comprometida con su trabajo, se involucra. Quiere dar el cien por cien y lo va a conseguir. Es toda una profesional a pesar de ser tan joven.

—Eso ya me lo han dicho antes —dijo Audrey algo cortada, aunque no por eso menos orgullosa de esas palabras—. A pesar de todo, es como si siempre fuera la primera vez que me subo a un escenario o me pongo delante de una cámara.

—Sin un poco de miedo escénico esto no sería tan emocionante. —Lunt sonrió satisfecho—. Y ahora váyase al hotel. Disfrute de un sueño reparador.

—Gracias, señor Lunt. —Más tranquila, se dirigió a su camerino para cambiarse de ropa. En el pasillo se encontró a Mel, que ya iba vestido de calle.

—Estoy lista en diez minutos, Mel.

—Bien, bien. —Parecía distraído—. Quiero hablar un momento con Lunt.

Ella lo miró sorprendida y se preguntó qué sería eso tan importante que no podía esperar a mañana.

—¿Sobre qué?

—Sobre la obra. —La besó suavemente en la frente—. No tardo mucho, lo prometo.

Audrey entró en su camerino, un espacio pequeño en el que incluso de día entraba poca luz, y se quitó la ropa de deporte y se puso el pantalón y el jersey de cuello alto rosa pálido. Después de un rato esperando en vano a Mel, decidió ir a buscarlo. El teatro estaba ya en completo silencio y los demás actores ya se habían marchado a casa. Los pasillos estaban vacíos y las luces, apagadas. Solo estaba iluminado el escenario. Dubitativa, se acercó y oyó las voces que salían por la puerta abierta. La de Mel sonaba tan excitada que prefirió quedarse fuera y que no la vieran.

—Entiéndalo, Mel. —Era la voz conciliadora de Lunt—. Eso que me pide es imposible.

—No sé por qué. —Hablaba alto y estaba tenso—. Hoy ha sido el primer día de ensayo. Queda mucho tiempo para cambiar un poco el guion.

El director soltó un gruñido divertido.

—¿Para darle a usted más texto?

—Sí —insistió Mel—. Exacto. Debe usted reconocer que mi papel es más corto que el de mi compañera de reparto. No está equilibrado, pero eso se puede cambiar enseguida.

Lunt parecía ya cansado. Se oyeron unos crujidos, como si rebuscara entre sus papeles.

—No entiendo cuál es su problema. Tiene un papel bonito, es el protagonista masculino. ¿Que Audrey dice algunas frases más?... Bueno... Es una estrella en ascenso, un imán absoluto para el público... Sale en todas las revistas. Déjela disfrutar de su éxito.

Ella contuvo la respiración. Le resultaba muy desagradable ver el lado menos amable de Mel, comprobar que podía ser muy exigente y categórico. ¿La envidiaba por su éxito? ¿Por eso la había convencido de que hiciera esa obra, para aprovecharse de su fama, como le había advertido su agente? Si pensaba en sus gestos cariñosos, en sus besos, la idea le parecía impensable. Se le encogió el corazón de dolor.

—Claro que la dejo —lo oyó decir en un tono más suave, y respiró aliviada, como un globo que se ha hinchado demasiado y luego pierde aire—. Sin duda. Va a causar furor con Ondina, y nadie se va a sentir más feliz y orgulloso que yo. Sin embargo..., eso no tiene nada que ver con que se amplíe algo más mi papel.

Audrey oyó que Lunt cerraba su cartera.

—Es imposible, Mel, lo siento. Ya hemos empezado los ensayos, ahora no podemos hacer cambios en el guion. Menos aún cuando creo que es bueno. Buenas tardes, Mel.

Audrey se ocultó rápidamente en la sombra junto a la puerta para que el director, que pasó ante ella con paso firme en dirección a la salida, no la viera.

Poco después apareció Mel con gesto cansado. Ella se acercó y le examinó el rostro con miedo. Él la abrazó.

—Lunt es un cabezota. No cede ni un ápice.

—No te enfades, no pasa nada —susurró ella, poniéndole cariñosamente la mano en el pecho para hacer que volviera a sonreír—. A mí Lunt me parece muy simpático. Me ha ayudado mucho a sentirme a gusto.

Los nubarrones desaparecieron de la frente de él.

—Sí, es verdad. Aunque tú eres tan mansa como un corzo y no luchas por tus intereses.

—¿Por qué iba a luchar por mis intereses? —preguntó Audrey sorprendida—. Me va todo de maravilla.

—Como debe ser. —Entretanto habían salido ya a la calle, y Mel levantó el brazo y paró un taxi, que se detuvo junto a ellos sobre una ligera capa de nieve—. Y ya basta de hablar del insoportable de Lunt. —Cuando se sentaron en el asiento trasero y el taxista los observó con curiosidad por el retrovisor, él se acercó más a ella y le susurró al oído—: Me gustaría pasar una velada maravillosa contigo. Primero una buena cena, tal vez en tu habitación, y luego nos ponemos cómodos a la luz de las velas. ¿Qué te parece? ¿O prefieres cenar en el restaurante después de estudiarte el texto? —Hablaba en un tono exageradamente seductor, como el protagonista de una de esas producciones dramáticas antiguas, y ella contuvo la risa para no llamar aún más la atención del conductor.

—Ahora mismo no estaba pensando en estudiar ningún texto... Esta noche podemos ser malos y disfrutar...

—Hecho. —Mel le echó la cabeza hacia atrás y la besó tan impetuosa y apasionadamente como si estuvieran sobre un escenario y hasta los espectadores de la última fila tuvieran que verlos bien. Ella cogió aire entre risas, se soltó de su abrazo y se acurrucó en su pecho.

—La noche empieza de forma muy prometedora, príncipe Hans.

A Audrey se le pasaron volando las pocas semanas que estuvieron ensayando antes del estreno. Pasó con Mel cada minuto del día, y también de la noche. Aunque seguían ocupando suites separadas para mantener las apariencias y no llamar la atención de la prensa, él solo iba a su habitación a ducharse y vestirse. Se despertaban juntos y desayunaban juntos, momento este que aprovechaban para repasar a toda prisa los textos para los que no habían tenido tiempo la tarde anterior, porque, una vez que se subían al taxi, ya apenas se soltaban las manos. Audrey siempre había soñado con un amor que creciera poco a poco, que evolucionara como una flor al abrirse, pero la relación con Mel era impetuosa, la sacudía con su vehemencia inesperada. Empezó a anhelar un futuro en común, niños... Durante mucho tiempo había mantenido sus deseos bien guardados en el último rincón de su corazón, pero ahora estaba dispuesta no solo a darlo todo profesionalmente, sino también a buscar la felicidad en su vida privada, a dejarla entrar. Los ensayos en el teatro eran duros y le exigían mucho, pero, cuando por la noche se refugiaba en los brazos de Mel como un náufrago arrastrado hasta una isla en alta mar, todo iba bien. La vida era maravillosa, amaba su profesión por encima de todo, tenía éxito y además adoraba a un hombre cariñoso y entregado que la correspondía.

Sin embargo..., no todo era sol y felicidad. Estaba esa creciente presión que ella sentía. Por las noches, mientras cenaban en el Dinty Moore's, su nuevo bistró habitual, y fuera caía la nieve con fuerza, leían todos los periódicos y revistas casi como hacen los matrimonios mayores los domingos por la mañana. Y Audrey siempre encontraba artículos que anunciaban su actuación en *Ondina*.

—Escucha —le dijo a Mel, que hojeaba el *New York Times* mientras engullía una hamburguesa, y le leyó un párrafo de un artículo—: «Audrey Hepburn, de 24 años, interpreta el papel protagonista de *Ondina*, que se estrena a finales de enero. La actuación de esta joven y prometedora actriz (*Gigi*, *Vacaciones en Roma*, *Sabrina*) despierta gran expectación: se espera que su estilo fresco y natural revolucione Broadway...». ¡Mel! —Acongojada, dejó caer el periódico.

—Tiene razón, sobre el escenario siempre resultas fresca y natural. Lo vas a hacer muy bien. —Luego añadió dubitativo—: ¿El artículo no dice nada de mí?

—Sí, al final. ¿Pero no entiendes, Mel, la presión que esto supone para mí? Revolucionar Broadway... ¿Cómo voy a hacer eso, por favor? Actúo en una obra de teatro, nada más. ¡Si los críticos van a verme con esas expectativas voy a defraudarlos seguro!

—¡Ay, querida! —Mel dejó el periódico a un lado y le apartó un mechón de la frente con cariño—. No te preocupes. Los periódicos escriben muchas tonterías, ya lo sabes. Juntos vamos a sacar la obra adelante y a tener mucho éxito, de eso estoy completamente seguro.

—¿Y si no es así? —Audrey hojeó otra revista con dedos temblorosos y encontró un artículo con palabras similares—: «Audrey Hepburn como Ondina: el público de Nueva York espera una gran actuación». —Por un momento, el pánico se apoderó de ella; el corazón le latía tan deprisa que le pitaban los oídos. Trató de inhalar y exhalar despacio para combatir el miedo—. Tengo tan poca experiencia... ¡Y no esperan solo que yo actúe bien! ¡Debe ser una actuación excepcional!

Mel le sonrió con gesto tranquilizador.

—Con tus películas has puesto el listón muy alto, cariño. Pero piensa que yo voy a estar a tu lado, en las próximas semanas no me voy a apartar de ti. Y después tampoco, si tú quieres.

La mención de un futuro común y la mirada llena de amor que le lanzó hicieron sonreír a Audrey, que le pasó el brazo por los hombros. Probablemente tenía razón; no debía preocuparse tanto, sino disfrutar de su éxito... Todos los periódicos hablaban de ella, todos los artículos la elogiaban. ¿Qué más podía pedir?

La sensibilidad y el instinto protector de Mel hicieron que su corazón rebosara cariño, aunque al mismo tiempo le molestaba su temperamento. La discusión con el director el primer día de ensayo no había sido la única, por desgracia. A veces criticaba a Lunt cuando no le gustaba su forma de dirigir o creía tener mejores ideas que él.

Cada vez era más frecuente que, cuando por las noches se acurrucaban entre las sábanas, en medio de las caricias apasionadas, Mel de pronto hiciera un alto y se le ocurriera algo.

—Audrey, una cosa. La escena que toca mañana a primera hora... Lunt te ha dicho que en las frases más cómicas adoptes un tono inocente, infantil, pero yo creo que no va a quedar bien. Intenta hacerlo de otra manera. Espera, te lo voy a mostrar.

Y para su horror, él salió de la cama, cogió el texto de la mesilla y empezó a declamar. Ella lo miraba con la boca abierta y sin saber si reír o llorar.

—¿Entiendes lo que quiero decir? —le preguntó al acabar.

—No hablarás en serio —dijo ella asombrada.

—Está bien, te lo explico. Yo creo que es mejor que en esta parte utilices un tono más maduro, si no todo queda demasiado inocente. Al fin y al cabo eres una ninfa acuática adulta, no tienes cinco años.

—Estábamos... haciendo el amor. —Se sonrojó, no tanto de vergüenza, sino más bien por el desconcierto ante lo absurdo de la situación—. ¡¿Estás dándome directrices... completamente desnudo?!

—Lo sé. —Mel le lanzó una sonrisa maliciosa, se volvió a echar a su lado y empezó a besarle el cuello y el pecho con pasión—. Podemos seguir, no hay por qué quejarse.

—Eres imposible —murmuró Audrey. Él empezó a hacerle cosquillas en los sitios más secretos, y ella soltó una risotada y tomó aire.

2

Enero de 1954

Audrey y Mel estaban sentados en la fila más alta del teatro, que estaba en completa oscuridad. Sobre el escenario, Alfred Lunt comentaba una escena con algunos actores de reparto, por eso ellos estaban haciendo una pausa. Mel había aprovechado para ir corriendo entre los copos de nieve que caían sobre las calles con tal gracia que parecían pétalos blancos a comprarle a Audrey un cruasán de chocolate en la panadería más próxima.

—Mmmm, tú sí que sabes hacer feliz a una mujer, Melchor Ferrer —dijo ella, y dio un mordisco al cruasán.

—Bueno, espero que no te refieras solo a las cosas dulces. —Le lanzó una sonrisa pícara y le puso una mano en el muslo.

Audrey se rio.

—Déjalo, nos va a ver alguien.

—Toda la compañía sospecha que tenemos una relación apasionada —dijo él sonriendo—. Además, aquí, en la última fila, no puede vernos nadie, está oscuro como boca de lobo.

—Mel... —Audrey quitó una miga del pantalón de gimnasia negro que usaba para los ensayos y se puso seria de golpe—. Tengo que hablar contigo. Lo que dijiste anoche..., en la cama..., las indicaciones sobre cómo debo interpretar mi papel..., ¿era solo parte de los prolegómenos... para que me excitara... o lo decías realmente en serio?

Él la miró un instante sin entender nada.

—Por supuesto que mis consejos iban en serio. Sabes que hemos prometido ayudarnos mutuamente.

Audrey apartó de su cabeza la idea de que ayuda e indicaciones eran dos asuntos completamente distintos. No quería iniciar una discusión en esa pausa, ya que Mel, a pesar de su amabilidad, podía reaccionar de pronto con brusquedad.

—Sí, lo prometimos —aceptó en un tono lo más objetivo posible—. Pero en este caso debo ceñirme estrictamente a las indicaciones de Lunt..., él es el director. No puedo subirme al escenario e ignorarlo sin más.

—Yo no lo diría de una forma tan tajante. —Mel se inclinó hacia delante y mordió un trozo de cruasán, lo que la hizo sonreír a pesar de su intención de mantener una conversación seria—. Solo te doy algunos consejos sobre cómo cambiar el personaje de Ondina.

—Pero esperas que yo siga tus consejos al cien por cien. Y que no haga caso de lo que me indica Lunt. —Audrey se apartó un poco de él para mirarlo a la cara. En la oscuridad del teatro sus pupilas eran grandes, y sus ojos azules mostraban incomprensión.

—Son buenos consejos, querida. Tengo suficiente experiencia como director para saber de lo que hablo. Y, créeme, yo pondría esta obra en escena mucho mejor que ese viejo de ahí abajo.

Ella se mordió los labios, tratando de dominar el malestar creciente que sentía.

—Pero, Mel, ¿no entiendes que de ese modo me pones en una situación bochornosa? Si ahora me subo al escenario y me olvido de todo lo que Lunt me indicó ayer..., como poco, es sencillamente descortés.

Él suspiró. Estuvieron un rato en silencio observando lo que ocurría sobre el escenario mientras Audrey terminaba de comerse el cruasán. Luego Mel se volvió hacia ella.

—Entiéndelo, Audrey. No es nada personal. Se trata de interpretar la obra lo mejor posible. De sacar lo mejor de nosotros.

Pero ella sí tenía la sensación de que era algo personal.

—Me gusta Lunt. Es un director muy atento y comprensivo. No quiero ofenderlo oponiéndome a él.

—Pero... —empezó a decir Mel impaciente. En ese momento Lunt se volvió sobre el escenario, buscándolos.

—¿Audrey? ¿Mel?

—¡Ya vamos! —gritó ella, contenta de no tener que continuar con la conversación. Él le dio un beso furtivo, y luego bajaron juntos las largas escaleras hasta el escenario.

Ocuparon su posición y Lunt le hizo a Audrey una seña para que empezara. Nunca había sentido la presencia de Mel a su espalda con tanta intensidad como en ese momento, a la vez que el director clavaba los ojos en ella.

—Puedes empezar —la animó Lunt después de que ella estuviera unos minutos sin moverse ni decir nada. Pero no le salió una sola palabra.

Audrey recuperó el habla, pero los ensayos no salieron nada bien, y Lunt sacudió la cabeza en varias ocasiones. Una hora más tarde un asistente le entregó una nota de Connie. Ella, que estaba agotada y empapada en sudor, la cogió agradecida y se sentó en un taburete detrás del escenario para leerla. Su amiga le decía que estaba en Nueva York acompañando a su marido en un viaje de negocios. ¿Tenía tiempo para tomar un té juntas?

Le habría gustado marcharse en ese momento, a donde fuera. En la última hora había estado a punto de salir corriendo del teatro y dejarlo todo. Solo se lo había impedido su profesionalidad. La presión a la que la sometía Mel y el asombro de Lunt al ver que parecía tan desorientada actuando la enfrentaban de pronto a un dilema que le resultaba insoportable.

Le preguntó al director en voz baja si a lo largo del día podría prescindir de ella un rato; quería quedar con una amiga a la que hacía mucho que no veía.

Lunt le dirigió una mirada larga e inquisitiva, como si quisiera penetrar hasta el fondo de su alma, y luego asintió.

—Vete, Audrey. Mejor esta tarde. Puedes estar fuera una o dos horas, no hay ningún problema. Hoy pareces desconcentrada. Disculpa que te lo diga. Una pausa te sentará bien. Seguro que mañana empiezas con nuevos ímpetus.

—Gracias, Alfred. —La gran comprensión del director hizo que se sintiera avergonzada, y más cuando esperaba recibir esa noche nuevas indicaciones de Mel.

Lunt le pasó un brazo por los hombros.

—Sin problema. Yo solo quiero que estés bien. Todos tenemos momentos en los que todo es sencillamente demasiado.

«Si solo fuera eso...», pensó ella con tristeza.

Por la tarde se cambió de ropa a toda prisa y se puso el abrigo. Connie le había dicho que se alojaba en el Hilton Midtown. Aprovechó que no estaba muy lejos para ir andando. El aire limpio y frío y la nieve que se derretía suavemente en sus mejillas le sentaron bien, le despejaron un poco la cabeza. Llevaba semanas yendo por la mañana en taxi al teatro y volviendo por la tarde por el mismo camino, así que no había visto ni oído otra cosa más allá de los mismos fragmentos de texto. El frío le dejó la cara y las manos insensibles y respiró hondo. Las últimas semanas habían transcurrido en una especie de aturdimiento: durante el día, los ensayos; de noche, esa compañía ardiente de Mel que la consumía. ¿Cuándo era la última vez que había hablado con alguien que no fuera él? ¿Cuándo había hablado por teléfono con su madre, con Gregory o con Givenchy? Su necesidad de ver a Connie crecía con cada paso que la acercaba más al Hilton.

Su amiga la esperaba en su suite con té y tarta. Se dieron un abrazo largo y fuerte, y Audrey inspiró con los ojos cerrados la fragancia a rosas y vainilla de Connie que tan bien conocía.

—Tienes buen aspecto —le dijo con cariño observándola; su amiga se había puesto una estola de piel encima del jersey de cachemir azul claro, y llevaba la melena rubia suelta, como siempre.

—Tú, en cambio, pareces agotada —observó Connie preocupada, y le puso un trozo de tarta en el plato—. Y estás muy pálida. Se ve que pasas todo el tiempo en ese teatro a oscuras y apenas te da la luz. Espero que al menos duermas suficiente. En todo caso, no pareces tan...

—No, estoy bien —se defendió Audrey—. Paso mis ocho horas en la cama. —«Aunque no para dormir», pensó.

—Háblame de Mel Ferrer. ¿Cómo es trabajar con él?

—Ay, Mel y yo...

Connie dejó su taza en la mesa con un tintineo.

—No me digas que tú..., que vosotros...

Audrey no pudo evitar que una sonrisa radiante le iluminara la cara.

—Ay, me alegro por ti —dijo Connie con cierta reserva—. No debe de ser una persona fácil, lo dice incluso Gregory, y eso que es su amigo.

—Eh, vamos, déjame al menos ser feliz. —Audrey la miró con gesto suplicante. De pronto le pareció muy importante que aprobara su relación. Saber que a Connie no le caía bien Mel solo complicaría más las cosas.

—Sí, espero que seas feliz. De verdad. Mereces tener a un hombre cariñoso a tu lado. —Le puso la mano en el brazo por un instante, y Audrey vio el afecto en sus ojos azules.

—Gracias, eso significa mucho para mí —dijo con voz apagada. Pero no quería dar por concluido el tema «Mel Ferrer». Aunque estaba locamente enamorada, cada día sentía una necesidad mayor de hablar con alguien de los temas menos agradables de su relación. Era un regalo del cielo que Connie hubiera viajado esos días a Nueva York de forma tan inesperada—. Mel es tan bueno y cariñoso..., es conmovedor lo pendiente que está siempre de que me encuentre bien y no me falte nada.

—¿Pero? —preguntó Connie con una mirada aguda.

—No hay ningún pero. Es solo que... también puede ser muy tajante. A veces es un poco quisquilloso con nuestro director, Alfred Lunt. Entiendo a Mel. Él también ha dirigido teatro y conoce el tema. Pertenece a una generación más joven y piensa que tiene ideas más modernas... Eso provoca a veces... Yo no lo llamaría «problemas», porque Lunt es demasiado caballero para discutir, pero... a veces hay mal ambiente. ¿Entiendes lo que quiero decir?

—Lo entiendo perfectamente. Mel es un viejo sabelotodo que no puede recibir órdenes de nadie —dijo Connie con resolución.

Audrey hizo un gesto de dolor.

—No, no es eso... O tal vez un poco sí. Tiene dos caras. Cuando estamos solos es increíblemente amable y cariñoso, pero durante los ensayos a veces se pasa un poco. Pero todos cometemos errores, ¿no? —se apresuró a añadir, pues tenía la sensación de estar siendo muy desleal.

—No. —Connie dejó el tenedor en el plato vacío—. Y tú y yo no cometemos errores. Al menos no de los que hacen daño a las personas que queremos. Y Gregory tampoco. ¿O lo has visto alguna vez llevarle la contraria a un director o comportarse como un sabelotodo?

A Audrey le pareció algo impensable.

—Greg es adorable en todos los sentidos.

—No quiero darte instrucciones, querida. No debes entenderlo así. —Connie adoptó un tono más suave y conciliador—. Pero eres mi amiga, y quiero que estés bien. Lo único que puedo aconsejarte es que te alejes de Mel. Aunque ya... hayáis tenido mucha intimidad, según parece.

Audrey sacudió la cabeza enérgicamente. Le amargaba que Connie no pareciera entender lo seria que era su relación con él.

—No. Imposible. Estamos juntos, y eso es exactamente lo que quiero. Nunca me tomaría una relación a la ligera, Connie, lo sabes. No quiero convertirme en una solterona que corre de un rodaje a otro y no tiene nada más en la vida. Quiero tener a alguien que me pertenezca y que cree una familia conmigo.

—Pero Mel tiene ya una familia —observó Connie lacónica.

—Sí, tiene hijos. Y seguirá siendo su padre. ¡Pero lleva varios meses separado! —dijo Audrey con las mejillas encendidas.

—¡Era su tercer matrimonio!

A ella le molestó ese tono insistente. Posó la mirada en una cajetilla de tabaco y sintió la necesidad de coger un cigarrillo, pero se controló.

Connie entornó los ojos y le lanzó una mirada inquisitiva.

—¿Quieres ser la esposa número cuatro?

—¡Fueron tres matrimonios, pero solo dos mujeres! ¡La primera volvió a casarse con él después de separarse de su segundo marido!

Connie se rio ruidosamente y se encendió un cigarrillo. Audrey sacó también uno del paquete; nunca había sentido una necesidad tan apremiante de nicotina.

—Y eso marca una gran diferencia, naturalmente —replicó Connie.

Desesperada, Audrey soltó un anillo de humo.

—Connie, no quiero discutir contigo. Me hacía tan feliz verte hoy...

—¡Y a mí también! —Connie se escurrió hacia delante en el sofá y le pasó el brazo por los hombros. Audrey se arrimó con fuerza; buscaba consuelo y la confirmación de que todo iba bien—. Quizá me estoy entrometiendo un poco, querida. En cualquier caso, no debemos permitir que ningún hombre se interponga entre nosotras.

—De ningún modo —repitió Audrey, y miró el reloj—. Tengo que irme. ¿Vas a ir a ver alguna función de *Ondina*?

—¡Por supuesto! ¡No me puedo perder a una amiga conquistando Broadway!

A su vuelta al teatro Audrey logró quedar más o menos bien en el ensayo. Mel tenía un gesto indescifrable y Lunt suspiró un par de veces, pero ella trató de fijarse lo menos posible en ellos. Mañana sería otro día; trataría de dar lo mejor de sí.

Por la noche regresó en silencio al hotel Gorham con Mel. Cuando abrió la puerta de su suite y encendió la luz, se quedó petrificada. En el centro de la amplia habitación había una mesa con un mantel de encaje blanco, una botella de champán fría en un cubo de hielo y una cena de olor muy tentador bajo una campana de plata. Por toda la estancia había jarrones de cristal con innumerables rosas amarillas, rojas y blancas.

Audrey recorrió la habitación muy emocionada.

—Ay, Mel, has sido...

—Sí. —La agarró con ambas manos por atrás, la giró y empezó a besarla, desde las mejillas hasta el cuello—. Te amo. Y quiero que seas feliz.

Después de un día que le pesaba en el alma como una piedra decidió disfrutar de su cariño. Desterró todas sus dudas al último rincón de su corazón como si este fuera un baúl pesado cuya tapa cerró. Se sentía vulnerable y necesitada de afecto, y él le daba todo lo que necesitaba, siempre, todos los días. Chocolate, rosas, amor y atención.

Algo más tarde, ya en la cama, estaba ella con la cabeza reposando en el pecho de Mel y le dibujó cariñosamente con el dedo una línea en el hombro desnudo; él murmuró en tono íntimo:

—Deberíamos hacer esto todos los días, cariño. Todos los días y todas las noches, no solo mientras estemos juntos aquí, en Broadway. Hacemos buena pareja, los dos, ¿no te parece? La pareja ideal, sobre el escenario y en la vida.

—Hum —musitó ella somnolienta, disfrutando de la calidez de su piel.

—Podríamos rodar películas juntos. Ponernos los dos delante de la cámara. Podríamos... —Su voz se fue apagando poco a poco, y ella cayó en ese estado entre la vigilia y el sueño. En el último momento de lucidez se vio a sí misma con él, cogidos de la mano, ante una casa de campo cubierta de hiedra y con tres niños que correteaban alegres entre macizos de rosas y árboles frutales.

En los días siguientes Mel hizo un esfuerzo para no reaccionar tan bruscamente a las indicaciones de Lunt. Audrey notó que a veces reprimía algún comentario y que lo hacía solo por ella. Faltaba poco para el estreno, y ella estaba deseando que terminaran los ensayos. Se sentía tensa y fumaba más de lo que le convenía, incluso cuando, en cuanto la puerta de su suite se cerraba tras ellos, se encontraba en el séptimo cielo.

En uno de los últimos ensayos se produjo una fuerte discusión entre él y Lunt, algo que no había ocurrido hasta entonces. Mel no acababa de aceptar que Audrey, tras la escena final, saliera sola al escenario a recibir el aplauso del público, y trató de convencer al director de que debían salir los dos juntos a llevarse los laureles.

—Primero sale ella al escenario, luego vas tú —dijo Lunt imperturbable. Como ya eran más de las siete y media de la tarde, agarró sus cosas y apagó las luces del escenario para marcharse—. Déjala disfrutar de esos dos minutos de gloria antes de unirte a ella. Siempre se ha hecho así, primero se aplaude a los protagonistas por separado.

Mel protestó maldiciendo en voz baja. Sin duda, le molestó que lo dejara plantado en la oscuridad. Enseguida salió corriendo tras él, y Audrey no tuvo más remedio que seguirlo.

—¡Alfred! —gritó Mel ya en el corredor, iluminado solo por una luz de emergencia débil—. Estoy harto de tus faltas de respeto. Ya está bien.

Vestida con el traje de su personaje, que consistía en poco más que unas mallas, ella estaba tiritando, mientras que él parecía bien abrigado con su capa de príncipe, que le daba cierto aire de fantasía. Le tiró de la manga con disimulo, dándole a entender que debía zanjar el asunto. Pero él ni siquiera pareció darse cuenta.

Lunt se volvió muy despacio hacia Mel y lo miró como si dudara de su estado mental.

—¿Yo...? ¿Faltas de respeto? ¿No será más bien al revés, querido? Siempre estás protestando porque algo no te gusta. Tranquilízate un poquito, no entiendo cuál es ahora el problema.

—Te lo acabo de decir —respondió él, apretando los dientes—. Me gustaría que tras la escena final saliéramos los dos juntos al escenario a saludar. No uno detrás de otro.

—Y no Audrey antes. Sí, sí, lo he entendido —dijo Lunt cansado—. Dime, ¿acaso tienes celos de ella?

A Audrey la escena le resultaba tan desagradable que se echó hacia atrás, como si quisiera esconderse en la sombra alargada del corredor.

Mel le lanzó una mirada fulminante al director.

—No seas ridículo, Alfred.

Este se encogió de hombros.

—Me da igual en qué orden salgamos al escenario —dijo ella. Su voz sonó tan quebrada que al principio los dos hombres ni siquiera la oyeron. Por eso repitió más fuerte—: Por mí puede salir Mel primero al escenario. Solo. Él es el protagonista masculino.

Cuando Lunt posó la mirada sobre Audrey, su expresión se hizo más dulce, casi compasiva.

—Ni hablar, tú eres aquí la gran estrella.

—Eres tan intransigente y testarudo, Alfred, que a veces pienso en dejarlo todo, en serio. —De pronto Mel parecía tranquilo, más neutral. Audrey sintió el malestar crecer en su interior; no podía creer que hablara en serio.

—No puedes. Tienes un contrato —replicó Lunt en voz baja—. ¿Podemos poner ya fin a esta conversación tan desagradable? Son casi las ocho, fuera está nevando, y me gustaría irme mi casa, con mi mujer.

—Los contratos se pueden romper —murmuró Mel—. Y como te descuides también Audrey va a decidir abandonarte.

—¡Mel! —gritó Audrey. La molestó que él la utilizara, sin consultarla, para imponer sus pretensiones—. ¡Ya basta, eso no es cierto!

Lunt dejó su cartera en el suelo con cuidado.

—Te voy a decir una cosa, Ferrer —dijo en voz muy baja—. No me gusta hacerlo, pero tú me has obligado. Te dimos el papel del príncipe Hans por un único motivo. Porque trajiste a Audrey Hepburn. Ella es la estrella, como acabo de explicarte, es a ella a quien quiere ver el público, a la que adoran los espectadores. ¡No tú! —Mel palideció, la sangre desapareció de su cara—. Y, además, toda la compañía adora y respeta a Audrey. Es amable y atenta y tiene los pies en la tierra. Cuando llega por las mañanas primero saluda a los técnicos de sonido y a las maquilladoras y a los encargados de la escenografía, mientras que a ti ni se te ocurre hacerlo porque te crees superior. Por eso aquí nadie te soporta, Ferrer. Eres el precio que tuvimos que pagar para tener a Audrey en el papel de Ondina.

Mel parecía totalmente abatido. Lunt le lanzó una última mirada despectiva, agarró su cartera con manos temblorosas y recorrió el pasillo hasta la salida. Audrey lo observó desconcertada y luego fue corriendo tras él. Abrió la puerta que se había cerrado tras pasar el director y salió a la calle neoyorquina nevada con su ropa fina de ninfa del agua. El frío húmedo se le clavó como puntas de lanza en los hombros desnudos. Pero no se detuvo.

—¡Alfred!

El director se volvió hacia ella asustado.

—¡Audrey! ¡Cielo santo! ¡Entra inmediatamente y vístete! ¡Te vas a morir de frío!

—Da igual. —Estaba tan alterada que se le quebraba la voz—. Lo siento mucho, Alfred. Mel ha dicho cosas horribles, no sé qué le ha pasado.

Dejó caer la cabeza y cruzó los brazos para protegerse del frío, estaba tiritando. Él se quitó el abrigo y se lo puso sobre los hombros, pero ella lo rechazó.

—No, estoy bien, Alfred, enseguida entro. Solo quería disculparme por Mel.

—No tienes que disculparte —dijo Lunt con una suavidad que hizo que ella se sintiera aún peor—. Tú no has hecho nada malo. ¡Y ahora entra, por Dios, y ponte algo abrigado!

—Sí, voy —susurró—. Espero que no estés enfadado...

—¿Contigo? No podría. No le des más vueltas y cuídate. No sé qué mosca le ha picado hoy a tu amigo. —Le apretó la mano, recuperó su abrigo y la condujo al interior del teatro.

A Audrey le temblaban las piernas por el frío. Los pasillos desiertos y oscuros le resultaban inquietantes, así que corrió hasta su camerino, se quitó las mallas y se puso su ropa. No había ni rastro de Mel, lo que la inquietaba aún más.

Se alegró de volver a estar en la calle. Allí había gente, y las farolas daban a la nieve un brillo anaranjado. Tardó un rato en ver un taxi acercarse por la calle helada, y se apresuró a hacerle una seña. Al detenerse, el coche le salpicó barro gris en las botas, pero no le importó.

—Al hotel Gorham —le indicó al conductor casi sin aliento. En ese momento notó que alguien le agarraba el brazo, y Mel subió al taxi a su lado.

—¡Suéltame! —le increpó ella, conteniendo a duras penas la rabia.

—¿Va el caballero al mismo destino? —preguntó el taxista aburrido.

Él solo logró decir un sí apagado.

Audrey se movió en el asiento para alejarse todo lo posible. Molesta, se dedicó a contemplar aquella tarde de invierno triste por la ventanilla. Los copos de nieve húmedos se deslizaban por el cristal atrapando las luces de los anuncios publicitarios.

—Lo siento muchísimo —murmuró Mel.

Audrey se puso tensa. Hizo como si no lo hubiera oído.

—De verdad. Lunt y yo somos como el agua y el fuego, pero esta vez me he pasado. —Su voz apenas era ya perceptible.

Audrey se envolvió en el abrigo; sentía como si el frío le llegara hasta los huesos. También tenía la sensación de que la escena horrible de aquella tarde le había helado el corazón.

Como no contestó, Mel también enmudeció y se dedicó a mirar por la ventanilla, igual que ella.

—Hemos llegado —anunció el taxista, y detuvo el coche delante del hotel Gorham, tentadoramente iluminado. Sin decir nada, Audrey le tendió un billete para no darle a él la oportunidad de pagar. Luego salió precipitadamente del taxi y al entrar en el hotel se dirigió hacia el ascensor. Oyó a Mel siguiéndola jadeando.

—¡Espera, Audrey!

—¡No! —Desapareció en el interior del ascensor y apretó el botón que aceleraba el cierre de las puertas, pero él logró colarse en el último momento. Ella cruzó los brazos y evitó su mirada, pero vio de reojo que mostraba un aspecto triste; estaba empapado por la nieve y tenía el pelo revuelto.

—Audrey, yo... Lo siento muchísimo.

Ella miraba impaciente cómo el ascensor iba ascendiendo planta a planta.

—Lo he hecho todo mal. —Sonaba tan destrozado que no pudo ignorarlo por más tiempo. Se giró hacia él y vio cómo sufría, preso de su temperamento y su humor cambiante.

—Sí, así es —susurró ella, tratando de quitarle un copo de nieve que se le había pegado a la mejilla—. Ha sido horrible lo que le has dicho a Alfred. Y encima me has involucrado a mí. Me avergüenza tremendamente que lo hayas amenazado con que yo iba a abandonarlo justo antes del estreno.

—Lo siento mucho, corazón mío. —Mel tenía lágrimas en los ojos, y Audrey estaba tan emocionada que también tenía un nudo en la garganta—. Tú sientes la presión del éxito y dudas si vas a cumplir las grandes expectativas del público. Yo también estoy bajo presión, una gran presión... Mis últimas películas no han batido récords de taquilla precisamente, y las críticas tampoco han sido muy favorables... ¿Entiendes cómo me siento?

Como el ascensor había llegado a su piso, Audrey se libró de responder. Abrió la puerta de su habitación con mano temblorosa, consciente de la presencia de Mel tras ella. Notaba la humedad de su abrigo, oía su respiración acelerada.

Él dio un paso y entró también en la suite. Ella permitió que le pusiera las manos en los hombros.

—Tengo tanto miedo de que se acabe mi carrera que en momentos como este me paso de la raya —susurró con cara de desesperación—. No quiero hacerlo, pero sencillamente ocurre.

—Pues no puede pasar nunca más, ¿me oyes? Nos haces a todos mucho daño —dijo con voz apagada, y él la abrazó y la apretó contra la pared para besarla y acariciarla con una intensidad desesperada, explosiva.

—Te prometo que voy a cambiar —dijo Mel jadeando.

Audrey cerró los ojos y se apretó contra él mientras la conducía hasta la cama y los dos se dejaban caer sobre la colcha blanca como dos náufragos en una balsa.

3

Enero de 1954

El estreno estaba cada vez más cerca; tras su arrebato, Mel se mostró más tranquilo con Lunt, parecía pensativo y encerrado en sí mismo. Audrey se alegraba por ello, aunque seguía conteniendo la respiración sin querer cada vez que el director le daba alguna indicación. Pero Mel se limitaba a asentir y hacía lo que se le pedía. Audrey estaba cada vez más convencida de que los tiempos en los que su temperamento explotaba como un volcán a punto de entrar en erupción habían pasado, al menos no eran ya tan actuales. Su relación salió beneficiada; perdió su lado forzado, tempestuoso, y pasó a un nuevo nivel. Audrey tenía la sensación de que el hecho de haber superado juntos esas turbulencias los había unido más, de que ahora lo amaba con toda su alma. Al menos los momentos tranquilos que pasaban por la noche en el hotel le daban un mínimo de fuerzas, pues los ensayos, que duraban de la mañana a la noche, le exigían demasiado. A veces ni siquiera hacían una pausa cuando las escenas no salían bien. Todos los miembros de la compañía temían las duras críticas de la prensa neoyorquina, por eso se esforzaban por acercarse lo más posible a la representación perfecta.

Una tarde fría, poco antes del estreno, mientras volvían al hotel, Audrey se sintió mareada, aturdida, a causa del agotamiento. Mel también estaba en silencio y tenía aspecto cansado.

—¿Señorita Hepburn? —la llamó el empleado de la recepción—. Ha llegado un paquete para usted.

—¿Para mí? —preguntó ella sorprendida, pues el paquete era bastante grande. No sabía quién podría mandarle nada.

—Obviamente, del otro lado del océano —dijo Mel, y se puso el bulto debajo del brazo—. Gracias.

En el ascensor, ella se inclinó para ver los sellos de la caja.

—De Francia. Creo que ya sé de quién podría ser.

Ya en la suite, apenas se hubo quitado el abrigo empezó a retirar la cinta adhesiva.

En la caja había un vestido envuelto en papel de seda de color lavanda. Lo apartó con gesto reverente y sacó un vestido de noche negro con lujosas flores de color rojo oscuro bordadas en el escote y el bajo. Respondía exactamente a su gusto, y le pareció maravilloso.

—Parece uno de esos vestidos que llevabas en *Sabrina* —comentó Mel.

—Es que es del mismo modisto. —Audrey se lo llevó a la cara para oler el perfume de su amigo francés; luego se situó enfrente del espejo y se lo sujetó delante del cuerpo. La invadió un cálido sentimiento de alegría y agradecimiento; el gesto de Givenchy significaba mucho para ella—. Es de Hubert de Givenchy.

Mel se acercó a ella y la besó en la nuca.

—Le has debido causar una fuerte impresión si te envía un vestido así. Parece muy caro. ¿A qué se debe?

Audrey sacó de entre el papel de seda una nota escrita con tinta color turquesa en un papel de tina elegante y la leyó emocionada:

—«¡Querida Audrey, mi musa!...».

«Mi musa». Sus pensamientos volaron a esa época en París, cuando se encontraba en una fase intermedia despreocupada de su vida. Con *Vacaciones en Roma* había conocido por primera vez el auténtico mundo del cine; en Gregory, William Wyler y Connie había encontrado amigos para toda la vida; había conocido a Mel y tenía a la vista otra película maravillosa, *Sabrina*. Habían ocurrido muchas cosas desde entonces. Se había enamorado de Mel, al que siempre había deseado, y era todo lo feliz que le permitía el agotamiento.

—Léela —le pidió él, y siguió besándola en la nuca y el cuello.

—«¡Querida Audrey, mi musa! ¡Te deseo de todo corazón toda la felicidad del mundo en el estreno de *Ondina*! ¿Te gustaría lucir este vestido en la fiesta del estreno? Está hecho a tu medida, debería quedarte perfecto... Con cariño, tu Hubert».

—Vaya, vaya, ¿así que has ascendido a musa de un *couturier*? No tenía ni idea —observó Mel en tono divertido.

—Es solo una broma —respondió ella riendo—. Hubert y yo nos entendemos de maravilla. Estamos en la misma onda. Y yo adoro sus vestidos. Por supuesto que me lo voy a poner para ir a la fiesta del estreno.

—Pruébatelo.

Audrey se desvistió sin que Mel lograra apartar las manos de ella, que, riendo, le daba golpecitos en los dedos.

—Te queda perfecto —dijo. No podía apartar la vista. La parte superior ajustada resaltaba su figura esbelta, y el negro con los bordados rojo oscuro resaltaba su pelo castaño—. Estás preciosa, Audrey.

—Tonterías —lo contradijo ella. Como siempre, su figura le parecía demasiado masculina; su cuello, demasiado largo, y sus pies, que asomaban bajo la falda del vestido, demasiado grandes—. Tengo que escribir inmediatamente a Hubert para darle las gracias. El vestido será mi talismán de la suerte la noche del estreno de *Ondina*.

—No necesitas ningún talismán, eres fabulosa interpretando tu papel.

Audrey no estaba tan segura de ello. El miedo escénico se iba adueñando de ella cada vez más, y le asustaba la perspectiva de estar sobre el escenario hasta el verano haciendo una función tras otra. Ni sabía si estaba preparada para eso.

Cuando un día antes del estreno llegó su madre (Audrey asumió los gastos del vuelo y el hotel), tuvo claro que todo aquello iba en serio. Mañana se vería si los meses de ensayo daban su fruto.

Una vez en el hotel Gorham, Ella la miró de arriba abajo.

—Dios mío, Audrey, estás aún más delgada. Espero que no sustituyas la comida por los cigarrillos, eso no puede ser sano. Y esas sombras bajo los ojos... ¿Duermes lo suficiente? Espero que tu maquilladora haga bien su trabajo, si no vas a estar muy pálida mañana en el estreno.

—Los ensayos han sido agotadores; me recuperaré. ¿Bajamos al bar? Quiero presentarte a alguien.

—Estoy deseando conocerlo —dijo Ella arqueando las cejas.

En el bar las esperaba Mel. Había elegido una pequeña mesa apartada que estaba junto a la ventana y desde la que se vivía de cerca el bullicio del tráfico vespertino de Nueva York.

—Señora Van Heemstra —dijo él sonriendo; se puso de pie y le tendió la mano con amabilidad—. Soy Mel. Mel Ferrer.

—Ella, encantada. —Miró a Audrey a toda prisa y luego volvió otra vez a él, y su hija supo que su madre había descubierto la clase de relación que tenían. Vio lo cerca que estaban, ya que sus manos casi se rozaban, y además seguro que se percibía cierta intimidad.

Se sentaron y Mel pidió cócteles para todos.

—Usted es el protagonista masculino, supongo —dijo Ella mirándolo fijamente.

—Sí. —Sonrió desarmado—. La pareja de Audrey. —En la vida real y sobre el escenario, decía su mirada, que se volvió hacia Audrey buscando su confirmación.

—Ser pareja escénica debe unir mucho —dijo Ella, y dio un sorbo a su cóctel.

—Así es —confirmó Mel, pasándole el brazo por los hombros a Audrey. En ese momento a ella ese gesto posesivo la molestó, ya que, a diferencia de Mel, sabía interpretar perfectamente la mirada de su madre. Los ojos guiñados y el modo en el que sus labios finos aspiraban por la pajita delataban que no le gustaba Mel Ferrer, ni siquiera como amigo—. Y no solo sobre el escenario, a veces también en la vida real —añadió él.

—No me diga —dijo Ella con voz aguda—. Ya he leído algo sobre usted, Mel. Ya ha estado liado alguna vez con una actriz, ¿verdad? ¿Era su primera esposa? ¿O la tercera?

Audrey le lanzó una mirada fulminante a su madre y le dio una patada por debajo de la mesa. Pero Ella se limitó a encoger los hombros y centrarse en su bebida.

—Eh..., sí —respondió él confuso, pero rápidamente Audrey se puso de pie y tiró de él—. Nos gustaría volver arriba para repasar otra vez los textos. ¿Te acompañamos a tu habitación?

Audrey pasó el día siguiente como en trance, vacía por dentro a causa de los nervios. A mediodía Ella insistió en que tomara una sopa de verduras para que tuviera algo en el estómago, pero enseguida fue momento de salir hacia Broadway. En el taxi se sentó entre su madre y Mel, que le apretaba la mano para tranquilizarla. En el teatro parecían haber decretado el estado de excepción: todos corrían como pollo sin cabeza de un lado a otro. Audrey ya lo conocía por *Gigi* y esperaba que eso fuera un buen presagio en su primera actuación en Broadway.

Lunt le dio un beso y le deseó mucha suerte.

Y luego Audrey estaba ya sobre el escenario, con nada más sobre su cuerpo que la malla casi transparente. Se metió en su papel, increíblemente feliz de que Mel estuviera a su lado. Estaba allí y le servía de apoyo. Al final parpadeó ante la fuerte luz de los focos que inundó el teatro de repente. El público gritaba entusiasmado, aplaudía frenético..., y ella estaba allí, confusa; de pronto se sintió casi desnuda y muy vulnerable, ahora que volvía a ser Audrey Hepburn y no un personaje fantástico. Luego estaba Mel a su lado, que le cogió la mano y la acompañó al inclinarse para saludar..., y Lunt detrás del escenario, que la abrazó y la besó, radiante de orgullo, mientras el público enfervorecido pedía un bis... Le pusieron rosas y bombones en las manos... Ella, en el camerino, la felicitó a su manera:

—Bonita obra, Audrey, creo que lo has hecho muy bien...

En la fiesta que se celebró a continuación, flotaba entre la gente de la mano de Mel, que abría la multitud como si fuera el mar Rojo... Con el vestido de Givenchy se sintió de nuevo como un todo, invencible, embriagada de éxito y aplausos...

La fiesta duró hasta bien entrada la noche. Después, en su suite, Audrey cayó rendida en la cama y durmió diez horas seguidas por primera vez en muchas semanas. Sin Mel, pues con su madre a dos puertas de distancia no le habría parecido apropiado. Había quedado con los dos al día siguiente para el desayuno, que el servicio de habitaciones sirvió puntualmente en su suite.

En el carrito que llevaron con café y otras delicias había además numerosos telegramas.

—Parece que has tenido una buena acogida, mira qué de correo —observó Ella. A diferencia de su hija, que estaba desayunando en bata, ella iba impecablemente vestida. Llevaba un vestido muy elegante, la cara bien maquillada y el pelo rizado.

Audrey estaba radiante de alegría mientras leía los telegramas. El nerviosismo de las últimas semanas había desaparecido, todavía se sentía como ebria de los aplausos de la noche anterior y las notas de reconocimiento de sus amigos.

—Enhorabuena por la actuación de ayer, de Connie, Gregory, Kurt Frings, William Wyler. Kurt dice que los diarios de la mañana están llenos de elogios.

—Lo vamos a ver enseguida. —Mel dio una palmada sobre el montón de periódicos que había hecho subir de la recepción—. Pero antes vamos a comer algo, después de lo de anoche tengo más hambre que un oso.

Se sirvieron en los platos tortitas con jarabe de arce, huevos con beicon y pan tostado, pero, como no podían contener la curiosidad por más tiempo, Mel abrió el primer periódico y buscó la crítica de la función del día anterior.

—«Magnífica actuación de la joven Audrey Hepburn» —leyó en voz alta, quitándose una miga de los labios—. «Se movió con gracia por el escenario, como si nunca hubiera hecho otra cosa. Grácil como un hada, encantadora como la *ballerina* que en su día fue, llenó el teatro con su presencia, pero desprendió en todo momento una humildad serena y apacible».

—Les has gustado —dijo Ella—. No podría haber ido mejor.

—Gracias, mamá. —Audrey chupó el jarabe de arce de su tenedor. Una mezcla de alegría y decepción se apoderó de ella. ¿Es que ni siquiera a la vista de su fulminante éxito en Broadway podía su madre desprenderse de su coraza puritana y felicitarla con el mismo entusiasmo con que lo hacían sus amigos e incluso los críticos de Nueva York? Pero esa vaga sensación fue desplazada enseguida por una inmensa alegría que la desbordó. Apenas podía creerse que los críticos la elogiaran de ese modo; vivió un momento de auténtico éxtasis.

—Siento mucho alivio —dijo, volviéndose hacia Mel—. Me he pasado varios días con pesadillas, soñando que no les gustaba la obra. Nunca se sabe. Tenía miedo de que les pareciera un simple cuento infantil de poco nivel.

Él no le hizo demasiado caso, siguió leyendo entre murmullos, como si lo hiciera solo para sí mismo.

—«Audrey Hepburn, con su actuación fresca, poco pretenciosa, eleva la obra por encima de la intrascendencia de las banales historias fantásticas». ¿«Banales historias fantásticas»? ¿Qué tontería escriben estos? La historia de Ondina es alta cultura. Por algo he luchado tanto para que la obra se representara en Broadway.

—Lo dicen como un elogio —intervino Ella con sequedad—. Por si se te ha escapado, Mel.

Mel no parecía ya tan relajado como antes del desayuno; entre dos bocados a su *muffin* de arándanos, Audrey notó que tenía la mandíbula apretada.

—¿Qué más dicen? —preguntó con voz apagada. De pronto se sintió algo egoísta, deleitándose con orgullo con sus buenas críticas, sin preguntar cómo lo había acogido el público a él.

Mel se sirvió otra taza de café y estuvo unos minutos removiendo el azúcar, como si quisiera evitar seguir leyendo.

—Grandiosa actuación—murmuró como si leyera por encima la siguiente reseña—. «Audrey Hepburn brilla no solo en el cine, sino también sobre el escenario. Hasta las bromas más insulsas las dice con tanto encanto que es inevitable sonreír». ¿«Bromas insulsas»? ¿Dónde aparecen en esta obra?

—Bueno —dijo Ella, y se limpió los labios con unos pequeños toques con la servilleta—. A mí también me pareció una o dos veces que los chistes eran de los tiempos de Matusalén. Pero el crítico tiene razón, Audrey, tú lo has compensado otra vez.

Mel le lanzó a Ella una mirada que Audrey no supo interpretar, amarga tal vez, o molesta. Esperaba que leyera ya los párrafos que hablaban de él y, sobre todo, que fueran críticas favorables. Las negativas le dolerían a ella tanto como a él, aparte de que temía que en tal caso volviera a explotar como un petardo.

—«Audrey Hepburn eleva la obra con su frescura llena de energía, su interpretación natural...» —gruñó Mel antes de quedarse callado y seguir leyendo en silencio.

—¿Y qué escriben sobre ti? —preguntó Ella con sequedad—. La prensa no va a llenarse de elogios a Audrey y no decir nada de ti, ¿no?

Mel arrugó los periódicos y lanzó su servilleta sobre el plato lleno de migas.

—Se me ha pasado el apetito. Esos malditos críticos... No dan la talla, pero hundir a otros, eso sí saben hacerlo.

—Mel. —Audrey le puso la mano en el brazo para tranquilizarlo. Su euforia por su buena acogida había desaparecido de golpe—. Vamos a seguir leyendo con tranquilidad. No será tan grave. Además..., llevas ya muchos años en el mundo del espectáculo, sabes que a veces te desbordan los elogios y a veces te caen malas críticas.

—Como si tú pudieras opinar —soltó él—. Estoy harto, me voy a tomar el aire. Nos vemos más tarde. Que tengas un buen día, Ella.

—Gracias, igualmente. —Ella esperó a que la puerta se hubiera cerrado tras Mel, y luego lanzó un suspiro—. Dios mío, vaya carácter, ¿no?

—No. —Abatida, Audrey cogió los periódicos arrugados y buscó las críticas—. ¡Ay, Dios mío!

—¿Qué dicen? Léelo.

Le costó leer en voz alta las líneas que los críticos habían escrito sobre Mel. Le partió el corazón la mala acogida que había tenido entre el público.

—«A sus casi treinta y siete años, Ferrer resulta demasiado mayor para interpretar el romántico papel del príncipe Hans».

—¿«Romántico»? —Ella levantó las cejas—. Yo no habría empleado ese adjetivo exactamente.

Audrey le lanzó una mirada indignada antes de seguir leyendo.

—«A diferencia de su talentosa pareja escénica, su actuación resulta terriblemente torpe y aburrida». ¡Ay, Dios, madre mía, es horrible! ¿Cómo va a asimilar Mel todo esto? Hemos ensayado durante semanas, hemos dado lo mejor de nosotros mismos. Y ahora esto.

—Al parecer, lo mejor de él no es suficiente —observó Ella impasible. Cogió otro periódico del montón, y siguieron leyendo las dos alternativamente—. «Ferrer trata a la encantadora ninfa del agua que tiene a su lado con menos pasión que un semáforo».

—«Los mejores años de Ferrer parecen haber quedado atrás» —murmuró Audrey atónita—. «Tiene el carisma de un funcionario de correos esperando impaciente la pausa de mediodía».

—«La expresión de Ferrer parece la de una ardilla dormida» —leyó Ella—. «Quizá haría bien concentrándose más en el trabajo detrás del escenario».

Audrey lanzó los periódicos sobre la silla vacía de Mel y apoyó la cabeza en las manos.

—Esto es una catástrofe. Mel no va a poder soportarlo, le va a sentar fatal.

—Como actor hay que saber vivir también con las malas críticas. —Ella cogió con dedos afilados un trozo de *muffin* y volvió a centrarse en su desayuno.

—Pero es tan injusto... A mí me elevan al cielo y a él lo hunden en la miseria.

—Tú estás al comienzo de tu carrera, querida. Espera un poco, de momento tu estrella brilla con fuerza, pero tú tampoco te vas a librar de las críticas negativas.

—Tengo que hablar con él. Debo consolarlo. —Audrey se puso de pie, se quitó la bata y buscó algo de ropa en el armario. Tenía que ir a ver a Mel para animarlo. Habría renunciado con gusto a una parte de su éxito si con ello pudiera evitarle un poco de dolor—. Ahora no debería estar solo.

—Siéntate y tómate otra taza de café —le ordenó Ella—. Tal como yo lo veo, en este momento él prefiere estar solo. Déjalo un rato en paz, si no lo mismo se le ocurre tener celos de tu éxito. Si es que no los tiene ya. Tus críticas positivas no parecen haberle hecho muy feliz.

Algo más tarde Audrey buscó a Mel en su suite, en el restaurante y en el bar, pero no aparecía por ninguna parte. Estaba inquieta y esperaba que no hubiera decidido tirarlo todo por la borda, como había amenazado con hacer en los últimos tiempos. Tras las muchas semanas que habían pasado trabajando intensa y exclusivamente en la obra de teatro, ahora de pronto se sentía otra vez vacía, como si hubiera alcanzado el tan ansiado punto culminante de su vida y tras él no hubiera ya nada. Las malas críticas le dolían como si se refirieran a ella misma. Para su alivio, por la tarde Mel llamó a su puerta para recogerla. Estaba pálido, pero sereno.

—¡Mel! —Audrey saltó de la cama y se lanzó a su cuello—. ¿Estás bien?

—Nos vamos. El taxi llegará enseguida —se limitó a decir él, y la abrazó con mucho cuidado, como si fuera muy frágil.

—Lo siento muchísimo. Creo que estás fantástico como el príncipe Hans. Representaremos la obra hasta el verano; para entonces los críticos ya estarán convencidos de tu gran actuación, estoy completamente segura.

—Ya veremos. Vámonos ya —respondió él con gesto reservado.

Lunt los esperaba en el teatro.

—Las entradas para la función de hoy también se han agotado —dijo entusiasmado, y abrazó a Audrey con cariño—. Y te lo debemos a ti. Haces de cada obra algo muy especial.

—Gracias, Alfred, es muy importante para mí oírte decir algo así.

Audrey se apartó suavemente de él y miró de reojo a Mel. Este apretó los dientes, los dejó a los dos allí plantados y se marchó a su camerino.

—Lo siento, Audrey, pero a tu lado él se queda en la sombra. Y ahora no estés tan triste. Debes disfrutar de tu éxito en vez de lamentarte por Mel. Ya es mayorcito y puede asumir el fracaso. —Lunt sonrió para animarla, y ella logró esbozar una sonrisa, aunque no parecía muy feliz.

—¿Tú lo viste en el estreno tan mal como dicen los periódicos? —preguntó dubitativa.

Él se encogió de hombros

—No se puede convertir a un mozo de cuadras en un príncipe. —Sonrió y dio media vuelta para comentar algo con el escenógrafo. Desconcertada, Audrey lo siguió con la mirada.

Después de la segunda función, Audrey también fue muy aclamada por el público, y lo mismo ocurrió en la tercera. Y de nuevo se sintió dividida por dentro. Por un lado estaba ebria de felicidad por su gran éxito; por otro, sufría al ver que Mel seguía sin tener una buena acogida. Ella asistió también a estas dos funciones antes de regresar a Londres.

—Dosifica bien tus fuerzas —le dijo al despedirse—. Hasta julio vas a subir todos los días al escenario, o casi todos. Pareces ya agotada. Descansa. No tienes que estar cada segundo al servicio de tu príncipe de pacotilla.

Audrey se sintió incómoda.

—¿Por qué te cae tan mal?

Ella la miró durante un buen rato.

—No me cae mal. En realidad es un tipo simpático. Puede ser encantador. Pero tú eres demasiado joven, Audrey. Este año cumples veinticinco años. Mel, en cambio... ¿Cuántos años os lleváis?

—Doce, pero eso qué importa. Tampoco es que yo pueda ser su hija. Me saca poco más de diez años.

—No os separan solo esos diez años, sino también sus tres matrimonios.

Audrey suspiró.

—¿Por qué todos me reprochan sus tres matrimonios? Si estuviera casado, podría entender tus reservas, mamá. Pero está separado, esas mujeres son su pasado.

—Tú eres un folio en blanco; él ya está gastado en muchos sentidos.

—No se puede escoger el pasado de una persona —dijo Audrey molesta. Le dolía que su madre tratara de denigrar a Mel.

Ella apretó los labios y guardó su neceser en la maleta.

—Da igual. Eres adulta y puedes hacer y deshacer lo que quieras. Yo solo te digo cómo veo las cosas. Dependes mucho de él, lo noté desde el primer momento en que os vi juntos. Me da miedo que cometas un error. El mismo que yo cometí al casarme con tu padre.

La mención a su padre fue como una descarga eléctrica para Audrey, y se le erizó el vello de los brazos. Durante años su madre se había negado a hablar de su padre; sí, hasta su nombre era tabú en la casa Van Heemstra.

—No debí casarme. Me habría ahorrado mucho sufrimiento —dijo Ella casi sin voz.

Miles de recuerdos se le cruzaron por la cabeza a Audrey. Desde que con seis años vio por la ventana a su padre desaparecer de su vida, ese tema había sido como un imán para ella. Pensaba en él todos los días. Imaginaba qué aspecto tendría ahora, dónde estaría, cómo viviría...

—¿Has vuelto a saber algo de papá en algún momento? —La voz apenas la obedecía, sonaba quebrada.

Ella sacudió la cabeza.

—No, ni una sola vez.

—¿Tienes alguna idea de dónde vive? —preguntó con desesperación, pero su madre volvió a responder negativamente.

—No tengo ni idea.

—Yo he estado en todos los cines, mi nombre ha aparecido en anuncios publicitarios, en los periódicos... Estoy segura de que en algún momento ha oído hablar de mí o ha leído algo... ¿Por qué no ha contactado conmigo?

—Porque no le interesa.

A Audrey le pareció despiadada la respuesta de su madre, incluso cruel, pero a pesar del dolor tuvo que admitir que probablemente respondía a la verdad. Se apretó el puño contra la boca para no llorar.

—Por eso debes tener en cuenta mi consejo —insistió Ella, y cerró su maleta—. Piensa muy bien con quién te comprometes.

Como era la hora y el taxi probablemente estaba esperando ya delante del hotel, Audrey acompañó a su madre abajo. Ella la abrazó brevemente antes de mostrarle al taxista su equipaje.

—Piensa bien lo que te acabo de decir. Actúa con sensatez y no persigas ideas extravagantes sobre el amor.

—Lo intentaré —murmuró Audrey. La vio subirse al taxi, despedirse por última vez con la mano y luego alejarse. Sobre los tejados empezaba a desaparecer la oscuridad, los tonos grises y lila se mezclaban con el amanecer de invierno suave y frío. De pronto se sintió terriblemente sola en aquella calle todavía desierta, tan temprano.

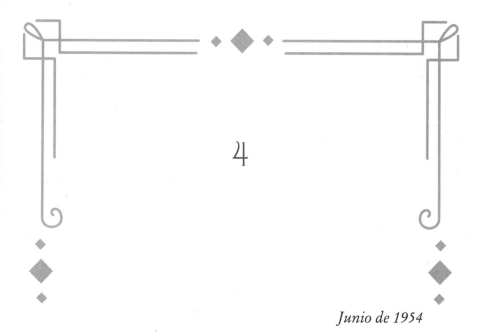

Junio de 1954

Audrey estaba sentada en el despacho de Kurt Frings, su agente. El aire caliente entraba por la ventana abierta, y el sol dibujaba círculos de luz alegres sobre el escritorio, que parecía curvarse bajo los montones incontables de guiones. En las paredes colgaban fotos y carteles de cine de las grandes estrellas a las que Frings representaba a través de su agencia. También había algunas fotos de ella y carteles de *Vacaciones en Roma* y *Sabrina*.

Con su vestido blanco y azul de lunares y unas bailarinas, Audrey tenía un aspecto veraniego y desenfadado; disponía exactamente de media hora para esa reunión, luego tenía que volver al teatro. Fumando un cigarrillo, observaba la luz brillante en la que bailaba el polvo.

Frings la miró sacudiendo la cabeza.

—Deberías dejar de fumar tanto, urgentemente.

—Lo sé —suspiró ella—. Pero, aunque sea perjudicial para la salud, disfruto del vicio. Es el único que tengo. Y me viene tan bien para relajarme...

Desde hacía meses se subía al escenario a diario para hacer la función de *Ondina*. En marzo interpretó a la ninfa acuática incluso la noche de la entrega de los Oscar. Después recibió una estatuilla por su actuación en *Vacaciones en Roma* a través de una conexión en directo con Los Ángeles. Se tambaleó atónita sobre el escenario para recibir el galardón y decir algunas palabras por el micrófono. El éxito la arrolló como una ola gigante..., imprevista, abrumadora, embriagadora. En ese momento Mel ya tenía claro que ella era quien tenía más éxito de los dos. Su sentido práctico de la vida lo llevó a partir de entonces a tratar de sacar lo mejor de cada situación. Le organizaba entrevistas y sesiones fotográficas como si él fuera su agente, y no Kurt Frings. Al mismo tiempo, su relación privada transcurría por aguas más calmadas. Como había superado la rivalidad inicial (que no le había dado nada más que disgustos), se hizo más fuerte su unión, más profunda e incondicional.

—Un mes más y se habrá acabado *Ondina* —dijo Frings, sacándola de sus pensamientos—. Seguro que te alegras, ¿no? No es lo mismo tener que hacer una actuación perfecta todos los días durante seis meses que rodar una película durante unas semanas y luego tomarse otra vez un descanso.

—Es cierto. —Audrey apagó el cigarrillo en el cenicero del agente—. Me alegro de acabar con las funciones de *Ondina* y poder hacer otra cosa. Por eso estoy aquí, Kurt. Mel dice que tienes toda una montaña de guiones nuevos para mí.

—Exacto. —Kurt dio unos golpecitos sobre al menos seis o siete libros amontonados—. Todo esto ha llegado en las últimas semanas para ti. Hay un par de cosas interesantes, eso sí te lo puedo decir. Una pregunta general: ¿qué te gustaría hacer?

Audrey miró por la ventana el sol claro que brillaba en el exterior. A través de ella llegaba el ruido del tráfico, las voces de la gente que pasaba por la calle, las risas de una pareja...

—Me gustaría tomarme primero unas vacaciones... Viajar a algún sitio donde haga calor y que sea tranquilo. Pero no sería un buen momento. Ahora que recibo tantas ofertas debería aceptar alguna. He pasado medio año en Broadway. Es hora de rodar una película. De algún modo siento la presión de tener que conseguir otro gran éxito después de haber obtenido un Oscar.

—Puf. —Frings se reclinó en su silla de escritorio y cruzó las manos por detrás de la cabeza—. Por un lado tienes razón, naturalmente, pero por otro... Mírate, fumas como un carretero y estás cada vez más delgada. Un tiempo muerto no te sentaría mal.

—Lo pensaré. Todavía tengo tiempo. *Ondina* estará en escena hasta finales de julio. —Miró el reloj, cogió los guiones y se despidió para dirigirse a Broadway.

—Cuídate —dijo él—. Y llámame.

—Sí, lo haré, Kurt.

Esa noche Audrey también fue muy aclamada por el público. Percibió el entusiasmo de los espectadores, saludó sonriendo cuando el telón se cerró tras la última escena y luego cuando se volvió a abrir para que salieran los protagonistas. Tras aquella horrible discusión en enero, apareció en las primeras funciones siempre de la mano de Mel para saludar los dos juntos, pero ahora ya aparecía sola, como estaba previsto al principio. Como las críticas de Mel seguían siendo muy flojas, Lunt había insistido en que, como estrella de la obra, ella saliera sola a recibir el aplauso del público. Mel tuvo que conformarse con salir al escenario como segundo protagonista. No le había dicho a Audrey nada al respecto, pero ella notó que le había afectado.

Tras la función él la acompañó a su camerino y la ayudó a quitarse la malla por la cabeza, ya que a menudo se le enredaba en los brazos o en el pelo.

—Gracias, Mel. ¿Vamos luego a tomar algo? Me muero de hambre.

—Muy bien. —Sonrió—. Pero antes tengo una sorpresa para ti. No te muevas de aquí cuando te hayas vestido. Enseguida vengo a buscarte.

Ella lo miró sorprendida.

—¡De acuerdo!

Él desapareció para liberarse también del traje de terciopelo de príncipe. Poco después apareció vestido con su ropa, le quitó a Audrey el pañuelo que llevaba al cuello y le tapó los ojos con él.

—¿Qué haces? —preguntó ella nerviosa y divertida a la vez—. ¿Vamos a jugar al escondite o qué? ¿Qué tienes planeado?

Él le dio un beso en la punta de la nariz.

—Déjate sorprender. Y ahora ponte de pie, yo te guío.

Ella le siguió por los pasillos ya desiertos del teatro. Los espectadores se habían marchado a casa y tampoco quedaba ya casi nadie de la compañía. Del camerino de los actores de reparto salían dos voces apagadas, pero también sonaban a despedida.

Su sentido de la orientación le dijo que la estaba conduciendo al escenario.

—Mel, dime —lo urgió entre risas—. No me tengas más en vilo.

Por el sonido de su voz notaba que él sonreía satisfecho.

—No seas impaciente, no es elegante en una joven.

—Hablas como si fueras mi madre —protestó Audrey. En ese momento él le retiró el pañuelo de los ojos, y ella necesitó un momento para que la vista se acostumbrara a la fuerte luz del escenario—. Pero Mel...

Atónita, paseó la mirada por el decorado de *Ondina*. El mundo subacuático seguía exactamente igual que al final de la función, una pared con reflejos tornasolados en múltiples tonos verdes y con conchas, helechos y corales pintados, además de algas hechas con telas gruesas y piedras y rocas de cartón piedra. Pero ahora colgaban del techo unas letras gigantescas de tonos lila brillantes que se balanceaban delante de aquel mundo acuático.

—«¿Quieres casarte conmigo?» —leyó Audrey en un susurro. Sabía que Mel estaba justo detrás de ella, sentía la tensión expectante que desprendía cada uno de sus poros.

—¿Quieres? —preguntó él en voz tan baja que sus palabras se disiparon como el polvo en la amplia sala del teatro.

Audrey se volvió lentamente hacia él y miró los ojos azules que estaban clavados en ella, radiantes de emoción. Se perdió en ellos como Ondina en el remolino de las profundidades marinas que todo lo engullen. La invadió un sentimiento de felicidad más profundo de lo que jamás habría imaginado.

—Sí. —Como su voz no la obedeció, añadió más fuerte—: ¡Sí! ¡Sí, quiero!

Mel la envolvió en un abrazo impetuoso y escondió la cara en su cuello.

—Me haces tan feliz... Vamos a tener una vida maravillosa. Estaremos juntos sobre los escenarios, rodaremos películas juntos...

—Tendremos hijos —dijo ella casi sin voz.

—Sí, tendremos hijos —confirmó él, que le acarició el pelo con cariño y la besó en el cuello, en la nuca—. ¿Cuántos quieres tener?

—¿Cuatro? ¿O cinco?

—De acuerdo. —Apretados todavía en un fuerte abrazo, los dos se rieron.

—Vamos a cenar y brindamos con champán —propuso luego Mel.

—¿Tienes aquí algo para escribir? Tengo que hacer algunas listas.

—¿Listas?

Audrey asintió riendo.

—Claro, naturalmente. Una boda hay que planificarla bien. ¿A quién vamos a invitar, dónde será la ceremonia, quiénes serán los padrinos...? Por mencionar solo los puntos más importantes...

—Veo que lo tienes todo bajo control. —Mel le pasó el brazo por los hombros, apagó las luces de la sala y la condujo hacia fuera.

Audrey se detuvo un momento y lo miró pensativa en la penumbra del pasillo.

—¿Dónde vamos a vivir, Mel? Cuando haya acabado la temporada de *Ondina* no podemos seguir en un hotel. Necesitamos una casa.

—Sí, claro, necesitamos una casa. Podemos hacer una lista de sitios donde podríamos vivir.

—Te estás burlando de mí. —Audrey le dio un empujón suave, que él recibió entre risas. Cuando salieron a la noche cálida y agradable de junio, que olía a flores y a los panes recién horneados del restaurante de enfrente, para parar un taxi, Audrey ya estaba soñando con los ojos abiertos. Visualizó una casa antigua de ladrillo con un jardín grande y un bebé durmiendo en su carrito entre macizos de flores; a Mel y ella en verano bajo una sombrilla, con el zumbido de los insectos, el susurro de la brisa suave entre los árboles... Sí, estaba segura de que iban a tener una vida maravillosa.

En el teatro había un evento extraordinario, de forma que aquella tarde se canceló la función de *Ondina*. Feliz como un niño que se alegra de las tan ansiadas vacaciones, a las dos Audrey estaba puntual delante del hotel de Bryant Park. Ante ella desfilaba gente bien vestida, mujeres elegantes con sombrero a juego con el bolso. Audrey miró el reloj: su cita parecía retrasarse. Disfrutó del calor del sol que le quemaba los brazos, del olor fresco a hierba y flores que había en el aire, de las risas limpias de los niños que jugaban sobre el césped.

Cuando vio a su amigo, que se acercaba a toda prisa por el camino de gravilla vestido con un traje a medida gris, la invadió una ola cálida de alegría. Hacía mucho tiempo que no se veían.

—¡Hubert! —exclamó yendo hacia él, que se detuvo un momento y la miró desconcertado antes de que una sonrisa cubriera su rostro aristocrático.

—¡Audrey!

—¿Es que has vuelto a confundirme con alguien? —bromeó ella.

—No, no. Es que no te reconocía. ¿Cómo iba a verte la cara debajo de esa rueda de coche enorme? —Givenchy le dio un fuerte abrazo y luego se apartó un poco de ella y la observó con cariño. Su vestido de tubo en color crema era del mismo tejido que el sombrero de inmensas dimensiones, que le dejaba el rostro a la sombra.

—Lo sé. Se puede decir que estoy aquí de incógnito. —Audrey miró riendo a su alrededor, como si estuviera buscando a sus perseguidores—. Hoy me gustaría que no me reconociera nadie y así poder pasear tranquilamente. Quiero disfrutar cada minuto contigo, ahora que te tengo para mí sola.

—Oh, vaya... ¿Madame Ganadora de un Oscar ya no puede salir por la puerta de su casa sin que la reconozcan? —dijo él, tomándole el pelo.

—Así es, por desgracia —admitió ella casi pesarosa. De hecho, ahora era reconocida a cada paso por personas totalmente desconocidas, lo que muchas veces le resultaba bastante embarazoso, porque no lograba acostumbrarse a ser el centro de atención. A pesar de todo, disfrutaba de que su estrella brillara tanto en el firmamento del espectáculo de Nueva York.

Givenchy volvió a abrazarla con cariño.

—Adoro tu modestia.

—Ya basta de hablar de mí —dijo Audrey—. ¿Has tenido un buen vuelo? ¿La suite del hotel Carlton es de tu plena satisfacción?

Mientras Givenchy respondía, entraron en el hotel Bryant, donde se iba a celebrar el desfile por el que el diseñador había volado a la ciudad expresamente. La moda era cada vez más internacional, y quería inspirarse en Nueva York. Que además pudiera reunirse con Audrey fue una alegría para los dos. Ella estaba encantada de acompañarlo, le gustaba su forma de ser tranquila y discreta. A pesar de que en Europa era famoso por sus elegantes creaciones, Givenchy seguía manteniendo los pies en la tierra.

Ocuparon sus asientos en el extremo de una fila de sillas y siguieron el desfile con atención. Modelos con faldas lápiz ajustadas o amplias con enaguas o con vestidos de cóctel por la rodilla recorrían la pasarela. La moda era muy femenina y resaltaba la figura de las mujeres. Audrey sonreía para sus adentros cada vez que Givenchy comentaba susurrando los distintos conjuntos. Cuando en la fila de delante dos señoras de cierta edad se volvieron y se quedaron mirándola, ella tiró del borde de su sombrero para taparse más la cara. Quería pasar inadvertida a toda costa, ese día era solo de Hubert y ella.

Tras el desfile tomaron una copa de champán en una de las mesas altas vestidas con damasco de seda blanco, luego huyeron del bullicio y pasearon cogidos del brazo por el parque. Givenchy compró dos conos de helado, y se sentaron con ellos en un banco que estaba a la sombra de los enormes castaños de Indias. La cubierta de hojas verdes se extendía sobre ellos como una gran carpa y proporcionaba un frescor agradable que ayudaba a combatir el calor de junio.

—¿Qué opina el gran maestro del desfile? —preguntó Audrey. Cerró los ojos para escuchar mejor el gorjeo de los pájaros en los árboles mientras saboreaba su helado de frambuesa.

—Ha estado bien. Al estilo americano.

Audrey sonrió.

—Eres un esnob.

—No, no es eso. Tal vez se deba a esas modelos y esas caras tan corrientes. Desde que eres mi musa, *chérie*, para mí eres la medida de todas las cosas en materia de moda y belleza.

—Siempre dices que soy tu musa —dijo ella un poco avergonzada. Todavía estaba poco convencida de sí misma como para tomarlo en serio. A pesar de su éxito en el cine y en Broadway y del Oscar que había obtenido, en los momentos más oscuros aún se sentía como la alumna que había sido rechazada por madame Rambert—. Tienes otras muchas clientas famosas que están perfectas con tus trajes... Grace Kelly, Greta Garbo, Marlene Dietrich...

Givenchy tragó el último resto de barquillo y se quedó mirando la penumbra suave del baldaquino de hojas con gesto cariñoso.

—Es cierto. Pero la perfección resulta aburrida a la larga. Por eso precisamente tú eres y seguirás siendo mi musa.

—Gracias, significa mucho para mí —le dijo ella emocionada, y apoyó la cabeza en su hombro. Estuvieron un rato escuchando el susurro de las hojas y el chapoteo de una fuente cercana—. ¿Puede hacerte tu musa un encargo?

—¿Un traje de noche? Naturalmente. Por cierto, tengo en la habitación del hotel una maleta extra llena de vestidos del atelier solo para ti, *chérie*. Si me acompañas luego hasta el hotel, puedes probártelos todos.

—Suena muy bien, luego lo vemos. Pero en el caso de mi encargo se trata de otra cosa... —Hizo una pausa, lo miró a los ojos, emocionada por la noticia que iba a compartir con él, y luego dijo en voz baja—: ¿Me harías el honor de diseñar mi vestido de novia?

Givenchy se quedó un instante mirándola fijamente; luego la abrazó y la besó en las mejillas con tal ímpetu que se le cayó el sombrero. Audrey lo recogió entre risas.

—¡Naturalmente! ¡No tienes ni que preguntármelo! ¡Será un honor para mí! ¿Mel ha conseguido por fin conquistar tu corazón?

Audrey asintió feliz, y se sintió muy cerca de Mel, como si estuviera sentado con ellos en el banco.

—Sí. En los últimos meses nos hemos unido mucho.

—Entonces vamos a ir apuntando ideas. —Givenchy cruzó las piernas, se apoyó en el respaldo del banco y se llevó el dedo índice a los labios con gesto pensativo—. ¿Cómo quieres que sea tu vestido de novia?

—Tengo ya varias ideas que puedo decirte con detalle. Que llegue hasta media pierna, la parte del cuerpo entallada, la falda con vuelo. Las mangas farol, como hasta el codo. No quiero velo ni nada así, mejor una corona de flores. Sencillo pero elegante.

—Tomo nota —dijo él sonriendo—. Bien, sabes exactamente lo que quieres.

—Claro que lo sé. Desde que Mel me pidió que me casara con él no me dedico a otra cosa. He hecho listas larguísimas. Por cierto, tú estás entre los primeros de mi lista de invitados, mi querido Hubert.

—Gracias, *chérie*. Iré a tu boda, por supuesto, no importa donde se celebre el gran acontecimiento.

Audrey suspiró.

—Sí, ese es un pequeño problema. De momento no tenemos casa. Llevamos meses viviendo en un hotel, y ya estoy un poco cansada de eso. Me gustaría tener por fin un hogar que nos perteneciera a los dos, un sitio donde refugiarnos. Donde sentarme al sol en el jardín sin que nadie me vea. Donde ir por las tardes descalza por el césped para regar las rosas. Donde criar a mis hijos. —Se perdió durante un instante en sus pensamientos; juntos iban a tener una vida de ensueño. El rostro de Mel que tanto amaba surgió ante ella, y supo que iban a ser muy felices.

—Puedo ofrecerte una de nuestras residencias familiares en Francia —bromeó Givenchy.

—Suena bien. —Audrey sonrió—. Lo recordaré en caso de emergencia. De todos modos, para la ceremonia no necesitamos nada muy grande. Quiero celebrar una boda pequeña y privada, invitar solo a las personas que realmente me importan. Mi madre y mis hermanos con sus respectivas familias, tú, Gregory y su familia, Connie y Jerry, la familia de Mel, William Wyler...

Se quedó callada mirando la capa tupida de hojas sobre sus cabezas... «Y mi padre», estuvo a punto de decir de forma involuntaria, aunque en el último momento no pronunció su nombre. Para la gran mayoría de la gente lo más natural del mundo sería invitarlo a su boda. Le dolía volver a ser consciente de lo dividida que estaba su familia. Hacía ya dos décadas que su padre se había marchado y desde entonces no había vuelto a dar señales de vida, lo que tanto para ella como para su madre había supuesto un duro golpe que no habían superado.

—¿Alguna idea de dónde podría estar tu padre? —preguntó Givenchy en voz baja. Era de las pocas personas que conocían esa historia. Él también había crecido sin un padre, lo había perdido muy pronto. Aunque tenía la certeza de que había muerto por la gripe y que no lo había abandonado de forma intencionada.

—Ninguna. A veces pienso en buscarlo —murmuró Audrey—. En la guerra desapareció tanta gente que buscar a un familiar no es nada fuera de lo común. Hay sitios especializados en eso.

—Si eso te hiciera sentir mejor, deberías pensar en hacerlo realmente.

—Hum. —Audrey sabía en su interior que todavía no había llegado tan lejos. Encontrar a su padre supondría enfrentarse a su pasado, a los motivos que lo llevaron a abandonarla, lo cual sería bastante doloroso. No estaba segura de poder soportarlo. De momento quería disfrutar al máximo de su felicidad con Mel y olvidar la sombra de su padre ausente.

Tuvo una repentina necesidad de cambiar de tema.

—Da igual. Dentro de poco Mel y yo vamos a mandar imprimir las invitaciones de la boda, recibirás la tuya. De forma oficial.

—*Fabuleux*. Y ahora te invito a comer en mi hotel. Tenemos que celebrar que te vas a casar.

Mel y Audrey tuvieron las pocas semanas que quedaban hasta la última representación de *Ondina* para pensar dónde podrían celebrar su boda y dónde iban a instalarse después. Él, que no perdía de vista la carrera de ella, propuso sitios como Nueva York o Los Ángeles, pero Audrey era demasiado europea como para sentirse bien en América durante mucho tiempo.

Como en julio se hizo una pausa de varios días en las funciones de *Ondina* (debido al calor apenas quedaban neoyorquinos en la ciudad), aceptaron la invitación de Connie y Jerry a visitarlos en su casa de verano en Long Island. Audrey disfrutó de la compañía despreocupada de su amiga y de las largas tardes que pasaron juntas en el viejo porche de su casa, balanceándose suavemente cada una en su mecedora con un gintonic en la mano. Mel estaba casi siempre ocupado en algo él solo. No congeniaba demasiado bien con los Wald y además conocía los reparos de Connie a su boda con Audrey. Todos parecían haber llegado al acuerdo tácito de mantener una especie de convivencia cortés. A Audrey esto la entristecía, pero estaba tan feliz de poder hablar durante horas con su amiga que decidió no tratar de cambiar las cosas.

El sol se estaba poniendo entre ardientes tonos púrpura, y el mundo pareció enmudecer por un momento, descansando brevemente antes de que empezaran las fiestas habituales de los famosos.

—Pareces muy cansada —dijo Connie mirando las nubes de color lila.

—Mel y yo hemos estado horas nadando.

—No, no me refiero a eso. Pareces agotada en general. ¿Te exige demasiado?

Audrey soltó una risa apagada.

—¿Qué me podría exigir? Estamos preparando nuestra boda. Y la obra de teatro me deja hecha polvo. Estos días con vosotros me están sentando muy bien, Connie. Podría vivir siempre así. Cuidando una casa, disfrutando de la naturaleza, teniendo hijos...

—¿Y eso le gustaría a Mel?

—Sé que él no te gusta, Connie, pero, por favor, déjame ser feliz. —Audrey miró a su amiga con gesto suplicante, pero la cara de esta se difuminaba ya en la luz crepuscular. Esperaba que compartiera con ella su felicidad de forma incondicional y que aceptara a Mel tal como era. Nadie era perfecto, y él era una persona con sus más y sus menos, razón por la que lo quería aún más.

—Te deseo toda la felicidad del mundo —replicó Connie con voz suave—. ¡Pero Mel habla todo el tiempo de los papeles que vas a interpretar o de las películas que vais a rodar juntos, y tú hablas de vivir en el campo y de tener hijos!

—No temas, estamos de acuerdo en cómo debe ser nuestra vida —alegó Audrey en voz baja—. Hemos hablado mucho sobre ello. Jamás me casaría con un hombre que no quisiera formar una familia. Tengo veinticinco años y me siento preparada para tener un hijo. Lo querría por encima de todo. Para mí no hay nada más importante que ser una buena madre. Provengo de una familia rota y necesito que en la que yo forme salga todo bien. Como si de ese modo pudiera enderezar mi propio pasado. Sé que suena descabellado, Connie, pero...

—No. —Giró el vaso entre las manos y dejó pasar un tiempo antes de responder—. No, no suena descabellado. Te entiendo, Audrey, de verdad. Te deseo que todo te salga tal como imaginas.

A la mañana siguiente Audrey y Mel se fueron solos a Fire Island. Llevaban una cesta de pícnic y una manta, y encontraron un trozo de playa casi sin gente. Con sus pantaloncitos cortos ajustados, una camiseta fina y un sombrero de paja para protegerse del sol abrasador, Audrey corrió descalza hasta el agua, que le bañó los pies con calidez, casi con delicadeza. Mar adentro se mecían sobre el agua un par de barcas pintadas de colores, y se respiraba tal paz y tranquilidad que le pareció como si más allá de esa playa no existiera otra vida, ni grandes ciudades, ni agendas llenas de citas, ni directores y espectadores a los que satisfacer...

Pensativa, volvió por la arena abrasante junto a Mel, que estaba sentado encima de la manta con los pantalones remangados y leyendo el periódico.

—Ya lo he decidido —soltó casi sin aliento—. Nueva York y Los Ángeles quedan descartados. Y Londres también. ¿No podemos comprarnos una casa aquí? ¿Una casita pequeña, con un porche de madera, como la de Connie y Jerry?

Mel dejó el periódico a un lado y sonrió.

—Siempre dices que quieres tener una esfera privada. Y aquí, donde los ricos pasan sus vacaciones y todas las noches se celebran fiestas, en las que, por cierto, todos te querrían tener como invitada de honor, eso sería impensable. Absolutamente imposible, querida.

—Tienes razón —murmuró ella decepcionada; apoyó la barbilla en las rodillas dobladas y contempló las olas que rompían suavemente antes de retroceder—. ¿Y dónde podría haber un sitio para nosotros?

Mel se aproximó a ella y le pasó el brazo por los hombros.

—Antes se me ha ocurrido una idea grandiosa. Suiza.

—¿Suiza? ¿Con las vacas en las praderas alpinas? —Se quedó mirándolo atónita.

Él se rio.

—Como ya sabes, después de *Ondina* iré a Italia a rodar una película. El sitio del rodaje no está lejos de la frontera suiza. Tiene todo lo que tú buscas, cariño mío. Tranquilidad, sitios aislados, naturaleza. Por allí no suelen perderse los reporteros de la prensa amarilla, y creo que podrás estar sin problema en bikini en el jardín, eso allí no le interesa a nadie. Y no hay nada más europeo que Suiza.

—Hum. —Audrey seguía con la mirada perdida en el mar. El sol de mediodía estaba muy alto en el cielo y hacía brillar el agua con tal fuerza que la deslumbraba. Se puso sus grandes gafas de sol. Le gustaba la propuesta de Mel. Suiza. Admitía que su corazón seguía añorando Holanda. Suiza se parecía a su país natal, pequeño, tranquilo, pero en el corazón de Europa. No quería criar a sus hijos en el glamour y el brillo de Hollywood ni en una gran ciudad como Nueva York, que nunca descansaba—. Suiza, entonces. Creo que me gustará.

—Genial. —Mel se inclinó sobre ella con cariño, y se besaron largo y tendido.

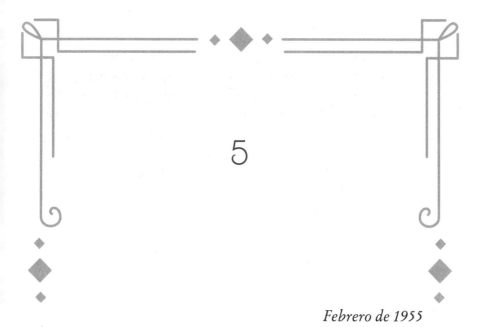

5

Febrero de 1955

Audrey estaba en la cama sobre unos cojines mullidos y contemplaba por la ventana con melancolía el jardín asilvestrado con sus viejos árboles de sombra. Los rosales trepaban por la casa, alargando sus aterciopeladas cabezas casi hasta dentro del dormitorio. Vivían allí desde que en septiembre celebraran su boda en la pequeña capilla del pueblo suizo de Bürgenstock. Habían encontrado en un golpe de suerte Villa Bethania, como habían llamado a la casa de ladrillo de tres pisos sus constructores, y ambos se enamoraron de la mansión al momento. Se encontraba en un extremo del pueblo, algo apartada, y estaba separada de la casa vecina por un seto tupido. De día el azul del lago de los Cuatro Cantones brillaba como un zafiro.

La mirada de Audrey se posó en la foto de boda que tenía sobre la mesilla. Mel y ella habían sido una pareja de novios feliz y maravillosa, y la fiesta había durado hasta altas horas de la noche. Habían asistido todas sus personas queridas; junto con su madre, sus hermanos y la familia de Mel habían estado también Givenchy, que le había confeccionado un delicado traje de organdí, Connie y Jerry, William Wyler y Gregory Peck.

Audrey se giró hacia el otro lado para no seguir viendo la foto. Le dolía recordar los tiempos felices, parecían haber quedado muy lejos. De vez en cuando sufría episodios de tristeza y dolor, pero sus ojos se mantenían secos. Era como si ya hubiera llorado todas las lágrimas, ya casi no le quedaban.

De la cocina llegó hasta su habitación el olor apetecible de un pastel recién horneado, aunque eso le hizo sentir más bien cierto malestar. Hacía mucho que había perdido el apetito. Probablemente Ella trataba de sacarla de su depresión con una tarta de frutas. Se llevó las manos a la boca para contener un lamento. Su madre le preparaba pasteles y tartas en vano. Nadie podía ayudarla, eran incapaces de reavivarla.

En los primeros momentos de su matrimonio había disfrutado de su vida con Mel en Villa Bethania. Le había gustado mimarlo con comidas que ella misma preparaba, sentarse con él en el jardín al atardecer y luego irse a la cama de callado acuerdo. Sus momentos íntimos tenían un carácter casi solemne. Audrey disfrutaba del amor de su marido, pero además tenía la esperanza de quedarse embarazada.

—¿Audrey? —gritó Ella desde abajo—. He hecho una tarta. ¿Bajas con nosotros?

—No —murmuró con voz apagada, sabiendo muy bien que su madre no iba a oírla. No tenía fuerzas para hablar más fuerte.

En realidad, su deseo ardiente de quedarse embarazada se había cumplido pocos meses después de la boda. Audrey sintió que flotaba de felicidad. Sus éxitos en el cine, el Oscar y el Globo de Oro la habían hecho muy feliz, pero saber que llevaba un hijo en su vientre y que iba a ser madre dejó en la sombra todos los triunfos anteriores. Después de que el médico le confirmara que realmente estaba embarazada, se pasó noches sin dormir por si se despertaba y comprobaba que todo había sido un sueño. Su vida parecía de pronto distinta, más excitante, sus sentidos más agudos. Percibía con más intensidad el olor de las rosas, el sabor dulce y azucarado del chocolate caliente que Mel le preparaba todas las tardes, el murmullo susurrante de las hojas en el jardín.

Hasta que una noche fue al cuarto de baño con calambres en el abdomen y en unos segundos todo se llenó de sangre.

—¡Audrey! —repitió su madre desde abajo—. ¿Té o café?

Pero esta vez ni siquiera oyó la voz de Ella. Se hizo un ovillo dentro de la cama, creyó ahogarse de pena, y trató de sobrevivir como en aquellos espantosos días después del aborto. Mel había estado a su lado y había intentado consolarla, pero no existía alivio para ella.

Cada vez se hundía más en la depresión. Sin saber qué hacer, su marido hizo venir a Ella, pero sus bienintencionados consejos no llegaron hasta la profunda cueva en la que estaba atrapada Audrey.

De pronto se abrió la puerta y apareció su madre.

—¿Es que no me has oído? Te he llamado, la tarta está lista. Baja con nosotros, por favor.

—No puedo —susurró Audrey desesperada. Para controlar el temblor de las manos, sacó un cigarrillo del paquete que tenía sobre la mesilla y lo encendió.

Ella apartó el humo agitando la mano bruscamente y la miró un momento en silencio antes de sacar un vestido del armario.

—Volverás a quedarte embarazada. Seguro. Y ahora vístete. No me gusta ver cómo te abandonas. No puedes pasarte el resto de tu vida en bata. Además, tiene manchas de chocolate. ¿Qué va a pensar el servicio?

—Me da igual —gruñó Audrey, y se envolvió con más fuerza en la bata. ¿Qué le importaba lo que pensaran el ama de llaves y los jardineros?

—Haz un esfuerzo. Entiendo lo difícil que es perder a un hijo, pero los dos sois jóvenes todavía y podréis tener muchos niños. Sin embargo, no lo vas a conseguir si sigues ahí tirada con ese aspecto, fumando y comiendo chocolate a todas horas.

—No tengo fuerzas —susurró ella, y hundió la cabeza en la almohada—. Estaba tan contenta..., estoy segura de que era una niña.

Connie, que llegó poco después de que Ella se marchara, optó por un tono más suave, aunque en el fondo le dijo lo mismo.

—¡Dios mío, Audrey, pareces un fantasma! Y eso que no tienes motivos para perder la esperanza. ¿Sabes cuántas mujeres han sufrido un aborto y luego han tenido varios hijos?

—Yo quería a ese niño —murmuró melancólica—. Habría sido mi primer hijo, algo muy especial. —Se tapó la cara con las manos y se balanceó de un lado a otro. Su amiga la abrazó, pero eso tampoco le sirvió de ayuda. Se sentía infinitamente perdida, y nadie entendía la dimensión de su tristeza.

Después de tres semanas, Connie también se marchó, y Audrey se quedó sola en Villa Bethania.

En mayo cumplió veintiséis años, y, aunque Mel la sorprendió con una cena en un restaurante de lujo de Lucerna, no lograba salir de su estado de melancolía. Llegó el verano, que, con su calor suave y seco, resultó sorprendentemente agradable, a diferencia del calor húmedo de Nueva York o el verano templado y lluvioso de Londres. Poco a poco, como una mariposa que va saliendo del capullo, fue pasando cada vez más tiempo en el jardín; volvió a disfrutar del silencio solo interrumpido por el gorjeo de los pájaros o los juegos de los hijos de los vecinos. Seguía pesándole el dolor por la criatura perdida, pero fue aceptando que de algún modo debería vivir con ello. La tristeza no desaparecería nunca, pero al menos Audrey ya estaba dispuesta a volver a pensar en un embarazo.

Una tormenta de verano había rugido durante horas en el cielo; se oyeron truenos fuertes y una luz brillante cruzó por encima del lago de los Cuatro Cantones como un tridente, y luego se desencadenó un aguacero intenso. Ahora que todo había pasado, el pueblo parecía como recién lavado, limpio, todavía mojado, oliendo a flores. Audrey salió al jardín en chanclas a cortar unas rosas que quería repartir en jarrones por toda la casa. Mel había estado unas semanas rodando en América y regresaba esa tarde. Para ella habían sido unos días tranquilos, solitarios, pero se alegraba de volver a verlo. La cama del dormitorio estaba preparada con unas sábanas de seda nuevas, en el horno había pollo en salsa de naranja, que a Mel le encantaba, y en el bar, una botella de vino tinto de la región vinícola de Suiza que a él más le gustaba.

Cuando el taxi se detuvo corrió tan deprisa por el camino de gravilla todavía mojado que perdió las chanclas. Se lanzó sobre él, haciéndolo tambalearse con las maletas. Riendo, las dejó en el suelo.

—Veo que ya estás mejor.

—En realidad no —dijo Audrey sin pensárselo dos veces, lo que hizo reír a Mel de nuevo—. Pero como ahora vas a estar dos semanas en casa he pensado que podíamos... que podíamos aprovechar el tiempo, ya sabes.

—Quieres decir que podemos volver a poner en marcha la producción.

—No seas tan vulgar. ¿Tienes hambre? Te he preparado algo. Aunque tal vez eso pueda esperar un poco.

Él suspiró con un nerviosismo fingido y metió el equipaje en la casa. Audrey lo siguió hasta el dormitorio y lo ayudó a deshacer las maletas antes de abrazarlo. Luego él la condujo hasta la cama y la dejó caer suavemente sobre los cojines. Tras la larga ausencia, la acarició y la besó como un hambriento, y después se perdieron el uno en el otro. El ocaso cayó como un telón tras la ventana abierta, y el olor embriagador de las rosas que trepaban por la fachada entró suavemente en la habitación.

Cuando por fin quedaron los dos tumbados y exhaustos uno junto al otro, Audrey estiró ambas piernas en el aire y se quedó así un rato.

—¿Qué haces? —preguntó Mel divertido—. ¿Ejercicios de ballet en la cama?

—He leído que esto ayuda a quedarse embarazada. Es lógico, si lo piensas bien —respondió.

—Ajá. ¿Y cuánto tiempo tienes que estar así?

—El mayor tiempo posible, claro.

Él reprimió una sonrisa.

—Está bien. Mientras tú estás ahí tumbada podemos aprovechar el tiempo para otra cosa. Te he traído algo. —Se puso de pie y sacó un paquete de una maleta a medio vaciar—. He estado con Kurt Frings en Nueva York. Me ha dado esto para ti.

—Guiones —suspiró Audrey. De momento no tenía ningunas ganas de pasarse días dedicada por entero a todos esos papeles—. ¿Cuántos? Parece que hay doce por lo menos.

—Siete u ocho —dijo Mel sentándose junto a ella, que cruzó las piernas desnudas en el aire y se puso los guiones en el regazo.

—Pero, querido, habíamos acordado que me iba a tomar un descanso —protestó Audrey con desánimo. ¿Acaso había olvidado lo que había dicho el médico? ¿Que el estrés continuo que sufría durante los rodajes no beneficiaba en nada a su fertilidad?—. De momento lo más importante es nuestra... familia.

Él se mostró molesto. La miró como si fuera la primera vez que oía algo así.

—Es posible, cariño, aunque creo que te vendría bien empezar a trabajar... para que pienses en otras cosas.

—Pero los rodajes resultan agotadores, ya lo sabes. ¿Cómo voy a quedarme embarazada si me paso semanas, meses, metida de la mañana a la noche en un set de rodaje?

—Te entiendo, sí —admitió Mel algo ausente mientras echaba una ojeada al primero de los guiones—. ¡Pero no puedes jubilarte a los veintiséis años! Sería absurdo.

Audrey se sintió incomprendida y un poco dolida. Bajó las piernas de golpe y se sentó junto a su marido.

—¿Es que ya han llegado mis espermatozoides hasta el fondo? —bromeó él.

—Nadie ha dicho que me quiera jubilar ya —protestó ella, ignorando su broma—. Claro que quiero volver a hacer películas, solo que... no justo ahora. Podría quedarme embarazada antes de que te vayas a tu próximo rodaje.

—Ya solo oigo la palabra «embarazada». —Audrey notó que Mel trataba de ocultar cierto nerviosismo. Eso la molestó aún más, ya que el deseo de formar una familia no había surgido solo de ella, sino también de él—. ¡Estás en lo más alto de tu carrera! No puedes tirarlo todo por la borda. ¡Debes seguir cosechando un éxito tras otro! Es lo que el público espera de ti. ¡Eres una estrella, Audrey!

Audrey contempló por la ventana la oscuridad incipiente y escuchó por un momento los grillos que cantaban entre la hierba. Consideraba que él era incomprensivo e injusto. ¿Desde cuándo tenía que orientar su vida según los deseos del público? ¿Acaso no era más importante su felicidad personal?

—Además... —Mel adoptó un tono más conciliador y le tendió un par de guiones—. Además, el alquiler de esta villa cuesta un dineral. Y todos los meses le pasas a tu madre una cantidad nada despreciable. Solo por motivos financieros ya sería bueno que volvieras a rodar una película.

—Lo pensaré —murmuró Audrey. Le devolvió los guiones y se tumbó dándole la espalda.

—Confía en mí. Sé lo que es bueno para ti. —Dejó el montón de guiones sobre la mesilla con decisión—. Y ahora sí que tengo hambre. ¿Vienes conmigo a la cocina?

Ella se volvió, lo miró a los ojos, vio la súplica en ellos y notó que algo se ablandaba en su interior. Se amaban y debían superar sus divergencias.

—Sí, voy contigo.

Mel sonrió, la cogió de la mano y la ayudó a salir de la cama.

Finalmente, Audrey se amoldó a los deseos de Mel. Aceptó oferta tras oferta, y los momentos en los que podía regresar a su refugio, a Villa Bethania, fueron cada vez más escasos. Rodó con Mel *Guerra y paz*. Como en *Ondina*, aquí también surgieron problemas, porque él seguía de mala gana las indicaciones del director. Luego se separaron por un tiempo porque ella iba a volar sola a Los Ángeles, donde rodó *Una cara con ángel* con Fred Astaire. El hecho de tener que bailar en la película y poder aprovechar así su formación como bailarina la ayudó un poco a superar el dolor de la separación y la nostalgia que sentía por Villa Bethania. El rodaje de las escenas exteriores los obligó, a ella y a todo el equipo, a volar a París, donde Audrey pasó unas horas en compañía de Givenchy. Por lo demás, la estancia en la capital francesa no resultó demasiado agradable, ya que llovía a cántaros y las escenas de baile se rodaron sobre hierba mojada.

Tras el rodaje de *Ariane*, donde trabajó con Gary Cooper, volvió a casa por Navidad.

Todas sus películas supusieron un gran éxito, y recibió el elogio unánime de la crítica: su estrella brillaba con fuerza. Naturalmente, todo esto la llenaba de orgullo, pero ahora su felicidad no era tan plena como al comienzo de su carrera, pues su mayor deseo seguía siendo de carácter estrictamente personal.

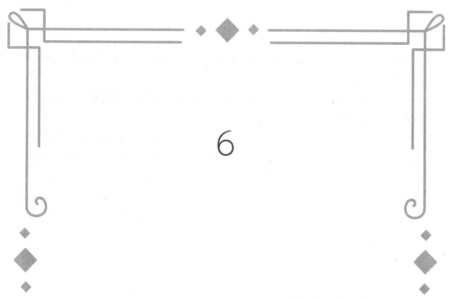

6

Hacía ya tres días que había vuelto a casa, pero seguía sintiéndose tan agotada que hasta le faltaban fuerzas para afrontar la vida diaria. Por las mañanas se quedaba hasta tarde en la cama a pesar de que no podía seguir durmiendo. Su mirada recayó sobre su maleta, que después de tres días seguía delante del armario sin abrir. Había intentado vaciarla un par de veces, pero no había conseguido hacerlo. Finalmente fue el ama de llaves quien, sin decir nada, se encargó de ello. Audrey también parecía demasiado cansada como para ocuparse de la decoración navideña; fue Mel el que consiguió y adornó un pequeño árbol en el último minuto.

—Gracias, cariño —murmuró ella desde el sofá donde estaba sentada observándolo colgar campanitas doradas en las ramas.

Mel sonrió.

—Sin problema, querida. Tú descansa un poco, enseguida volverás a ser la de antes.

Su madre y sus hermanos llegaron la víspera de Nochebuena para quedarse durante las fiestas, y a lo largo de esos días Audrey no vio a nadie más aparte de ellos. Estaba demasiado cansada, sencillamente. Todavía no estaba embarazada.

Ella se sorprendió al ver a su hija.

—No tienes buen aspecto. Nada bueno —dijo con insistencia cuando, tras su llegada, se sentaron a tomar una taza de té junto al pequeño abeto de Navidad—. ¿Cuántas películas has rodado en los últimos tiempos? ¿Casi sin descanso entre una y otra? Eso deja sin fuerzas a cualquiera. Es absolutamente necesario que bajes el ritmo.

Audrey iba a decir que eso era lo que tenía previsto, pero Mel se la adelantó.

—¡Pero hay que reconocer que todas las películas han tenido un gran éxito! ¡Un récord de taquilla tras otro!

Ella apretó los labios, y su hija se quedó mirando el fuego que ardía en la chimenea y calentaba la habitación creando un ambiente agradable. En los últimos tiempos la agobiaba cada vez más que fuera solo su cotización como actriz lo que determinara los sentimientos de Mel. Sabía que era injusto pensar algo así, pero no soportaba que su deseo de tener hijos no fuera tan intenso como el de ella.

—Dos Globos de Oro, un Oscar y un Tony por *Ondina*. Y esos son solo los galardones más famosos que hemos recibido. Los menos importantes ni los menciono.

—¿«Hemos»? —preguntó Ella levantando las cejas. Sabía expresar desaprobación en una sola palabra mejor que nadie.

Mel apretó los dientes.

—Audrey, naturalmente.

—Naturalmente —repitió Ella, y se llevó la taza a los labios—. Por lo que yo sé, tú no has recibido ningún premio, ¿no? Y la prensa tampoco está llena de noticias sobre ti.

—¡Mamá! —siseó Audrey. Se levantó para irse a su habitación. Simplemente no tenía fuerzas para discutir.

Como Audrey tenía una aparición en la televisión en Nueva York, su pequeño descanso finalizó justo después de las fiestas. Volaron vía París, donde, para alegría de Audrey, organizaron una cena con Givenchy. Ella llevaba un pequeño vestido negro, creado por Givenchy, por supuesto, y perlas en las orejas y en el cuello. Hacía tiempo que no se veían, y Audrey estaba muy contenta. El carácter apacible y amable de su amigo le hacía tanto bien que parte de la tensión que sentía a diario como una piedra en el zapato desapareció..., al menos durante la velada. También Mel mostró su mejor lado, estuvo amable y contenido, de modo que pudo hablar tranquilamente con su viejo amigo. Givenchy había reservado una mesa en un restaurante de lujo, y les habían dado una mesa apartada, algo que todos agradecieron.

—No tengo que preguntarte cómo te va —dijo él después de que brindaran con champán—. Los periódicos están llenos de noticias sobre ti, y todas las críticas son excelentes. Tu estrella brilla con más fuerza que nunca.

—Sí, pero esa es solo una cara de la moneda —suspiró Audrey. Notó de reojo la mirada de aviso de Mel y no siguió por ese camino. A él no le gustaba que hablara de las privaciones y los esfuerzos que conllevaba su profesión—. ¿Qué novedades tienes, Hubert? —preguntó por eso sin pensar.

—Tengo una pequeña sorpresa para ti. —Con gesto ceremonioso, Givenchy sacó de su bolsillo una cajita atada con un lazo de raso color crema.

—¿Un regalo? —Lo miró sorprendida—. ¿Para mí?

—Exclusivamente para ti —confirmó él, inclinándose expectante hacia delante. Mel también sintió curiosidad y la animó a abrir el paquete.

Cuando deshizo el lazo y abrió la tapa de la caja apareció un frasco pequeño.

—¿Un perfume? —preguntó algo confusa.

—Un perfume. Una nueva creación mía. Llevaba mucho tiempo queriendo sacar al mercado mi propio perfume, y tú me has inspirado, mi musa.

A Audrey empezaron a arderle las mejillas, le parecía increíble haber inspirado a un diseñador tan famoso en la creación de su propia fragancia.

—Ábrelo. —Mel se había escurrido hasta el borde de la silla y la miraba expectante.

Audrey abrió el frasco con mucho cuidado y olió el perfume: flores, rosas, jazmín, violeta y algo indefinible, tal vez madera y hierba.

—Huele maravilloso —dijo de todo corazón, y se puso unas gotitas en las muñecas—. ¿Cuándo estará en las tiendas?

Givenchy sonrió.

—Nunca, *chérie*. He decidido que este perfume debe ser solo para ti, no lo tendrá ninguna otra mujer en el mundo. Digamos... durante un año. Luego saldrá al mercado.

El rostro de Mel se iluminó de entusiasmo. Audrey esperaba que dijera algo así como «Es muy buena publicidad para ti», pero él evitó cualquier comentario y se limitó a un breve «Grandioso».

—Es un honor increíble —balbuceó sobrecogida, y besó a Givenchy en las mejillas—. Todavía no me lo puedo creer, un perfume solo para mí. ¿Cómo lo vas a llamar?

—L'Interdit —dijo Givenchy—. Lo prohibido. Porque durante un año...

—... estará prohibido para el resto de las mujeres —finalizó Audrey la frase en un susurro. Volvió a cerrar el frasco con cuidado y lo metió en la cajita forrada de terciopelo. Nunca había recibido un regalo tan personal y se sentía como alguien muy especial.

7

Julio de 1958

Audrey disfrutó del privilegio de tener L'Interdit solo para ella. Se ponía el perfume todos los días, aunque no saliera de casa. La fragancia impregnaba sus vestidos y abrigos, y se sintió unida a ella ya de forma inseparable. Durante los rodajes también se ponía unas gotas en el cuello y en las muñecas, incluso cuando interpretó a una pudorosa religiosa en *Historia de una monja*. Ante la insistencia de Mel, aceptó después la oferta de hacer la película *Mansiones verdes*, a pesar de que ella seguía deseando tomarse un largo descanso. Su vida giraba exclusivamente en torno a dos puntos: el trabajo y el deseo desesperado de quedarse embarazada. En los rodajes lo daba todo, trabajaba hasta el agotamiento, era puntual, disciplinada y eficaz como ningún otro actor. Cuando no estaba rodando volaba a toda prisa a casa para estar con Mel. Poco a poco fue creciendo en ella el miedo a no poder tener hijos. ¿Era posible que el hambre que había pasado durante la guerra no hubiera afectado solo a su musculatura, sino también a su fertilidad? Estaba claro que a él no podía deberse, tenía ya hijos. Su ginecólogo la tranquilizó y le aconsejó que llevara una vida más calmada.

Mel y ella empezaron a alejarse cada vez más por este tema. Él veía las cosas de otro modo; antes de casarse con Audrey ya había traído hijos a este mundo. Por eso, para él en ese momento lo prioritario era el éxito profesional. Todas las películas de Audrey suponían un éxito de taquilla, el público la adoraba por su encanto y su elegancia, por su carácter humilde, por el humor callado que expresaba en todas sus interpretaciones. Los críticos la elevaron a lo más alto. Lo daba todo en sus películas, se metía a fondo en todos los papeles, y seguía amando la sensación satisfactoria de fundirse por completo con otra persona, con un personaje de ficción. Mel no se cansaba de buscar junto con Kurt Frings ofertas prometedoras que luego le proponía. A ella algunas no le decían nada, y trataba de dejárselo claro con delicadeza. A pesar de todo, al final aceptaba esos papeles porque confiaba en su buen juicio.

En *Mansiones verdes* él mismo se hizo cargo de la dirección, motivo por el cual Audrey no dudó en participar. El guion le pareció poco interesante. Pero al menos así podrían pasar unas semanas juntos. Se rodó en Hollywood, y alquilaron una casa en Beverly Hills, muy cerca de Connie.

Por la noche llegaban siempre tarde a casa, y Mel solía estar tan cansado que se sentaba con un whisky en la terraza de la casa a escuchar el canto fuerte de los grillos, que daban un auténtico concierto. El cielo no se oscurecía nunca del todo sobre la gran metrópoli, las luces infinitas de la ciudad desprendían una especie de brillo resplandeciente..., como polvo de estrellas.

Audrey estaba en el balcón de su dormitorio con un camisón fino blanco y observaba a Mel abajo, en la terraza. Le gustaría que subiera con ella y la amara. ¿Cuándo se habían convertido en un matrimonio tan acomodado que pasaba las noches separado?

Amargada, se fue al cuarto de baño, se desmaquilló y se peinó. Sus ojos grandes se veían cansados en el espejo. Cuando se sentó en el váter y vio sangre en sus bragas perdió definitivamente el autocontrol. Se apoyó en las frías baldosas, se abrazó a sí misma y luego se apretó los ojos con los puños, entre lágrimas. Había fracasado otra vez. Habían tenido la oportunidad *única* de estar juntos todos los días en el rodaje y tampoco había funcionado. Estaba al final de la veintena y su deseo de quedarse embarazada era más fuerte que nunca. Se le partía el corazón de nostalgia cuando veía madres con carritos de bebé. Tenía tanto amor en su interior..., y la sensación de no poder entregarlo le provocaba un dolor ardiente.

Por suerte esos días veía a Connie con frecuencia. Durante una de las cenas que su amiga organizaba, y en la que también estaba Gregory, Connie le aconsejó que afrontara el asunto con más calma.

—Te estás presionando mucho —le dijo cuando, como solían hacer siempre, después de la cena se sentaron en la mesa de la cocina mientras los hombres se tomaban unos cócteles fuera, en el jardín—. Así no va a funcionar.

—De todas formas, no puede funcionar —murmuró ella con la cabeza apoyada en un brazo—. O Mel y yo estamos separados durante semanas porque rodamos en sitios distintos, o él está demasiado cansado para..., ya sabes.

—Tal vez deberíais tomaros unas buenas vacaciones. O quedaros unas semanas en Villa Bethania, los dos solos —le aconsejó Connie.

Audrey suspiró.

—Como si Mel estuviera dispuesto a relajarse. Apenas llevamos dos o tres días en Bürgenstock y ya está revisando un montón nuevo de guiones. Tiene más contacto con Kurt Frings que yo, y eso que es mi agente, no el suyo.

Pensando en Connie y sus consejos, volvió a la habitación, sacó unas bragas limpias del armario y se tumbó en la cama. No tenía ningún motivo para esperar a Mel. Apagó la luz y escuchó los grillos y el viento suave que movía las hojas de las palmeras.

Esa noche no pudo dormir; a pesar de todo, le fastidió que él entrara en la casa después de medianoche sin molestarse en no hacer ruido. Dio golpes con los vasos en la cocina y luego siguió haciendo ruido en el cuarto de baño antes de meterse en la cama a su lado.

—¿Estás dormida? —preguntó; olía fuertemente a alcohol.

Audrey giró la cabeza hacia el otro lado.

—Es imposible dormir con el escándalo que has armado. Tengo la regla, tampoco ha funcionado esta vez.

—Oh. —Mel se inclinó sobre ella y la abrazó—. Lo siento mucho. Pero no desesperes, en algún momento funcionará, estoy seguro. Tu ginecólogo ha dicho que no tienes ningún motivo para preocuparte. Los dos estamos sanos.

—También ha dicho que no debo viajar por el mundo como una posesa rodando una película tras otra —susurró Audrey—. Después de *Mansiones verdes* haremos una pausa, ¿de acuerdo? Pasemos dos, tres meses solos en Villa Bethania. Podemos cocinar y leer y pasear. Nos sentaría bien.

—Pero, querida —murmuró Mel entre su pelo—, Kurt nos ha mandado el guion del wéstern ese, *Los que no perdonan*. Dijimos que lo aceptarías porque es algo totalmente diferente a lo que has hecho hasta ahora. Tienes que ser polifacética como actriz para seguir estando entre las mejores.

—Yo no he dicho nunca que aceptaría ese papel —protestó ella en voz baja—. ¡El rodaje tendrá lugar en México, en el desierto, y ni siquiera soporto este calor de Hollywood! Por favor, Mel, no quiero aceptar esa oferta. Déjame hacer una pausa. Nos lo podemos permitir. —Para sus adentros pensó que era bastante raro pedirle a su propio marido que le permitiera rechazar una oferta que iba dirigida en exclusiva a ella. Probablemente buscaba demasiado la armonía. En una de sus últimas visitas a Suiza, Ella ya le había reprochado que dependía demasiado de su marido y que para evitar discusiones bailaba siempre al son que él le marcaba.

—No nos lo podemos permitir —la contradijo Mel—. Desde el punto de vista económico, tal vez. Ahora nuestras cuentas están bien gracias a tus muchos éxitos, pero ya sabes que, como actriz, en cuanto dejes de estar en primera línea se olvidarán de ti. ¿O es que piensas que recibirás tantísimas ofertas si te retiras a descansar?

—¡Pero Mel! —Audrey apoyó los codos en el colchón y se incorporó. Él tenía los ojos clavados en ella; eran de un azul claro y calmado incluso en la penumbra—. El éxito no es lo único importante. Tenemos también una vida privada. Somos personas, como los demás.

—¡Tú eres una estrella! —replicó Mel, y le apartó un mechón de la frente—. No lo olvides. No eres la señora Smith que prepara galletas para una asociación benéfica y los domingos sale a pasear con su marido.

Ante su incomprensión, la amargura de Audrey se desbocó. Tiró de la sábana, se envolvió y salió de la cama.

—Ya estoy harta de tu arrogancia, Mel. A veces me parece que soy yo la que tiene que mantenernos a los dos. Tus películas no están nunca entre las que reciben las mejores críticas ni son nominadas para ningún premio, y ni por asomo recibes tantas ofertas como yo. A veces me pregunto...

Guardó silencio y se acercó a la ventana, contempló la noche.

—¿Qué te preguntas a veces? —dijo él con los dientes apretados.

—Nada. —Trató de respirar el aire claro y puro. Estaba a punto de pasarse de la raya y decir cosas de las que luego se iba a arrepentir.

—¿Qué? —repitió Mel con frialdad.

Ella se volvió, sujetando la sábana con ambas manos.

—Si te casaste conmigo para beneficiarte de mi éxito.

El dormitorio quedó en silencio. Audrey se arrepintió de sus palabras nada más pronunciarlas. ¿Por qué no se había callado?

Mel se incorporó muy despacio y colocó bien la colcha.

—¿Y sabes lo que me pregunto yo a veces?

—¿Qué? —dijo ella con los ojos muy abiertos y una mirada temerosa.

—Si te casaste conmigo para tener un padre para tus hijos.

Los ojos de Audrey se inundaron de lágrimas. Sacudió la cabeza con fuerza.

—No, te quiero, Mel. Más que tú a mí.

—Tonterías —bufó él, y apartó la colcha, invitándola a volver a la cama—. Escuchas demasiado a Connie y a tu madre. Y ahora vamos a dormir en vez de seguir con estas discusiones inútiles. En cualquier caso, deberías aceptar el papel en el wéstern. No hay ningún motivo para que no lo hagas.

Audrey se metió de nuevo en la cama, pero cuidando de no acercarse demasiado a él. A la mañana siguiente Mel volvió a despertarla con un beso, que ella le devolvió con el mismo cariño de todos los días. «Al menos siempre nos reconciliamos», pensó aliviada. No habría soportado que la tensión fuera permanente. Creía en su amor y en que juntos iba a superar todas las dificultades.

Poco antes de Navidad Audrey llamó a Connie para desearle unas felices fiestas. Llevaban ya un tiempo en Villa Bethania, pero tras las celebraciones Mel se marcharía a Los Ángeles para un rodaje nuevo.

Estaba en el cuarto de estar, cómodamente sentada en su sillón favorito, tapizado en terciopelo rosa palo, con el teléfono sobre el regazo y una taza humeante de té en la mesita auxiliar. Fuera caían copos de nieve que en silencio cubrían los árboles y arbustos del jardín con gorros blancos.

—Puedes felicitarme, Connie —le anunció a su amiga con el rostro encendido, y retorció nerviosa el cable del teléfono.

—¿Qué...? No... ¿De verdad? ¡No me digas que es verdad! —Supo enseguida de qué hablaba su amiga, y Audrey percibió la alegría incontenible en su voz.

—Sí —dijo de forma apagada—. Es verdad. No hay ninguna duda. Al principio no podía creérmelo, me he hecho falsas esperanzas tantas veces... Pero he ido a ver a mi médico de Lucerna y me ha confirmado que estoy embarazada. —Cerró los ojos durante un instante, seguía sin poder creérselo. Después de tantos años de miedos y temores y de las muchas decepciones sufridas, por fin su ginecólogo le había confirmado que no tenía ningún motivo de preocupación. Tras su madre, Connie fue la primera persona a la que Audrey dio la noticia. Le había costado mucho compartir un secreto tan importante, como si por eso luego fuera menos real.

Emocionada, su amiga carraspeó.

—¿Y... ha comprobado que esté todo bien? Quiero decir, después de todos...

—Después de todos los abortos —dijo ella con toda tranquilidad, y contempló los copos de nieve que danzaban en el exterior—. Sí, ha dicho que todo va como debe ir en esta fase. Todo está en orden.

—¡Qué bien! —Connie parecía aliviada—. Me alegro tanto por ti... Por fin se va a hacer realidad tu sueño. Tienes que estar superfeliz.

—Lo estoy. Esta vez va todo bien, lo noto. Mi cuerpo me dice que el pequeño ser que está dentro de mí está bien. —Audrey se llevó la mano al vientre. Aunque el bebé todavía era diminuto, apenas del tamaño de la uña del pulgar, se sentía ya muy unida a él.

—Ahora tienes que cuidarte mucho. Ya sabes, comer bien, tomar vitaminas, estar mucho al aire libre...

Audrey sonrió ante la preocupación de Connie.

—¡Claro que lo haré!

—Espero que pudieras romper sin problema el contrato de ese wéstern, el peliculón ese en el que Mel tanto insistía —dijo la otra con una evidente interrogación en su voz.

Audrey sintió cierto desánimo.

—No he roto el contrato —dijo algo avergonzada. Tenía claro que, al oírlo, Connie iba a explotar.

—¿No has rechazado la película? —gritó su amiga en un tono tan estridente que se apartó el auricular de la oreja de forma automática—. ¿Es que te has vuelto loca?

Sintió que debía justificarse, sobre todo cuando ella misma no apoyaba al cien por cien la decisión. Había firmado el contrato de la película antes de quedarse embarazada, y tenía la sensación de que, si lo rompía, dejaría a todo el equipo de rodaje tirado. Sabía que, en su estado, no era lo más conveniente para ella tener que pasarse meses en el desierto caluroso y seco de México. Pero eso no se lo mencionó a su amiga

—Voy a hacer solo esta película, Connie, y se acabó. Luego disfrutaré con calma de mi embarazo y me prepararé para cuidar al bebé.

—¡Debes tomarte el embarazo con tranquilidad ya, no dentro de unos meses! ¡No te entiendo! ¡Has tenido varios abortos y ahora por fin estás embarazada! ¿Y a pesar de todo te vas a México, te expones a un calor infernal y te dedicas a dar vueltas montada a caballo para rodar un wéstern? ¿Es esa película tan importante como para poner en riesgo tu salud y tu felicidad?

Las palabras de Connie cayeron como un jarro de fría sobre Audrey, que encogió los hombros de forma involuntaria.

—La acepté en su momento, y ya sabes que todos confían en mi fiabilidad. No puedo dar marcha atrás y dejar a todo el equipo colgado.

—¡Dios mío, escucha bien lo que estás diciendo! —gritó la otra—. ¡Como si le debieras algo a alguien! ¡En todo caso se lo deberías a tu hijo! ¡A nadie más!

Las dos guardaron silencio. Connie trató de respirar hondo, y Audrey, sintiéndose culpable, apretó con fuerza el auricular. Sabía que su amiga tenía razón, naturalmente. Pero lo que ella decía también era cierto, su conciencia no le permitía dar marcha atrás en un compromiso ya acordado. Además, también estaba Mel, que tenía mucho interés en que ella rodara esa película. *Los que no perdonan* era un género nuevo para ella, una experiencia totalmente novedosa que podía darle otro impulso a su carrera.

—Solo esta película —dijo finalmente con voz apagada—. Trataré de hacerlo todo lo mejor posible, luego se acabó el cine por ahora, te lo prometo.

Connie resopló.

—De acuerdo. Dime, ¿está tu maridito detrás de todo este asunto? ¿Te obliga a rodar esta película?

—¡Qué dices! —Audrey soltó una risa que sonó amarga—. No, no me obliga a nada. Reconozco que él quiere que me líe la manta a la cabeza antes de tomarme un tiempo de descanso. Que cumpla con todas mis obligaciones. Yo también lo prefiero así. Será por la educación estricta que he recibido.

—No te creo una sola palabra —dijo Connie—. Espero que superes esta situación con la misma facilidad con que te engañas a ti misma.

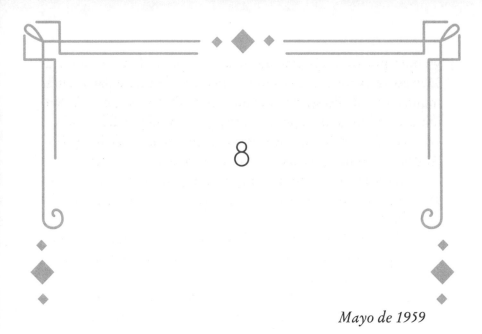

8

Mayo de 1959

Tuvo que hacer un esfuerzo casi insuperable simplemente para abrir los ojos. La cortina blanca de la ventana se hinchaba con la brisa primaveral y dejaba entrar el olor de los tulipanes, que estaban en plena floración en el jardín de Villa Bethania. En su dormitorio también había jarrones con flores en cada rincón; Connie, Gregory, Givenchy, Kurt..., todos le habían enviado grandes ramos de flores con una tarjeta deseándole una pronta recuperación. Audrey no había leído ni una sola de las tarjetas, sencillamente no podía. Estaba tumbada en la cama, inmóvil, tapada con la sábana hasta la barbilla. Cuando fue consciente de que tenía la mano sobre el vientre, allí donde antes tenía ese abultamiento suave que solo ella notaba, se apresuró a retirarla como si le quemara. Su útero estaba vacío, el corazón de su bebé había dejado de latir. Cuatro semanas antes había ingresado horrorizada en el hospital de Lucerna, donde había sufrido otro aborto. Como esta vez el embarazo estaba más avanzado que en ocasiones anteriores, tuvo que dar a luz al niño muerto, un trauma del que no se recuperaría en toda su vida. Durante las pocas horas que conseguía dormir por la noche no cesaban las pesadillas en las que veía a la criatura pequeña y pálida y mucha sangre.

Se quedó mirando la sábana sin verla. Se sentía vacía por dentro, su interior estaba hueco de dolor. ¿Cuánta pena podía soportar un ser humano antes de volverse loco?

Las voces de Mel y su madre llegaban desde el jardín. Él había llamado a Ella para que fuera inmediatamente, para que lo ayudara a ocuparse de Audrey. Aquella había dejado meridianamente claro a quién hacía responsable de la tragedia, y Audrey oyó que en el jardín la conversación giraba de nuevo en torno al mismo tema.

—Sigo sin entenderlo —soltó Ella—. ¿Cómo pudiste dejar que volara a México para ese rodaje? ¿Cómo es posible?

—Ella también quería hacer esa película —murmuró Mel abatido—. Dijimos que sería la última, el embarazo sería luego lo más importante.

—¡No se puede ser más idiota! —siseó Ella—. Tú ya tienes hijos de tu primera o segunda o tercera mujer, lo sé, Mel. ¡Por eso mismo deberías saber muy bien que durante un embarazo no se monta a caballo! ¡Se ha pasado meses subida a uno para hacer ese estúpido wéstern! ¡Ninguno de los dos pensó en lo descerebrado e irresponsable que eso era!

Mel gruñó algo que Audrey no entendió. Tampoco le importaba. Ya no le interesaba nada, solo quería estar allí tumbada y cerrar los ojos y no moverse. Ni siquiera tenía fuerzas para ir al cuarto de baño.

—Ya había tenido varios abortos, y ha tardado mucho en quedarse otra vez embarazada —prosiguió Ella—. En vez de hacer todo lo humanamente posible para que esta vez las cosas salieran bien, habéis corrido ese riesgo. Y en realidad se puede decir que ha sido una suerte que al caerse del caballo Audrey solo... —dijo, resaltando la última palabra con un tono irónico— ... solo haya perdido el niño. Podría haberse quedado parapléjica. Es una bendición que al menos las vértebras rotas estén ya medio curadas.

—¿Crees que yo no me hago reproches a mí mismo? —La voz de Mel sonaba quebrada. Audrey se sentía extrañamente distante, al margen, como si no se tratara de ella, sino de una persona desconocida de la que se hablaba en la radio o la televisión—. Pero ¿qué puedo hacer?

—Ve con ella y cuídala —dijo Ella agotada—. Por desgracia, no puedes hacer nada más.

Unos minutos después oyó que la puerta de su dormitorio se abría con cuidado. Apretó los ojos y se hizo la dormida, pero Mel no se dejó engañar. Abrió un poco la cortina para que entrara la luz suave del sol y se sentó en el borde de la cama.

—¿Querida? —susurró, y le cogió la mano—. ¿Por qué no has comido nada? —Poso la mirada en la bandeja que había sobre la mesilla, que estaba sin tocar.

Audrey murmuró algo ininteligible y retiró la mano para girarse hacia el otro lado.

Por una parte, le dolía aislarse así de él, porque en ese momento, para sobrevivir, necesitaba su amor tanto como el aire para respirar; por otra, estaba tan centrada en su dolor que quería estar sola.

—Tienes que comer algo. Estás muy delgada. —Audrey notó la preocupación en su voz, pero no llegó hasta su corazón. Era como si tuviera la cabeza debajo del agua.

Mel no se rindió. Cogió la taza de té de la bandeja y se la sujetó delante de los labios, pero ella volvió la cabeza.

—Déjame —logró decir con voz apenas audible—. Por favor, Mel. No puedo.

—No puedes seguir así —gimió calladamente, y escondió la cara entre las manos—. Llevas semanas aquí tumbada. Esto tiene que acabar. Has renunciado a ti misma. Sé que hace falta tiempo, pero ¿por qué no quieres curarte? Podemos volver a intentar tener un hijo. Los médicos del hospital han dicho que no hay nada que impida un nuevo embarazo.

—¡No! —susurró ella. La idea de volver a vivir una tragedia así le resultaba insoportable—. ¿Crees que voy a poder pasar por esto otra vez?

Más tarde entró su madre y trató de hacerle comer algo.

—No me voy a quedar aquí parada viendo cómo te mueres de hambre —dijo Ella cortante, para luego añadir en un tono algo más suave—: Lograste sobrevivir a la hambruna del invierno de 1944, ¿a qué viene ahora esto de pasar hambre porque sí?

Audrey cerró los ojos y deseó que su madre simplemente se callara; cada palabra le robaba un poquito de fuerza, le hacía sentirse menos viva.

—Déjame dormir, mamá.

—Llevas semanas durmiendo —murmuró Ella indefensa. Se quedó un rato más sentada en la cama de su hija; luego abandonó la habitación y cerró la puerta con cuidado a su espalda. Medio dormida, oyó que hablaba con Mel en el pasillo susurrando.

El siguiente disparo de artillería provino de Givenchy. Apareció una semana después en la habitación de la enferma como una lluvia suave de primavera. Audrey salió de su letargo por un instante y lo miró incrédula. Al ver su mirada horrorizada, que enseguida él trató de ocultar tras una sonrisa, se dio cuenta de que debía de tener un aspecto penoso.

—*Chérie* —susurró él, y se sentó en el borde de la cama. Iba impecablemente vestido, como siempre, con un traje de verano con chaleco hecho a medida—. He oído que estás muy mal. ¡Qué cosas haces!

—No deberías haber venido hasta aquí solo por mí —dijo ella con voz ronca. No sabía cuándo había sido la última vez que había bebido algo, se sentía completamente deshidratada. Aunque le daba igual.

—Claro que tenía que venir —dijo Givenchy con determinación—. Si mi musa se encuentra mal, tengo que estar con ella, ya lo sabes. Mira... —Revolvió en una bolsa y sacó un frasco de L'Interdit—. Te he traído suministro.

—Gracias. —Audrey dejó el perfume sobre la mesilla. ¿Cuándo iba a salir por fin de esa cueva oscura e iba a usar perfume otra vez? Tal como se sentía ahora, nunca.

—Tienes que recuperar fuerzas —le suplicó su amigo mientras le cogía las manos—. Podría tumbarte un soplo de viento. ¿Te acuerdas de cuando me invitaste a cenar hace unos años? ¿Cuando de entrada rechacé ser tu *couturier* personal? Todavía hoy recuerdo aquella pasta tan sencilla pero exquisita que pedimos.

Al rememorar aquella velada Audrey sintió que en su interior algo se removía hasta casi causarle dolor. Entonces era feliz y no tenía preocupaciones, se encontraba al inicio de su carrera. Acababa de pasar una temporada preciosa con Gregory en Roma y de aceptar el prometedor papel de *Sabrina*. La vida le sonreía. Jamás habría pensado en ese momento que pocos años después iba a estar así..., sumida en una depresión y llorando por su tercer bebé muerto.

—Era todo tan bonito entonces... —logró decir.

—Y puede volver a serlo —dijo Givenchy con entusiasmo—. Ven a París. Disfrutaremos de la primavera. Pasearemos por los Campos Elíseos, daremos una vuelta en barco por el Sena como si fuéramos unos turistas y podrás escoger vestidos nuevos en mi atelier. Aunque antes tienes que engordar un poco, para que te vuelvan a quedar perfectos.

Audrey sacudió la cabeza.

—No, imposible, Hubert.

—¿Por qué no, *chérie*? Tómatelo como una especie de vacaciones de reposo. No creo que Mel tenga nada en contra, ¿no? Podría ir él también.

—Es sencillamente imposible. —Enumerar los motivos por los que no se sentía en condiciones de viajar habría superado con creces las fuerzas de que disponía. Notó que se le saltaban las lágrimas; no soportaba ver a su amigo triste, pero no lo podía evitar. Estaba atrapada en el pozo profundo de su melancolía.

Givenchy sintió que no servía de nada seguir insistiendo. Se quedó una hora más y le habló en voz baja de París, de la primavera, de su nueva colección y del próximo desfile. Audrey lo escuchó sin decir una sola palabra, pálida y confusa como un pétalo en el viento.

Cuando fuera la luz del sol fue suavizándose y el aire se hizo más fresco, él se puso de pie y la besó en ambas mejillas.

—Hasta pronto, *chérie*. Recupérate rápido. Te echo mucho de menos.

Una lágrima rodó por la mejilla de Audrey, que se la secó con suavidad.

—Gracias por haber venido, Hubert. —Su voz sonaba ahogada—. Lo siento mucho.

—¿Qué es lo que sientes? —preguntó él con una sonrisa triste—. Los amigos están ahí para ayudar en los malos momentos.

Cuando se hubo marchado y de pronto reinó un gran silencio en la habitación, soltó un fuerte sollozo; era la primera vez desde el nacimiento del niño muerto que se desahogaba llorando. Antes no había tenido lágrimas, se había enfrentado a su dolor en silencio.

La puerta se abrió de golpe y Mel y Ella entraron de forma precipitada.

—Querida, qué... —murmuró él, y en dos pasos se plantó junto a la cama. La abrazó y la meció mientras la madre los miraba intranquila.

Audrey no sabía cómo hacerle entender lo que le pasaba. Que, justo en el instante en el que Givenchy estaba a su lado hablando en voz baja de cosas que a ella en ese momento no le interesaban lo más mínimo, el dolor se había abierto paso por fin y había salido a la superficie como la lava de un volcán en erupción. Soltaba gritos tan desgarradores que Ella murmuró:

—Deberíamos llamar a un médico, Mel.

Pero él sacudió la cabeza y la sujetó con fuerza hasta que el llanto la dejó sin fuerzas. Audrey no habría sabido decir cuánto duró, media hora, una o incluso dos. Pero al final se quedó sin lágrimas y se sintió mareada a causa del esfuerzo. Notaba como si tuviera la cabeza envuelta en algodón.

Su marido la besó y la acomodó entre los cojines mientras Ella la tapaba y la sujetaba con la sábana como si corriera peligro de caerse de la cama.

—Ahora duerme, querida —dijo Mel, y abandonó la habitación en compañía de su suegra.

Con los ojos hinchados, Audrey contempló a través de la ventana la penumbra que convertía el jardín en un lugar extraño, mágico. Oyó que Mel y su madre empezaban a discutir camino de la cocina.

—Está a punto de perder la cabeza —gritó Ella consternada. Cogió aire con tanta fuerza que hasta Audrey la oyó—. ¡Tenemos que hacer algo! ¡Mírala, se está consumiendo ante nuestros ojos!

—¿Pero qué podemos hacer? —respondió Mel desesperado—. No tengo ni idea. Bueno, tengo un plan, pero todavía no es definitivo.

Ella parecía desconfiar.

—¿Qué plan? Espero que no sea una película nueva.

—No, al contrario. Es un asunto totalmente personal.

—¿Cuál? Cuéntamelo ya, Mel.

La respuesta se hizo esperar unos instantes.

—No te va a gustar, Ella.

Esta resopló.

—Si a mí no me gusta, seguro que entonces no es adecuado para Audrey.

—Yo creo que sí —dijo él con voz apagada—. Por desgracia, estoy esperando noticias de alguien para estar completamente seguro de que mi plan funcionaría. Y hasta entonces no voy a desvelar nada.

El estado de Audrey se mantuvo inalterado durante una, dos semanas. El aire que entraba por la ventana de su dormitorio se fue volviendo cada vez más suave, y el canto de los pájaros en los árboles viejos era más fuerte y alegre. Mel y Ella la animaban continuamente a salir de la cama y sentarse un rato en la mecedora del porche. Al principio ella se resistió, pero finalmente se instaló allí envuelta en una manta de lana gruesa a pesar de que el sol calentaba ya con fuerza. Estaba tan delgada que se le marcaban los huesos y las costillas, y tenía las uñas mordidas hasta la carne. Además, fumaba un cigarrillo tras otro de forma compulsiva.

Esa tarde su madre sacó una jarra de té de hierbas y un bizcocho de limón con la esperanza de que su hija comiera algo y se recuperara pronto. Audrey ignoró el bizcocho y, tapada con la manta hasta la barbilla, se quedó mirando la espesa cubierta vegetal que formaban los árboles. Ella le lanzó una mirada elocuente a Mel y se sentaron cada uno a un lado.

Él cogió un trozo de bizcocho con dedos nerviosos. A pesar del estado de apatía que la envolvía como un velo, Audrey notó que se traía algo entre manos, pero no le preguntó nada.

—Tienes que comer algo —insistió su madre, acercándole un plato con decisión.

Mel se inclinó hacia delante y apoyó los brazos en las rodillas.

—Audrey, yo... tengo una sorpresa para ti. —Como no reaccionó, siguió hablando—: Tal vez sea un shock para ti, querida, pero confío en que sea positivo.

Su suegra guiñó los ojos.

—¿Qué estás planeando, Mel?

Él ignoró su desconfianza y acercó su silla a la de su mujer.

—He... he encontrado a alguien.

Pálida como un muerto, Ella exclamó:

—¡No! ¡No has encontrado a nadie!

—Alguien a quien seguro que te gustaría ver —prosiguió Mel con voz suave, y la miró a los ojos—. Llevo mucho tiempo buscándolo. He hablado con la Cruz Roja, ellos tienen especialistas en buscar a personas desaparecidas.

La madre de Audrey perdió su autocontrol y su moderación habituales y se puso de pie de un salto. Su plato cayó sobre el suelo de baldosas del porche y se rompió en mil pedazos. Ella no pareció darse cuenta. Tenía los ojos muy abiertos, de pronto parecía un fantasma.

—¡Dime que no es verdad! ¿Cómo has podido, Mel? ¡Y sin preguntarme antes si es una buena idea!

—¿Audrey? —preguntó Mel en voz muy baja.

Audrey retiró la manta hasta sus rodillas.

—¿Mi padre? —susurró en un tono apenas audible.

Su marido asintió en silencio.

—¡Ay, Dios mío!

Empezó a darle vueltas la cabeza y en su cerebro pareció desatarse una tormenta, todo revoloteaba como en un torbellino, los recuerdos de su primera infancia, de sus años de juventud, en los que la añoranza de Joseph la había desgarrado por dentro. Ni siquiera se planteó si quería verlo después de que la hubiera abandonado como a un objeto viejo e inútil y no hubiera preguntado nunca más por ella. Tenía que verlo. Tal vez él fuera la respuesta a toda su tristeza.

—¿Dónde está? —dijo Ella en tono cortante. Había vuelto a dejarse caer en su silla y se agarraba a la taza de té como si fuera su salvavidas.

—En Irlanda. La Cruz Roja ha descubierto que vive allí desde hace mucho tiempo. Han contactado con él y le han preguntado si nos podían dar su dirección. Ha aceptado.

La mujer soltó una risa seca.

—¡Pues me sorprende mucho!

—Lo llamé ayer y le pregunté si podíamos ir a verlo.

Audrey se llevó la mano al corazón como si temiera que se le fuera a parar.

—¿Qué ha dicho?

—Que le parecía muy bien. Si estás preparada, saco dos billetes de avión.

Audrey apenas logró asentir con la cabeza porque las emociones la desbordaban.

—Aunque... —Mel lanzó una mirada significativa a su cuerpo demacrado—. Antes de volar tienes que recuperar algo de fuerza. Tienes que comer bien. Pareces un fantasma, así no te van a dejar subir al avión.

—De acuerdo. —Como para demostrar su buena voluntad, cortó un pequeño trozo de bizcocho y lo masticó como si ya no supiera cómo se hacía.

—Estupendo. —Le dirigió una mirada de satisfacción.

—Todavía sigo sin poder creérmelo —dijo Ella, haciéndose notar—. ¡Cómo has podido poner en marcha todo esto sin contar conmigo! Joseph no es solo su padre, también era mi marido, por si no lo recuerdas.

—Lo sé, Ella. Pero Audrey lleva más de veinte años sufriendo. Y ya has visto que ahora ha vuelto a la vida. Si eso la ayuda a recuperarse volaremos a Irlanda, naturalmente. Aunque tú... aunque tú tengas problemas con ello.

—¡Vaya si tengo problemas! —saltó la mujer—. ¡No me gustaría que ese hombre fuera ahora glorificado! ¡Lo mismo hasta se presenta como un padre cariñoso! ¡Lo que hizo fue vergonzoso y malvado! ¡Me dejó sola con los niños de un día para otro! ¡No ha preguntado nunca por nosotros!

—Te aseguro que le preguntaré todo eso —dijo Audrey—. ¡Si está realmente dispuesto a verme, tendrá que rendir cuentas!

Ella resopló, no estaba convencida.

—Va a volver a hacerte daño, Audrey. Estoy segura de que has puesto tantas esperanzas en volver a verlo que ahora estás confundida. ¿Crees que después de tantos años de pronto va a estar dispuesto a darte su amor? Si sintiera algo por ti, no te habría abandonado.

Audrey se sintió tan dolida por estas palabras que se estremeció, por lo que su madre dio marcha atrás enseguida.

—Lo siento, no quería ser tan cruel. Solo quiero que no te hagas falsas esperanzas y luego te quedes aún más deprimida. No lo podría soportar. Tú tampoco. Ahora mismo estás tocando fondo.

—No debes preocuparte por mí, mamá. Solo espero que finja ser un padre cariñoso. ¿Es que no entiendes que necesito verlo? Necesito saber qué ha hecho durante todos estos años, cómo le ha ido. Por qué actuó así. Su desaparición ha llenado mi vida de interrogantes.

—Además, Ella, voy yo con ella —añadió Mel—. Voy a estar a su lado. Pase lo que pase.

—A pesar de todo me parece que es una idea descabellada. No necesitamos a ese hombre en nuestra vida. Ya nos ha causado bastante dolor. —Se puso de pie y abandonó el porche con paso decidido.

Durante un rato reinó un silencio solo interrumpido por el canto de una pareja de gorriones que revoloteaba en la copa de un árbol.

—Gracias —dijo Audrey con voz apagada. Valoraba mucho que Mel hiciera posible algo que ella llevaba toda su vida deseando hacer.

Él asintió y le cogió la mano.

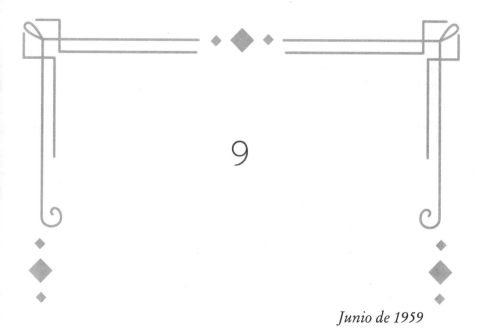

9

Junio de 1959

Mel tenía billetes de avión para la semana siguiente. La perspectiva de volver a ver a su padre sacó a Audrey de su letargo. Ahora se levantaba todas las mañanas, se vestía y comía con regularidad, aunque no suficiente. Pasaba mucho tiempo en el jardín, volvió a percibir por primera vez en mucho tiempo el olor pesado de las flores, el viento que movía la hierba, el calor del sol que le acariciaba la piel. A veces se quedaba ensimismada mirando el cielo azul primaveral e imaginaba cómo sería el reencuentro con su padre. Estaba nerviosa y tenía miedo de cómo iba a reaccionar él, pero detrás de esos sentimientos ardía una pequeña chispa de alegría.

Cuando una semana más tarde llegó el taxi que debía llevarlos al aeropuerto de Lucerna, Ella se despidió de la pareja en la puerta del jardín con los labios apretados. Todavía no se hacía a la idea de que su hija y su exmarido fueran a reencontrarse, tales eran sus reservas respecto a Joseph.

—Volverá a hacerte infeliz —dijo al despedirse de Audrey con un abrazo.

—Es posible. Pero debo asumir ese riesgo, ¿es que no lo entiendes, mamá?

Ella guardó un silencio obstinado, y su hija subió al coche. Durante la última semana se había esforzado en no dejarse ir más, y con su vestido color crema y su sombrero a juego, ambos de Givenchy, naturalmente, estaba tan elegante como siempre.

En el avión estuvo en silencio todo el tiempo, mirando el mar de nubes; Mel la dejó sumirse en sus pensamientos, y ella se lo agradeció. Le dio vueltas a cómo debía iniciar la conversación con su progenitor, pero rechazó todas las posibilidades. ¿Qué se le dice a un padre al que no ves desde hace tantos años?

Su marido pareció adivinar su inquietud, porque dijo:

—No le des más vueltas, y deja que todo fluya por sí solo.

—Por suerte estás tú conmigo —murmuró ella. No habría sido capaz de hacer ese viaje sola.

El avión descendió, y Audrey reconoció los prados y pastos verdes de Irlanda. ¿Qué habría llevado a su padre hasta allí?

Al desembarcar se sentía como en una niebla; siguió a Mel y observó con gesto ausente cómo se ocupaba de las formalidades. Algunas personas la reconocieron, pero él le pasó un brazo por los hombros y, nada más abandonar las instalaciones del aeropuerto, la introdujo rápidamente en un taxi.

—Al hotel Shelbourne —le pidió al taxista.

Dublín pasó ante Audrey como un sueño irreal. Caía una llovizna suave que salpicaba los charcos como agujas diminutas y cubría la ciudad con un velo de bruma. Cuando llegaron a la mayestática entrada cubierta del hotel, tenía el corazón desbocado.

—¿Preparada? —preguntó Mel en voz baja.

Audrey tuvo la sensación de que no podía respirar, pero consiguió asentir. Angustiada, levantó la mirada hacia las altas ventanas redondeadas por arriba.

Su marido la cogió de la mano como a un niño y la condujo hasta el interior del hotel. Dio el nombre de ella en la recepción y luego la acompañó al ascensor.

—Hemos reservado una habitación —le susurró—. Tu padre ya está ahí, según ha dicho la recepcionista.

Audrey sintió tal malestar que se le hizo un nudo en el estómago; por un momento deseó que su padre se hubiera arrepentido en el último momento y se hubiera esfumado.

Mel llamó a la puerta, que se abrió al instante, como si alguien estuviera detrás esperando. Audrey se quedó de piedra. El tiempo pareció detenerse, fue como si el mundo hubiese dejado de girar. Ante ella estaba Joseph, claramente envejecido, pero igual de estirado y tieso que hacía más de veinte años. Su pelo era ahora menos espeso, y llevaba un traje raído.

—Audrey —dijo inexpresivo.

Oír su voz, con la que había mantenido tantas conversaciones en su cabeza, fue increíble.

—Papá. —Si había imaginado que se iban a lanzar uno en brazos del otro, estaba equivocada. Su padre no mostró ninguna emoción, así que ella dio el primer paso y lo abrazó con torpeza. Notó que él se tensaba, como si no quisiera permitir ninguna proximidad.

—¿No nos sentamos? —preguntó Mel en un tono marcadamente animado—. Veo que ya han traído un té con pastas.

Audrey se sintió sumamente agradecida de que tomara la iniciativa y tratara de relajar el ambiente. Le apretó la mano con disimulo. La habitación estaba decorada con elegancia, alfombras gruesas amortiguaban los pasos, y las altas ventanas daban sobre el parque St. Stephen's Green. Mel sirvió el té y ofreció a los demás la bandeja de cristal con pastas.

—Espero que hayáis tenido un buen vuelo —dijo el padre de Audrey. Su voz sonaba indiferente, como si estuviera hablando con unos desconocidos a los que se acaba de encontrar por casualidad.

—Sí, gracias —balbuceó ella. Los nervios le hicieron derramar unas gotas de té. La situación la desbordaba por completo. ¿Qué actitud debía adoptar ante su padre? Desde luego, él no se lo estaba poniendo nada fácil.

—Y tú, ¿vives aquí, en Dublín? —quiso saber Mel.

—En las afueras. —Tras esta escueta respuesta de Joseph reinó un silencio incómodo.

Los tres tomaron pastas para encubrir lo lamentable que resultaba la situación; luego Audrey se atrevió a preguntar:

—¿Solo?

Joseph carraspeó y entonces le lanzó una mirada penetrante.

—Estoy casado. —Su tono reservado impedía cualquier otra pregunta más.

Audrey se estremeció levemente y luego miró a Mel, buscando ayuda. Él le hizo un gesto casi imperceptible.

—¿Sabéis una cosa, los dos? Os dejo una horita a solas para que podáis conversar tranquilamente. Al venir he visto un par de tiendas de antigüedades a las que me gustaría echar un vistazo. —Se terminó su té y se puso de pie—. Hasta luego. Después paso a recogerte, querida.

Audrey lo observó horrorizada mientras se marchaba. Empezó a sudar ante lo incómodo de la situación. ¿Mel no pensaría en serio que le hacía un favor dejándola a solas con su padre? Joseph era un auténtico desconocido para ella, pocas veces se había sentido tan incómoda con alguien.

La puerta se cerró sin hacer ruido.

—Sigo tu carrera en la prensa —dijo Joseph—. Pareces tener mucho éxito.

—Sí —murmuró ella casi sin voz.

—¿Cuántas películas has rodado ya?

—Debería contarlas..., no lo sé con exactitud. —Su cerebro parecía haberse quedado vacío. Sencillamente, no podía ser verdad que estuviera allí sentada con su padre y solo se dijeran frases tan breves. Los pensamientos se arremolinaban en su cabeza como si fueran ráfagas de viento.

—Estuve a punto de ver una en el cine... *Sabrina*. Pero al final no pude ir.

—Lástima. —Audrey se sentía tan fuera de lugar que se quedó como paralizada.

—He leído que has tenido un aborto.

—He dado a luz a un niño muerto.

—Oh.

De nuevo reinó el silencio. Joseph golpeaba con dos dedos el brazo del sillón, mientras que Audrey buscaba desesperada un tema de conversación.

—¿Cómo te va, papá? Quiero decir..., no sé nada sobre ti. ¿Te va bien?

—Sí, me va bien. —Apretó los labios formando una raya fina en el rostro y dejando claro que no iba a seguir dando más información.

—A mamá también le va bien —dijo ella sin pensar. En realidad, antes del encuentro se había propuesto firmemente no mencionarla, y su padre tampoco había mostrado ningún interés por ella—. Me visita a menudo en Suiza. ¿Sabes que ahora vivimos allí? Cerca de Lucerna. Hemos alquilado una casa de campo antigua.

Él frunció los labios.

—Muy bien.

Audrey hizo como que se colocaba bien la manga para mirar el reloj con disimulo. Una hora, había dicho Mel. Le gustaría que el tiempo pasara más deprisa. No había esperado mucha cordialidad por parte de su padre, pero aquella actitud distante, casi despectiva, era insoportable. ¿Por qué había aceptado reunirse con ella? Era evidente que él no quería estar allí.

Entonces se le ocurrió algo, y rebuscó en su bolso de Louis Vuitton.

—Mira, papá, ¿te acuerdas de él? —Joseph se quedó mirando fijamente el monito de peluche raído que Audrey le mostraba—. Me regalaste este mono cuando era pequeña —se oyó decir a sí misma—. Me lo trajiste de un viaje de negocios. Siempre fue mi juguete preferido, lo he querido con todas mis fuerzas. Incluso hoy ocupa un lugar de honor en un sillón de mi dormitorio.

—No recuerdo haberte comprado ningún mono —dijo él con aspereza.

Abochornada, Audrey volvió a guardarlo en el bolso.

—¿Te sirvo más té? —Oía el ruido de la sangre en sus oídos. Él le acercó la taza sin decir nada—. Todos estos años me he preguntado dónde estabas, papá —dijo luego en voz baja—. Llevo toda mi vida echándote de menos.

Joseph se bebió el té con gesto pensativo, pero siguió guardando silencio. Audrey se sentía humillada por haberse abierto a él sin haber recibido ninguna respuesta. Bueno, pensó con un nudo en la garganta, pues seguiremos los dos aquí sentados y en silencio hasta que llegue Mel.

—Lo siento —dijo el hombre al cabo de media eternidad. De las pastas ya solo quedaban algunas migas—. No puedo ser tu padre. Sencillamente, no puedo. Soy un inválido emocional.

—Oh... —No logró decir nada más. Oyó con un alivio infinito que alguien llamaba a la puerta con suavidad. Su marido entró en la habitación. Todavía no había pasado una hora entera.

—¿Y bien? —preguntó expectante, aunque enseguida notó lo tensa que era la situación.

Audrey se puso de pie y cogió su bolso.

—Tenemos que irnos, papá.

—¿Una foto de recuerdo? —preguntó Mel, y sacó la cámara que había traído solo con ese fin.

Audrey hizo un esfuerzo por sonreír.

—Sí.

Se puso al lado de su padre; aparentemente, él también trató de mirar a la cámara con desenfado.

—Estupendo —dijo Mel—. Te mandaremos una copia, Joseph.

Se despidieron con formalidad, y luego él y Audrey cogieron el ascensor para bajar y pidieron un taxi.

—Gracias, Mel —dijo ella ya en el coche, mirando fijamente la lluvia que escurría en regueros por el parabrisas—. Gracias por haber hecho posible este encuentro.

Él sonrió con malicia.

—No ha salido muy bien, ¿no?

—No. —Seguía medio aturdida, pero se alegraba de haber escapado de la habitación del hotel. Se había sentido como una prisionera—. Pero ya puedo dar el tema por zanjado. Tengo que aceptar que jamás podré tener relación con mi padre. Las cosas son como son. Al menos ya no tendré que seguir preguntándome dónde está ni si piensa en mí.

—Lo siento mucho, de verdad, querida. —Le cogió la mano y se la apretó.

—Está bien, Mel. —Intentó sonreír. Pero la decepción por el encuentro le había provocado un dolor sordo de cabeza. Al menos, pensó cogiendo aire con fuerza, ahora sabía cómo le iba y dónde vivía, y tenía una ligera idea del tipo de persona en la que se había convertido. Su inaccesibilidad emocional le afectaba, pero por fin se deshizo del sentimiento de culpa que la había acompañado durante toda su vida, de la pregunta atormentadora: ¿había sido ella la culpable de que su padre se hubiera marchado? ¿No había sido una niña cariñosa? No, no había sido nada de eso, pensó mientras miraba por la ventanilla del taxi. Su padre no la había llamado nunca, no había mostrado ningún interés por ella porque era un desecho emocional. Ella no era el problema. Y, a pesar de la amargura que le había provocado el encuentro, sentía que se había liberado de una carga pesada.

—Cuando estemos en casa voy a hacerle un envío de dinero.

—¿Después de este curioso encuentro? ¿Por qué, por todos los diablos?

A Audrey le temblaron los labios.

—Parecía tan pobre... Ese traje... Sigue siendo mi padre, Mel.

—Te dije que te iba a defraudar por completo —no pudo evitar decir Ella cuando estuvieron de vuelta en Villa Bethania.

—A pesar de todo, volar a Irlanda ha sido un acierto —la contradijo Audrey—. Aunque no sé decirte muy bien por qué. Quizá porque por fin ha terminado ese estado de búsqueda y espera que me ha acompañado durante décadas. Ahora sé a qué atenerme.

Su marido le acarició la espalda con gesto compasivo; ella sintió su miedo a que el hecho de haber perdido a su padre por segunda vez volviera a sumirla en la oscuridad de la depresión.

—Estoy bien, Mel —le aseguró—. Puedo vivir con ello. Tal vez sea mejor tener esa certeza, por desagradable que resulte, que seguir con las preguntas sin respuesta que me persiguen por la noche.

Se sentía más fuerte que antes del viaje a Dublín. Aunque la pérdida de su hijo todavía la atormentaba con fuerza varias veces al día, sentía que haber visto de nuevo a su padre la había despertado hasta el punto de querer volver a la vida. A una existencia tranquila, sosegada, consistente en muchos paseos por los prados que rodeaban el pueblo, algo de trabajo en el jardín, lectura de novelas policiacas. En los últimos tiempos apenas había encontrado tiempo para leer, algo que siempre había lamentado. Agradecía a Mel que no la forzara a aceptar nuevos rodajes. Probablemente sabía que eso volvería a destruir su inestable paz interior.

Ella regresó a Londres. En verano Audrey recibió la visita de Connie y de Givenchy, y también sus hermanos pasaron una semana con ella en compañía de sus respectivas familias. Mel estuvo algunas semanas fuera rodando una película, pero ella sentía una alegría incontenible cada vez que volvía, más moreno y con el pelo un tono más claro debido al sol del verano. Por la noche se sentaban largos ratos en el jardín, bebían limonada casera o gintonics, y observaban las mariposas nocturnas que revoloteaban como borrachas por encima de los macizos de flores o el cielo que pasaba del lila pálido al azul oscuro. Esos días estuvieron muy relajados en su relación, y cuando se retiraban al dormitorio lo que les importaba era disfrutar juntos y no el calendario de fertilidad. De momento Audrey vivía como en una burbuja atemporal...; el verano parecía eterno, nada era importante, el deseo de ser madre había pasado a un segundo plano. No habría podido soportar tener que volver a temer por la vida de un bebé, el recuerdo de esa situación parecía guardado en una caja cerrada en el fondo de su mente.

Mientras el invierno se acercaba lentamente, y los árboles del jardín perdían sus hojas rojas y el aire se volvía más fresco y olía ya a fuego y humo de chimenea, Audrey notó que estaba embarazada.

10

Diciembre de 1959

En un primer momento de desamparo, Mel llamó a Ella, que cogió el primer avión a Lucerna. Aunque ya era por la tarde, Audrey estaba en la cama cuando llegó su madre. Un viento cortante movía las ramas desnudas de los árboles del jardín de un lado para otro, y una densa niebla coronaba las copas de los árboles como algodón grueso.

—¡Audrey! —Ella se dejó caer sobre el borde de la cama sin ni siquiera quitarse el abrigo—. ¿Cómo te encuentras?

—No sé —murmuró ella, y agarró con ambas manos un extremo de la colcha. Trató de esbozar una sonrisa que pareció más bien una mueca de dolor—. Es como una mezcla de sentimientos...

Su madre asintió.

—Tienes miedo y no te atreves a alegrarte.

Audrey suspiró.

—Algo así.

Ella se volvió hacia Mel, que se encontraba a los pies de la cama.

—¿Habéis estado ya en el médico?

Él asintió.

—Sí, claro. Ha dicho que todo está en orden. El parto será el próximo mes de julio.

El final de la frase no pronunciado, «en caso de que el bebé sobreviva», quedó colgado en el aire como si pudieran leerlo todos.

—Bien. —Ella se puso de pie, se liberó del abrigo y se lo dio a Mel—. Entonces voy a ser vuestra huésped a partir de ahora. Si es que no os importa que me instale unos meses en vuestra casa sin haber sido invitada.

Mel sonrió.

—¡Adelante, Ella! Ahora en serio: me alegro de tenerte aquí y de que puedas ocuparte de Audrey. Dentro de dos semanas me marcho otra vez a un rodaje.

—¿No te quieres levantar? Prepararé un té —dijo Ella ya casi fuera de la habitación.

—Me tomaría un té, sí, pero hasta la fecha del parto pienso descansar lo máximo posible. —Audrey tragó saliva y miró a su madre con sus profundos ojos oscuros—. Esta vez no voy a correr ningún riesgo. Haré todo lo posible para que este niño nazca vivo.

Su madre asintió sin decir nada y desapareció. Ambos se sonrieron con complicidad. Ella estaba allí para ocuparse de todos los asuntos de la casa.

Audrey respetó estrictamente la regla autoimpuesta de guardar reposo; apenas abandonó la cama durante los tres últimos meses de embarazo. Al igual que en anteriores embarazos, se mantuvo alejada del tabaco y cuidó su alimentación. Ella le llevaba la comida a la cama y vigilaba atentamente que comiera lo suficiente. El vientre se fue abultando, y a veces le resultaba incómodo estar tanto tiempo tumbada. Por las noches daba muchas vueltas y soñaba que paseaba por un bosque invernal en el que colgaban carámbanos de las ramas de los árboles. Pero también sufría pesadillas en las que volvía a revivir el nacimiento de su hijo muerto en todos los escenarios infernales posibles. Luego se despertaba bañada en sudor y se llevaba la mano al vientre para tratar de adivinar cómo estaba el bebé.

Mel le había comprado un libro sobre el embarazo en el que se informó de las distintas fases de desarrollo del niño. Cada semana que pasaba estaba un poco más segura de que esta vez iba a nacer bien, aunque el miedo a que pudiera pasar algo horrible no la abandonó nunca del todo.

Por aburrimiento se leyó toda la colección de novelas de Agatha Christie de nuevo. Esperaba anhelante la visita de sus amistades. Connie, su gran amiga, se quedó dos semanas y la entretuvo con todos los chismorreos de Hollywood. Givenchy le llevó un vestido premamá de alta costura que había diseñado exclusivamente para ella. Era azul claro y tenía pequeñas flores blancas bordadas.

Audrey se rio cuando él lo sacó de la funda en la que lo había transportado durante el vuelo y se lo mostró.

—¡Hubert! Este vestido es maravilloso. Aunque habría sido mejor que me hubieras traído un camisón a medida.

—¿Por qué, *chérie*? —Givenchy lo colgó en una percha del armario y se sentó a su lado.

Audrey le señaló su camisón de volantes.

—Mírame. Tengo que guardar reposo en la cama hasta que nazca el bebé. Entre las sábanas no necesito ningún vestido elegante.

—Ah, ya veo. —Givenchy parecía apesadumbrado, y ella le cogió la mano.

—Pero me lo pondré para ir al hospital cuando llegue el momento. Aunque haya roto aguas o las contracciones me hagan doblarme de dolor. Al menos estaré impecablemente vestida.

Se rieron hasta que se les saltaron las lágrimas.

Luego Audrey se puso otra vez seria y lo miró a los ojos con gesto suplicante.

—En caso de que este niño venga al mundo...

—«Cuando», Audrey, no «en caso de que». Cuando este niño venga al mundo —la corrigió con dulzura.

Ella asintió. Tenía un nudo en la garganta y le costó seguir hablando.

—Cuando este niño venga al mundo, ¿le harías un vestido de bautizo, por favor?

Givenchy asintió con expresión solemne y le apretó la mano.

—Naturalmente, *chérie*. Tendrá el vestido de bautizo más bonito que se haya visto jamás en Suiza.

En mayo Audrey cumplió treinta y un años. Recibió felicitaciones llegadas de todos los rincones del mundo, pero pasó ese día como todos los demás..., en la cama.

El tiempo transcurría angustiosamente despacio. El vientre le crecía cada vez más, a pesar de que el resto del cuerpo seguía tan delgado y frágil como siempre. Notaba que el bebé daba patadas, y, si apretaba la mano contra un sitio concreto de su tripa, él la pataleaba. Para ella fue como un milagro comunicarse de ese modo con su bebé antes de nacer.

—Es un niño —dijo Mel cuando volvió unos días a casa entre dos rodajes y observó con atención cómo la tripa de Audrey subía y bajaba con las pataditas de la criatura.

—¿Tú crees?

—Sí. Parece bastante fuerte, a juzgar por su actividad.

Volvió el verano. Audrey sentía ya una especie de claustrofobia de estar tanto tiempo en la cama, pero su paciencia no tenía límite. Los momentos en los que sentía miedo eran ahora más escasos; a medida que se acercaba la fecha del parto prevista, ella se decía cada vez con mayor frecuencia que ahora el bebé tenía posibilidades reales de sobrevivir si nacía prematuramente.

Entretanto Mel había vuelto ya a casa; no quería aceptar más rodajes hasta que naciera el niño. Por las noches se tumbaban juntos en la cama, pero él no podía dormir a causa del calor, y ella porque ya no conseguía encontrar una postura cómoda.

—Vístete, Mel —le susurró al amanecer del día 17 de julio. Una luz pálida se colaba entre las cortinas del dormitorio.

Él se despertó sobresaltado. Se había quedado medio dormido.

—¿Qué?

—Vístete, tenemos que marcharnos. El bebé está en camino.

La miró un instante con incredulidad, como si no hubiera contado con que ese momento llegaría alguna vez. Luego se tiró de la cama y cogió sin pensar algo de ropa antes de detenerse.

—¿Cómo...? O sea, ¿cómo estás tan segura?

Audrey puso los ojos en blanco. Había conseguido sentarse antes de que llegara la siguiente ola de dolor.

—Tengo contracciones. Deberías saber ya lo que es, aunque hace mucho que las presenciaste.

Mel buscó nervioso un par de calcetines iguales, hasta que recordó que posiblemente ella necesitaría ayuda.

—¿Y qué pasa contigo, querida? ¿Vas en camisón o...?

—Ni hablar. Saca del armario el vestido azul claro de Givenchy y ayúdame a vestirme. —Una nueva contracción la hizo enmudecer. Cuando el dolor desapareció como una ola del mar que se aleja, añadió con los dientes apretados—: Le prometí a Hubert que al menos me pondría su vestido para ir al hospital.

Mel se lo pasó por la cabeza mientras murmuraba algo que sonó sospechosamente a «bicho raro».

Una luz lechosa desplazaba a la noche mientras recorrían las carreteras todavía vacías hacia Lucerna. A Ella le habían dejado una nota en la mesa de la cocina para no despertarla. Cada pocos minutos Audrey se encogía y apretaba los dientes hasta que pasaba la contracción. Nunca había tenido unos dolores tan fuertes, y eso era solo el principio. Cada poco él la miraba preocupado, pero ella le gritaba:

—¡Mira la carretera!

En el hospital fue todo muy rápido. La condujeron a la zona de ingresos y Mel fue despachado a la sala de espera. Audrey vio su rostro intranquilo antes de que las puertas correderas se cerraran tras ella y la llevaran al paritorio.

De pronto se sintió completamente sola en un mundo que se componía de luces cegadoras y azulejos relucientes y manos desconocidas enfundadas en guantes de goma.

—Es maravilloso —dijo Mel absorto cuando, por la tarde, Audrey estaba ya en una habitación individual con el niño sobre el pecho. Estaba sentado a su lado y le acariciaba la pelusilla de la cabeza al recién nacido, que llevaba un pelele blanco que le estaba demasiado grande—. Es lo mejor que hemos hecho juntos.

—Es cierto —admitió ella desde el fondo de su corazón. Besó la cabecita, y el bebé se desperezó, con la manita cerrada y apretada—. Sean Hepburn Ferrer. Es un pequeño milagro.

El parto había durado catorce horas, y, aunque al final Audrey estaba ya exhausta, ahora se sentía llena de alegría y felicidad. Apenas podía creer que el pequeño ser que estaba encima de ella dormitando fuera auténtico, una personita viva que respiraba y se movía.

—Ahora eres madre —observó Mel sonriendo satisfecho.

—Sí, ahora soy madre —repitió ella casi incrédula—. Mi mayor deseo se ha hecho realidad. No me puedo creer que este niño sea nuestro y nos lo podamos quedar. Es como un sueño.

El bebé maulló como un gatito y luego siguió durmiendo tranquilamente. Ambos lo observaban fascinados.

—¿Lo miraremos tan embelesados cuando se pelee con sus compañeros de clase o no haga los deberes o con dieciséis años no vuelva a casa a la hora acordada? —dijo Mel con una sonrisa maliciosa.

Audrey sonrió.

—Claro que sí. Estoy deseando llegar a casa. Entonces empezará mi luna de miel con Sean.

—¿Tu luna de miel?

—Sí. En uno de esos libros sobre el embarazo que me llevaste ponía que las primeras semanas tras el parto son como una luna de miel. Una mujer nunca vuelve a estar tan estrechamente unida a su hijo como en esos días. Debe tomarse un tiempo para conocerlo; al fin y al cabo, luego les espera toda una vida juntos.

Mel simuló ponerse celoso.

—Vaya, ¿y seguirás necesitándome? ¿O me quedaré al margen?

—Te llevaremos con nosotros a nuestra luna de miel —dijo Audrey sonriendo, y lo besó en la mejilla—. Va a ser maravilloso.

Y lo fue. El verano era suave y agradable y las rosas del jardín de Villa Bethania estaban en plena floración cuando Audrey y Sean volvieron a casa. Ella había preparado tartas exquisitas para darles la bienvenida. No llevaban ni una semana en casa cuando llegó un paquete de París: Givenchy había confeccionado un precioso vestido de bautizo para el pequeño. Audrey se metió en su nuevo papel como madre. Fue el papel de su vida, el que había deseado siempre. Nada la llenaba más que amamantar al bebé, cambiarle los pañales, sacarlo a pasear en su carrito o consolarlo cuando lloraba. Fue como si toda la tristeza que la había acompañado durante los últimos años se desvaneciera como una pompa de jabón. Solo quedaba el amor ilimitado e incondicional de una madre por su hijo.

No llevaba ni cuatro semanas con Sean en casa cuando Mel le mostró un montón de guiones nuevos que le había enviado su agente, Kurt.

—No lo dirás en serio —susurró Audrey indignada. Estaba sentada en una butaca de su dormitorio amamantando al bebé, que chupaba con tanta fuerza que una parte de la leche se escapaba y le había mojado la blusa a su madre. Con cuidado para no interrumpirlo, ella se limpió la zona mojada con un pañuelo—. Sean y yo estamos empezando a adquirir una rutina en la lactancia; la idea de volver a rodar una película es... —Cogió aire con fuerza y buscó la palabra adecuada con desesperación—. ¡Es sencillamente absurda!

—Primero mira las ofertas, querida. —Pasó las páginas de un guion grueso ignorando sus reparos.

Audrey agarró al bebé con más fuerza, como si tuviera que defenderlo. Casi en estado de shock, miró fijamente a su marido. La idea de que los ambiciosos planes de Mel pudieran poner fin a su idilio le produjo un miedo que no había sentido jamás en su vida.

CUARTA PARTE

EL PAPEL DE SU VIDA
1960-1967

Creo que en realidad lo más importante de la vida
son los niños y las flores.

AUDREY HEPBURN

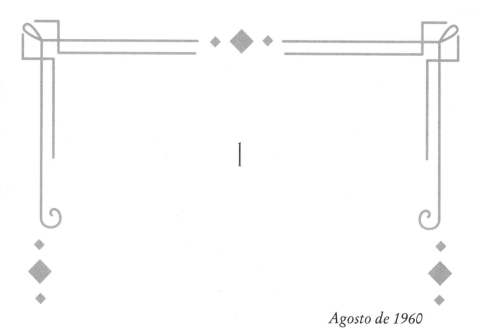

I

Agosto de 1960

A finales del verano todavía hacía calor y lucía el sol durante el día, pero de noche refrescaba enseguida y cada vez llegaba antes el ocaso. La promesa del otoño inminente impregnaba el aire de un aroma puro y burbujeante como el champán. Audrey amaba esa estación del año, cuando la luz ya no deslumbraba y el calor remitía, cuando los árboles se cargaban de frutos maduros y en los rincones del porche las telas de araña colgaban como jirones de algodón de azúcar. Por la mañana, las gotas del rocío perlaban la hierba de una humedad que durante el día se iba secando a la luz del sol.

Descalza y con un vestido flojo de lino, Audrey estaba en la cocina cerrando el último tarro de confitura con una cinta de goma ancha. Olía a arándanos y a azúcar, un aroma dulce como el de la infancia. Durante varios días, ella y Connie habían estado cogiendo bayas en el jardín y en la linde del bosque y las habían llevado a casa en cestos, siempre con el cochecito del bebé a su lado. Llevaba años rondándole la idea de hacer mermelada casera. Pero naturalmente nunca había tenido tiempo para dedicarse a esa tarea. Ahora había llegado el momento de asar y guisar, de decorar la casa con ramos de flores y de tejer gorritos de lana abrigados para Sean. Nunca se había sentido tan viva.

Connie, que estaba sentada a la mesa tomando un té, agotada de tanto hacer conservas, echó un vistazo a la cuna en la que dormía tan tranquilo el bebé.

—Es un ángel. No me digas que has terminado tu carrera cinematográfica para empezar otra como cocinera.

Audrey sonrió ante la burla cariñosa de su amiga.

—Ríete lo que quieras de mí, Connie, pero algo de razón sí tienes. Me siento como si hubiera despertado en una vida nueva. Soy madre y ama de casa. ¿Y sabes qué? Me siento plenamente satisfecha. Cuando hacía cine, mi vida era maravillosa, y me alegro cada vez que alguien del pueblo me habla de mis películas y de lo mucho que le han gustado. De todas maneras, no creo que vaya a echar nunca de menos Hollywood.

—Se te nota lo feliz que eres —reconoció Connie, lanzando una mirada a la esbelta figura de Audrey, que apenas había engordado en el embarazo, y a su cabello brillante de color castaño, que ahora se había dejado crecer; iba peinada con una cola de caballo alta que le daba un aire tan natural como elegante—. Nunca has estado más guapa. Nada más dar a luz, otras mujeres parecen adefesios, pero tú podrías pavonearte tranquilamente por la alfombra roja tal y como estás.

—Qué disparate —la contradijo ella, y levantó ligeramente la cortina de seda azul claro de la cuna para mirar al bebé—. Fíjate en las ojeras que tengo. Sean me despierta por la noche cada dos horas. ¿Y quieres que te enseñe las estrías del embarazo?

Connie negó con la cabeza.

—Aun así, se te ve radiante de felicidad. Si supieras cuánto me alegro, después de las penalidades que has pasado...

Audrey besó a su amiga en el pelo teniendo mucho cuidado de no tocar nada con los dedos, que aún estaban morados por los arándanos.

—Gracias, Connie. Muy amable por tu parte. ¿Sabes qué? Es como si toda mi vida hubiera trabajado para llegar exactamente al punto en el que me encuentro ahora.

—¿No echas a veces de menos tu trabajo?

Audrey cerró herméticamente el último tarro, se lavó las manos y se acercó una silla para sentarse con su amiga. Se quedó un rato pensando en la pregunta, pero no sentía la menor nostalgia.

—No, nada. Ni siquiera un poco. Sé que resulta difícil de creer —añadió rápidamente al ver la cara de incrédula de Connie—, después de tantas películas de éxito en las que he aparecido. Pero llevo bajo la luz de los focos desde que tenía diecinueve años. Desde entonces he trabajado sin descanso, a menudo, hasta el agotamiento. Fue una época maravillosa y me lo he pasado muy bien con mis compañeros. Pero creo que esa etapa de mi vida ya ha pasado. Ahora tengo otros objetivos en la vida. Por ejemplo, ser una buena madre para este hombrecito y procurar que se convierta en una persona feliz.

Connie la miró, dudándolo todavía un poco.

—Te lo creo todo..., por el momento. ¿No te parece que a la larga la vida en Villa Bethania será un poco aburrida?

—No, de ningún modo. —Audrey le acarició con suavidad el puñito a Sean, que se movió un poco sin despertarse y luego siguió respirando con regularidad. ¿Cómo iba a aburrirse con esa personita a la que, a partir de ahora, acompañaría en su camino hacia la vida?

—Lástima. Entonces te veré con poca frecuencia en Beverly Hills, ¿no crees? —Connie parecía de verdad decepcionada, y ella le agarró instintivamente la mano.

—¿Cómo se te ocurre pensar eso? ¡Claro que seguiré haciéndote visitas! Me llevo a Sean conmigo y ya está. Y nuestra puerta de aquí, en Bürgenstock, está siempre abierta para ti, eso ya lo sabes.

—Gracias, bonita; eso me tranquiliza. ¿Y qué opina Mel de tus planes de retirarte de la industria cinematográfica? —Como siempre, Audrey percibió el tono escéptico en las palabras de Connie cuando hablaba de él, que nunca le había caído bien del todo. Sabía que, en opinión de su amiga, su marido no atendía a las necesidades reales de su mujer. Le dolía que no se llevaran mejor—. Lo digo porque siempre ha... forzado un poco tu carrera.

A Audrey se le ensombreció un poco el rostro. Se sirvió una taza de té y bebió un trago largo; parecía estar calibrando cuánto debía contarle a Connie. Por un lado, quería desahogarse con ella; por otro, no le apetecía demasiado hacerla partícipe de sus secretos.

—No le parecen nada bien mis planes. Si por él fuera, tendría que volver a ponerme delante de la cámara lo antes posible. A todo esto, yo creía que habíamos llegado a un acuerdo. Habíamos quedado en disfrutar de una luna de miel con Sean...

—¿Luna de miel? —Connie se echó a reír, pero, cuando vio lo compungida que estaba Audrey, rápidamente se puso otra vez seria.

—Sí, luna de miel. Un tiempo dedicado solo a nosotros tres. Para conocer bien al bebé y sus necesidades y para crecer juntos como familia. Sin embargo, hace unos días... —Aunque no era nada propensa al llanto, le brotaron de repente las lágrimas. Se llevó la mano a la boca y murmuró sin apenas voz—: Hace unos días apareció con un montón de guiones. Le había encargado a Kurt que se los mandara. Quiere que me decida por una de las ofertas y vuelva a hacer cine. Connie, no ha entendido nada...

Connie la escuchó afligida, pescó un pañuelo del bolsillo de su pantalón y se lo pasó.

—Esa impresión me da a mí también.

Sean se despertó como si hubiera notado la congoja de su madre y empezó a lloriquear. Audrey lo sacó de la cuna y lo estrechó en sus brazos, acariciándole la cabecita para que se calmara.

—Chis, conejito, no pasa nada.

—Tienes que decirle que eso no puede ser. —Connie la miró con insistencia y ella notó los esfuerzos que estaba haciendo su amiga para no hablar de Mel a las claras—. No puede hacer eso. Acabas de tener un bebé; físicamente todavía no estás en forma. Habéis tardado seis años en tener un hijo. No puede obligarte a trabajar como si no hubiera pasado nada.

Audrey le besó la nuca tierna a Sean y aspiró profundamente el olor tranquilizante a bebé, que para ella significaba un mundo.

—Díselo a Mel, no a mí.

—Si quieres, hablo con él.

—No, por favor. No consentiría que te inmiscuyeras. Se lo tomaría como una crítica, y eso no lo soporta.

—Es que sería una crítica —dijo Connie en tono seco.

—Le he dado a entender claramente que no voy a mirar ninguno de los guiones. Espero que no empiece otra vez con lo mismo —murmuró Audrey—. Y ahora dejemos el tema. No tengo previsto estropearme mi luna de miel con Sean. Mira qué rico, cómo respira.

—En efecto, es extraordinario —la secundó Connie, y Audrey percibió la fina ironía que encerraban las palabras de su amiga.

Mel no volvió a sacar el tema del trabajo hasta un tiempo después de que Connie regresara a América. Daba paseos largos con Audrey y el bebé, atendía al pequeño cuando lloraba por la noche y proveía a su mujer de té y de sus comidas favoritas. Una tarde salió al porche cuando ella estaba allí sentada dándole de mamar a Sean.

Como no hacía viento, reinaba tal silencio que solo se oía el ruido de la mecedora. Audrey había envuelto al pequeño en una mantita de color azul claro, pues a esa hora había refrescado ya bastante. A lo lejos se veían las luces de las casas de la vecindad; el resto del pueblo iba sumiéndose poco a poco en la oscuridad.

Nada la satisfacía más que esos momentos de intimidad, cuando la cabecita de Sean reposaba en la parte interna de su codo y el niño tomaba el pecho con los ojos cerrados. Sus pestañas largas y oscuras arrojaban sombras en forma de media luna sobre su piel, blanca como la leche. Tanto amor le desbordaba el corazón.

—Hola a los dos —susurró Mel para no molestarlos, y se acercó una silla.

Audrey le sonrió y volvió a concentrarse en Sean. Entre los árboles, una lechuza profirió un chillido largo y extraño.

—Quería volver a hablar contigo con tranquilidad —empezó diciendo él—. Ahora que ya se ha ido Connie.

—Ya te he dicho mi opinión y no ha cambiado en absoluto —dijo ella en voz baja—. De ningún modo quiero volver a rodar de momento. Quiero estar a todas horas con Sean. Separarme de él me partiría el alma.

Mel guardó silencio mientras contemplaba cómo iba oscureciéndose el cielo y cómo la luna, pálida y estrecha, iba subiendo por él hasta quedar torcida sobre las copas de los árboles.

—Lo entiendo, querida. Pero los rodajes no duran eternamente, como bien sabes. Un par de semanas y luego volverás a casa. Y a Sean te lo podrías llevar contigo.

—¿Para dejarlo todo el día en manos de una niñera? —Audrey sintió horror solo de imaginarlo. La mera idea le resultaba insoportable. Notó el fastidio que le producía Mel. ¿Por qué le exigía que se pusiera inmediatamente a trabajar? Les iba bien, tenían dinero suficiente por sus éxitos anteriores, y él podía aceptar todos los encargos que le diera la gana—. Olvídalo, Mel. Ni loca.

—Hemos hablado muy a menudo de esto. Eres una estrella mundial, Audrey. No puedes seguir siendo ama de casa y madre por el resto de tu vida.

—¿Por qué no? —preguntó con la voz ronca. Le amargaba que precisamente ahora que era tan feliz depositaran en ella unas expectativas que no podía cumplir, al menos no de inmediato.

Él suspiró y se cruzó de brazos, como si su mujer fuera una niña terca y obstinada. Pese a la criatura tibia que sostenía, Audrey se sintió de repente muy deprimida. Aquella noche de finales de verano perdió de pronto toda su magia para ella. Las siluetas de los árboles se recortaban frías contra el cielo, y el murmullo de los arbustos se volvió lúgubre e inquietante.

—No quiero comprobar de repente que mi hijo tiene seis o diez años y que me he perdido su época más bonita —añadió al cabo de un rato—. Crece tan deprisa... ¡En las últimas semanas ha engordado casi dos kilos! ¡Y desde hace poco ya me sonríe!

Es un milagro verlo crecer. Ninguna película del mundo vale tanto como para desatender a tu hijo.

—Kurt ha enviado varias ofertas realmente interesantes —dijo Mel.

Audrey no le hizo ni caso. Como Sean había terminado de mamar, se lo puso encima del hombro y le dio palmaditas suaves en la espalda.

—Ya no podría darle de mamar si tuviera que rodar de la mañana a la noche.

—La niñera podría darle el biberón.

Lo miró desconsolada a los ojos, que con la oscuridad creciente casi parecían negros.

—No es lo mismo. La lactancia es algo tan íntimo para una madre y su hijo que no resulta fácil renunciar a ella. Para mí es importante seguir dándole el pecho durante un tiempo. La leche materna es lo mejor para un bebé.

—Eres un hueso duro de roer, ¿lo sabías?

Audrey se iba enfadando poco a poco. ¿Por qué no cejaba en su empeño? ¿Es que no podía alegrarse de que fuera dichosa?

—¡No, el hueso duro de roer eres tú! ¿Por qué me atormentas una y otra vez? ¿Por qué llevas años presionándome? Nos han hecho falta seis años para poder tener un hijo. Soy más feliz de lo que lo he sido en toda mi vida, ¡y tú quieres estropearlo todo!

Mel la miró atónito, pues no ocurría con frecuencia que ella prorrumpiera en semejantes estallidos.

—¡Yo no estropeo nada! ¡Al contrario, solo quiero promocionar tu carrera!

—Pues promociona la tuya —replicó ella, y de inmediato se mordió los labios. No había querido aludir a sus éxitos mediocres; simplemente se le había escapado. Posiblemente fuera duro para él ocupar siempre un segundo plano. En los medios de comunicación, era el marido de Audrey Hepburn, eso ella lo tenía claro. De todos modos, no le correspondía a él someterla a presión y exigirle lo imposible para compensar sus propias deficiencias.

—Eso hago —dijo Mel rechinando los dientes—. No paro de ir a rodajes, por si todavía no te habías dado cuenta. Pero probablemente estés tan ocupada con el bebé y con tus amigos, en especial con el muy distinguido marqués de Givenchy, que ya no me concedes ningún valor.

—Esto sí que es ridículo. —Se levantó y empezó a recorrer el porche arriba y abajo para mecer a Sean, que empezaba a ponerse nervioso, y ayudarlo a que se durmiera—. No me digas que estás celoso de tu propio hijo. Es una criatura desvalida que necesita cuidados las veinticuatro horas del día. ¿O es que tú también los necesitas? Y de Hubert no tienes por qué estar celoso; de todos los hombres, del que menos. Ya sabes por qué.

—Sí, claro —murmuró él haciendo un gesto despreciativo con la mano.

—Voy a acostar a Sean y yo también me voy a dormir —le explicó ella. No había nada más que decir. Sus discusiones eran como un círculo vicioso. Afligida por no poder dar por concluido el tema, entró en la casa. ¿Por qué Mel no quería disfrutar también del bebé y del momento que estaban viviendo? Sabía que el asunto aún no estaba zanjado. Él no iba a desistir de su empeño.

Durante los siguientes días, Audrey y Mel solo cambiaron las palabras imprescindibles. Ella ignoró los guiones que él había colocado como por casualidad en puntos estratégicos de la casa, como en la mesa de la cocina y en la del cuarto de estar. Una mañana, durante el desayuno, su marido le comunicó que Kurt Frings se iba a presentar a lo largo de la tarde.

Audrey volvió a dejar en el plato la tostada untada de jalea de membrillo.

—¿Kurt? ¿Hoy? No lo dirás en serio. Tiene la oficina en Nueva York; no creo que se pase por aquí espontáneamente.

Él se encogió de hombros y volvió a enfrascarse en el periódico.

—Quizá tenga algún otro asunto que resolver en Europa. En cualquier caso, llega hoy. Díselo al ama de llaves para que prepare una cena especial.

—Yo misma la haré —dijo Audrey—. Luego daré un paseo con Sean hasta el mercado para comprar verdura fresca. Los dos necesitamos que nos dé el aire. —De repente, se le cruzó una idea y observó a Mel con recelo—. ¿No le habrás dicho a Kurt que venga para convencerme de que interprete algún papel?

Él se limitó a poner los ojos en blanco mientras sonreía y siguió leyendo el periódico.

Después de desayunar, ella cogió los guiones que había repartidos por toda la casa y los puso en una balda del sótano, junto a las cajas de fruta. Le caía bien Kurt y en realidad se habría alegrado de su visita de haberse producido solo por amistad y sin segundas intenciones.

Como el verano se iba pareciendo más al otoño y hacía una mañana fría, Audrey se puso el abrigo de lana azul claro de Givenchy y fue con el cochecito del bebé a la plaza del mercado. Mientras recorría los puestos de verdura y examinaba los productos, sus pensamientos estaban en otra parte. Tenía la sensación de que poco a poco acabaría cediendo a las exigencias de Mel. Aunque estaba firmemente resuelta a quedarse con su hijo en casa, también empezaba a preguntarse si con su actitud no haría que su matrimonio se tambaleara irreparablemente.

¿Por qué tenía tantísima importancia para él que ella rodara una película de éxito tras otra? En el fondo, sabía muy bien por qué; se lo había echado en cara en la última pelea que habían tenido. Llevaba años sometiéndose siempre a sus deseos. Mientras compraba una calabaza, pensó que tal vez esa sumisión había que atribuirla a la influencia de su padre. Por miedo a que se rompiera la relación y a ser abandonada como lo fue de niña, relegaba siempre sus propias necesidades a un segundo plano. Amaba a Mel y, pese a todas las contrariedades, estaba segura de que él también albergaba fuertes sentimientos hacia ella; pero quizá a veces, por más que se quisieran, había que luchar por restablecer un equilibrio en la relación, por estar a la misma altura.

—No —musitó para sus adentros, colocándole bien el gorrito a Sean—. Esta vez no voy a ceder.

Kurt llegó a última hora de la tarde. Se lo veía cansado del largo viaje. Audrey le dio un abrazo cariñoso.

—Qué alegría verte, Kurt. Pero no me digas que has venido solo por mí desde Nueva York hasta la lejana Suiza.

Él cambió una rápida mirada con Mel que a ella no se le escapó.

—Tonterías, ¿qué te has creído? Aparte de ti tengo otros dos clientes —bromeó—. También en Europa.

Pasaron al comedor, donde la mesa estaba puesta como de fiesta. Audrey había cogido flores de otoño y las había puesto en jarrones, y el ama de llaves había sacado la porcelana cara. Tomaron asiento y sirvió el primer plato, una sopa de verdura preparada por ella misma.

—Llevas mucho tiempo sin dejarte ver por Nueva York ni por Los Ángeles —empezó Kurt, después de elogiar la sopa con entusiasmo—. Me paso el día inventándome disculpas sobre dónde te metes.

—¿Y eso por qué? —Audrey sonrió—. Todo el mundo debería tener claro dónde estoy. En casa con mi hijo.

—Es un chico muy hermoso. —Kurt se inclinó sobre la cuna y pellizcó con suavidad al bebé en los piececitos, que no paraban de patalear—. Lo habéis hecho muy bien los dos.

Mel sonrió a su mujer y puso la mano sobre la de ella, que la retiró inmediatamente. Mientras no se aclarara de una vez por todas que, por el momento, no iba a aceptar ninguna oferta cinematográfica, no tenía ganas de fingir ser un matrimonio sin preocupaciones. Por el rabillo del ojo vio que él parecía decepcionado.

—Por cierto, te he traído un montón de cartas de tus admiradores. La gente está ansiosa de que vuelvas a ponerte delante de la cámara. De los guiones que te he enviado, ¿te ha gustado alguno? —le preguntó.

—Kurt, acabo de ser madre. No tengo tiempo de enfrascarme en la lectura de guiones, ni tampoco ganas. ¿Quieres más sopa o te doy un trozo de asado?

—Asado, querida, y esas sabrosas patatas al romero.

—Olvidemos los guiones que has mandado —dijo Mel, que también le acercó el plato a Audrey para que le sirviera—. Mi mujer los ha escondido en el sótano, en la balda de la fruta. Pero por teléfono me has dicho que habías recibido una oferta que difícilmente podemos rechazar.

Audrey alzó las cejas.

—¿«Podemos»?

Kurt se rio y Mel ignoró a su mujer.

—¿De qué se trata?

—Después del postre sacaré el guion de la maleta. Es un bombazo. Querrás ir sin falta a Nueva York para interpretar ese papel, Audrey.

—Antes debo ocuparme sin falta de Sean —respondió ella en tono seco, cogiendo de la cuna al niño, que llevaba ya un rato lloriqueando. Se retiró al cuarto de estar colindante y se sentó en su butaca favorita para dar de mamar sin ser molestada. Oyó que Kurt y Mel hablaban del guion, y las lágrimas se le agolparon en los ojos. Desde que era madre lloraba con mucha más frecuencia que antes. Se limpió las mejillas húmedas y besó al bebé, al que tenía en brazos haciendo ruiditos al chupar.

—¿Por qué nos lo ponen tan difícil, conejito mío? Para millones de mujeres lo más normal del mundo es quedarse con sus hijos. ¿Por qué no lo es para mí?

A continuación, acostó a Sean. Mientras seguía un rato con él cantándole canciones de cuna, oyó cómo se divertían abajo Mel y Kurt. Jugaban a las cartas a voz en grito y daba la impresión de que corría el alcohol. Como de todas maneras no la iban a echar de menos, se puso el camisón y se lavó los dientes. Se metió en la cama y arrimó la cuna para oír la respiración regular de Sean.

A altas horas de la noche, su marido se metió en la cama a su lado. Olía a whisky y tiró del edredón, dejándola destapada.

—Todavía no estás dormida, ¿no? Le he dado a Kurt el cuarto de los invitados, junto a la escalera, ¿te parece bien?

—Eso era lo acordado —murmuró ella con sueño, y recuperó un trozo de edredón.

—Deberías echar una ojeada al guion nuevo —susurró él antes de sucumbir a un sueño inquieto.

Al cabo de una hora, Sean se despejó y empezó a llorar a moco tendido. Audrey suspiró, se puso la bata por encima y bajó con el niño para darle el pecho y mecerlo hasta que se durmiera. Como no paraba de darle vueltas a la cabeza y estaba segura de no poder conciliar el sueño, fue a la cocina y se calentó un poco de leche. La luna lo sumergía todo en una luz irreal. En noches como esa, le daba la sensación de que ella y su bebé eran los únicos seres vivos que existían; era como si estuvieran solos en el espacio y el tiempo.

Después de pasearse un buen rato con Sean en brazos hasta que se quedó adormecido, se sentó a la mesa y se tomó la leche. Kurt había dejado el montón de cartas de sus admiradores y el guion del que hablaba al lado del frutero.

Audrey quitó la cinta con la que iban atadas las misivas. Eran muchísimas; iba a tardar varios días en leerlas. Llevada por la curiosidad abrió un par de ellas y las leyó por encima. Como siempre que recibía cartas de sus admiradores más leales, le emocionaron el afecto y la admiración que desprendían, y a veces, cuando le confiaban asuntos personales, sentía un dolor sordo.

«Cuando mi madre estaba moribunda y no sabíamos si iba a sobrevivir, fueron sus películas, Audrey, las que me distrajeron y evitaron que perdiera la razón», escribía una joven de Connecticut.

Se le llenaron los ojos de lágrimas. Cogió otra carta que venía en un sobre con unas flores primorosamente pintadas.

«Charlie y yo nos conocimos hace siete años en el cine. Ponían *Vacaciones en Roma*, y fue nuestro entusiasmo por usted, querida Audrey, lo que nos unió de inmediato. Ahora llevamos seis años casados y tenemos dos hijas encantadoras».

Sonrió y se enjugó las lágrimas. Por primera vez desde que era madre, se apoderó de ella la nostalgia por los viejos tiempos. Aunque más de una vez había estado al borde del agotamiento por tener que rodar una película tras otra, había sido una época muy bonita.

Se propuso continuar leyendo las cartas durante los siguientes días, y abrió el guion. *Desayuno con diamantes*, se titulaba. Se quedó leyéndolo hasta que el niño le pesaba en los brazos; luego lo cerró con resolución y subió al dormitorio. ¿Por ese guion había ido Kurt expresamente a Suiza?, pensó mientras se dormía. No se veía en ese papel; en su opinión, le pegaba tanto como un tulipán en el desierto, o sea, nada. Él debería haberlo sabido.

Como Sean se despertó varias veces más durante la noche, no durmió apenas. Con ojeras por haber trasnochado, apareció a la mañana siguiente en la cocina, donde Mel y Kurt ya estaban desayunando de muy buen humor.

—Buenos días, cariño. ¿Café?

—Sí, por favor. —Agotada, se sentó entre los dos hombres y se untó una tostada con jalea de membrillo.

—¿Dónde está el pequeño? Ya me he acostumbrado a veros siempre con él —dijo Kurt con una sonrisa.

—Está durmiendo, cosa que por desgracia no ha hecho en toda la noche.

—La verdad es que deberíamos buscar a alguien que te ayude. Tiene que haber alguna niñera buena que te eche una mano.

Audrey negó con la cabeza. ¿Para qué demonios necesitaba ella una niñera, siendo madre a tiempo completo?

—Millones de mujeres consiguen cuidar ellas solas de sus hijos.

—Pero millones de mujeres no reciben, gratis y a domicilio, una oferta que es un bombazo. —Kurt cogió el guion, que todavía estaba encima de la mesa—. ¿Le has echado un vistazo? Este guion es una oportunidad de oro que te va a catapultar para siempre al olimpo de las celebridades; de eso estoy seguro.

Audrey notó que Mel la taladraba con una mirada expectante que rehuyó.

—Lo he hojeado un poco esta noche.

—¿Y no te apetece muchísimo interpretar el papel de Holly Golightly, Audrey? —Kurt hablaba con la boca llena y, de puro entusiasmo, lanzaba migas de pan en todas direcciones—. Entre nosotros te diré que en realidad debía interpretar el papel Marilyn Monroe. El autor, Truman Capote, en cuya novela corta está basado el guion, quería que fuera ella sin falta la protagonista.

Audrey oía solo a medias, pues le pareció haber oído arriba un llanto. Pero se hizo el silencio.

—¿Y entonces por qué no lo interpreta Monroe?

—Su agente se lo ha desaconsejado. —Los ojos de Kurt echaban chispas de satisfacción—. Opinaba que el papel de una chica ligera de cascos podía dañar su imagen.

Audrey lo miró con incredulidad.

—Ah, ¿y mi imagen no la dañaría o qué?

Ahora intervino Mel, que hasta entonces había dado la impresión de que le costaba trabajo mantenerse al margen.

—¡La respuesta negativa de Marilyn Monroe es tu oportunidad, querida! Estarías maravillosa en ese papel. Y tu currículum se vería enriquecido por otra adaptación cinematográfica de la literatura.

Audrey dejó la taza de café con un tintineo y se ajustó la bata. *Desayuno con diamantes* trataba de una prostituta que solo pretendía encontrar un marido rico y, por esa razón, rechazaba a un escritor pobre que se enamoraba de ella. ¡Ni por asomo iba a interpretar un papel así! Era absurdo que tanto su marido como su agente quisieran convencerla para que lo hiciera.

—Holly Golightly es prostituta. ¡Santo cielo! ¿Cómo voy a encarnar yo ese papel? ¡Soy una madre de treinta y un años que vive retirada en una casa de campo de un pueblo suizo! Me separan años luz de ella.

Mel sonrió condescendiente.

—Si no te gusta la palabra prostituta, entonces llámala casquivana. Además, no se trata de que tengas que pasearte desnuda delante de la cámara.

—¡Tampoco voy a interpretar a una casquivana! Sencillamente, yo no soy así. —Miró disgustada primero a su marido y luego a su agente, que seguía zampando tan tranquilo sus tostadas—.

Soy una persona introvertida, me gusta pasear y cocinar, trabajo un poco en el jardín y cuido de mi bebé. Con mis papeles anteriores me identificaba, pero no con este.

—Eres actriz —la contradijo Kurt sin inmutarse—. Puedes interpretar cualquier cosa. Hasta ahora has conseguido nueve distinciones, entre las cuales figuran un Oscar y dos nominaciones. Esta película posiblemente te proporcione otro Oscar, quién sabe.

—Si crees que no puedes interpretar ese papel, entonces te equivocaste al elegir tu profesión —dejó caer Mel.

De repente se hizo el silencio en la mesa. Kurt estaba quitando la cáscara al huevo pasado por agua mientras Audrey miraba fijamente a su marido sin decir una palabra. Se puso colorada, tiró de mala manera la servilleta y se levantó bruscamente para abandonar la cocina. Mel, que parecía arrepentido de su metedura de pata, la siguió. En la escalera la alcanzó y la sujetó del brazo.

—Suéltame —dijo ella en voz baja, e intentó zafarse.

—Lo siento —imploró él, mirándola desde abajo con sus ojos azules oscurecidos por la congoja—. De verdad, no quería decir eso. No era mi intención. Eres capaz de interpretar cualquier papel de manera excepcional. No entiendo por qué te resistes tanto a aceptar esta oferta.

—¡Y yo no entiendo por qué tenemos que estar discutiendo sobre esto! —De repente, se sintió sin fuerzas y se desplomó en el peldaño de la escalera. Mel se sentó a su lado y durante un rato permanecieron callados, buscando las palabras.

—He dejado bien claro que me quiero quedar en casa con Sean —susurró ella.

Él la rodeó con el brazo y los dos juntaron la cabeza. «¿Qué ha sido de nosotros? —pensó Audrey—. ¿Desde cuándo lo único que importa es la carrera y nada más que la carrera?». Si era sincera consigo misma, tenía que reconocer que siempre había sido así; Mel nunca había tenido la menor duda de cuáles eran sus prioridades. ¿En qué momento se había dado cuenta ella de que sus propios deseos y objetivos estaban en otra parte?

—No nos peleemos —dijo él, besándola en el pelo—. No quiero obligarte a nada. La estrella eres tú. Pero te aconsejo encarecidamente que aceptes este papel. Ya has cumplido más de treinta años. ¿Durante cuánto tiempo crees que vas a seguir recibiendo ofertas tan buenas como esta? Piensa en tu futuro, cariño, y acéptalo.

2

Kurt se marchó con el contrato de *Desayuno con diamantes*, firmado por Audrey, en el equipaje. Mel estaba de buen humor y la prodigaba de cuidados y atenciones. Al final, todo había salido como él quería. A última hora de la tarde, cuando ella fue a dar una vuelta con el cochecito del niño para despejarse la cabeza, tenía la sensación de que todo había sido un error garrafal. La culpa esa suya por no haberse enfrentado lo suficiente a su marido. Una vez más, había antepuesto su anhelo de paz y armonía a sus propias necesidades y, peor aún, a las del recién nacido. Ahora los paseos agradables por los caminos que rodeaban Bürgenstock pertenecerían ya al pasado. Pero de nada servía lamentarse de su decisión, tomada a desgana, pues para bien o para mal tenía que dar lo mejor de sí misma.

Un viento otoñal fuerte doblaba las espigas de ambos lados del camino, y en el cielo apareció la primera estrella, pese a que todavía no era tarde. Audrey pensó con melancolía que el verano ya había terminado definitivamente y, con él, su primera y despreocupada etapa con el bebé.

Cuando volvió a casa, fue en busca de su marido, que, con una camisa a cuadros remangada, cortaba leña en el jardín.

—Estoy ampliando nuestras provisiones de leña antes de irnos a Nueva York —dijo limpiándose el sudor de la frente—. El otoño y el invierno están a la vuelta de la esquina, ¿lo has notado? El aire huele muy distinto.

—Es verdad. —Audrey aspiró también profundamente el olor a tierra—. Oye, Mel, he estado reflexionando. Me gustaría que Kurt renegociara el contrato.

Él se puso todo rígido.

—Voy a poner las siguientes condiciones para el rodaje: que la niñera que contratemos esté todo el rato con Sean cerca de mí, porque me gustaría pasar con él cada segundo de mis descansos. No quiero que el niño esté todo el día en el hotel y yo me quede sin saber cómo se encuentra.

—Creo que eso se podrá solucionar. —A Mel se lo notó muy aliviado.

—¿Qué condiciones creías que iba a poner? —preguntó ella irritada.

—Ni idea. Tal vez actuar a tiempo parcial, de nueve a tres o algo así.

Audrey se lo quedó mirando con los labios fruncidos.

—Ya sabes que soy una profesional de toda confianza. Y lo seguiré siendo aunque ahora sea madre.

—Está bien —se apresuró a afirmar él—. Te va a salir todo de maravilla, como siempre.

Dejó el hacha en la hierba, atrajo a Audrey hacia sí y le besó el pelo. Ella se apoyó en su marido y cerró los ojos, contenta de que hubiera pasado la tormenta que se cernía sobre ellos.

Los días siguientes los pasaron buscando una niñera apropiada. Después de hablar con varias aspirantes, al final optaron por una mujer joven de unos veinte años llamada Louise. Era suiza, hablaba alemán, inglés y francés, y tenía buenas referencias.

Audrey se alegró de contar con su ayuda para hacer las maletas. Sean lloraba esos días sin cesar, como si notara el nerviosismo de su madre. Viajar para tanto tiempo con un bebé le parecía tan complicado que, una vez más, deseó poder quedarse en casa.

En esta ocasión también era Givenchy el encargado de diseñar el vestuario para la película. Habían hablado unas cuantas veces por teléfono para comentar los deseos de Audrey y habían quedado en pasar por París para probarse la ropa antes de continuar el viaje hacia Nueva York.

—¿Para qué sirve esto? —dijo Mel con un suspiro cuando iban en avión hacia París—. Podría haber mandado tranquilamente la ropa a América. ¿Por qué tenemos que volar por media Europa?

—A lo mejor tiene que cambiar las medidas —le explicó ella con paciencia—. Puede que mi figura no sea la misma después del parto.

—Yo te veo igual que antes.

—Tú podrías haber volado directamente a Nueva York, Mel; al fin y al cabo, tienes allí algunos proyectos. Podríamos habernos encontrado allí.

—Está bien. —Le pidió un whisky a la azafata para tragarse el disgusto—. Mañana continuaremos el vuelo.

París los recibió con frío y lluvia. Mel le indicó al taxista que lo dejara en el hotel con la niñera, que los seguía como una sombra, y que llevara a Audrey al taller de Givenchy.

—¿Quieres que el pequeño se quede con Louise?

—No, me lo llevo. —Intentó ocultar el alivio que sintió al ver que él no la acompañaba.

El asistente los condujo a los aposentos privados del diseñador de moda. Sean, que no había parado de llorar en el taxi, por fin se había quedado dormido en la bolsa portabebés.

Givenchy se levantó al otro lado del escritorio y se acercó a ella con los brazos abiertos.

—Bienvenida, *chérie*. Cómo me alegro de verte. En compañía de este hombrecito, claro.

En respuesta a su recibimiento, ella le dio un abrazo fuerte.

—Yo también me alegro muchísimo, Hubert.

—Cómo ha crecido desde el bautizo. Es un chico guapísimo —dijo Givenchy—. Se parece a la madre.

—Gracias —dijo Audrey radiante de orgullo.

—¿No ha querido venir tu marido? —Se sentaron en el rincón y él le sirvió té de una jarra de porcelana.

—No, ha ido derecho al hotel. Pero quizá sea mejor, así podemos charlar los dos tranquilamente —dijo medio en broma, pero Givenchy parecía tener unas antenas muy finas, porque le sonrió con complicidad.

—¿Qué tal está Philippe? ¿Le va bien? —Philippe Venet había empezado a trabajar hacía unos años en la casa Givenchy como sastre, pero a estas alturas ya era mucho más que un simple empleado. Audrey lo apreciaba mucho.

—Oh, sí, le va estupendamente. Lástima que esté visitando a un cliente; si no, te lo habrías encontrado.

Sean empezó a moverse. El gemido inicial se convirtió en un lloriqueo y luego se puso a chillar a voz en grito con la cara roja como un cangrejo. Audrey lo cogió rápidamente e intentó calmarlo.

—Tiene hambre —dijo, notando que también a ella le subía el calor a la cara.

—Puedes darle de mamar aquí tranquilamente. Si te resulta incómodo darle el pecho delante de mí, me retiro un rato.

A Audrey no se le escapó la mirada de sorpresa de Givenchy cuando rebuscó toda histérica en su bolso de Louis Vuitton. Los berridos de su hijo la pusieron tan nerviosa que no encontraba lo que buscaba.

—No, es que... ¿Dónde se habrá metido el biberón? ¿Sabes, Hubert? Ya no le doy el pecho...

Por fin lo encontró. Comprobó si la leche aún seguía caliente. Colocó a Sean en el repliegue del codo y le metió la tetina en la boca. Pero, en lugar de beber, el niño escupía la pieza de goma y se ponía a gritar más fuerte todavía. Desesperada, se la volvió a meter en su boquita abierta de par en par, pero el bebé apartaba la cabeza y berreaba sin parar.

—¿Qué le pasa? —preguntó Givenchy preocupado.

—Estoy intentando quitarle el pecho —explicó Audrey con la voz temblorosa—. Desde anteayer... Por el rodaje... Pensé que sería mejor que la niñera le diera el biberón; no puedo pedirle al director que haga un descanso para que yo lo amamante...

—Parece que te está resultando difícil, *chérie*.

A Audrey le brotaron lágrimas de los ojos.

—Sí, es un infierno. Tengo los pechos a punto de reventar, y el niño rechaza el biberón aunque tenga hambre. No sabe lo que es beber así.

Givenchy se levantó y, sin decir una palabra, le quitó el bebé de los brazos.

—Dame el biberón —dijo en voz baja.

Le habló a Sean para tranquilizarlo y, como por un milagro, el niño se calmó y empezó a chupar de la tetina de goma. Audrey no podía apenas mirarlos. Aunque le alivió saber que su hijo no iba a morirse de hambre cuando lo dejara en Nueva York en manos de la niñera, le entristeció pensar que ya no era tan imprescindible para su hijo.

Cuando se sació, se lo colocó suavemente en los brazos.

—Gracias —dijo ella compungida.

—Veamos la ropa —propuso él—. ¿Te apetece?

Audrey asintió y volvió a meter al niño, que ya empezaba a dormirse, en el portabebés. Givenchy apretó un botón y, a los tres minutos, apareció un empleado joven que trajo rodando un perchero móvil. Ya desde lejos, Audrey reconoció los tejidos finos y el estilo elegante y sencillo.

—¿Qué más necesita una chica aparte de un vestidito negro? —murmuró deslizando los dedos por la tela de la prenda.

Él sonrió y dijo:

—Eso mismo parece que piensa la tal Holly Golightly, al menos según los textos que me han enviado para que diseñara vestidos que se ajustaran a ella. —Cogió dos idénticos y se los colocó a derecha e izquierda del cuerpo—. Este es para la escena del principio, en la que Holly está al amanecer delante de Tiffany tomando un café en un vaso de cartón y comiendo un bollito, después de haberse divertido toda la noche. Por si acaso, he mandado hacer dos vestidos iguales.

—Qué buena idea. Por si uno me lo estropea la baba del bebé. —Observó más detenidamente las prendas y palpó el raso negro brillante—. Parece el vestido de una reina.

—De una reina de la noche —dijo Givenchy sonriendo de satisfacción—. Eso es lo que es Holly. He encargado hacer un par de guantes de los que llegan hasta el codo; así el conjunto será perfecto. Recomiendo además un collar de perlas de varias vueltas y para el pelo tal vez una tiara.

—Se lo diré a mis estilistas.

Audrey desapareció detrás de una cortina para probárselos. Cuando se presentó ante él con ellos puestos, él dijo:

—Te sientan divinamente, *chérie*. No te ha cambiado nada el tipo por el embarazo. Sigues siendo grácil como un hada.

Audrey le dio un beso en la mejilla.

—Mil gracias, querido. —Miró la hora suspirando—. Tengo que irme al hotel; si no, Mel se va a impacientar.

Givenchy mandó llamar a un taxi y se despidió de ella con un abrazo cordial.

—Cuídate, *chérie*. Estás otra vez igual de delgada, aunque hayas tenido un bebé hace unas semanas. En los últimos años has atravesado algunas fases en las que te iba muy mal; tengo miedo de que te vuelva a pasar lo mismo si no te cuidas mucho.

La miró, preocupado, con sus ojos azules; esa atención que le prodigaba, que a veces echaba de menos en su marido, le emocionó.

—Lo haré, Hubert. Descuida.

Todavía llovía a cántaros cuando el taxi la llevó con Sean por la ciudad en dirección al hotel. Al pasar por los Campos Elíseos, Audrey descubrió su propio rostro en un cartel publicitario. Era un anuncio del perfume de Givenchy L'Interdit, que ya no solo le pertenecía a ella, sino que se vendía en todas las perfumerías de lujo. Se le hizo un poco raro verse así; en casa, en Bürgenstock, no había carteles publicitarios, tan solo montañas, senderos, prados y una tranquilidad infinita.

Pero ya había dejado atrás el silencio del campo suizo y ahora le tocaba volver a sumergirse en el ajetreo y el glamour de Nueva York. Para su propio asombro, notó que el corazón volvía a latirle ilusionado. Después de tantos meses de retiro, ¿cómo se sentiría ocupando de repente otra vez el centro de una producción cinematográfica?

3

Octubre de 1960

Cuando aterrizaron, Audrey estaba agotada porque, durante el largo vuelo, a duras penas había conseguido calmar el llanto de su hijo. Al menos, hacía un tiempo buenísimo, y el sol dorado otoñal se filtraba por las copas de los árboles de la Quinta Avenida, por la que pasaron de camino al hotel. No había tardado nunca tanto en cruzar la ciudad. En todas las esquinas y los cruces había una multitud de policías, en su mayoría, fuertemente armados.

—¿Qué ha pasado? —le preguntó Mel al taxista—. Da la impresión de que cuentan con una invasión de los rusos. La Guerra Fría en pleno auge.

El hombre se carcajeó.

—Algo parecido. Mañana se espera la visita oficial de Nikita Kruschev, el presidente del Estado soviético. Hay muchas calles cortadas, entre otras, la Quinta Avenida.

—¿La Quinta Avenida? —repitió Audrey asustada—. Pues mañana temprano rodamos la escena inicial delante del escaparate de Tiffany, a tan solo unos metros de aquí.

Mel se encogió de hombros.

—Ni idea. Blake Edwards, el director, ya sabrá lo que hacer. Si no hay más remedio, rodaréis la escena a toda velocidad.

Ella suspiró hondamente. El papel de Holly Golightly, después de haber estudiado el texto a fondo, le parecía muy complejo y se preguntaba si sería capaz de hacerlo bien. Rodar con prisas no le apetecía lo más mínimo.

En el hotel ocuparon una suite con una habitación colindante en la que se alojaba Louise. Mel se despidió pronto para reunirse con la gente de una compañía cinematográfica pequeña. Con el corazón en un puño, Audrey dejó a Sean en manos de la niñera. Le partió el alma oírlo llorar cuando bajó para reunirse por primera vez con todos los que iban a participar en la película.

Desde el ascensor oyó que el bar estaba de lo más animado. Todos hablaban y reían a la vez, los actores, los cámaras, los estilistas y el personal de iluminación. Nada más entrar ella, las conversaciones enmudecieron. Fue saludando a todos con timidez. Odiaba que la miraran fijamente. Por suerte, se le acercaron dos caras conocidas, Alberto y su mujer Grazia. Desde *Vacaciones en Roma*, Audrey insistía en el matrimonio la maquillara y pintara. La saludaron efusivamente.

—*Ciao, mia cara*. Qué alegría verte. ¿Cómo le va al *bambino*? —preguntó la mujer.

—Creciendo y medrando —respondió ella riéndose.

Un hombre surgió de entre la multitud y la miró expectante. Audrey lo conocía por alguna foto; se trataba del director, Blake Edwards. Tendría cuarenta y pocos años; los rasgos afilados de la cara y la mirada despierta de ojos claros le daban un aspecto de inteligente.

—Audrey. —Le estrechó enérgicamente la mano—. Me alegro de que por fin nos conozcamos. Estoy muy contento de que haya aceptado el papel.

Su mirada recayó en un hombre rubio que estaba detrás de él. Debía de tener la edad de Edwards.

—Le presento a Truman Capote, el autor de *Desayuno con diamantes*.

Audrey le dio la mano.

—Me alegro. Por desgracia, no he leído todavía su novela corta —confesó.

—No me extraña —respondió él en un tono jocoso y con la voz gangosa.

Los camareros repartieron las bebidas y, cuando ya estaban todos servidos, Edwards tomó la palabra para saludar a los allí presentes.

—Por desgracia, solo vamos a estar una semana en Nueva York para rodar las tomas de exteriores —anunció—. Como ya sabrán, la semana que viene rodaremos el resto en los estudios de Hollywood. El primer rodaje empieza mañana a las cinco, de la mañana, no de la tarde, para que no haya malentendidos. Tenemos dos horas justas para todo, para la escena del escaparate y para las tomas del interior de la joyería Tiffany. Como saben, a las siete cortan la Quinta Avenida por la visita del secretario general soviético. Así pues, la escena hay que terminarla lo más aprisa posible; apenas podemos permitirnos repeticiones.

Audrey notó el aliento de Capote en la mejilla.

—¿Se atreve a hacer una cosa así, señora Hepburn?

Al oír las palabras de Edwards se le había hecho un nudo en el estómago por los nervios. Realmente no creía que la escena le fuera a salir perfecta al primer intento, pero delante de Capote no quería dar muestras de debilidad.

—No es mi primera película, señor Capote.

—Pero sí la primera vez que hace de puta, ¿no es cierto? —Audrey se sintió herida. ¿Por qué arremetía de ese modo?—. En realidad, yo quería que hiciera el papel Marilyn Monroe —le susurró al oído mientras el director seguía explicando los planes para los siguientes días—. Habría estado perfecta con su conmovedora ingenuidad. Veremos qué tal se le da a usted.

—Déjese sorprender —dijo Audrey, que bebió un trago y se alejó de él con desenvoltura, mientras por dentro echaba chispas.

En realidad, no quería estar allí. Echaba de menos la soledad de su suite y a su hijo. De pronto, alguien le puso desde atrás la mano en el hombro y se volvió sorprendida.

Blake Edwards le dedicó una sonrisa cálida.

—No le haga ni caso a Capote. Es como una inyección letal. Está descontento consigo mismo y con el mundo. En su opinión, la compañía cinematográfica ha edulcorado su texto de crítica social y le ha quitado toda la expresividad. Sus sarcasmos son inofensivos; limítese a ignorarlos.

—Me esforzaré por hacerlo —le prometió ella, pero seguía sintiéndose insegura.

Audrey se retiró pronto. Sean se negaba a dormir en una cama desconocida y estuvo llorando toda la noche. Agotada, se lo llevó consigo a la suya. Mel, que había llegado tarde de su reunión, se movió medio dormido.

—Llévaselo a Louise, cariño. Su pataleo no me deja dormir en paz. Y tú tienes que estar mañana en plena forma. ¿A qué hora te suena el despertador?

—A las tres —murmuró ella—. Se queda aquí. Louise tiene que ocuparse mañana todo el día de él.

Mel se apoyó en los codos. Los anuncios luminosos de la calle, que se filtraban por el hueco de las cortinas, arrojaron una luz fantasmal, primero azul y luego roja, sobre su cara.

—¡Llévaselo a Louise! ¿Para qué hemos contratado a una niñera?

—Está bien —dijo ella; se levantó con el bebé en brazos y llamó a la puerta del cuarto contiguo—. ¿Louise?

Esta debía de dormir como un lirón, pues tardó un buen rato en reaccionar a las llamadas de Audrey. Medio dormida y con el pelo enmarañado, apareció en la puerta.

—¿Podría cogerlo, por favor?

La chica bostezó.

—Claro que sí.

Audrey se metió en la cama; en el cuarto de al lado oyó llorar otra vez a Sean. La tristeza de no poder estar con su hijo le apesadumbraba el corazón. ¿Pasaría lo mismo durante todo el rodaje? Una vez más, se arrepintió de haber aceptado ese papel.

Cuando a las tres sonó el despertador, se levantó agotada. Apenas había dormido.

—Hasta luego, Mel —susurró, pero él se limitó a taparse la cabeza con el edredón.

Pese a ser todavía de noche, en el vestíbulo reinaba una algarabía de voces y risas. Nadie tenía en consideración a los huéspedes que todavía dormían en las habitaciones de al lado.

Alberto abrazó a Audrey y la contempló con compasión.

—Ha sido una noche larga, ¿eh?

—Más bien corta. ¿Vas a conseguir taparme con el maquillaje estas ojeras grandes como sartenes?

—Va a ser difícil. —Esbozó una sonrisa que desarmaba—. Pero lo conseguiremos, no te preocupes.

Tras cruzar la ciudad todavía silenciosa, llegaron al primer lugar de rodaje: la famosa joyería Tiffany. A ella la enviaron inmediatamente a que la maquillaran en su tráiler. Alberto hizo verdaderos milagros con su cutis, y su mujer, Grazia, le dejó el pelo precioso. Los mechones de color miel que se había teñido para el papel brillaban y le daban un aire elegante.

Después de ponerse el vestido negro de Givenchy y los guantes largos, Alberto le colgó un collar de perlas de cinco vueltas y Grazia le colocó con mucho cuidado una tiara resplandeciente en el cabello.

—Estás guapísima —dijo la mujer—. Se van a quedar todos boquiabiertos cuando te vean.

—Truman Capote no —murmuró Audrey, que se sentía molesta por no haberle caído bien al autor, pues normalmente siempre se llevaba de maravilla con todos los miembros del equipo de rodaje. Apartando sus pensamientos del muy cascarrabias, se miró en el espejo; como siempre, los estilistas habían hecho un magnífico trabajo.

Cuando salió del tráiler al alba y bajó los dos peldaños que daban a la calle, oyó una ovación procedente de todos los rincones. Sorprendida, miró a su alrededor. Tras las cintas del acordonamiento vio a numerosas personas dando gritos de júbilo.

—¡Audrey, te queremos! ¡Eres la mejor! —gritaban a coro mientras ella los saludaba.

Blake Edwards dejó a un grupo de técnicos y se apresuró hacia ella.

—Buenos días, Audrey. Tiene usted un aspecto fresco como una lechuga.

—Eso es gracias a Alberto, que es un artista del maquillaje —dijo ella sonriendo.

—Ya ve cómo está esto. Hemos acordonado la parte de delante del Tiffany hace dos horas, pero los admiradores no se marchan. Quieren verla. ¿Está lista? Ya sabe que solo...

—... tenemos dos horas, lo sé.

El nerviosismo le aceleró el pulso. No estaba acostumbrada a rodar siendo observada por cientos de admiradores, y de repente se sintió rígida y desmañada. Por si fuera poco, su mirada recayó en Truman Capote, que estaba sentado en un taburete entre las cámaras con los brazos cruzados. A través de sus gafas de carey redondas le lanzaba miradas que eran como alfilerazos.

—¿Preparada? —preguntó Edwards, mirándola fijamente.

Audrey cerró un momento los ojos, respiró profundamente y asintió con la cabeza. Ahora era Holly Golightly, una criatura simpática y caótica que en elegancia no tenía rival. Un asistente le trajo un café en un vaso de cartón y una bolsita con el desayuno; con las dos cosas en la mano, se acercó al escaparate de Tiffany.

La semana en Nueva York pasó volando, y pronto todo el equipo partió hacia Los Ángeles. Ella se sintió aliviada de librarse del trajín de la costa este; en los estudios de Hollywood no habría tanta prisa, y, si una escena salía mal, se podría repetir las veces que hiciera falta. Pese a su propósito de pasar el mayor tiempo posible con Sean, se dio cuenta de que a menudo resultaba imposible. Cuando tenía unos minutos libres, no podía dejarlo todo plantado e ir a verlo corriendo. Unas veces, tenían que corregirle el maquillaje; otras, le tocaba comentar con Edwards la siguiente escena. Le partía el corazón ver a su bebé solamente por las noches, pero al final también eso se convirtió en una rutina para ella. De todas maneras, le gustaba meterse en el papel de Holly Golightly. Siempre había sido una actriz de pura sangre, y el trabajo en el plató en el fondo era como volver a casa.

Blake Edwards le presentó a Henry Mancini, que había escrito la música para *Desayuno con diamantes*. Los dos se encontraron en una pequeña sala de juntas de los estudios de la Paramount. El hombre, que llevaba consigo una guitarra, le estrechó la mano y la miró con sus ojos cálidos y oscuros. Se le notaba a simple vista su origen italiano.

—Me encantan sus obras —dijo ella—. En las películas, subrayan los estados de ánimo más que las palabras o las miradas.

—De hecho, el compositor, que solo era un poco mayor que Audrey, había alcanzado en los últimos años fama mundial por las bandas sonoras de película.

—Gracias. —Mancini sonrió con modestia—. ¿Puedo decirle que soy un gran admirador de su arte dramático? Interpreta cualquier papel de una forma tan modesta y encantadora, siempre con un toque de humor, que es como si no se tomara a sí misma demasiado en serio, y eso me gusta. Eso la diferencia gratamente de las otras divas con las que he tratado.

Audrey sonrió.

—Es muy bonito lo que me dice. —Por la ventana vio a Louise sacando a pasear a Sean en el cochecito; sintió una punzada de melancolía por no tener tiempo para estar con su hijo, e intentó concentrarse en Mancini—. Me ha dicho Blake que ha escrito una canción para mí.

Él asintió con solemnidad y tocó un par de acordes a la guitarra.

—«Moon River». Para la escena de la ventana.

—Esa es mi escena preferida de toda la película —dijo ella entusiasmada—. Holly sentada en la ventana, cantando la canción, vestida de manera informal con un jersey y unos pantalones vaqueros, y con una toalla envolviéndole el cabello mojado. Paul la oye cantar y la mira desde el piso de arriba, completamente embrujado.

—A través de la canción he intentado captar la ensoñación de Holly, mostrar su lado tranquilo y ensimismado. Así dejamos claro que no es solo una mujer ligera de cascos, sino que también alberga sentimientos profundos. —Mancini se apoyó en una mesa y empezó a entonar suavemente la canción mientras rasgaba un poco la guitarra.

Audrey se quedó escuchando. La emocionó hasta lo más hondo del alma. Era tan sencilla y tan conmovedora que se le puso la carne de gallina.

Cuando terminó, se hizo un momento de silencio. Él la miró esperanzado.

—Es mágica —soltó por fin Audrey—. La más bonita que he oído en mi vida. Solo que... no la sé cantar.

Mancini se echó a reír.

—Edwards me ha dicho que usted reaccionaría así. «Duda siempre de sí misma y cree que no lo va a poder hacer, y luego lo consigue de manera magistral», me ha dicho.

—No, de verdad, no tengo voz para eso. No soy cantante, mi voz es demasiado débil como para entonar esa canción tan maravillosa.

—Ya lo creo que lo va a conseguir. —Mancini sacó un montón de hojas de música de su cartera y las puso encima de la mesa, delante de ella—. Esto es para que practique. Créame, he visto todas las películas en las que trabaja. Conozco su voz al dedillo. Cuando escribí esta canción, la tenía en la mente.

Audrey cogió los papeles con inseguridad y les echó un vistazo. Ya solo el texto que venía debajo era tan bonito y emocionante...

—Tampoco sé tocar la guitarra.

—Entonces comencemos por enseñarle eso. —Mancini se sentó a su lado y le encajó el instrumento en las manos—. La escena no se va a grabar hasta el final del rodaje, de modo que le da tiempo a estudiar la canción. Vendré todos los días a practicar con usted. Además, el estudio va a poner a su disposición un profesor de guitarra. No hay el menor problema.

—Si usted lo dice... —Audrey tocó un acorde que le había enseñado y se quedó sorprendida por haber extraído sonidos del instrumento—. A lo mejor me sale bien.

—Puede cantarle la canción todas las noches a su bebé como si fuera una nana —dijo Mancini sonriendo—. Así adquirirá automáticamente práctica.

Audrey siguió el consejo del compositor y todas las noches cantaba «Moon River» para Sean, lo que se convirtió en uno de sus rituales favoritos. El sol del atardecer descendía ardiente por las montañas de Hollywood, y el otoño californiano aún retenía el calor mientras ella cantaba al río de la luna. Eran unas horas muy valiosas para ella, y, para no perdérselas, rechazaba todas las invitaciones a fiestas y reuniones con los colegas.

—«Two drifters, off to see the world... There's such a lot of world to see...» —cantaba llena de sentimiento mientras Sean lanzaba todo contento las piernecitas al aire—. «We're after the same rainbow's end, waiting 'round the bend...».

—«My huckleberry friend» —concluyó Mel a voz en grito.

Audrey se estremeció; había olvidado por completo que aún seguía allí.

—¿No te vas cansando de la cancioncita? —le preguntó su marido, haciéndose el nudo de la corbata. Iba a reunirse con unos amigos de antaño.

—Jamás —contestó ella, y le hizo cosquillas en la tripa a Sean, que emitía gorgoritos de placer.

Audrey tenía cada vez más la sensación de que en América hacía cada uno su vida. Mel salía todas las noches. Al principio le decía que lo acompañara, pero ella siempre se negaba, lo que daba lugar a discusiones. Él no entendía por qué no dejaba sencillamente a Sean con Louise, y ella se sentía ofendida de que no entendiera lo importante que era para ella pasar ese rato con su hijo. Deseaba que su marido se quedara más a menudo con ambos y pasar las noches como una familia. Pero tampoco podía reprocharle que en América, su país natal, quisiera ver a tantos amigos como le fuera posible.

—No me esperes. Llegaré tarde —dijo Mel, besándola en el pelo.

—De acuerdo —musitó ella, que se sentó en la cama con las rodillas cruzadas y cogió a Sean en brazos aspirando el aroma dulce de su piel—. Entonces, los dos vamos a pasar la noche juntos, mi niño.

Desde que estaban en Los Ángeles, Connie invitaba a Audrey y a Mel todos los sábados a cenar en Beverly Hills. Al principio, él la acompañaba, pero luego relegaba las invitaciones para reunirse con sus propios amigos. Por una parte, ella se alegraba por poder estar más tiempo con su amiga a solas; por otra, le dolía que su marido pasara cada vez más tiempo sin ella.

A Connie y a Jerry también les llamó la atención cuando, a primeros de diciembre, un sábado se presentó sola con Sean.

—¿Dónde se mete tu marido? —le preguntó ella mientras sacaba al bebé de la cuna y lo tomaba en brazos—. ¡Ven con la tía Connie, precioso!

—Se junta con los amigos de antaño. —Cansada, Audrey siguió a su amiga a la cocina, donde ya estaban preparadas las ensaladas y las patatas en sus fuentes. Jerry pasaba el rato como siempre, en la barbacoa.

Connie no hizo ningún comentario al respecto, sino que la miró con buenos ojos.

—Pareces agotada, pero tan encantadora como siempre. Hasta en vaqueros y con ese jersey áspero de cuello vuelto pareces una estrella. ¿Qué estoy diciendo? ¡Eres una estrella!

—Esta noche no soy más que una madre que viene a ver a su mejor amiga con su hijo.

Connie le pasó un gintonic.

—Menos mal que ya no le das el pecho; de lo contrario, no podrías disfrutar de esta exquisitez. En Hollywood solo se habla de tu película. Jerry dice que va a ser un bombazo.

—Ya veremos. Pero yo también tengo un buen presentimiento. Al principio abrigaba reservas con respecto a mi papel, porque no me identifico nada con Holly, pero luego me fui encariñando con ella. —Audrey dio un trago largo del gintonic—. La escena en la que canto es preciosa, y parece que me ha salido bien. Al menos Mancini se ha deshecho en elogios conmigo. De Truman Capote, naturalmente, no me llegó ninguna palabra de reconocimiento en todo el rodaje. Da la impresión de que todavía no ha superado el hecho de que yo no sea Marilyn Monroe.

Connie soltó una risita.

—¿Hay alguien que se tome en serio a ese escritorzuelo, con esa cara obesa de bebé? —Sean soltó un gorgorito en su cuna y la mujer se agachó a hacerle cosquillas—. ¿Qué tal con Mel? La última vez que os vi no parecíais precisamente relajados.

Audrey se encogió de hombros. Esa noche le apetecía despreocuparse de todo y no hablar de su matrimonio.

—Bueno, vamos tirando.

Su amiga la taladró con la mirada, pero, como en ese momento entró por la puerta Jerry, no siguió indagando.

—Ya podemos cenar. Los bistecs están en su punto —anunció, radiante de alegría.

Connie lanzó a Audrey una mirada elocuente y puso los ojos en blanco.

—Sí, ya huele un poco a chamuscado.

—Así es como más te gustan —le tomó el pelo su marido, y la rodeó con el brazo. Ella hizo como que le daba asco su delantal manchado de grasa, pero lo miraba con mucho afecto.

Audrey apartó la vista. Ver a Connie y Jerry tan cariñosos el uno con el otro le hizo darse cuenta de lo sola que se sentía. ¿Cuánto tiempo hacía que Mel y ella no se trataban con ese afecto? Le entró frío y se rodeó el cuerpo con los brazos. De ella se apoderó, con una intensidad inesperada, una añoranza profunda.

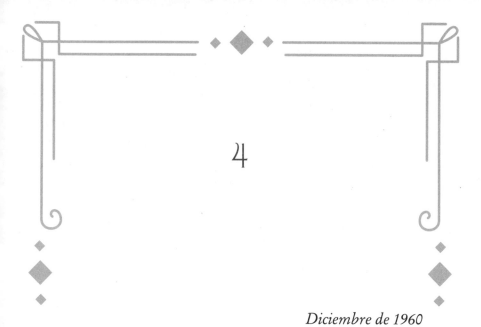

4

Diciembre de 1960

El rodaje tocaba a su fin. Por toda la ciudad se respiraba un ambiente navideño. Las calles comerciales estaban llenas de luces y estrellas, y en los escaparates de las boutiques de lujo los árboles de Navidad lanzaban los mismos destellos que los carteles luminosos. Allí todo era más chillón y más estridente que en Europa. Audrey tenía ya ganas de volver a casa y pasar los días de fiesta en Villa Bethania, para dedicarse exclusivamente a la familia.

Llegó el momento de sacar los billetes de vuelta y de hacer las maletas. Pero antes faltaba una última reunión con la compañía cinematográfica. En esta ocasión, Mel la acompañó. En los estudios de la Paramount se iba a mostrar un adelanto de la película, al que asistirían Blake Edwards, Henry Mancini, Truman Capote, el guionista George Axelrod y, naturalmente, los protagonistas, entre los que destacaba ella. Con su traje de color lila de Givenchy y un sombrero a juego, parecía muy segura de sí misma, aunque por dentro estaba muy nerviosa, como siempre que veía por primera vez una película suya. De las escenas podía surgir algo maravilloso, o bien algo mediocre que no tuviera buena acogida entre el público. Confiaba en lo primero, pues se había entregado en cuerpo y alma a su personaje.

Las maletas ya habían sido previamente enviadas al aeropuerto, y Louise esperaba con Sean en el pasillo de la sala de proyección. Audrey y Mel saludaron a todo el mundo y se sentaron. Mancini le apretó la mano y le sonrió para tranquilizarla.

Martin Rackin, el director de producción de la compañía Paramount Pictures, pronunció unas palabras de introducción. En la sala se palpaba la tensión. Empezó la película y, como siempre, Audrey se sintió como si no fuera ella la que aparecía en la pantalla, sino una completa desconocida. Notó que a su lado Mel sonreía o hacía gestos de aprobación en algunas escenas, y respiró aliviada. Su lenguaje corporal revelaba que le gustaba la película.

Cuando terminó, al principio se instaló un silencio sepulcral. Rackin preguntó:

—¿Y bien, señores? ¿Qué me dicen?

Y, de repente, todos se pusieron a hablar a la vez, a reír y a dedicarle grandes elogios.

—Estás realmente magnífica como Holly —dijo Mancini, y la abrazó con lágrimas en los ojos—. Y qué bien cantas «Moon River». Vas a hechizar a los espectadores.

—En cuanto a la música —dijo Rackin, golpeando la mesa para que se volviera a hacer el silencio—, tendremos que recortarla un poco. Al fin y al cabo, esta no era la versión definitiva. Por ejemplo, «Moon River».

—¿Se va a quitar «Moon River»? —preguntó Mancini con la voz débil, sin dar crédito a lo que estaba oyendo.

—Escuche, Mancini. Sé lo mucho que ha ensayado Audrey para conseguir cantar esa canción, pero no pega nada en la película. Holly Golightly es una prostituta, no una bibliotecaria que los domingos practica un poco con la guitarra.

—Así lo veo yo también —secundó Truman Capote, que hablaba por primera vez—. Todavía no estoy seguro del todo de si la señora Hepburn interpreta bien el papel de Holly Golightly. En cualquier caso, cuando canta la canción, parece que estamos viendo un melodrama. Nada más lejos de la intención de mi novela.

—Pero... —intentó objetar Audrey, aunque solo le salió un graznido ronco, pues tenía un nudo en la garganta. La idea de que cortaran «Moon River» de la película le resultaba insoportable. Esa canción significaba mucho para ella. La asociaba con las horas apacibles que había pasado con Mancini y, sobre todo, con las noches en el hotel, cuando se la cantaba a su bebé para que se durmiera. Era su canción, y la de Sean. Le recordaría para siempre a esos momentos de intimidad con él.

—En definitiva —dijo Rackin—, se corta la canción.

Audrey ya no se pudo contener:

—Por encima de mi cadáver. —Pero había hablado tan bajito que nadie le había prestado atención. De modo que se levantó y dijo con una voz temblorosa pero bien clara—: «Moon River» no se corta. Solo por encima de mi cadáver.

Cuando terminó la reunión, Mancini le dio un abrazo cordial.

—Gracias —le susurró—. Gracias por haber luchado por nuestra canción. La película no habría sido la misma sin ella.

—Lo sé —dijo Audrey, y le besó en la mejilla—. Tanto tú como yo nos hemos entregado a ella en cuerpo y alma.

Mel la agarró del brazo y la obligó a despedirse.

—Nuestro avión no espera, querida. Supongo que querrás pasar la Nochebuena en casa.

—Sí. Adiós, Henry. Estoy segura de que haremos más películas juntos. —Lanzó a su marido una mirada de advertencia. Le indignaba que una vez más quisiera mangonearla.

Mientras iban al aeropuerto con Louise y Sean en el taxi, Mel dio rienda suelta a su enfado.

—No sé qué demonios te ha pasado, Audrey. ¿Cómo has podido hacer una cosa así? ¿Cómo le has podido hablar de esa manera a Rackin? ¡Es tu jefe en la Paramount! ¿Te enteras? —bufó—. Le has hablado como si tuvieras derecho a darle instrucciones. «Solo por encima de mi cadáver». ¡Qué arrogante!

—El arrogante ha sido él por querer cortar la escena. —La ignorancia de Mel le partía el alma. En todas esas semanas,

¿no se había dado cuenta de lo que significaba para ella «Moon River»?

—La industria cinematográfica no es un programa donde los oyentes solicitan discos —la aleccionó él—. A estas alturas ya deberías saberlo. Los guiones se reescriben; a veces se cortan escenas enteras. Eso es así: no hay vuelta de hoja. Con tu conducta pronto vas a coger fama de ser una diva caprichosa. Y luego escasearán las ofertas.

—¿Lo único que te importa es la siguiente oferta, Mel?

Él soltó un gruñido y desplegó el periódico. En todo el vuelo ya no cambiaron una sola palabra más.

Audrey se sentía feliz de estar otra vez en casa. Dejó que Louise se cogiera unos días libres por Navidad y de nuevo se ocupó ella sola del bebé. También Sean parecía darse cuenta de que volvían a estar en su entorno habitual, pues ya no lloraba tanto y se mostraba más equilibrado.

Durante los días de fiesta, las discusiones con Mel pasaron a un segundo plano y ella disfrutó del tiempo que pasó con su pequeña familia. A diario daban los tres largos paseos alrededor del pueblo. Había tanta nieve que era difícil sacar al niño en el cochecito, de modo que el padre llevaba a Sean debajo del abrigo, del que solo asomaban la cabecita y un gorro grueso.

—La semana que viene quiere venir Kurt por aquí —anunció.

Audrey, que lo había agarrado del brazo, se detuvo y lo miró con recelo.

—¿Cómo es que quiere venir? Espero que no traiga otra vez un montón de guiones con «ofertas bombazo», como las llama siempre él. Después de *Desayuno con diamantes* me gustaría hacer un descanso.

—Quién sabe lo que se trae entre manos —bromeó Mel—. No, en serio; esta vez no trae nada en la manga. Solo se trata de un par de firmas tuyas que necesita.

—Bien. —Se volvió a colgar de su brazo y siguieron andando—. Qué a gusto estamos aquí, ¿verdad?

Él la miró amorosamente.

—Sí, muy a gusto.

Después de haber visto a Connie y Jerry en Hollywood, Audrey tenía claro lo mucho que añoraba el amor y la cercanía. Por esa razón, desde la vuelta a Suiza, se había propuesto consolidar su relación con Mel. Y parecía haberlo conseguido. Estaba relajado, se ocupaba cariñosamente de Sean y de momento no hablaba de hacer más películas. Para ella era sumamente importante mantener esa situación y proporcionar a su hijo una vida familiar estable. Demasiado bien se acordaba del día en el que su padre hizo la maleta y desapareció de su vida. No quería que él pasara por esa experiencia.

Audrey dio un abrazo a Kurt cuando este llegó a Villa Bethania a la semana siguiente.

—¿Has podido abrirte camino hasta aquí a través de la nieve? —le saludó sonriendo.

—Sí, pero el taxi ha estado a punto de quedarse atascado un par de veces. Siempre te lo digo, Audrey: un apartamento bonito en Nueva York sería mucho más sencillo para mí —bromeó, quitándose la nieve del abrigo a manotazos.

—Es que ya somos unos pueblerinos.

Mel había encendido la lumbre en la chimenea y hacía un calorcito muy agradable. Saltaban chispas y crepitaban las llamas. Kurt se sentó con su carpeta gruesa en el sofá y ella trajo un vino caliente aromatizado con especias que olía a canela y a clavo.

Luego sacó a Sean del parque para sentarlo en la trona. Mientras los hombres revisaban unos cuantos contratos, ella le dio de comer a su hijo puré de zanahorias.

—Una cucharada por papá —dijo, simulando el ruido de un avión que iba hacia la boca del bebé. El pequeño probó el puré, hizo una mueca y lo escupió todo en el vestido de color rosa claro de la madre.

—Espero que no sea de Givenchy —dijo Kurt riéndose—. A propósito de él. —Kurt se inclinó sobre su carpeta para mirar algunos documentos y contratos—. Precisamente estábamos hablando sobre los ingresos de los contratos de publicidad, pero parece que no hay ningún acuerdo escrito con la casa Givenchy. —Miró desconcertado por encima de las gafas—. ¿Es así?

Audrey notó que su marido la taladraba con la mirada y se encogió de hombros.

—Claro que es así. Hubert es uno de mis mejores amigos. ¿Por qué iba a firmar contratos con él?

—Has oído bien, Kurt —dijo Mel—. Mi mujer le hace propaganda del perfume L'Interdit, que está en los carteles de publicidad de todas las grandes ciudades, pero no le cobra nada.

—¡Por supuesto que no le cobro nada! ¡Es un favor entre amigos! —Le daba mucha rabia tener que justificarse.

—Ya ves, esa es su postura —dijo él como si su mujer no estuviera delante—. Pero eso no es lo mejor. Cabría pensar que al menos Givenchy le regala el perfume. Pero ¡qué va! Audrey tiene que comprárselo en una perfumería de Lucerna.

—Me gustaría que dejaras de hablar en ese tono de Hubert —dijo ella, que se había puesto pálida y le temblaban los labios—. No se lo merece. Hablas de él como si me estuviera explotando, y eso no es verdad. Es una de las personas más buenas y generosas que conozco.

Se encontró a Kurt en la sala de estar fumándose un cigarro puro cubano de Mel y creyó ver un atisbo de mala conciencia en su mirada.

—Siento lo de antes con Givenchy, Audrey. No era mi intención inmiscuirme. Si hubiera sabido cómo estaban las cosas, no habría sacado el tema.

—No es culpa tuya, Kurt —dijo ella en voz baja—. Para mí el asunto tiene mucha importancia, ¿lo entiendes? No quiero que le escribas una carta a Hubert por nada en el mundo, ¿me oyes?

—Por mí está bien. Pero no te puedo garantizar que Mel se atenga a tus deseos —dijo él.

—¿Eso qué quiere decir? —preguntó ella asustada—. ¿Ya le está escribiendo una carta a Hubert o qué?

—Peor. Lo va a llamar por teléfono.

Audrey se levantó tan aprisa que se mareó un poco.

—¿Te importa cuidar un momento de Sean?

Subió las escaleras de dos en dos y encontró a su marido colgando el teléfono con cara de satisfacción.

—¿Qué has hecho? —le preguntó.

—Acabo de tener una pequeña charla con Givenchy. ¿Y sabes una cosa? El hombre se ha mostrado de lo más razonable. Se ha dado cuenta enseguida de que te corresponde cobrar unos honorarios por tus servicios. En los próximos días habrá un ingreso en nuestra cuenta.

—Qué vergüenza me da por Hubert —logró decir Audrey, desplomándose en un sillón—. Resulta muy penoso que hayas obligado a un amigo a darme dinero. No sé lo que va a pensar ahora de mí.

La tensión entre ambos continuó incluso después de que Kurt se hubiera marchado a casa. Audrey, que creía haber ofendido a Givenchy, le escribió una carta disculpándose y manifestando la vergüenza que le daba todo el asunto. Su amigo le contestó amablemente diciéndole que no se preocupara, que había sido un descuido por su parte no haber pensado en una remuneración.

Al cabo de unos días, Mel estaba de muy buen humor por haber recibido de París una cantidad considerable de dinero en la cuenta conjunta.

—No quiero ese dinero —dijo ella enfadada.

—¡Santo cielo! ¡No adoptes una postura tan pueril! —respondió él—. ¡Cómprate trapitos o lo que quieras con ello! ¡Gástatelo en ese dichoso perfume!

—Sigues sin entender de qué se trata —respondió en voz baja—. Y no lo vas a entender nunca.

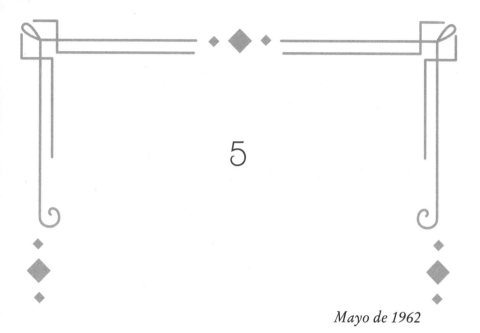

5

Mayo de 1962

Aunque Audrey solía reírse de las «ofertas bombazo» que le presentaba Kurt, tuvo que reconocer que había acertado en su pronóstico: *Desayuno con diamantes* resultó ser un verdadero éxito. Las calificaciones de los críticos iban de «hechizante» y «melancólica» a «chispeante» y «llena de humor». La manera en la que encarnaba a la vivaracha y, sin embargo, vulnerable Holly recibió tantos elogios que hasta fue nominada al Oscar.

Pese al enorme éxito obtenido con la película, a ella aún seguía preocupándole el incidente con Hubert. No soportaba que su propio marido hubiera ofendido de esa manera a su amigo.

Pero entonces se presentó la oportunidad de viajar a París. Para el rodaje de *París, tú y yo*, Audrey iba a pasar unas semanas en la capital francesa.

Un caluroso día de julio, llegó con Louise y el niño pequeño a la ciudad, que los recibió con un sol radiante; los árboles de los Campos Elíseos lucían verdes y frondosos, y el aire tibio invitaba a la despreocupación.

El rodaje no resultó demasiado sencillo, porque su pareja, William Holden, con quien ya había trabajado en *Sabrina*, se entregaba con demasiada frecuencia al alcohol. En esta ocasión, también parecía estar locamente enamorado de Audrey y no se conformaba con la amabilidad y la discreción con que lo trataba ella. A veces, todo el equipo de rodaje pasaba tardes enteras esperando a que apareciera por el plató. Otras no se presentaba en toda la mañana porque sencillamente no podía levantarse de la cama.

Audrey aprovechó uno de esos descansos forzosos para llamar a Givenchy, que muy amablemente la invitó a su palacio de la rue de Grenelle. Dejó a Sean con Louise en los jardines de Luxemburgo y se dirigió a casa de su amigo. Un criado con un uniforme blanco le abrió la puerta y la condujo a la primera planta del edificio. Hasta entonces, se había reunido siempre con Givenchy en su taller, en restaurantes o en Villa Bethania, de modo que recorrió las habitaciones asombrándose de los techos altos y de los cuadros de artistas famosos que colgaban de las paredes. Todos los muebles eran antiguos y desprendían una elegancia tan opulenta que parecían salidos de algún castillo del mismísimo rey Luis XVI. Sonrió para sus adentros, pues aquel ambiente encajaba perfectamente con su amigo.

A los dos segundos apareció Givenchy con un traje inmaculado hecho a medida y los brazos extendidos.

—*Chérie*, ¿cuánto tiempo hace que no nos vemos? —preguntó, y la besó en las mejillas.

—Demasiado, Hubert —murmuró ella, muy contenta de volver a verlo.

—Me escribiste diciendo que te quedas unas semanas en París. Espero vernos lo más a menudo posible.

—Eso espero yo también.

—He visto *Desayuno con diamantes* —dijo Givenchy al cabo de un rato—. Es estupenda. Tu interpretación de Holly Golightly me ha parecido fascinante. Consigues interpretar a una criatura tan caótica, simpática y conmovedora que uno se enamora enseguida de ella.

Audrey sonrió.

—Gracias. Estoy contenta de que las críticas hayan sido buenas, porque el rodaje no fue nada fácil.

—Tú siempre tan modesta. «Críticas buenas» se queda corto, *chérie*. La película ha sido un éxito fulminante. ¡Hasta has sido nominada para el Oscar!

Pese a la amabilidad, ella tenía el corazón apesadumbrado por la mala conciencia. Además, la mención del Oscar le trajo a la memoria otro recuerdo igual de desagradable.

—No me lo menciones... Todavía me acuerdo de la entrega de los Oscar de 1954, en la que Edith Head obtuvo la distinción por el mejor vestuario en *Sabrina*, ¡pese a que únicamente había aportado un vestido! ¡Todos los demás eran tuyos, y a ti ni te mencionaron en el reparto!

Givenchy sonrió haciendo un gesto para quitarle importancia al asunto.

—Ya hemos hablado bastante de ese tema, *chérie*. Tú diste a conocer mis prendas en la película y por ello te estaré eternamente agradecido.

—Qué generoso eres —dijo ella—. Y luego está ese horrible asunto de la remuneración que te ha pedido Mel para mí. Hubert, no sabes lo desagradable que me resulta. Yo no tengo nada que ver con esas exigencias, créeme, por favor.

Él se inclinó hacia delante y le cogió las manos.

—Audrey —dijo, mirándola fijamente a los ojos—, Mel tenía toda la razón. No obré de manera correcta tomando prestados tus servicios a cambio de nada. L'Interdit me aporta una fortuna. Fue una insensatez no pagarte por tu trabajo.

Audrey meneó enérgicamente la cabeza.

—Yo no soy modelo fotográfica, ¡soy tu amiga!

—Es muy bonito que pienses así. Pero te tomas las cosas demasiado en serio. Ese dinero te pertenece. Nuestra amistad no va a cambiar por eso.

—Me da igual. —Abrió el bolso para sacar un sobre muy abultado.

—¿Eso no será lo que me imagino? —preguntó Givenchy alarmado.

—Pues sí. —Lo dejó encima de la mesa—. Este dinero no lo quiero y se queda aquí contigo.

Givenchy suspiró.

—Eres una cabezota, ¿lo sabías?

—Eso dice siempre mi madre —dijo ella con una sonrisa de medio lado.

—Y tiene toda la razón.

Mel fue a pasar un par de días a París. Por mediación de Audrey había conseguido un papel pequeñísimo en *París, tú y yo*.

Cuando William Holden faltó por una borrachera, ambos aprovecharon el tiempo para ir con Sean a los jardines de Luxemburgo. El pequeño se había aficionado al guiñol y en el parque había un teatro de títeres con representaciones para niños. Lo sentaban en medio de otras muchas criaturas en uno de los bancos, desde donde escuchaba completamente entregado lo que decían los títeres, pese a que no entendía ni una palabra de francés. Entretanto, Mel compró helado para ellos dos y fueron a sentarse en la hierba.

—Tengo que decirte una cosa —empezó Audrey titubeante—. Le he devuelto a Hubert el dinero que me transfirió por el anuncio del perfume.

—¿Qué es lo que has hecho? Repítemelo.

Audrey apartó la vista de él y la fijó en Sean, que seguía sentado sin moverse entre los niños franceses viendo la representación de guiñol.

—Desde el principio sabías que yo no quería aceptar ese dinero. Ahora me alegro de habérselo devuelto. Ya está todo aclarado.

—¿Sabes cómo quedo yo por lo que has hecho? —bufó Mel—. Como un calzonazos. ¡Me has puesto en ridículo!

—Eres tú el que me puso a mí en ridículo pidiéndole a Hubert el dinero —lo contradijo Audrey en voz baja. Deseaba que su marido se olvidara del asunto de una vez por todas. ¿Por qué no podían disfrutar de unos días en París?—. Por favor, no lo vuelvas a hacer.

—No me gusta que tomes iniciativas sin consultarme. —La taladró con la mirada—. ¿Se puede saber qué te pasa? ¿Es que se te ha subido el éxito a la cabeza? ¿Crees que porque seas la estrella puedes hacer lo que te dé la gana y dejarme a la altura del barro?

Audrey se esforzó por seguir mirando a Sean, aunque tuvo que pestañear varias veces seguidas para quitarse una lágrima que le asomaba. Las palabras absurdas de él la dejaron sin habla. Por fin logró decir:

—Ay, Mel.

Este se levantó, se sacudió la hierba seca del pantalón y fue a tirar el helado al cubo de la basura. Evidentemente, se le había quitado el apetito.

Como tan a menudo, Audrey sintió un vacío doloroso en su interior. Esas peleas le afectaban hasta lo más hondo. Pero no quería que se le notara. Acababa de terminar la función de títeres y tenía que recoger a Sean como si no pasara nada.

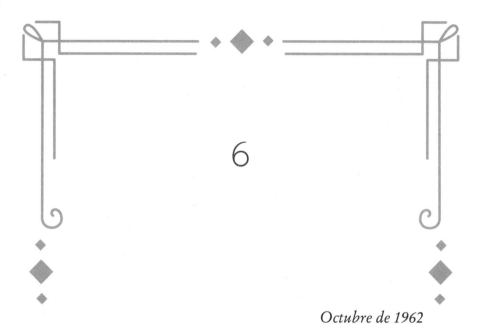

6

Octubre de 1962

Audrey echó un último vistazo al espejo. El vestido amarillo contrastaba con su pelo castaño brillante, y olía a L'Interdit. En el cuarto de baño colindante, Louise estaba bañando a Sean, a quien oyó soltar gorgoritos y chapotear en el agua. Como todavía faltaba un rato para que la recogiera el taxi, cogió el teléfono y solicitó una conferencia. Mientras esperaba a que hubiera línea, se acercó a la ventana y se asomó a ver la plaza Vendôme. En la acera, delante del hotel, se acumulaban hojas otoñales de todos los colores que barría un empleado vestido de librea.

—¿Mel? —dijo poco después, cuando oyó un chisporroteo en la línea—. Soy yo. Nos hemos instalado en el hotel. No tengo mucho tiempo porque he quedado para cenar con Cary Grant. El director lo ha dispuesto de tal modo que nos conozcamos antes del rodaje.

Después de haber rodado *París, tú y yo*, Audrey se encontraba todavía en la capital francesa, pues había aceptado otra oferta de una película que se rodaría allí y en los Alpes franceses. En realidad, podría haber vuelto a casa entre los dos rodajes, pero había decidido que unas semanas de separación le vendrían bien a su matrimonio.

—Eso está bien —opinó su marido—. Cuanto mejor os conozcáis Grant y tú, más naturales quedaréis luego ante la cámara.

—Sí. Estoy algo nerviosa por ir a cenar con él... ¡Es una auténtica estrella universal! Ojalá estuvieras aquí.

—Tú sola te las arreglarás, cariño.

Se despidieron, y Audrey entró a ver a Sean. En ese momento Louise lo estaba secando con una toalla.

—Hasta mañana por la mañana, conejito.

—¡Dios mío, tengo una estrella en el coche! —se asombró el taxista en cuanto la vio—. ¡No me lo puedo creer! ¡Audrey Hepburn en persona! ¡Tengo que ir a casa y contárselo enseguida a mi Claudine!

Ella se alegró de su entusiasmo; aunque estaba acostumbrada a que la reconocieran, todavía le producía una sensación cálida en el estómago cuando la gente se mostraba entusiasmada al verla.

De todas maneras, se quedó más tranquila cuando el taxista guardó silencio durante el viaje al restaurante elegante que había elegido el director Stanley Donen, de modo que se entregó a sus pensamientos.

El filme, con cuyo rodaje empezarían ella y Cary Grant dentro de unos pocos días, se llamaba *Charada*. Se trataba de una película de intriga en la que asimismo tenía cabida el amor. Le apetecía interpretar el papel de Regina Lampert, que iba en busca de la fortuna escondida de su marido asesinado. Naturalmente, Cary Grant como pareja era la guinda del pastel; Audrey había pedido que él fuera el protagonista masculino y se lo habían concedido.

Años atrás, él había rechazado la oferta de trabajar con ella en la película *Ariane* porque se sentía demasiado viejo para interpretar el papel de su pareja. Ahora la actriz confiaba en que hubiera dejado atrás sus reservas.

El camarero la llevó a la mesa reservada por Donen, en la que Cary Grant ya la esperaba. La miró con toda la parsimonia del mundo. Aunque ella se sentía bien arreglada con el vestido de tubo de color amarillo pastel de Givenchy, la seguridad en sí misma, que tanto esfuerzo le había costado adquirir, desapareció cuando él se levantó a saludarla.

—Me alegro mucho de conocerla, Audrey —dijo, esbozando esa sonrisa por la que sentían debilidad millones de mujeres. Al natural, también era atractivo; tenía unos rasgos faciales agradables, y el pelo oscuro ligeramente canoso le daba un aire distinguido. Irradiaba mucha paz y tranquilidad; era como si nada ni nadie pudiera perturbarlo.

—Yo también me alegro —contestó ella, y colgó torpemente el bolso del respaldo de la silla, desde donde resbaló al suelo de parqué pulido. Ruborizada, se agachó a recogerlo.

Decidió ser sincera.

—Estoy un poco nerviosa por conocerlo, señor Grant. Incluso muy nerviosa.

Él alzó sonriente las cejas.

—Pero ¿por qué?

—Pues... —Buscó las palabras—. Porque es usted una estrella mundial. Adoro todas sus películas. Ya desde pequeña era mi héroe.

—Ahora la estrella internacional es usted —respondió él con una sonrisa—. Además, yo tengo muchos más motivos para estar nervioso. Soy un carcamal de casi sesenta años, mientras que usted está fresca como el rocío de la mañana. ¿Cuántos años tiene, si la pregunta no es demasiado indiscreta? ¿Veintisiete?

—Treinta y tres.

—He dudado mucho sobre si aceptar el papel. ¿Resultaré creíble como amante, dada la gran diferencia de edad entre nosotros? Los espectadores van a pensar que soy un viejo verde.

Le brillaban los ojos. A ella le gustaba cómo se reía de sí mismo.

—Parece tener como mucho treinta y nueve años.

Llegó el camarero y Cary pidió una botella de vino tinto para los dos y un menú de cinco platos. Audrey intentó relajarse, pero seguía sintiéndose intimidada por cómo la miraban sus ojos castaños, como si fuera capaz de sondear hasta el fondo de su alma.

—Vamos a tutearnos —propuso él—. Al fin y al cabo, en la película al final nos casamos.

—De acuerdo —aceptó ella con una sonrisa.

En ese momento, el camarero trajo la botella de vino tinto y les sirvió.

Cary alzó su copa y brindó con ella.

—Por nuestra colaboración. ¡Por *Charada*!

Audrey se dispuso a coger también su copa, pero se le cayó. Se puso roja como un tomate y vio el desastre que había armado: el traje de color crema de Cary se llenó de manchas oscuras.

Asustada, se llevó la mano a la boca. Le habría gustado que se la tragara la tierra.

—Ay, Dios, lo siento tanto, yo... —dijo—. Lo siento tanto que... —repitió varias veces.

Cary interrumpió su balbuceó cogiéndola con fuerza de la mano.

—No pasa nada, créeme. Es solo una chaqueta. Tengo muchas más colgadas en el armario. No tienes que disculparte mil veces, estas cosas sencillamente pasan. Respira hondo y relájate.

El resto de la noche transcurrió sin más percances, y Audrey empezó a disfrutarla. Él era un conversador agradable y un hombre muy atento.

Al día siguiente, cuando todavía estaba dormida, llamaron a la puerta de la habitación. Ella se puso la bata y abrió. Un empleado del hotel le dio una carta y un tarrito de caviar.

—De parte del señor Grant, con sus mejores deseos.

—¿Del señor Grant? —preguntó ella extrañada, y se ajustó más la bata.

Cuando el empleado se marchó, leyó la carta: «Gracias por la maravillosa noche de ayer. Y, por favor, no pienses más en el traje. ¡No te preocupes tanto por las cosas! Ya tengo ganas de empezar con el rodaje. Nos lo pasaremos estupendamente. C.».

Dejó sonriente el caviar encima de la mesa. «Qué amable y detallista es Cary», pensó emocionada. ¿Por qué Mel no podía ser un poco así?

Audrey disfrutó del rodaje con Cary Grant. Como en la época de Gregory Peck, desde el primer día sintonizaron y se lo pasaban de maravilla. Le venía bien dejar atrás las peleas con su marido y concentrarse en el aquí y ahora. Como ni a ella ni a Cary les apetecía ir a los bares con los colegas después del rodaje, se hicieron muy amigos.

Aunque notaba lo bien que le sentaba la separación de Mel, ardía en deseos de leer sus cartas, pues siempre añoraba que le dijera cosas bonitas. En una le ponía: «Te he asegurado con la ayuda de Kurt el papel de Eliza en *My Fair Lady*. He negociado las mejores condiciones para ti. Ya han contratado a un profesor de canto y también uno que te enseñará a hablar con acento *cockney*. Les he encargado a los estudios que busquen una buena casa para ti y para Sean en Beverly Hills, donde podréis vivir durante el rodaje». Por lo demás, Mel se limitaba a darle algunos detalles de tipo técnico. Levemente decepcionada, dobló la carta y la guardó en el bolsillo del anorak de Givenchy, que utilizaba para rodar las escenas en los Alpes. La carta sonaba como si fuera su agente, no su marido. Hasta las misivas de su verdadero agente, Kurt Frings, parecían más personales y afectuosas. Como tantas veces, se apoderó de ella la añoranza de ser amada por su marido como al inicio de la relación. Le entró tal tristeza que se le hizo un nudo en la garganta.

De repente apareció Cary a su lado.

—¿Malas noticias de casa? —le preguntó.

—No, en realidad no —murmuró ella insegura—. No lo sé muy bien.

Él la miró con sus ojos castaños cálidos y dijo:

—La gente habla, ¿sabes? En el equipo corren rumores de que entre Mel y tú la cosa está que arde.

—Pero ¿por qué? Yo nunca hablo de él ni de mi matrimonio.

Él esbozó una sonrisa apaciguadora.

—Lo sé. Pero en lo más hondo de tu ser pareces desdichada, aun cuando siempre estás dispuesta a bromear. Eso no se le escapa a nadie, por muy profesional que seas con tu trabajo. Te estoy hablando como amigo. Solo me gustaría darte un buen consejo. Esas cartas, esas conversaciones telefónicas que tienes por la noche con tu marido, parece que te vuelven cada vez más infeliz. Eres una mujer fuerte y fantástica...

—Por desgracia, parece que mi marido no lo ve así —lo interrumpió ella.

—A eso me refiero. —Cary la observó pensativo—. No te mereces ese desprecio. No estés siempre esperando que corresponda a tu cariño.

—Es más fácil decirlo que hacerlo —respondió amargamente.

—Como te digo, eres una mujer maravillosa y no deberías valorarte en función de que Mel esté o no esté satisfecho contigo. Espero no haberme sobrepasado, Audrey..., pero me da pena verte tan triste.

—Gracias por tu sinceridad —dijo ella en voz baja.

Por la noche, en el hotel, metió a Sean en la bañera y le dijo a Louise que cuidara de él. En el cuarto contiguo marcó el teléfono del alojamiento de su marido en Los Ángeles; allí debía de ser por la mañana.

—Hola, Mel —dijo al oír su voz. La añoranza de unas palabras afectuosas de sus labios le provocaba dolor de estómago.

—¿Le pasa algo a Sean? —preguntó él preocupado.

—No, solo te llamaba para charlar. —«Hemos llegado hasta tal punto que le extraña que solo quiera oír su voz», pensó Audrey—. ¿Qué tal estás, Mel? ¿Me echas un poco de menos?

—Sí, claro que te echo de menos —dijo él—. Ya lo sabes. ¿Has recibido mi carta, en la que te hablaba de las condiciones del contrato de *My Fair Lady*?

—Sí, la he leído hace un rato. Y me ha llamado la atención que... que solo hablemos de asuntos profesionales. Ofertas, contratos..., esas cosas. Como si por lo demás tuviéramos poco que decirnos.

—¿Quieres el divorcio? —preguntó Mel en voz baja.

—¡No! ¡Cómo puedes decir una cosa así!

—Porque siempre estás insatisfecha —contestó él con tristeza—. Ahora también. ¿No te alegras de que te apoye profesionalmente y te lo organice todo?

—Ay, Mel... —No sabía qué decir, le faltaban las palabras. Su marido parecía tener una percepción de las cosas completamente distinta de la suya.

—Ya hablaremos cuando volvamos a vernos —propuso él.

—Bueno, entonces hasta dentro de dos meses —dijo Audrey.

7

Audrey estaba sentada al borde de la piscina de la villa que Mel y ella habían alquilado en Marbella para pasar unos meses. Él tenía allí un rodaje y ella lo había acompañado junto con Sean.

Desde *My Fair Lady*, hacía casi dos años, no había aceptado ninguna película, para así poder pasar todo el tiempo con su marido y su hijo. Mel no mostraba mucho entusiasmo al ver que su mujer lo acompañaba a todas partes haciendo de madre a tiempo completo, en lugar de ocuparse de su propia carrera cinematográfica, pero Audrey había insistido en que era eso lo que quería. Deseaba hacer todo lo posible para recuperar la armonía que, a su entender, había perdido su matrimonio. Su relación se balanceaba como un barco que unas veces surcaba aguas tranquilas y otras, turbulentas. Pero no se rendía; su matrimonio significaba tanto para ella que le horrorizaba pensar que su hijo pasara por la misma situación complicada que había vivido ella de niña.

Sumida en sus pensamientos, deslizó los dedos de los pies por el agua tibia de la piscina. «¡Ojalá pudiera pasar más tiempo con Mel!», pensó. Pero, aunque vivían juntos en la villa, solo lo veía por la mañana, cuando él salía muy temprano hacia el plató, y a última hora de la noche, cuando regresaba ya cansado.

Cogió la carta de Connie que le había llegado el día anterior y la volvió a leer a la luz de la luna. Su amiga se quejaba de no tener apenas noticias suyas y quería saber si todo iba bien. Audrey suspiró. Sus esfuerzos por salvar el matrimonio la absorbían hasta tal punto que casi no sacaba tiempo para otras cosas. No obstante, se propuso contestarle al día siguiente. Echaba de menos a su amiga. Deseaba que estuviera allí para contarle todas sus preocupaciones. Nadie escuchaba tan atentamente como Connie.

A medianoche oyó por fin los pasos de Mel. Oliendo a sudor y a alcohol, salió al jardín por la puerta del porche y se sentó a su lado, para meter también los pies en el agua. Abrió una lata de cerveza y dio un trago largo.

—¿Cómo has pasado el día? —preguntó, restregándose la boca con la mano.

—Como siempre.

—¿No te aburres de estar un día tras otro en esta casa y en esta piscina?

—No —mintió ella—. Ya sabes que Sean y yo queremos estar cerca de ti. He estado reflexionando —añadió luego en serio—. El contrato de alquiler de Villa Bethania expira dentro de poco. ¿Qué te parece si no lo prolongamos y nos compramos algo en propiedad? Una casa bonita en Suiza que nos pertenezca.

—Hum —dijo él—. Esa sería una posibilidad, pero ¿para qué?

—Para tener algo que nos pertenezca solo a nosotros. Para empezar de nuevo, tú, Sean y yo. Ay, Mel... Un nuevo comienzo nos vendría muy bien. Podríamos dejar simbólicamente atrás, en Villa Bethania, las desavenencias que ha habido entre nosotros y empezar de nuevo en cualquier otra parte, sin cargas de ninguna clase. Una casa nueva en un entorno distinto. Otra oportunidad para nuestra relación.

—¿Crees que una casa nueva nos serviría de algo? —preguntó Mel en voz baja.

—Sí —respondió ella sin apenas voz—. Sí. Al menos deberíamos intentarlo.

Él asintió con la cabeza y paseó la mirada por el cielo de la noche.

—Intentémoslo, pues.

Audrey respiró profundamente. No era consciente de que en todo ese rato había contenido la respiración. Mel estaba dispuesto a probar un nuevo comienzo. De pronto, sintió una oleada de alivio cálida y esperanzadora.

En cuanto terminó el rodaje, se pusieron a buscar un domicilio nuevo en Suiza. Audrey se enamoró de la tercera casa que vieron, aunque se encontrara en otro cantón y tuvieran que cambiar de la zona germanoparlante por la francoparlante. El agente de la inmobiliaria les contó, en el francés espléndido de los ginebrinos, las ventajas del edificio en ruinas, pero Audrey y también Sean llevaban ya un tiempo perdidamente enamorados de él. El niño, que ya contaba cinco años, se puso a correr por el jardín enorme, cuajado de rosas, hortensias y dalias e impregnado de un aroma tan embriagador que nublaba los sentidos.

—Este jardín es tan grande que hasta se puede jugar al fútbol —dijo el crío—. ¿Viven por aquí cerca otros niños?

El agente inmobiliario asintió con la cabeza.

—Sí. La vecindad está llena de campesinos. Hay un montón de hijos de labradores. Encontrarás compañía.

Audrey le apretó la mano a Mel.

—¿Te gusta, cariño?

—Sí, desde luego. Intentaré que nos rebajen el precio.

La casa se encontraba en un pueblecito llamado Tolochenaz, del que no habían oído hablar nunca.

—El aeropuerto de Ginebra se encuentra a media hora —dijo el agente mientras Audrey tocaba una hortensia cuyos pétalos de color rosa formaban una esfera enorme—. Esto es de gran interés para ustedes, que ruedan películas en todo el mundo.

—Aquí se está tan bien que uno querría no salir nunca de este lugar —le dijo Audrey a Mel. Una sensación de profunda paz la embargaba; estaba segura de que con la compra de la casa su familia podría ser feliz.

—Como verán —continuó el agente inmobiliario—, no tienen vecinos al alcance de la vista y seguro que los *paparazzi* no llegan hasta aquí. Para unos actores de cine tan conocidos como ustedes este es un aspecto que ha de tenerse en cuenta, ¿no es cierto?

—Exactamente —le aseguró Mel—. Queremos estar tranquilos.

—¿Les he dicho ya el nombre de la finca? Se llama La Paisible.

—La apacible —murmuró Audrey, que con esto terminó de sucumbir por completo al hechizo de la villa.

Durante ese verano, entre Mel y Audrey reinó una especie de armisticio. Su plan de dejar atrás todas las dificultades y comenzar de nuevo parecía funcionar a primera vista. Sin embargo, ella sabía que no tenía sentido engañarse a sí misma, pues la armonía entre ellos era tan frágil que antes de decir cualquier palabra se lo pensaba con detenimiento.

Kurt le había hecho llegar un guion nuevo. El proyecto se llamaba *Cómo robar un millón y...*, y Mel la convenció para que lo aceptara. Primero se resistió, porque la película se rodaba en París y tendría que estar varias semanas lejos de su nuevo hogar. Pero lo peor era que en esta ocasión no la acompañaría Sean, que no quería alejarse de su nuevo entorno ni separarse de sus amigos. En cualquier caso, ella misma se daba cuenta de que llevaba mucho tiempo inactiva y era sensato volver a aceptar una oferta. Además, el guion le pareció muy tentador. No le costaba nada identificarse con el papel de Nicole Bonnet, la hija de un falsificador de obras de arte; además, le apetecía mucho ir a París. Invitó a su madre a La Paisible para que, en su ausencia, se ocupara, junto con la niñera, de Sean.

La despedida de su hijo fue poco menos que un drama. Al final, le preguntó:

—¿Vas a volver pronto?

—Sí. —Con un pañuelo le enjugó las lágrimas al niño y le levantó la barbilla para mirarlo a los ojos—. En cuanto termine la película, volveré para estar contigo. Mientras tanto, diviértete mucho con la abuela y cuida de la casa, ¿de acuerdo?

—Hum. —Sean asintió no muy convencido.

—Ya deberías irte —le aconsejó en voz baja Ella, que durante toda la despedida se había mantenido en un segundo plano.

Audrey entendió que no debía prolongar más la despedida; no sería bueno para su hijo. Le besó por última vez en la frente, dijo adiós a su madre y se dirigió al taxi con la mano en la boca para no prorrumpir en un sollozo.

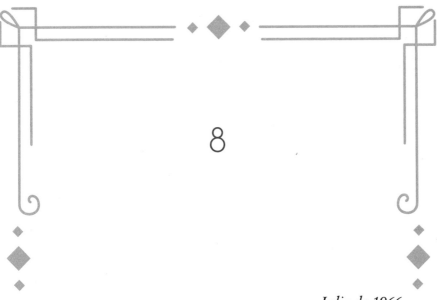

8

Julio de 1966

Sean empezó el colegio. Por las mañanas, Audrey se quedaba mirándolo con pena desde la puerta de La Paisible cuando lo recogían los niños del pueblo y desaparecía por el recodo del camino sin volverse. Le entristecía que hubiera crecido tan aprisa y que ella se hubiera perdido por culpa del trabajo gran parte de su vida. Hasta que tuviera que marcharse para el siguiente rodaje, se dedicó con mucho entusiasmo a hacer los deberes con él, a leerle cuentos por la noche en la cama y a hacer galletas para que se las comiera con sus amigos cuando volvían hambrientos a casa después de jugar al fútbol. Mel pasaba la mayor parte del tiempo rodando en el extranjero; muy a su pesar, Audrey se daba cuenta de que cada vez tenía menos noticias de él, y, cuando la llamaba, casi siempre era para hablar de alguna gestión.

En un intento desesperado por preservar el paraíso terrenal que había construido en La Paisible, organizó para cuando regresara de América una fiesta a la que invitó a amigos y vecinos. Sean estaba entusiasmado, porque los niños podían ir disfrazados, y ella le había prometido una búsqueda del tesoro y jugar a los indios. Durante días estuvo cosiéndole un disfraz de indio hasta que le quedó medianamente aceptable.

Givenchy se excusó de no poder acudir a la fiesta por hallarse muy ocupado con los preparativos de su nueva colección, pero Connie aceptó encantada; era la primera vez que la visitaba en su casa nueva.

Audrey llevó a su amiga por el amplio jardín y le enseñó toda orgullosa su pequeño mundo, en el que todos los días pasaba horas cuidando de las rosas y las hortensias.

—Realmente te has creado aquí un pequeño paraíso —dijo Connie impresionada.

—Amo esta casa. Es como una isla solitaria en medio del ajetreo de la vida cotidiana —confesó ella, arrancando al pasar una hoja marchita.

—Estaba muy preocupada por ti, sin recibir noticias tuyas durante tanto tiempo —dijo la amiga, mirándola de reojo.

Audrey se detuvo un momento.

—Los últimos años han sido duros. Tenía la sensación de que mi familia se rompía a pedazos. Mel cada vez se distanciaba más de mí, y ya solo hablábamos de películas.

—¿Y ahora va mejor la cosa desde que vivís aquí? —Siguieron andando lentamente. A lo lejos vieron a Mel y a Kurt Frings sentados debajo de un manzano mirando unos documentos.

—¿A ti qué te parece? —preguntó ella en voz baja—. Ni siquiera hoy es capaz de divertirse en nuestra fiesta ni de atender a los invitados. No, se pone a ver con Kurt las ofertas que me hayan hecho. Sin embargo... —Respiró hondo—. No renuncio a la esperanza. Esta villa es el lugar ideal para reconciliarnos.

Sean llegó aullando a lo indio con siete u ocho chicos del pueblo.

—¡Rendíos, rostros pálidos! —gritó.

Connie y Audrey levantaron los brazos, pero los niños se abalanzaron sobre ellas y las ataron al tronco de sendos árboles. Luego se marcharon riéndose.

—¿No nos vais a liberar? —les gritó Audrey, aguantándose la risa—. Si no, tendremos que pasar aquí la noche.

—¡Ni hablar! —respondió su hijo, y se fue corriendo con sus amigos hacia el bufé.

Ellas se quitaron las ataduras, que en realidad eran muy flojas.

—Qué maravilla —suspiró Connie—. Así se imagina uno una infancia idílica en el campo. Es admirable cómo consigues mantener a tu hijo alejado del glamour de Hollywood. En comparación con los hijos de los colegas de Jerry, que se han criado en Beverly Hills, tengo que decir que esta variante tuya es infinitamente mejor. Aquí Sean se cría como cualquier chico del pueblo.

—Eso para mí es muy importante —dijo Audrey—. Quiero que se críe con los pies en la tierra y modestamente, no como el típico niño mimado de dos estrellas de Hollywood.

Connie miró a su alrededor como si buscara algo.

—¿Dos estrellas de Hollywood? ¿Dónde está la otra? Yo solo veo una.

Ella puso los ojos en blanco. El humor irónico de su amiga a veces le molestaba, sobre todo cuando era a costa de Mel.

—Déjate de bromas. No lo tiene fácil. Su última película ha sido otro fracaso y le ha sentado fatal.

—Bueno, a cambio tiene otro trabajo, como tu segundo agente —siguió la otra lanzando pullas—. ¿Por qué no despides a Kurt? Con Mel ya tendrías bastante.

Audrey le lanzó una mirada de advertencia.

Connie se le agarró del brazo y la miró como disculpándose.

—Siento ser tan puñetera, cariño, pero es que no me puedo aguantar. Ya sabes que soy tu amiga y solo quiero lo mejor para ti.

—Está bien —dijo ella—. Mel me ha conseguido un papel en una película que es un poco inusual. *Dos en la carretera*, se llama. Trata de un matrimonio que lleva doce años juntos. La película muestra una serie arbitraria de escenas del presente y del pasado de los dos, centradas en los malentendidos, las peleas, los insultos y la creencia en la pérdida de los sentimientos. Al final llegan hasta el punto de preguntarse si todavía se aman.

—¿Es una película sobre vuestro matrimonio? —preguntó Connie medio en broma, medio en serio.

—Eso parece, sí —admitió Audrey con tristeza—. La acción me recuerda tanto a nosotros que creo que voy a tener problemas para interpretar el papel.

—Entonces ¿por qué lo aceptas? —La miró con los ojos entornados, y ella suspiró.

—En la vida no es siempre todo tan fácil, Connie... Pero volvamos con el resto invitados. Mel sigue enfrascado en sus papeles con Kurt; al menos uno de los dos debería ocuparse de los invitados.

Cuando anocheció, se llenó la pista de baile. Audrey había contratado a una pequeña banda que tocaba, entre otras cosas, los éxitos de los Beatles. Mel seguía hablando de negocios con Kurt al borde de la pista. Audrey lo cogió de la mano, sonrió a su agente a modo de disculpa y sacó a su marido a bailar. Entretanto, Sean se había quitado las plumas y el disfraz de indio y estaba bailando con una compañera del colegio; se lo veía acalorado y sin aliento. Audrey se alegró de verlo tan feliz.

—Qué rico es, ¿verdad? —le preguntó a Mel, que la estrechó entre sus brazos.

—Hum. —Sonrió y la besó en el pelo—. Sí que lo es. Has tenido muy buena idea al organizar esta fiesta. Ya he revisado con Kurt las condiciones del contrato para *Dos en la carretera*.

Audrey exhaló un suspiro profundo. Se agarró fuerte a él, como si pudiera perderlo en cualquier momento.

—No me gusta demasiado la historia de la película. Un matrimonio que se va a pique; no, gracias. —Se aguantó las ganas de decir: «Eso ya lo tengo en casa».

Kurt, que estaba bailando con Connie, apareció en su campo visual.

—A mí la historia también me parece una bobada —dijo con una sonrisita.

—¿Lo ves? —dijo Audrey, pero Mel solo se rio y la apartó del agente.

—Cariño, de ese tema ya hemos hablado cien veces. Los melodramas de los años cincuenta hace tiempo que están pasados de moda. Esas películas de princesas que rodaste hace casi quince años no atraen hoy en día a nadie. ¡Estamos en 1966!

Tienes que ir con los tiempos si quieres seguir en el negocio. Además, ya tienes treinta y siete años.

—Lo dices como si ya estuviera con un pie en la tumba —dijo ella riéndose—. Pero dejemos el tema, por favor. Yo solo quería bailar contigo y pasar una noche maravillosa.

La banda tocó los primeros acordes de «Strangers in the Night», de Sinatra, y bailaron al son del ritmo lento mientras Audrey miraba las primeras estrellas de la noche.

—De todas maneras, los contratos de la Twentieth Century se diferencian un poco de los que teníamos con la Paramount —retomó el hilo Mel apenas dos minutos después.

—Bailemos sin más —susurró ella, besándole detrás de la oreja, una zona secreta que a ella le encantaba.

—Por desgracia, ya no tendremos a Alberto y a Grazia como estilistas. Tendrás que aceptar al equipo que te adjudique la Twentieth Century.

—Pero... —Audrey se separó un momento de él y lo miró asustada—. Pero si los dos me acompañan desde *Vacaciones en Roma*.

Mel suspiró.

—Ya te lo he dicho, querida. Tienes que adaptarte a los tiempos. Nada dura eternamente.

Intentó concentrarse en la música, pero no pudo alejar de sí la tristeza que se había apoderado de ella.

—Es una pena. Los dos son buenos amigos míos.

—A propósito de amigos —dijo su marido—, tengo que decirte algo que no te va a gustar. En esta película el vestuario no será de Givenchy.

Audrey se quedó paralizada en medio de los que bailaban, que la empujaron y la pisaron sin que ella se enterara.

—Pero ¿por qué no?

Mel la agarró y siguieron bailando, pero ya sin llevar el compás.

—Los estudios no quieren ese tipo de vestidos elegantes. Joanna, tu personaje, es una mujer moderna que va a la moda. El equipo de rodaje se imagina más bien unos vestidos de muchos colores con dibujos grandes.

Audrey suspiró.

—Pero ese no es mi estilo. Me sentiré como un letrero luminoso.

Aunque él se echó a reír, poco a poco se le iba agotando la paciencia.

—No adoptes esa actitud. Solo son vestidos. No te aferres tanto a lo antiguo; de vez en cuando tienes que probar también algo nuevo.

El tono despectivo de Mel le partía el corazón y le hacía dudar de sí misma. Pero probablemente no le quedara más remedio que adaptarse a los cambios.

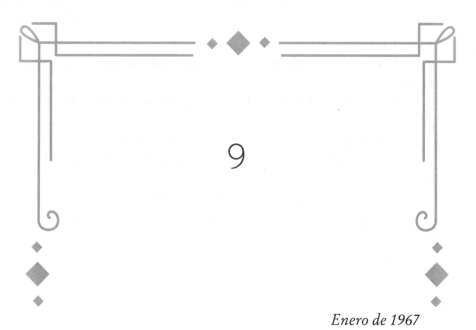

Enero de 1967

En el vestíbulo de La Paisible Audrey abrió una de las cinco maletas que ya tenía hechas y metió dos fotos enmarcadas. Una era de ella con Sean y la otra con Givenchy.

Ella se le acercó meneando la cabeza.

—¿Por qué te llevas tantos trastos? ¿Cuánto tiempo vas a quedarte en Los Ángeles? ¿Tres meses? Se diría que vas a estar unos años fuera.

—¿Vas a volver pronto? —dijo su hijo con los ojos abiertos de par en par.

Audrey se sentó a su lado en las escaleras y lo abrazó tiernamente.

—Claro que voy a volver pronto. En cuanto pueda. En realidad, tendría que haberme marchado antes, pero he enviado por delante a papá para pasar un poco más de tiempo contigo. —La tristeza del crío le llegaba tanto al alma que se le agolparon las lágrimas—. En el hotel necesito algo que me recuerde a mi casa —le explicó luego a su madre—. De lo contrario, me siento rara. Por eso me llevo las fotos, la lamparita de mi mesilla y los discos.

Era la segunda vez en poco tiempo que dejaba a Sean en casa para viajar sola a un rodaje. Primero fue *Dos en la carretera* en

Francia. Poco después, Mel la había convencido para que actuara bajo su égida en una película titulada *Sola en la oscuridad*. Trataba de una ciega a que acosaban en su propia casa unos criminales. A Audrey ese papel le parecía muy complejo y la historia, un tanto sombría; Kurt le había enviado otras dos o tres ofertas que a ella le gustaban más, pero por agradar a su marido había cedido. La película la producía él y acudía todos los días al plató, lo que, según su opinión, era la mejor manera de pasar tiempo juntos.

Audrey, en cambio, contemplaba con cierto escepticismo esa colaboración; ya en *Ondina* y en *Guerra y paz* la convivencia había sido motivo de conflicto.

Su madre parecía haberle leído el pensamiento, pues comentó en tono seco:

—Espero que Mel no esté otra vez tan fanfarrón en los estudios del rodaje. Me resultó muy penoso verlo alardear de tus éxitos cuando vino tu amigo Hubert a pasar las Navidades.

—Eso espero yo también —murmuró Audrey mientras se esforzaba por cerrar la última maleta. Al final, se sentó agotada encima del equipaje—. Este va a ser mi último intento, mamá.

—¿Tu último intento? —Ella miró confusa la maleta llena a reventar, pero luego entendió que no se trataba del equipaje—. ¿Estás segura?

—Sí, completamente segura. No puedo seguir así. No funciona. También lo hago por él. —Señaló con discreción a su hijo, que estaba jugando con su osito de peluche.

—Bien. Yo en tu lugar habría llegado a esa conclusión hace años —observó su madre—. A ver si durante el rodaje sacas tiempo para pensar qué vas a hacer de aquí en adelante.

—Me tomaré ese tiempo —le prometió Audrey, tragándose con mucho esfuerzo su congoja, y de nuevo abrazó a Sean—. Pórtate bien y hazle caso a la abuela, ¿entendido?

—Pero yo quiero que te quedes. —La abrazó tan fuerte que se quedó casi sin aire. Cerró los ojos y aspiró el olor a champú infantil y a chocolate. La idea de separarse tres meses de él le resultaba insoportable.

—Conmigo va a estar en las mejores manos —dijo Ella—. Rueda la película y piensa en lo que vas a hacer con tu matrimonio. Al menos tienes claro que no puedes seguir como hasta ahora.

—Adiós, mamá —murmuró Audrey, abrazando torpemente a su madre, cuyo cuerpo, como siempre, permaneció un poco rígido. Contempló cabizbaja cómo el taxista se afanaba por meter las cinco maletas. Luego dio un último abrazo a su hijo, que entre sollozos le imploró que se quedara en casa.

Cuando por fin se sentó en el coche y miró por la ventanilla de atrás y vio a su madre y a su hijo haciéndose cada vez más pequeños, y entonces creyó que el dolor la haría estallar en mil pedazos.

Como Mel estaba muy ocupado en los estudios y no podía ir a recogerla, Audrey cogió un taxi en el aeropuerto de Los Ángeles para que la llevara a su hotel de Beverly Hills. Tras el largo vuelo, se encontraba cansada y notaba unos leves pinchazos en la nuca que le anunciaban dolor de cabeza. En la recepción la saludaron como si fuera un familiar al que no veían desde hacía tiempo, pues cuando rodaba en Los Ángeles siempre se alojaba allí, y la acompañaron a su suite. Su marido llevaba allí una semana, y ella sonrió al ver su revoltijo habitual de camisas y jerséis tirados de cualquier manera por los respaldos de las sillas. Cogió un jersey de cachemir azul marino, hundió la cara en él y aspiró su olor característico. Lo echaba mucho de menos y, al mismo tiempo, temía volver a verlo.

Se instaló y colocó las fotos y la lámpara de la mesilla de su casa. Aunque solo llevaba fuera de La Paisible un día, ya añoraba a su hijo, sin el cual se sentía incompleta y huérfana.

Marcó el número de la recepción y dijo que le pusieran una conferencia. Su madre contestó enseguida al otro lado de la línea y preguntó asombrada por qué llamaba tan pronto.

—Echo de menos a Sean. Pásamelo, por favor.

—Claro que sí. Está perfectamente, no tienes por qué preocuparte. Ven, Sean, tu madre quiere hablar contigo.

—¡Mamá! —brotó la voz del crío por el auricular. A tantos miles de kilómetros, sonaba más infantil que al natural—. ¿Sabes ya si puedes venir antes? Ha estado lloviendo todo el día y no he podido salir, y me aburro muchísimo. La abuela me ha leído un cuento, pero no sabe hacerlo tan bien como tú, porque tú pones la voz de las personas; en cambio, ella lee el libro todo seguido.

—¡Es que yo no soy actriz! —dijo enfadada Ella al fondo.

—Aquí también está lloviendo, tesoro —lo tranquilizó Audrey—. Yo también estoy un poco aburrida. Tengo que esperar a que venga papá. Mañana seguro que ya puedes salir a jugar al fútbol con tus amigos.

—¿Me llamarás mañana otra vez? —Su tono desanimado la conmovió y de repente se preguntó qué pintaba ella en Los Ángeles.

—Claro que sí. Te llamaré todos los días, conejito.

—Pero, por favor, solo conversaciones cortas —dijo la voz de su marido a su espalda.

Se asustó y se dio la vuelta.

—¡Mel! Qué susto me has dado. Podrías avisar cuando entras.

Él esbozó una sonrisa de medio lado.

—Yo vivo aquí. No sabía que ya hubieras llegado. Y lo digo en serio: por favor, no exageres con las llamadas telefónicas a casa. Vamos a estar aquí hasta abril. Si todos los días quieres enterarte de cada partido de fútbol y de cada pelea con los amigos de Sean, nos va a salir por un dineral.

Audrey se cruzó incómoda de brazos. Llevaban una semana sin verse, ¿y ese era el saludo de Mel? Se acercó a él y lo abrazó. Para su alivio, respondió a su abrazo y la besó en la mejilla.

—¿Quieres que vayamos a cenar a un restaurante? —preguntó.

Ella negó con la cabeza.

—No, tengo tal tensión por el vuelo que me ha entrado dolor de cabeza. Me estalla el cerebro. Pidamos que nos suban algo a la habitación.

—Me parece bien. —Mel cogió el teléfono y marcó el número del servicio de habitaciones—. Así tendremos más tiempo para repasar las primeras escenas.

Audrey hizo una mueca. ¿Acaso no le había dicho con claridad que no se encontraba bien?

—Después de cenar, me gustaría acostarme; si no, mañana no valdré para nada. Y otra cosa, Mel...

—¿Hum? Me voy a duchar antes de que llegue la cena.

—Mel, no tenemos que repasar las escenas. Eso lo haré con el director, con Stanley Donen. A él le pagan por eso, no a ti.

Se metió en el cuarto de baño, pero dejó la puerta abierta para que ella lo oyera:

—Querida, hasta ahora siempre hemos revisado juntos las escenas.

Audrey tuvo un desagradable *déjà-vu*.

—Y siempre hemos acabado peleándonos porque no coincidimos en la idea que tenemos de las escenas. Dejémoslo, pues, en manos del director.

—Pero la película es un proyecto común, de nosotros dos, cariño.

—Mel, tú eres el productor, no el director.

Enseguida les trajeron la cena. Él devoró una chuleta, mientras que Audrey picoteó de mala gana una ensalada.

—No me fío de Donen —empezó de nuevo—. Hemos hablado mucho los últimos días sobre cómo ha de representarse la acción, y tengo que decir que me parece demasiado blando. Se conforma enseguida, sin sacar el máximo partido posible de las escenas. La película es de suspense y debe dar escalofríos al espectador. La protagonista, o sea, tú, es una mujer físicamente disminuida, una víctima ideal para ser aterrorizada en sus propias cuatro paredes. Le he hecho unas cuantas sugerencias a Donen, como que me gustaría rodar algunas escenas completamente a oscuras. Sobre todo en la que te atacan. Quedaría de lo más auténtico. Él, sin embargo, opina que no es necesario y que sería demasiado molesto para ti. Demasiado peligroso.

—Ah, ¿sí? —comentó ella lacónicamente. Antes Mel se preocupaba mucho por ella. Por desgracia, de eso no quedaba nada. A Audrey le espantaba interpretar escenas violentas—. Me encanta que me ataque un colega a oscuras; así mi terror parecerá más auténtico.

Mel ignoró su observación irónica y siguió mordisqueando la chuleta.

—Se lo he preguntado a algunos compañeros y se han mostrado de acuerdo en que mi manera de abordar esa escena es la mejor. Donen se ha mosqueado un poco.

Ella hizo un ovillo con la servilleta y la tiró a la mesa.

—¿Has pretendido aleccionar al director delante de otros compañeros? ¿Te parece que eso es prudente o medianamente aceptable?

—No sé qué es lo que te pasa. Tengo muchísima experiencia en el negocio. ¿Por qué no iba a recurrir a ella? ¿Por falsa modestia?

—Donen tiene como mínimo la misma experiencia que tú, pero naturalmente tú sabes hacerlo todo mejor que nadie.

—¿Está la señora con ganas de pelea? —preguntó él sarcásticamente—. Pues entonces mejor me voy al bar y me tomo una copa para conciliar el sueño. No soporto el mal humor.

La perspectiva de quedarse una o dos horas sola en la suite la deprimió tanto que transigió.

—Lo siento, Mel. Quédate aquí, por favor. No quiero pelearme. Ha sido un día muy largo para mí. Hace poco estaba con Sean y mi madre en La Paisible y ahora estoy en la otra punta del mundo y me siento como si no perteneciera a ningún sitio.

Su marido gruñó para sus adentros, pero, para su alivio, no hizo amago de vestirse. Se echó en su lado de la cama y cogió un periódico que hojeó haciendo mucho ruido. A Audrey le entró una sensación de vacío, de abandono y soledad. Se arrimó a él y le susurró:

—Ámame.

Primero Mel le lanzó una mirada de extrañeza, luego dobló el periódico y lo dejó caer en la alfombrilla.

—¿Estás segura? ¿Y el dolor de cabeza que tenías?

—Me da igual —susurró ella. Se sentía miserablemente mal mendigando el afecto de su marido, pero lo añoraba tanto que no lo podía remediar.

Él la atrajo hacia sí con fuerza sin pararse a hacerle caricias o decirle ternuras. La penetró y satisfizo únicamente sus propias necesidades sin preocuparse por las de ella. Cada una de sus acometidas violentas la hacía estremecerse, y, cuando terminó, Audrey tenía lágrimas en los ojos. Sin decir una palabra más, Mel se levantó y fue a ducharse otra vez. Ella se rodeó las rodillas encogidas con los brazos y se quedó como una niña a la que hubieran dejado sola y abandonada.

A los dos días comenzó el rodaje. En los estudios, todo el mundo estaba pendiente de Mel, que se sentaba al lado del director y daba instrucciones que nadie le había pedido. Una maquilladora estaba ya hecha un mar de lágrimas porque la había calificado de incompetente. Aunque Stanley Donen le pidió que se contuviera, él no le hacía ni caso. A veces a Audrey le daba vergüenza ver cómo intentaba demostrar su superioridad, así que procuraba evitarlo; no le costaba ningún esfuerzo, porque parecía tener pocas ganas de pasar el descanso del mediodía con su mujer en el tráiler. Debía de tener cosas más importantes que hacer, pero ella no preguntaba qué cosas eran esas.

Unas semanas más tarde, los recogió, como cada mañana, un coche de los estudios; durante el viaje, Mel iba enfrascado en algún tipo de documentos mientras Audrey contemplaba la mañana suave de marzo sumida en sus pensamientos. Una brisa ligera doblaba las palmeras del borde de la carretera, y ella se preguntaba cómo estaría La Paisible. Seguro que el jardín despertaba ahora de su hibernación y ya habían florecido los narcisos y los jacintos... Se propuso preguntárselo a Ella cuando la llamara por la noche.

—Por cierto —dijo su marido sin apartar la vista de su carpeta—. He concertado una entrevista para ti hoy, durante la pausa del mediodía. Una periodista quiere hacerte unas preguntas para el *Hollywood Reporter*.

—Hoy no puedo —objetó Audrey—. He quedado para almorzar con Connie. Como ella también tiene bastantes citas, no nos ha resultado fácil hacer un hueco.

Mel chasqueó impaciente la lengua.

—Anula, por favor, la cita con Connie, querida; la entrevista es más importante.

—No pienso hacerlo —lo contradijo en voz baja—. Llevamos ocho semanas en Los Ángeles, pero por culpa de nuestra apretadísima agenda no he conseguido verla ni una sola vez.

—Audrey. —Mel cerró la carpeta y la miró como un profesor a una alumna díscola—. Ya sabes que estás aquí para trabajar y no para divertirte con tu amiga.

—Por Dios, Mel —se le escapó—. Yo no soy solo Audrey Hepburn, la estrella de Hollywood que ha de estar disponible a todas horas; soy también una persona que necesita un poco de vida privada. Creo que una sola cita en tres meses de rodaje no es mucho pedir.

—¿Sabes lo difícil que ha sido encajar esa entrevista en nuestro plan de rodaje?

—Connie es mi mejor amiga y no pienso darle plantón así como así —explicó Audrey, presa de una oleada de ira. ¿Cómo podía él tomar decisiones por ella sin consultárselo antes?—. No puedes concertar citas sin decirme nada. Lo mínimo habría sido preguntarme si me venía bien. Por favor, aplaza la entrevista.

—Con la edad te vas volviendo cada vez más complicada —dijo Mel con una sonrisa amarga.

A lo que ella contestó:

—Con la edad me vas mangoneando cada vez más.

Durante el resto del viaje guardaron silencio, y también en los estudios evitaron encontrarse. Cuando Stanley Donen mandó a todos a la pausa del mediodía, se puso rápidamente la gabardina y se dirigió hacia un *diner*, donde había quedado con Connie. Esta ya la esperaba en un rincón de la pequeña cafetería. A Audrey le encantaban esos locales tan modestos y genuinamente americanos: los bancos acolchados estaban ya muy desgastados, pero de las paredes colgaban carteles antiguos de películas y la gramola tocaba éxitos de los cincuenta. Mel no habría entrado nunca en uno de esos restaurantes, que para él no eran lo bastante refinados.

—¡Audrey! —Connie se puso de pie y la abrazó efusivamente. Desde la fiesta de La Paisible no se habían vuelto a ver—. ¡Qué bien que hayas podido arreglártelas para vernos!

—Con miles de dificultades —suspiró, y se sentó enfrente de su amiga, que, con su jersey de color azul pastel y una diadema azul, tenía un aspecto lozano y sonrosado—. Estás estupenda, Connie.

—Gracias. Tú también, cariño, pero por desgracia, como siempre, muy ajetreada y nerviosa. Y, dime, ¿has adelgazado más todavía? Si sigues así, vas a acabar por desaparecer.

—No exageres. —Se encendió un cigarrillo. Desde que estaba fuera de casa, su consumo de nicotina había aumentado drásticamente; era la única manera que encontraba para mantener los nervios bajo control.

Hablaron un poco de Sean y de Jerry, el marido de Connie, y luego se dedicaron a la comida. Mientras la otra mordía con ganas una hamburguesa, ella tomaba una ensalada.

—Con lo flaca que estás, vas y te pides una ensalada... —dijo su amiga, comentando la elección de Audrey—. Y lo único que haces es removerla por el plato en lugar de comértela. Eso tendría que pasarme a mí. Yo engordo ya solo viendo comer a otros.

—No permitas que yo te amargue el apetito. He tenido esta mañana una pequeña discusión con Mel; por eso estoy un poco alterada.

—Santo cielo. ¿Por qué ha sido esta vez? —La miró con compasión.

—Bah, nada, lo normal, nada de particular. —Se subió un poco las mangas del jersey.

Del susto que se llevó, Connie se quedó casi sin aire y clavó la vista en los brazos, que presentaban muchísimos cardenales amoratados.

—¿Es que te pega? —susurró.

Audrey tardó un momento en comprender a qué se refería su amiga. Bajó la mirada y vio sus moratones.

—No —dijo—. No me pega. Puede ser fanfarrón y autoritario, pero no es violento. Los cardenales me los he hecho durante el rodaje. Mel insistió en que las escenas nocturnas las hiciéramos sin iluminación para darles el mayor realismo posible. En una de esas escenas me ataca un bellaco... y este es el resultado. No sé la de veces que la repetimos hasta que Mel se mostró satisfecho. A Stanley, el director, le pareció que había quedado bien tras la quinta repetición, pero no a mi esposo...

—Madre mía. —Connie se comió el último bocado y se limpió la boca con una servilleta—. Quizá Mel no sea activamente violento, pero te exige demasiado. Hoy en día existen otras posibilidades a la hora de rodar una película; no puede ser que acabes así de magullada.

Audrey se encendió otro pitillo e inhaló profundamente el humo. Hasta hacía poco, le daba rabia que su amiga criticara a Mel, pero a estas alturas ya no le importaba.

—¡A quién se lo vas a decir, Connie! Lo peor es que, encima, me riñó por los moratones, como si me los hubiera hecho a propósito.

—Desde luego, muy compasivo no parece el bueno de Mel.

—No, no lo es —le dio la razón ella, mirando hacia la calle bañada por la luz clara del sol. De pronto le sobrevino una sensación de desconsuelo, así como la certeza de que aquello no tenía remedio.

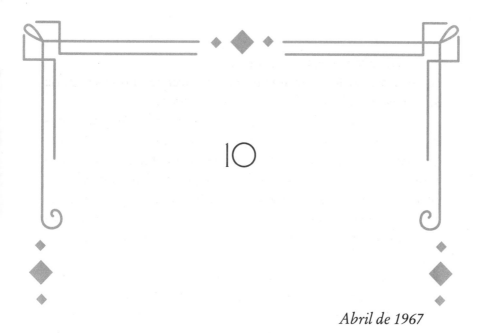

10

Abril de 1967

Cada vez iba apretando más el calor. En medio de un cielo despejado, el sol californiano quemaba cada día más. Cuando Audrey, en uno de sus escasos descansos, alzaba la vista hacia las hojas de la palmera, la luz deslumbrante de la primavera la obligaba a entornar los ojos. Entonces echaba otra vez de menos La Plausible, donde ahora el jardín estaría en plena floración. Sin duda, los tulipanes y las anémonas se habrían convertido en un mar de colores rojos, blancos y azules, y de los capullos de los almendros, a ambos lados del senderito, habrían brotado ya las flores del rosa pálido que tanto amaba.

Entretanto, ya estaban a mediados de abril y el rodaje tocaba a su fin. Audrey se sentía más sola de lo que se había sentido en su vida, y, de no ser porque todos los días hablaba con Sean, y a veces también con su madre, le habría dado la sensación de marchitarse como una flor que nadie riega, sin ánimo para seguir viviendo.

La convivencia diaria con Mel resultó ser cada vez más difícil. A ella le parecía que compartía la habitación del hotel con un director de cine o, en el mejor de los casos, con un colega, pero no con su marido. Cuando en los estudios una escena no quedaba a su gusto, le echaba la bronca delante de todos y la hacía sentirse inútil e insignificante.

Una noche, después de que la hubiera tratado otra vez con dureza en el trabajo, se sentó a su lado en la cama y le preguntó por la razón.

—¿Quieres saber por qué? —Dejó irritado el periódico que estaba leyendo a un lado y la miró frunciendo el ceño.

—Sí, por qué. Stanley me asegura todos los días lo satisfecho que está conmigo y dice estar convencido de que la película va a ser un gran éxito. Hasta a él le resultan desagradables tus broncas, y es el director. ¿Por qué arremetes contra mí delante de todos?

—Para que la gente no crea que te favorezco por ser mi mujer —respondió él después de pensárselo un momento, y volvió de nuevo a la lectura.

—¿Cómo dices? —Audrey soltó una risotada de incredulidad—. Antes de casarme contigo ya adquirí la fama de ser una actriz cumplidora que trabaja con profesionalidad. No soy una estrellita que haya logrado el éxito en la industria cinematográfica solo gracias a tu ayuda.

—Eso no, pero sin mí estarías perdida en esa industria. A ti no te interesan las finanzas ni la prensa, ni tampoco tus contratos. En el fondo te alegras de que yo me ocupe de todo. No entiendo por qué te quejas.

—Nunca he esperado de ti que seas mi agente —objetó ella en voz baja—. ¿Te lo he pedido alguna vez? —Mel hojeó furioso el periódico e hizo como que lo leía. Audrey se quedó callada a su lado mientras alisaba una arruga de la sábana—. Esta cercanía no nos viene bien —susurró al cabo de un rato—. Nunca debimos rodar películas los dos juntos.

—Es lo que tú querías. Llevas años diciendo que quieres pasar más tiempo con la familia.

—Pero no de esa manera, como bien sabes. No me gusta que me malinterpretes deliberadamente.

Él suspiró profundamente, como si tuviera delante una niña díscola.

—Está bien, entonces después de esta película seguiremos caminos profesionalmente separados, si así lo prefieres.

Audrey abrió la boca para contestarle algo, pero luego se lo tragó. «Ya lo creo que vamos a seguir caminos separados, Mel», pensó amargamente. De repente, sintió unos pinchazos en las sienes y se fue al cuarto de baño para rociarse la cara con agua fría. Tenía claro que estaba rehuyendo esa situación insoportable, pero le faltó valor para enfrentarse a ella.

Durante los siguientes días, independientemente de dónde se encontrara, Audrey sentía que estaba de más. Deprimida, veía el futuro en tonos sombríos. Cuando Donen la elogiaba o la maquilladora le hacía una broma, casi se estremecía del susto. Estaba tan profundamente apenada y dolorida por Mel que apenas podía imaginar que alguien le dirigiera una palabra afectuosa.

Una noche, regresaron al hotel a las once porque habían tenido que rodar algunas escenas largas y difíciles. Cuando se apearon del coche, Audrey inhaló por primera vez en esa jornada el aire suave primaveral. De ella se apoderó la sensación de que en otras partes había vida, personas que reían, comían e iban a bailar, mientras que ella no salía de los estudios desde el alba hasta la puesta del sol. Cómo le habría gustado pasar el día con Sean en el jardín, viéndolo correr detrás de la pelota o trepar a los árboles. El precio que tenía que pagar por el éxito le pareció alto, demasiado.

En cuanto llegaron a la suite, sonó el teléfono, y desde la recepción les dijeron que tenían una conferencia desde Suiza. A Audrey empezó a darle todo vueltas; eran las once de la noche en Los Ángeles y las ocho de la mañana en Tolochenaz. Mientras esperaba línea, rogó fervientemente que no le hubiera pasado nada a su hijo.

—¿Mamá? —dijo unos segundos después con voz quejumbrosa su hijo.

—¿Qué pasa, cariño? —preguntó ella alarmada. Mel, que notó que algo iba mal, se acercó y se puso a escuchar en tensión.

—¿Puedes venir? —dijo Sean—. Estoy enfermo, no me encuentro nada bien. Tengo fiebre y seguramente tenga menin... meningitis.

—¿Qué es lo que tienes? —gritó desesperada.

—Dile que se ponga Ella —la apremió Mel.

—¿Meningitis? ¿Por qué lo sabes? —A Audrey le pareció que las paredes de la suite daban vueltas a su alrededor y la aprisionaban. Tenía que salir de allí, ir a casa con él.

—Sean, soy papá. Dile por favor a tu abuela que se ponga al aparato —intervino ahora Mel.

Su suegra cogió el teléfono.

—¿Qué historia es esa de la meningitis, mamá? —preguntó Audrey con la voz chillona—. Espero que no sea verdad; si no, estaría en el hospital.

—Todo va perfectamente —dijo Ella en su habitual tono relajado—. No te pongas nerviosa. Sean únicamente tiene varicela. Ayer le subió mucho la fiebre y, como es natural, tiene esa erupción cutánea típica por todo el cuerpo. He llamado al médico, del que me apuntaste el número por si pasaba algo, y dice que no hay motivo para preocuparse. Sean tiene que guardar cama y no rascarse, eso es todo.

Audrey se vio desbordada de alivio, pero no se tranquilizó del todo.

—¿Y por qué habla el niño de una meningitis?

Su madre se echó a reír.

—Bah, tonterías, eso lo ha oído en la televisión y desde entonces se cree que él también lo tiene. Pero es simplemente una enfermedad infantil muy común, ni más ni menos.

Mel ya no estaba escuchando; había cogido una cerveza del minibar y se había tumbado en el sofá.

—Hum. ¿Me lo pasas otra vez, por favor, mamá?

Al momento siguiente se oyó de nuevo la voz llorosa de Sean.

—¿Vas a venir mañana a casa, mamá?

Audrey sintió dolor de corazón; le espantaba tener que decepcionar a su hijo. Para un niño que aún no había cumplido los siete años, tres meses tenían que parecerle una eternidad.

—Todavía no puede ser, conejito. Seguimos rodando tres semanas, pero luego iré inmediatamente. Te lo prometo.

—Eso es mucho tiempo —se lamentó él. Por la voz quejosa, se le notaba que verdaderamente no se encontraba bien y que esa separación tan larga le estaba afectando mucho—. No lo voy a aguantar. ¡Estoy enfermo, tienes que venir! Las mamás cuidan siempre de los hijos enfermos y les hacen la merienda y les leen cuentos.

A Audrey se le encogió el estómago.

—Sí, eso es verdad. Pero de momento por desgracia no puede ser; por eso te hace todas esas cosas la abuela.

—Quiero que vengas a casa —lloró Sean—. Tengo meningitis y me duele todo. ¿Por qué estás siempre fuera? ¡Otras madres están siempre en casa!

Para entonces ya le ardían las lágrimas en los ojos y tenía un sabor amargo en la garganta.

—Lo sé, conejito —lo apaciguó tanto como pudo—. En nuestra familia todo es un poco distinto. Pero ya sabes que pronto terminaré el rodaje y entonces volveré a casa.

—Me prometiste regalarme cinco mil horas de tu tiempo —lloriqueó el niño—. Yo las subo a siete mil. Y las quiero ahora; ya no quiero esperar más, mamá. Ven a casa.

Pese a su dolor, a Audrey le hizo gracia la táctica de negociación de su hijo.

—Cuando vuelva, te dedicaré muchísimo tiempo.

Luego se puso Ella al aparato.

—Yo lo calmaré —prometió con resolución—. No te preocupes y termina de rodar tu película.

—Gracias, mamá —dijo ella en un tono apenas audible. Casi no le quedaban fuerzas para hablar. Cuando colgó, se desplomó en la cama y ocultó la cara entre las manos.

Mel puso un partido de fútbol en la radio, dio un trago de cerveza y dijo como si tal cosa:

—Ya has oído lo que tiene. Varicela. Todos la hemos pasado de niños. No hay razón para perder los nervios. Con su abuela está en buenas manos.

—Claro que con ella está en buenas manos, pero, como tú mismo dices, es su abuela. La madre soy yo, y en estos momentos debería estar con él.

331

Su marido levantó las cejas.

—¿Por una simple enfermedad infantil?

—Se trata de algo mucho más importante que su enfermedad. ¿Te importaría apagar la radio? Me gustaría hablar contigo. —Como Mel no hizo amago de ceder a su petición, se levantó y apagó el aparato.

Él suspiró.

—Está bien. Pues habla.

Audrey se sentó a su lado en el sofá, le puso la mano en la rodilla y lo miró fijamente a sus ojos azules, que desviaron recelosos la mirada.

—Voy a reservar un vuelo a Suiza. Quiero ir a casa.

Primero a Mel le dio un respingo la comisura del labio y luego estampó ruidosamente la botella de cerveza en la mesa para subrayar su evidente incomprensión.

—¿No lo dirás en serio? La película se encuentra en el último tercio, ¿y vas a dejarlo todo plantado por un capricho? ¡No estás en tus cabales!

—Escúchame primero tú a mí —dijo ella nerviosa, y se encendió un cigarrillo y dio una calada ávida—. Por supuesto que voy a terminar de rodar la película. Hoy es jueves. Si mañana dejo de trabajar un poco antes y voy enseguida al aeropuerto, pasado mañana al mediodía estaría en casa. El domingo por la noche cogería un vuelo de vuelta y el lunes estaría otra vez en los estudios con puntualidad.

—Eso es un disparate —bramó Mel—. Aunque todo fuera bien, pasarías como mucho dos horas con él. No merece la pena. Por no hablar de posibles esperas en el aeropuerto o de atrasos en los vuelos... Es imposible que el lunes por la mañana llegues puntualmente aquí.

—¿Es que no lo entiendes? —dijo ella—¡Sencillamente tengo que estar con Sean! No solo está enfermo, sino que se siente solo y nos echa de menos. ¡En este momento nos necesita! ¡Tiene seis años, Mel! A esa edad es horrible separarse unos meses de los padres.

—Tiene a su abuela; no le falta de nada.

Esa obstinación la iba amargando cada vez más. No soportaba seguir sentada a su lado viendo con qué gusto se bebía la cerveza mientras su hijo se encontraba en un estado psíquico tan apurado.

—¡Mel! Yo sé lo horrible que es cuando te abandona uno de tus padres, cómo se siente uno de abandonado y no querido.

—¡Santo cielo, Audrey! —saltó él—. De nuestro hijo no se puede decir que no se sienta querido. Está colmado de amor. No me parece nada bien que proyectes tus propias experiencias de niña en Sean. Creía que a tus casi treinta y ocho años habrías ido superando la pérdida de tu padre.

—Eso no se supera nunca. No quiero que más adelante, cuando piense en su infancia, solo recuerde la soledad y la ausencia permanente de sus padres.

—¡Por Dios! —Mel se levantó y recorrió la suite arriba y abajo como un tigre enjaulado—. Pues entonces llámalo otra vez y habla con él. Por cierto, dicho sea de paso, en la recepción me han pasado la cuenta del teléfono de marzo. ¡Novecientos dólares!

—¡Mis honorarios por esta película ascienden a casi un millón! Creo que puedo permitirme unas cuantas llamadas telefónicas con mi hijo. —Se había apoderado de ella tal desasosiego que también, como Mel, se puso a dar vueltas por la habitación, solo que en sentido contrario—. Te pongas como te pongas, quiero ir a ver a Sean, aunque solo sea por unas horas.

En mitad de la habitación se encontraron y, de tan aturdidos que iban, a punto estuvieron de chocarse. Él tenía la cara blanca como la cal cuando se plantó amenazante delante de ella.

—Tú te quedas aquí. La película tiene prioridad.

—¡La película, siempre la maldita película! ¡Si no es esta, es otra! ¡Estoy hasta las narices! De momento no hay nada más importante que nuestro hijo.

—Sí, Sean es importante, pero te lo digo por enésima vez: ¡el niño está bien, y la idea de volar de Los Ángeles a Tolochenaz para unas pocas horas es sencillamente ridícula! ¿Es que no te entra en la cabeza?

A estas alturas los dos hablaban a gritos, lo que no había ocurrido nunca en su matrimonio; Audrey era una persona de tonos suaves, y Mel podía ser burlón, despectivo y reprochador, pero nunca gritaba.

—Para ti puede ser ridículo, pero para él significaría muchísimo —dijo ella. De repente tuvo la sensación de que se quedaba sin aire, como un globo que se desinfla, y retrocedió hasta el sofá, donde se sentó y metió las manos debajo de los muslos para que dejaran de temblarle.

La ira de su marido también parecía haber remitido. Volvió a poner la radio y se sentó a su lado.

—Te quedas aquí, y ya está.

Audrey lo miró de refilón.

—¿Qué significa eso? ¿Me prohíbes ir a casa el fin de semana?

—Te lo prohíbo como productor de tu película. Francamente, estás exagerando con tus sentimientos maternales. Hasta Donen dice que interpretas tan bien tu papel que no le sorprendería que te nominaran para el Oscar. En cambio, no existe ningún premio para la mejor madre del mundo.

—Cuando me muera, prefiero mil veces que la gente me recuerde como buena madre que como una actriz de éxito.

—No seas tan melodramática y déjame que termine de escuchar el partido. Me gustaría desconectar unos minutos antes de ir a la cama. Ya sabes que el despertador suena a las cuatro y media.

—Sí, lo sé. Bueno, no voy a volar a Ginebra. Sean y yo sobreviviremos estas tres últimas semanas.

—Estupendo —dijo él mirando fijamente al aparato de radio.

Audrey se había tranquilizado por completo.

—Ya no funciona —dijo al cabo de un rato en voz baja.

—¿Qué es lo que no funciona? —murmuró él. En la radio se oían gritos de júbilo por la victoria.

—Lo nuestro. Nuestro matrimonio.

Mel se volvió hacia ella, y, por la cara inexpresiva que tenía, Audrey vio con claridad que él había llegado a esa conclusión mucho antes que ella, que solo había sido la primera en manifestarla.

—De acuerdo —dijo él rudamente—. En cuanto volvamos a casa, iniciaremos los trámites del divorcio.

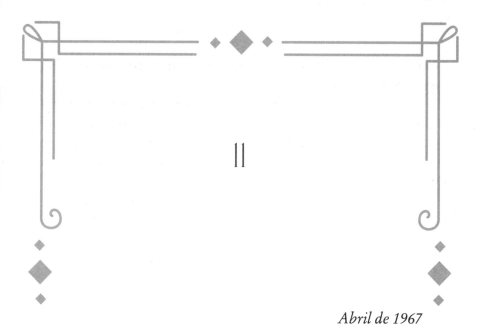

Abril de 1967

El reloj grande de la sala del aeropuerto marcaba ya las doce de la noche pasadas. Audrey y Connie tomaban café mientras veían pasar a su lado una riada de viajeros cargados con maletas. Tenía los ojos enrojecidos y estaba pálida y agotada. Como todos los días, se había levantado al alba y había ido a los estudios. Hoy había sido el último día de rodaje. Poco después de las nueve y media de la noche habían filmado la última escena, y, después de despedirse atropelladamente de sus colegas, se había marchado al hotel para hacer el equipaje. No quería quedarse allí ni un segundo más de lo necesario.

—¿Y Mel qué va a hacer? —preguntó Connie, mirando preocupada el rostro extenuado de Audrey—. ¿Va a coger otro vuelo más tarde?

—Se va a quedar una temporada en Los Ángeles —respondió ella, y encendió nerviosa un cigarrillo—. Se va a ocupar del montaje de la película.

Su amiga apartó con la mano el humo que iba en su dirección.

—Cariño, sé lo mal que te va, pero tienes que cuidarte más. No fumes tanto y aliméntate como es debido. De lo contrario, no le vas a servir de nada a Sean. Ahora necesitas todas tus fuerzas.

Si vas a educar tú sola al niño, toda la responsabilidad recae sobre tus hombros.

—Lo sé. —A Audrey le temblaban las manos mientras daba una calada fuerte al cigarrillo.

—¿Te lo has pensado todo bien?

—Sí. —Con sus ojos castaños, lanzó una mirada seria a Connie—. No hay vuelta atrás y nunca la habrá.

—¿Estás segura? —preguntó la amiga en voz baja.

—Completamente.

—Bien. —Hizo una mueca cuando le llegó a los ojos otra bocanada de humo—. Ya sabes que siempre puedes contar conmigo. Aunque esté en la otra punta del mundo. Puedes escribirme o llamarme en cualquier momento. Espero verte también de vez en cuando —añadió en tono doloroso.

Audrey apagó el cigarrillo y le echó el brazo por los hombros a Connie.

—Claro que sí. Aunque no regrese a Los Ángeles por motivos profesionales, siempre podemos visitarnos. En todo momento serás bienvenida en La Paisible. ¿Qué te parece si vienes este verano? Ya sabes que tenemos muchos dormitorios.

—Me lo apunto. Y si antes de entonces no aguantas de pena y congoja y estás a punto de perder la razón, llámame. Iré en el primer avión.

—Gracias. —Cerró los ojos y atrajo a su amiga hacia sí—. Menos mal que te tengo a ti. Ya va siendo hora de que me vaya, Connie.

Se abrazaron efusivamente por última vez. En los últimos años se habían despedido en muchas ocasiones, pero esta vez era distinto. Audrey volaba hacia un futuro incierto. Aunque notaba una alegría leve cuando pensaba en el tiempo que le quedaba por delante con su hijo, al mismo tiempo se cernía sobre ella la sombra de una soledad cada vez más amenazante.

Tras una larga odisea con el vuelo, la escala, el segundo vuelo y el viaje en taxi, cuando llegó a casa ya era otra vez noche cerrada.

El taxista descargó las cinco maletas ante la puerta de la villa; luego, los faros del coche se alejaron como luciérnagas en la oscuridad impenetrable. Esforzándose por no hacer ruido para no despertar a Sean, abrió la puerta de casa.

—¡Audrey!

Esta se llevó un susto tremendo cuando a la luz tenue del vestíbulo vio a su madre con un camisón blanco que llegaba hasta el suelo.

—¡Mamá! ¿No te habrás quedado esperándome?

—Claro que sí. He estado pendiente de cualquier ruido para no perderme tu llegada —confesó Ella y la rozó en el hombro, un gesto inesperado de afecto—. ¿Te encuentras bien? Pareces agotada.

—Sí, me encuentro bien, si prescindimos de que tras un vuelo tan largo y la falta de sueño me duele muchísimo la cabeza. —Audrey se quitó la gabardina y la colgó en el armario. Su madre la observó en silencio y, durante un momento, solo se oyó el tictac del gran reloj de pie, que se encontraba bajo la escalera.

—¿Has viajado tranquilamente o hubo al final bronca? —preguntó Ella en voz baja, sondeando si en el rostro de su hija había indicios de escenas dramáticas y enfrentamientos.

Ella negó con la cabeza.

—No, las últimas semanas nos hemos tratado con toda rectitud. La mayor parte del tiempo hemos guardado silencio. Seguramente en los estudios todos han notado que pasaba algo.

—¿Quieres que te prepare un té? Esta tarde he hecho con Sean una tarta de manzana; deberías probar un trozo, que pareces muy escuchimizada.

Audrey siguió a su madre a la cocina, se sentó a la mesa y se dejó mimar como una niña. Qué bien volver a estar en casa, sentirse identificada con cada mueble, con cada cuadro de la pared. La cocina, donde tan a menudo había guisado, le resultó acogedora y le proporcionó la sensación de protección que ahora tanto necesitaba. Absorbió como una esponja el olor de la casa mientras contemplaba las sombras de las glicinias trepadoras al otro lado de la ventana.

—Tendrás que informar a la prensa, ¿no? Eso suelen hacer las celebridades.

Ella le sirvió en un plato un trozo descomunal de tarta.

—Come. La ha hecho con amor tu hijo.

Audrey notó que las lágrimas se le agolpaban en los ojos. El primer bocado le supo dulce y sabroso, a amor y a hogar. Tras los últimos meses, tan desdichados, sintió que la tensión emocional cedía ante una sensación de paz y sosiego. Aún le faltaba mucho para ser ella misma, pero iba camino de serlo.

—Está riquísima, mamá. Y sí, tendré que preparar un comunicado. Kurt me ayudará.

—Seguro que Mel ya le ha informado, ahora que son uña y carne los dos —comentó Ella en tono seco.

—Probablemente. Pero todos esos formalismos pueden esperar. Lo importante es que al fin puedo dedicarme enteramente a Sean. Solo él cuenta.

—Mañana por la mañana se va a volver loco de alegría. No le he revelado nada de tu llegada; se cree que aún faltan dos semanas para que regreses a casa con Mel.

—Me da miedo decirle que su padre no va a volver.

—Va a ser duro para él —convino Ella—. Pero no temas: seguirá viendo a su padre; la situación es distinta que cuando lo tuyo con Joseph.

Audrey se tragó el último trozo de tarta; no se había dado cuenta de lo muerta de hambre que estaba. Aparte de alguna que otra manzana o un poco de ensalada, no había comido nada en las últimas semanas. Bebió un trago largo de té, se levantó y llevó el plato al fregadero.

—Voy a ver a Sean. Seguro que desde enero ha dado un buen estirón.

—Bien. Pero no te extrañes de verlo en tu cama; allí duerme desde hace unas semanas. Dice que así se siente más cerca de ti, que de lo contrario se moriría de añoranza. Lo he intentado todo para que le gustara su propia habitación, pero no ha servido para nada.

—De acuerdo. —De nuevo notó un nudo en la garganta que la dejaba sin aire. ¡Cuánto había sufrido su hijo! ¿Cómo lo habían consentido Mel y ella? Eso no podía volver a suceder nunca más; ella se encargaría de que así fuera.

Sin encender la luz, subió a tientas hasta su dormitorio. La puerta estaba entornada, y el resplandor débil de la luna, que se colaba por la ventana, le iluminó el camino hacia la cama. La que durante tantos años había compartido con Mel. Rápidamente ahuyentó ese recuerdo; sabía que las evocaciones surgirían dolorosamente una y otra vez, pero de momento tenía que concentrarse en su hijo.

Sean estaba atravesado en la cama, con el edredón lejos de él. Audrey lo contempló a la luz de la luna. ¡Qué pequeño y vulnerable parecía con su pijama a rayas azules! No le cabía en la cabeza cómo había podido dejar sola durante meses a esa criaturita que tanto amor necesitaba. Se quitó el pantalón y el jersey, polvorientos por el largo viaje, y los dejó descuidadamente colgados de una silla. Del armario sacó el primer camisón que encontró y se lo puso. Luego se metió en la cama al lado de su hijo, lo rodeó con el brazo y tiró del edredón para taparse.

—Mamá. —Sean se movió un poco. La luz de la luna le teñía las mejillas de palidez y ternura.

—Estoy aquí —susurró ella, y aspiró el aroma de su piel.

Medio dormido, enterró la cara en sus hombros.

—Quédate conmigo.

—Sí, te lo prometo —murmuró ella.

Durante los próximos meses no rodaría más películas y le dedicaría tiempo a Sean, tal y como se lo había prometido; eso era lo único que contaba. El mundo de su hijo se iba a romper en mil pedazos por tener que separarse de su padre, y en su mano estaba proporcionarle el consuelo necesario, independientemente de cómo se sintiera ella.

QUINTA PARTE

AMOR Y SUFRIMIENTO
1968-1979

Creo que hay que ser fuerte cuando todo parece ir mal.
Creo que las chicas felices son las más hermosas.
Creo que mañana será otro día, y creo en los milagros.

Audrey Hepburn

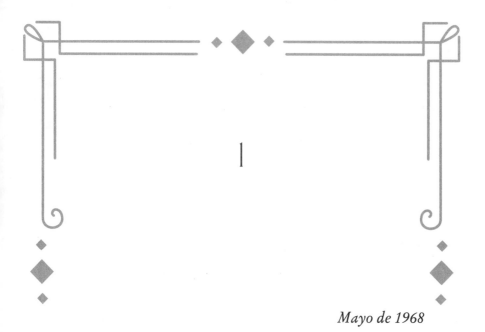

Mayo de 1968

Audrey estaba sentada ante el tocador de su dormitorio y se estaba empolvando la cara con una brocha de maquillaje. Esa noche iba a salir, algo poco frecuente ahora en su vida. Solía pasar las tardes tranquilamente en casa, con un libro en el sofá o delante de la chimenea. La falda gris que llevaba puesta dejaba ver sus rodillas y combinaba perfectamente con su jersey de color salmón y cuello en pico. Los tiempos en los que lucía los elegantes vestidos de Givenchy en estrenos y recepciones habían quedado atrás. De vez en cuando seguían entrando en su armario trajes nuevos de su amigo francés, pero más bien por mero gusto, ya que realmente ahora no necesitaba ese tipo de ropa. Hoy la habían invitado unos vecinos del pueblo.

Sean, que ya estaba en pijama, desenroscó el tapón de su frasco de perfume para olerlo. Audrey seguía siendo fiel a L'Interdit, su favorito, si bien en secreto tenía que reconocer que la fragancia le olía a otros tiempos ya pasados. Pero esa fragancia estaba tan estrechamente ligada a su propia identidad que para ella era inimaginable empezar a usar otro de pronto.

—¿De verdad tienes que salir esta noche? —le preguntó el niño, de ya casi ocho años, y se arrodilló sobre la alfombra y apoyó su cabeza despeinada en el regazo de su madre.

Sonriendo, ella se puso rímel en las pestañas.

—Sí, tesoro mío. Habría sido de mala educación rechazar su invitación. Y, además, no te vas a quedar solo. La cuidadora llegará en cualquier momento. Aunque... —Dejó el rímel junto al resto de los utensilios de maquillaje y miró a Sean—. Debo reconocer que preferiría quedarme en casa y tomarme un plato enorme de pasta contigo en la cocina.

—Pues entonces quédate —propuso Sean.

Audrey, que ahora llevaba el pelo corto, se peinó y se puso unos pendientes de perlas. Una mirada rápida al espejo le dijo que estaba muy guapa; tenía ya treinta y nueve años, pero parecía mucho más joven gracias a su todavía esbelta figura y a la elegancia de sus movimientos, algo que había entrenado en las clases de ballet de su juventud.

—No puede ser, conejito. Me gusta mucho estar en casa, pero hay que ver gente de vez en cuando para que no se te acabe cayendo encima. Lo entiendes, ¿verdad? ¿Sabes?, tú vas al colegio todos los días y ves a tus amigos, pero yo, desde que ya no trabajo, apenas veo a nadie. Y a la larga eso tampoco es bueno.

—Me tienes a mí.

—Sí, te tengo a ti —confirmó ella, y le besó en la frente—. Y tú eres la persona más importante de mi vida.

Desde que un año antes Audrey volviera de Los Ángeles sin Mel y sin saber cómo iba a ser su futuro, había ido poniendo orden en su vida poco a poco. Ahora sus días seguían una rutina que, vista desde fuera, podría resultar aburrida, pero que a ella le gustaba. Mientras Sean estaba en el colegio, ella trabajaba en el jardín; no conocía nada más gratificante que ocuparse de los frutales y las flores. Ahora, al principio del verano, estaba de nuevo en plena floración, y nubes de rosas, hortensias y dalias parecían flotar en el aire entre los caminos. Sus éxitos innumerables como actriz le habían procurado una seguridad económica y podía permitirse sin problema contar con ayuda en la cocina y el jardín. Como le gustaba mucho cocinar, compartía esa tarea con el cocinero. Ayudaba a Sean a hacer los deberes y le preguntaba la lección, y acababa de organizar dos fiestas de disfraces en

La Paisible para los niños de su clase. Por la noche, cuando su hijo ya estaba en la cama y los empleados domésticos se habían marchado, todo estaba tranquilo y callado, pero ella sabía estar sola. Leía más de lo que había leído jamás. Ahora era lo que durante tantos años había temido ser: una mujer a punto de divorciarse que educaba sola a su hijo. Pero ya no le daba ningún miedo; Sean y ella estaban muy unidos, y él le daba sentido a su existencia, no necesitaba ni quería a otro hombre a su lado. Llevaba una vida sencilla en el campo, pero, como siempre había sido una persona con pocas pretensiones, se sentía completamente satisfecha.

Cuando Sean tenía vacaciones iban a París a ver a Givenchy; ese era el único lujo que Audrey se permitía. Entonces escogía en su atelier vestidos que rara vez se iba a poner, iban juntos a los desfiles o paseaban por la orilla del Sena. Esos eran los únicos momentos que le recordaban a su vida anterior.

—Te voy a hacer rápidamente una tostada antes de irme —dijo, y bajó con Sean las escaleras en penumbra. En ese momento sonó el teléfono en el vestíbulo y rompió el silencio de la tarde. Era raro que llamara alguien, solo sus amigos lo hacían con regularidad. Apostó a que sería Connie y ganó.

—Y bien, ¿qué tal te va en tu vida solitaria? —preguntó su amiga con voz alegre—. ¿Sigues viva o ya te has muerto de aburrimiento?

Audrey se rio e hizo un movimiento con la mano para indicarle a Sean que fuera yendo a la cocina.

—¿Tienes algo contra la buena y vieja vida en el campo?

—¿Es que todavía no has empezado a echar de menos Hollywood?

—No —dijo ella con determinación—. No he pensado en Hollywood ni un solo segundo. La fama y el glamour no eran para mí, puedo sobrevivir muy bien sin el estrés y el ajetreo de los rodajes.

—Está bien, entendido. —La voz de Connie adquirió un tono más serio cuando preguntó en voz baja—: ¿Qué pasa con Mel? ¿Has sabido algo de él últimamente?

—No, tú estás siempre al tanto de todo. No hemos hablado una sola palabra desde que nos separamos —confesó Audrey bajando también la voz para que su hijo no la oyera desde la cocina—. No habría soportado más discusiones.

—¿Y Sean? ¿Sigue tan espabilado y con la cabeza llena de bobadas?

—Exacto. Mel le escribe, pero yo no leo las cartas. Echa de menos a su padre, pero creo que ya se ha acostumbrado a vivir solo conmigo.

—Has tomado la decisión adecuada —constató Connie—. A pesar de todo, estoy un poco preocupada por ti. ¿No estás muy sola en Tolochenaz?

—Tengo a mi hijo.

—Sé que él es el amor de tu vida. Cualquiera lo nota enseguida al veros juntos. Pero ya sabes a lo que me refiero, querida. No es bueno para una mujer adulta tener a un niño como única compañía.

—Unos vecinos del pueblo me han invitado hoy a cenar —dijo ella—. ¿Te quedas así más tranquila?

—Bien, bien, eso ya es algo. ¿Has leído en mi última carta que a la *contessa* Lovatelli le gustaría invitarte a Roma este verano?

Audrey estiró el cable del teléfono lo máximo posible para echar un vistazo a la cocina. Sean se había preparado un sándwich él solo y estaba sentado a la mesa comiéndoselo con ganas.

—Sí, lo he leído.

—¿Y?

—¿Y qué? —Algo distraída, le indicó por señas a su hijo que podía cogerse un pudin de la nevera.

Connie suspiró impaciente.

—¿Es que no me escuchas? ¿Estás hablando con Sean a la vez? Te he preguntado si vas a aceptar la invitación de la *contessa* Lovatelli.

Dicha mujer era una conocida de Connie, y ella también la había visto hacía ya unos años, cuando acompañó a Mel a algún rodaje en Italia. Tenía el recuerdo de una persona glamurosa, muy enjoyada, que le daba mucha importancia a su título nobiliario a pesar de que ya no estaba reconocido en Italia.

—No sé... En realidad no la conozco mucho.

—Venga, un viaje a Italia te sentaría bien. La *contessa* es un poco excéntrica, debo reconocerlo, y le gusta rodearse de famosos, pero en el fondo tiene un gran corazón. Me ha dicho que te escribirá ella personalmente. Acepta la invitación con toda tranquilidad, así podrás estar un tiempo con más gente. Vas a acabar hecha una ermitaña. Sean y tú pasaríais unas vacaciones estupendas.

—No sé, Connie. No me acaba de convencer la idea. —Sencillamente, no tenía ganas de pasar mucho tiempo con desconocidos. Esperarían de ella que fuera sociable y buena conversadora, y no sabía si podría estar a la altura. A menudo sentía la necesidad de estar a solas con sus pensamientos. Pero eso no se lo dijo a su amiga, no lo habría entendido. Sería mejor poner fin a la conversación, pues Connie iba a seguir insistiendo y tratando de convencerla de lo bien que le iba a sentar el viaje.

—Tengo que colgar para ver qué hace Sean. La cuidadora va a llegar enseguida. Te llamaré muy pronto.

La cena fue sencilla, pero muy agradable. Audrey disfrutó siendo una vecina más del pueblo, allí no era nadie especial. No la habían invitado por su fama anterior, sino porque vivía en el pueblo y su hijo iba al colegio con los demás niños. Aunque le mostraron su admiración por todas sus películas, la conversación giró casi siempre en torno a otros temas. Los demás invitados eran todos parejas, y ella se sintió algo sola al volver a casa por las calles del pueblo a altas horas de la noche. Le acababa de decir a Connie que no se sentía así, pero eso tampoco era del todo cierto.

La luna brillaba en el cielo como una hoz torcida y las estrellas centelleaban a su alrededor. Al llegar a su jardín se detuvo y escuchó el silencio absoluto que reinaba en él. Las bailarinas que llevaba puestas se empaparon con la humedad de la hierba, pero ella ni siquiera lo notó. No se oía ningún ruido, no se movía ni una hoja, y de pronto tuvo la sensación de estar completamente sola en el mundo. La angustia le oprimió el corazón como una mano de hierro. Aunque le gustaba su nueva vida, no era la primera vez que le ocurría esto. Siempre había tendido a la melancolía; debía tener cuidado para que esta no ensombreciera la rutina tranquila que determinaba su vida diaria.

Tal vez debería viajar a Roma durante las vacaciones para visitar a la *contessa* Lovatelli. Podría enseñarle la ciudad a Sean, comerían bien y disfrutarían de la compañía de otras personas. Además, reconocía que sería bonito volver a ver los lugares donde había rodado *Vacaciones en Roma*. Tenía muy buenos recuerdos de aquella ciudad. ¿Y si de verdad se animaba al volver allí? De pronto se dio cuenta de que tenía los zapatos empapados y empezaba a tener frío con el jersey fino rosa. Cruzó a toda prisa el césped hasta llegar a la casa. En ese momento se sentía incapaz de tomar una decisión acerca de las próximas vacaciones; dejaría que las cosas se resolvieran por sí solas.

A pesar de sus buenas intenciones, Audrey fue cayendo cada vez más en un agujero negro a medida que se acercaba el divorcio. Connie la llamaba todos los días para animarla, y su madre llegó para quedarse dos semanas. Sus viejos amigos Gregory Peck y William Wyler la llamaban con mayor frecuencia que antes para asegurarse de que se encontraba bien. Givenchy también fue a verla. Se había tomado unos días libres para hacerle compañía y escucharla cuando necesitara abrir su corazón a alguien.

Todos los días daban paseos largos por los caminos rurales polvorientos en torno a Tolochenaz; pasaban por prados ondulantes y se sentaban en un banco a contemplar el lago Leman desde lo alto. La vista era espectacular y transmitía una gran paz. Audrey no solía hablar demasiado, pero estaba contenta de que Givenchy estuviera a su lado y aceptara su tristeza sin montar un drama de ello.

—He luchado tanto por mi matrimonio... —murmuró Audrey después de haber ido allí tres días seguidos y haber estado sentados en silencio contemplando el lago, que brillaba al sol a lo lejos como una piedra preciosa azul oscuro—. Durante años pensé que era lo suficientemente estable como para aguantar, pero al parecer era solo una interpretación mía.

Givenchy era una persona que sabía escuchar. Se limitó a pasarle el brazo por los hombros y dejar que siguiera hablando.

—Durante algún tiempo incluso pensé que podríamos tener un segundo hijo... Siempre he querido tener muchos —siguió diciendo ella con amargura—. Pero al final ha sido mejor tener solo uno. Si no, ahora tendría otro niño al que le tocaría asimilar el divorcio de sus padres.

—Sean parece aceptarlo bien —observó su amigo en tono suave—. Da la impresión de ser feliz.

—Sí. —Audrey suspiró—. Pero me ha costado bastante convencerlo de que él no tiene la culpa del fracaso de nuestro matrimonio. Los niños siempre se sienten responsables. En realidad, es mejor para él no estar expuesto continuamente a esa tensión subliminal. Mel y yo no hemos discutido ni una sola vez delante de él, pero los críos notan si algo no va bien.

—Naturalmente —afirmó Givenchy—. Puedes estar segura de que todo va a ir cada vez mejor.

Audrey apoyó un instante la cabeza en su hombro. Abajo, en el valle, los barcos se mecían perezosos en el lago, y los rayos del sol que se rompían en las pequeñas olas la deslumbraron. Se puso las gafas de sol.

—Mel y yo no estábamos hechos el uno para el otro, por mucho que yo quisiera que hubiera sido así. ¡Qué enamorada estaba cuando llegamos a Nueva York en plena tormenta de nieve para interpretar juntos *Ondina*! Me pareció un príncipe de cuento desde el primer día. ¡Parecía tan dulce y cariñoso...! Me temo que siempre he visto algo que en realidad no existía. El príncipe de cuento resultó ser un hombre con defectos que yo al final no podía soportar. El cuento era... un espejismo, un ideal... Quizá a él le ocurrió lo mismo, pero al revés.

—Eso ahora no importa —dijo Givenchy, y la besó en el pelo con delicadeza—. No debes darle tantas vueltas al pasado.

Concéntrate en el presente. Estoy seguro de que volverás a encontrar el amor.

Audrey le lanzó una sonrisa débil. Para ella era inconcebible volverse a enamorar. ¿Para qué? Mel había marcado la mayor parte de su vida adulta; ¿iba a permitir alguna vez a un hombre acercarse tanto a ella?

—¿Tú crees? ¿Y dónde va a ser eso? Seguro que aquí no, Tolochenaz está totalmente apartado del mundo.

—¿No me dijiste algo de que te habían invitado a ir a Italia? Pues ve. —Givenchy, con sus ojos azules, buscó su mirada—. No puedes volver a caer en una depresión como tras los abortos, *chérie*. Viaja a Roma.

2

Junio de 1968

Audrey estaba en la azotea de una villa romana, entre palmeras y plantas mediterráneas, apoyada en la balaustrada de piedra. La noche de verano era tibia y suave, la luna brillaba en el cielo y regaba con una luz débil el Coliseo, situado frente a ella. El *palazzo* de la *contessa* Lovatelli estaba en el mejor sitio de Roma, la vista era grandiosa. A Audrey se le puso la piel de gallina mientras su mirada vagaba alrededor y contemplaba atónita todos los edificios antiguos.

La fiesta que se celebraba en el salón gigantesco y en el vestíbulo, con sus lámparas de araña relucientes y la escalinata de mármol, le resultaba agotadora, por eso había subido allí para estar un rato sola. Su vestido de noche, diseño de Givenchy, por supuesto, se parecía al que había llevado en la primera escena de *Desayuno con diamantes*, aunque era de color crema en vez de negro, y se había puesto perlas y diamantes, como siempre. Era una sensación extraña estar rodeada de gente después de tanto tiempo, pero notaba una clara diferencia con su vida anterior: no estaba allí para promocionar una película ni recibir un premio. Era una sensación nueva, liberadora..., podía ser ella misma.

Tras meses interminables haciendo vida de ermitaña en La Paisible, como llamaba Connie a su retiro libremente elegido, le agobiaba tener que conversar con tanta gente. La *contessa*, que era una persona encantadora, aunque un poco agotadora, emperifollada como la reina de un baile medieval y sobrecargada de joyas, había estado dos horas presentándole a un hombre tras otro, como si se hubiera impuesto la misión de conseguirle una cita a Audrey. Todos eran interesantes y tenían una vida impresionante; entre ellos había nobles, famosos, políticos y deportistas. Pero en algún momento los rostros se desvanecieron ante sus ojos. Aquella noche recibió múltiples invitaciones a cenar, a ir la ópera o a asistir a galas, y las agradeció con una sonrisa a pesar de que no tenía la intención de aceptar ni una sola. No necesitaba conocer a ningún hombre. Quería concentrarse en Sean y en sí misma.

Debía ir a ver otra vez a su hijo. Poco antes de la fiesta lo había llevado a su dormitorio monstruosamente grande y lo había dejado acostado en la cama adoselada con cortinas pesadas de terciopelo, pero no estaba segura de que pudiera dormir con la música fuerte que provenía de la planta inferior. ¿Se habría despertado y tendría miedo por encontrarse en un sitio desconocido?

Apartó la vista del Coliseo y ya iba a marcharse cuando por una claraboya apareció una cabeza femenina seguida de un vestido de lentejuelas. Audrey ya había visto en la fiesta a la joven de poco más de veinte años, pero no había hablado con ella.

—Hola —dijo la mujer casi sin aliento después de haber subido hasta allí. Su pelo rubio recogido artísticamente con una diadema de diamantes resplandeciente le daba el aspecto de una princesa. «Tal vez lo sea», pensó Audrey; al parecer a la *contessa* le gustaba rodearse de invitados ilustres de la alta sociedad romana. A la vista de la frescura juvenil de la chica, ella, a sus casi cuarenta años, se sintió de pronto muy mayor—. La he visto escaparse aquí arriba. La fiesta resulta bastante agotadora, ¿no le parece? Con tanto viejo rico en busca de carne fresca...

Audrey sonrió ante su sinceridad desenfadada.

—Solo quería respirar un poco de aire fresco. Ya no estoy acostumbrada a estar entre tanta gente.

—¡Oh, lo sé todo sobre usted! —dijo la joven solícita—. Es Audrey Hepburn, aquí la conocemos todos. Soy Olimpia Torlonia dei Principi di Civitella-Cesi. Sé que es un nombre terriblemente largo y anticuado. Llámeme simplemente Olimpia.

—Me alegro de conocerla. —Le tendió la mano, y la joven aristócrata la sujetó durante unos minutos.

—¡La que se alegra soy yo! Escuche, sé que es usted la invitada de la *contessa* y que el *palazzo* es maravilloso y todo eso y que es una buena anfitriona, pero... —dijo desde tan cerca que olió su fuerte perfume—, cuando la *contessa* tiene un plan, no se anda por las ramas. Y ahora tiene uno para usted.

—¿De verdad? —Medio confusa, medio divertida, Audrey levantó las cejas—. ¿Qué plan? Solo llevamos aquí unos días.

—Eso da igual —susurró Olimpia a pesar de que en la terraza no había nadie más aparte de ellas—. Quiere buscarle un marido como sea, literalmente. Se ve a sí misma como una benefactora que vela por la felicidad de la gente que tiene alrededor, por eso quiere emparejarla a toda costa. Se ha dado usted cuenta, ¿no?

Audrey reprimió una sonrisa. Le gustaba la forma de expresarse tan juvenil y refrescante de la chica.

—Sí, me he dado cuenta perfectamente.

—Sé que puede ser pesadísima, es muy exagerada con su amor al prójimo. Cuando ya no pueda más, véngase tranquilamente a mi yate. En unos días zarparemos hacia las islas griegas.

—Gracias, muy amable por su parte, pero estoy aquí con mi hijo, y vamos a...

—Él también está invitado, naturalmente —la interrumpió Olimpia—. En el barco tendrá usted otros planes: vaguear, tomar cócteles, ver las puestas de sol... Solo habrá alguien de la familia y uno o dos amigos míos, todo muy desenfadado y relajado. Basta con que traigan un bañador, nada más.

—Es muy amable por su parte, gracias —repitió ella sin comprometerse a nada. Valoraba esa oferta tan generosa, aunque probablemente no la aceptara. Le asustaba la idea de pasar varios días en un yate con desconocidos. En el mejor de los casos, se sentiría atrapada. No tendría la posibilidad de marcharse si no se encontraba a gusto—. Tengo que volver a entrar, para ver a mi hijo. Nos vemos más tarde.

—Sí. Piénselo, me sentiría muy feliz al tener a una estrella de Hollywood en mi yate.

Durante los días siguientes también estuvo muy ocupada: la *contessa* le había organizado varias citas sin contar con su aprobación explícita. Audrey salió cada noche a cenar o al teatro con un famoso italiano distinto. Al final se sentía agotada y le parecía haber perdido el control de su vida. En principio había ido a Roma para distraerse, pero ahora se encontraba cada vez más desanimada.

Una tarde, cuando el calor ya iba aflojando, le enseñó a Sean los monumentos de la ciudad. El asfalto brillante, la vida alegre en las calles y el tráfico intenso le hicieron recordar con dolor el rodaje de *Vacaciones en Roma*. ¡Qué joven e ingenua era entonces, con apenas veinte años y toda la vida por delante! Ahora era algo mayor y tenía a sus espaldas una carrera finalizada y un matrimonio fracasado. Era como si ahora, con treinta y nueve años, buscara de nuevo su sitio en la vida.

—Hace tanto calor... ¿Puedo tomar un helado? —lloriqueó Sean, al que no le hacían mucha gracia los monumentos antiguos. Suspirando, ella aceptó, compró dos cucuruchos y se sentó con su hijo en la escalinata de la plaza de España. Mientras observaba a las manadas de turistas, pensó en sus planes futuros. No quería seguir abusando de la hospitalidad de la *contessa*; la cuestión era si quería regresar a Suiza o seguir viajando. No tenía iniciativa propia para tomar una decisión. Cuando estaba casada con Mel dejaba casi todas las decisiones en sus manos, pero ahora tenía que tomarlas ella.

—¡Audrey! —gritó una voz entusiasmada al pie de la escalera. Ante ella estaba Olimpia cargada con un montón de bolsas de diseñadores famosos y haciéndole señas con la mano—. ¿Cómo está?

—Bien, gracias —dijo, guiñando los ojos por el sol del atardecer.

—¿Se lo ha pensado ya? ¿Le gustaría respirar el aire del mar y hacerme compañía en el yate? ¿Y al jovencito también?

A Sean le resplandeció la cara al oír la palabra «yate», y le tiró a su madre de la manga.

—Yo... —Estaba buscando las palabras—. Nosotros...

—Vamos —dijo Olimpia, tratando de convencerla—. Está usted de vacaciones, no tiene ninguna obligación, limítese a disfrutar de la vida.

—Disfruta de la vida, mamá —dijo el niño con tono sabiondo y poniéndole la mano pegajosa en el brazo.

Audrey se rio.

—Bueno..., ¿por qué no? Gracias por la invitación, Olimpia. —La idea de pasar unos días tranquila en el mar y ante un horizonte infinito le resultó demasiado tentadora. ¿Qué tenía que perder? Lo mismo disfrutaba haciendo un viaje en barco. Y tampoco es que tuviera muchos otros planes.

Se despidió de la *contessa* Lovatelli, le agradeció su hospitalidad y la invitó a visitarla en La Paisible. Luego se dirigió con Sean al puerto de Civitavecchia, donde estaba anclado el yate de Olimpia. La joven aristócrata, con unos pantaloncitos cortos y un polo, descalza y un sombrero de paja enorme sobre su melena rubia, la saludó con desenfado. Audrey respiró aliviada: el ambiente parecía bastante más informal que en el *palazzo* de la *contessa*.

—Es increíble que esté usted aquí —dijo la chica entusiasmada mientras les mostraba a los dos el camino a su camarote—. Todos nos alegramos mucho. No tema, sabemos a quién tenemos a bordo, pero nadie la molestará ni querrá llamar su atención. De todos modos, somos pocos.

—Genial, entonces podré sentarme en cubierta en una tumbona y leer todas las novelas policiacas que tengo en la maleta —bromeó Audrey, pero Olimpia asintió muy seria.

—Naturalmente, tiene todo el santo día para hacer y deshacer todo lo que usted quiera. —Se volvió hacia Sean sonriendo—. Y el joven Ferrer está cordialmente invitado a conocer al capitán.

—¡Guay! ¿Puedo? —Sean se volvió entusiasmado hacia su madre. Audrey asintió sonriendo, y él se marchó con su camiseta de rayas, su pantalón corto y sus sandalias.

—Me temo que en los próximos días apenas voy a verlo.

—Así tendrá más tiempo para usted.

—Puede tutearme —sugirió Audrey, a pesar de que al lado de la joven se sentía como una vieja.

Olimpia sonrió.

—Gracias. Usted..., tú también. Instálate en tu camarote, dentro de una hora nos reuniremos en cubierta para una copita de bienvenida, ¿de acuerdo?

—Estupendo.

La chica cerró la puerta con suavidad, y Audrey guardó sus cosas y las de Sean en el armarito. El camarote era muy lujoso, con sábanas de algodón egipcio fino y el suelo cubierto con una alfombra mullida en la que se le hundían los pies. Se quitó el vestido sudado y lo dejó sobre una silla. El baño también era precioso, con grifería dorada y toallas que olían a flores silvestres. Después de ducharse se puso un vestido de punto sin mangas de color amarillo pastel de Givenchy que le llegaba hasta la mitad del muslo. Cuando apareció en cubierta con sus gafas de sol enormes se alegró de su conjunto. Los demás invitados también llevaban ropa deportiva elegante; lo de que solo necesitaría un bañador había sido una simple exageración de Olimpia.

Audrey se acercó dubitativa a las cinco o seis personas y se presentó, lo que hizo que todos le confirmaran sonriendo que ya la conocían... del cine y la prensa. Aparte de su anfitriona había otras dos mujeres a bordo, que se presentaron como primas de la joven aristócrata. Uno de los hombres morenos y apuestos era hermano de ella; los otros dos eran amigos suyos. Un camarero vestido de blanco les sirvió unos cócteles, y luego todos se sentaron en las sillas de la cubierta o se apoyaron en la borda. La conversación iba de aquí para allá sin un tema concreto, y Audrey se alegró de no ser el centro de atención. Al principio temía que Olimpia quisiera presentarla como un trofeo, pero no fue así. Más tarde el grupo se disolvió y cada uno se dedicó a sus cosas. Ella sintió que se le quitaba un peso de encima; durante el viaje el ambiente sería tal como la chica lo había descrito: desenfadado, relajado y sin que nadie esperara nada de ella.

Cuando se acercó a la borda con el cóctel casi vacío se sintió bien. Por suerte, allí las temperaturas eran más soportables que en tierra gracias a la brisa ligera que soplaba. El sol del atardecer estaba en el punto donde se encontraban el mar y el cielo y creaba unas líneas brillantes anaranjadas sobre el piélago oscuro. Cada vez se alejaban más de la costa y pronto estarían rodeados solo de agua. La invadió una sensación profunda de paz y se quedó pensando en sus cosas.

—Parece muy triste —dijo una voz agradable a su lado.

Audrey se giró de golpe. Junto a ella estaba uno de los hombres que le habían presentado antes, no recordaba exactamente su nombre.

Soltó una risa callada.

—No, no estoy triste.

—Bien. —Él apoyó la mano en la borda y la miró de reojo. Sus ojos eran de un marrón cálido, al igual que su pelo, aunque el sol le había aclarado algunos mechones. Con su camisa blanca y unos pantalones claros, resultaba atractivo por su aspecto deportivo y robusto.

Como seguía mirándola con atención, se sintió obligada a añadir:

—Estoy algo cansada. El calor, ya sabe...

—Sí, claro —dijo él sonriendo—. Pero, en caso de que se sienta triste durante la travesía, puede hablar conmigo... Soy Andrea Dotti, psiquiatra y experto en depresiones en mujeres.

Hizo una pícara reverencia, lo que la hizo reír.

—Entonces, ya sé a quién tengo que buscar en caso de emergencia. Soy Audrey Hepburn.

—Lo sé.

—Por supuesto —suspiró ella.

—Venga ya —dijo él en tono amistoso, y le dio un pequeño empujón en el brazo—. Es usted una de las personas más famosas en este momento. ¿Cree que existe un solo hombre en el mundo occidental que no sepa quién es Audrey Hepburn?

—Ni idea —murmuró; a pesar de su carrera cinematográfica sin precedentes, seguía incomodándola que la consideraran especial. No había dejado de ser una persona humilde y sencilla—. Además, ahora no soy famosa, ya no trabajo.

—Ah, vaya —comentó él divertido—. Pero ¿por qué no nos sentamos? ¿Quiere otro cóctel?

Para su sorpresa, sintió que estaba muy a gusto charlando con él.

—Sí. Pero antes debo acostar a mi hijo. ¿Me esperaría aquí media hora?

—Naturalmente —dijo él enseguida—. ¿A dónde iba a ir? Estamos en un barco.

En su camarote, Audrey metió en la cama a un Sean totalmente agotado, aunque entusiasmado, que había pasado horas al lado del capitán. Luego se metió a toda prisa en el cuarto de baño para retocarse los labios y peinarse el pelo alborotado por el viento suave, pero enseguida se sintió algo ridícula y regresó a la cubierta. No había ni rastro de los demás, probablemente se habían retirado al interior del barco para jugar la partida de cartas que habían mencionado antes.

Andrea estaba en una tumbona; ahora llevaba anudado un jersey sobre los hombros para combatir el frescor creciente de la tarde. En una mesita auxiliar había dos bebidas de color rosa con sendas sombrillitas de papel.

—Aquí estoy de nuevo —dijo Audrey casi sin aliento, y se sentó en una tumbona frente a él.

—Genial —respondió Andrea sonriendo—. Entonces ya tenemos tiempo para nosotros.

—Toda la noche —se oyó decir ella, aunque al instante habría querido que se la tragara la tierra, en este caso el mar.

Él sonrió y miró divertido sus mejillas encendidas.

—Toda la noche. ¿Qué tal si para empezar me cuenta algo sobre usted?

—Voy a acabar enseguida. —Cogió su cóctel y sorbió por la pajita. El sol había desaparecido ya en el horizonte, el agua parecía ahora más profunda e impenetrable. Aparte del golpeteo callado de las olas contra el casco del barco y algunas risas que salían de vez en cuando de un camarote, reinaba un silencio agradable—. Vivo con mi hijo en Suiza y allí llevamos una vida tranquila, nada espectacular.

—¿Ya no hace películas?

—No, ya no hago películas. Los rodajes me obligaban a estar muchos meses fuera de casa y tenía que dejar a Sean con su abuela o con una niñera, pero a la larga eso no es bueno para un niño. Por eso me he retirado.

—¿Y ahora se entrega usted a la *dolce vita*?

—En realidad no. La mayor parte del tiempo estamos en casa; vivimos en un pueblo pequeño en el que no hay muchos sitios para divertirse. Estoy muy satisfecha conmigo misma.

—¿Y qué pasa con el señor Hepburn? —preguntó él en un tono aparentemente divertido.

—No hay ningún señor Hepburn —respondió ella decidida. Apartó a Mel rápidamente de su cabeza. La noche era demasiado bonita como para permitir que volviera la tristeza que la había acompañado durante tanto tiempo—. Desde hace ya algún tiempo. Pero basta de hablar de mí. Cuénteme algo sobre usted, Andrea.

Él se reclinó en la tumbona, dio un trago a su copa y la miró relajado. A Audrey le gustaba su sencillez, su seguridad en sí mismo. Él cruzó las manos por detrás de la cabeza y clavó en ella sus ojos marrones.

—Nací hace treinta años en Nepal. —«Oh», pensó Audrey, era casi diez años más joven que ella—. Mi padre es el conde de Domenico, pero ya no utilizamos ningún título. Aparte de que el derecho italiano ya no reconoce los títulos nobiliarios, me parecería ridículo.

—Mi madre es baronesa por parte de su familia —intervino Audrey—, pero renunció al título después de la guerra.

Él sonrió, como si se alegrara de que tuvieran algún punto en común.

—Hum, déjeme pensar qué más le puedo contar sobre mí. Estudié Medicina y trabajo como psiquiatra, como ya le dije antes.

—Nunca se sabe cuándo se va a necesitar uno —reflexionó ella. El alcohol y el cielo lleno de estrellas, la brisa suave de la noche y la compañía de aquel italiano atractivo se le habían subido un poco a la cabeza, según comprobó. No recordaba la última vez que había flirteado. Pero ahora lo estaba haciendo, y el hombre que tenía enfrente le seguía la corriente encantado.

—Siempre a su servicio —dijo este en tono chistoso—. ¿Cuánto tiempo se va a quedar en Italia?

—Bueno, todavía no lo sé —respondió ella—. Sean tiene unas semanas más de vacaciones, no tenemos prisa por volver a casa.

—¿Mamá? —Se oyó de pronto una voz aguda de fondo. Audrey se giró y notó un mareo ligero por el alcohol. Su hijo estaba en pijama en la empinada escalera que subía desde los camarotes.

—¿Qué pasa, tesoro? —le preguntó.

—He tenido una pesadilla, y ahora no me puedo dormir —se lamentó el niño—. ¿Vas a venir pronto a la cama?

—Claro que sí, ahora voy. Vuelve abajo, enseguida estoy contigo. —Se puso de pie, algo achispada, y miró a Andrea a los ojos, que los tenía fijos en ella, como si solo existieran ellos dos en el mundo—. Hasta mañana, Andrea.

—Sí —dijo él en voz baja—. Me alegraré de verla mañana. —Le cogió la copa, y al hacerlo, le rozó el brazo de forma casi imperceptible. Ella lo notó y sintió la necesidad de acercarse más a él.

—Buenas noches, Andrea.

—Buenas noches, Audrey.

Antes de descender por la escalera que llevaba al interior del barco, se volvió una última vez y lo vio junto a la borda, con el rostro iluminado por la luz suave de los faroles. Su cara mostraba una expresión curiosa, y se preguntó si sería de lástima por dar la velada por finalizada o por tener ganas de más. Empezó a palpitarle el corazón de pronto, y deseó que amaneciera ya el día nuevo para así volver a verlo. ¿Cómo podía haber rechazado la idea de pasar unas vacaciones con desconocidos? No tenía absolutamente nada en contra de estar cada minuto del día en compañía de aquel médico atractivo de ojos marrones cálidos y maneras sencillas. Después de los duros meses de soledad, ahora tenía la sensación de ser una larva de mariposa saliendo del capullo, de volver a ser poco a poco la persona que había sido mucho tiempo atrás.

Los días siguientes fueron maravillosos. Mientras el yate ponía rumbo a las islas griegas, Audrey disfrutó de la compañía de sus compañeros de viaje. Tanto las comidas como las conversaciones o los juegos de mesa al atardecer transcurrían en un ambiente relajado. Pasaba la mayor parte del tiempo en compañía de Andrea, y los demás se dieron cuenta enseguida de que los dos buscaban estar solos. El psiquiatra también se mostró encantador con Sean; le contaba cosas de las islas por las que iban pasando o le enseñaba de noche las constelaciones en el cielo.

—Andrea es muy simpático —dijo su hijo entusiasmado al irse a la cama—. ¿Va a ir alguna vez a vernos a La Paisible?

Audrey remetió bien las sábanas alrededor de su hijo, como a él le gustaba, y sonrió.

—No creo, conejito.

Pero para sus adentros pensó que la pregunta de Sean no iba muy descaminada. Ni se acordaba de la última vez que se había sentido tan a gusto en compañía de un hombre, a excepción de su amigo Givenchy, naturalmente. Cuando estaban juntos se sentían relajados, se reían mucho, y se fueron conociendo cada vez más. A pesar de la diferencia de edad, había química entre ellos, algo que a veces la inquietaba (en realidad no tenía intención de empezar tan pronto una relación con un hombre), pero que también le provocaba unas palpitaciones agradables.

Todas las noches, cuando los demás ya se habían retirado, se encontraban como por casualidad en cubierta y se pasaban casi toda la noche hablando. Cada minuto que compartían bajo el cielo oscuro lleno de estrellas resultaba mágico. Se contaron anécdotas de su infancia, su juventud y su vida de adultos, sin dejar fuera los temas difíciles. Audrey le habló de su casa, su refugio en Suiza, y le describió la niebla sobre los campos al amanecer, la fragancia de las flores de los manzanos, el olor del fuego de leña al atardecer, las vistas sobre el lago Leman...

—¿Y vives completamente sola con Sean en esa propiedad tan grande? —preguntó Andrea. Habían acercado las tumbonas y tenía un brazo apoyado en el respaldo de Audrey. A esta le latía con fuerza el corazón, sabía que era cuestión de tiempo que llegaran a tocarse. Lo estaba deseando, por dentro ardía en deseos de sentir el contacto de su piel—. ¿No te sientes a veces sola?

Ella pensó un instante.

—Sí y no. Me gustan el silencio y la tranquilidad, y disfruto leyendo un buen libro. Aunque a veces echo de menos a un adulto con quien conversar. Alguien cercano a mí. —Carraspeó—. ¿Y cómo es tu vida en Roma, Andrea?

—Cuando se tiene una familia tan grande como la mía no se conoce la soledad —dijo él riendo—. A veces incluso se la añora. Mi madre es una auténtica *mamma* italiana a la que le gusta pasarse horas preparando platos muy elaborados para que luego disfrute la familia al completo, incluso los sobrinos nietos más lejanos. Las comidas se prolongan durante horas, casi siempre hasta el anochecer.

—Suena maravilloso —dijo Audrey con voz apagada. Toda su vida había deseado tener una familia grande y varios hijos, pero ahora estaban solo Sean y ella. Andrea oyó la nostalgia que resonaba en su voz y le agarró la mano.

—Pasa unos días conmigo en Roma después del crucero. Te enseñaré la ciudad, te llevaré a todos los rincones secretos que todavía no ha visto ningún turista.

A Audrey se le aceleró el corazón.

—Estupendo. Sean y yo podemos planificar nuestro tiempo con total libertad, es la ventaja de haberme retirado de la vida activa.

—Bien.

Las olas chocaban suavemente contra el casco del barco, y desde el salón de Olimpia bajo la cubierta llegaba la música, éxitos de actualidad que esos días se oían por todas partes, desde los Bee Gees hasta los Rolling Stones, pasando por Tom Jones. Andrea se inclinó suavemente sobre ella y rozó con sus labios suaves y aterciopelados los de Audrey; al principio con cautela y delicadeza, luego cada vez más exigentes y apasionados. Ella se acercó a él y sintió un tumulto en su interior, mariposas en el estómago que revoloteaban como las polillas alrededor de los faroles del barco.

3

Julio de 1968

Entretanto, hasta el último de los que iban en el barco había notado que Audrey y Andrea tenían algo. Cuando atracaron en Corfú y se dirigieron todos juntos a tomar marisco en un restaurante, Olimpia se la llevó a un lado y le dijo medio en broma:

—Lo que la *contessa* Lovatelli intentó inútilmente parece que lo he conseguido yo sin ningún esfuerzo, ¿no?

—¿Qué quieres decir? —preguntó ella con cierta hipocresía. El resplandor de su rostro bronceado y el brillo de sus ojos marrones lo dejaban claro. Tenía la mirada fija en Andrea, que iba unos pasos por delante y le mostraba a Sean unas aves marinas que volaban a lo lejos. No se cansaba de mirarlo, de ver su cara sonriente y su cuerpo robusto.

—Bueno, has encontrado el amor en mi barco —dijo la joven sonrojándose.

Audrey le apretó la mano y dijo:

—Sí, es cierto. Y te estoy enormemente agradecida. Tu invitación ha sido un gran regalo.

Cuando regresaron a Roma, Audrey y su hijo se instalaron en un hotel y pasaron cada minuto de su tiempo libre con Andrea. Este les enseñó el Coliseo, el Panteón, el castillo de Sant'Angelo y las fuentes famosas. En compensación, ella lo llevó al hotel en el que se había alojado durante el rodaje de *Vacaciones en Roma* y le mostró con nostalgia el patio en el que se había tomado algún que otro cóctel con Gregory Peck y William Wyler.

—Un santuario para la famosa Audrey Hepburn. Para los demás, tan solo un hotel decrépito y antiguo, pero para ella es un lugar de grato recuerdo —bromeó él. Ella se rio y le propinó un codazo simulando estar enfadada—. No te burles de mí. Este sitio me marcó mucho.

—¿Puedo ver la película que rodaste aquí? —preguntó Sean, que llevaba un helado enorme en la mano.

Andrea la miró sorprendido.

—¿Tu hijo no ha visto tus películas?

—No, ni una —respondió ella sonriendo—. En casa no vemos mucho cine, ni siquiera el mío.

—Eres única —dijo él con una sonrisa de satisfacción.

Estuvieron todas las vacaciones en Italia; pero el otoño se acercaba y Sean tenía que volver al colegio. Audrey y Andrea pasaron una última velada en un restaurante cerca de la Fontana di Trevi. Se sentaron a la luz suave de los farolillos, bajo un cielo entintado, mientras Sean jugaba con otros niños corriendo alrededor de la fuente y metiendo las manos en el agua.

—¿Qué va a pasar ahora con nosotros? —preguntó Andrea, clavando la mirada en los ojos marrones y cálidos de Audrey.

Ella tragó saliva, tenía un nudo en la garganta.

—¿Vas a ir a vernos a La Paisible?

Él asintió y la acarició con la mirada.

—Por supuesto. El próximo fin de semana, si tú quieres.

—Sí. Claro que quiero.

—¿Y tú? ¿Te imaginas volviendo a Roma para verme?

—Sí —respondió ella en un tono casi imperceptible—. Podría venir los fines de semana, cuando Sean no tenga clase. Puede venirse conmigo o quedarse con mi madre, que seguro que estará encantada de cuidarlo.

Se besaron, luego llamaron a Sean, y Andrea los acompañó a su hotel a través de la ciudad ya oscura, pero todavía despierta y animada. A ella le dolía tener que despedirse, pero a la vez sentía ya la alegría anticipada de volver a verlo muy pronto.

Andrea mantuvo su palabra y el fin de semana siguiente voló de Roma a Ginebra. Ella, que había pasado toda la semana en una nube de enamoramiento ensimismado y felicidad, apenas podía creer que él estuviera allí de verdad, en carne y hueso. En Tolochenaz, mientras tanto, ya iba llegando a su fin el veranillo de San Miguel; había telarañas en todos los rincones y esquinas, y el rocío empapaba la hierba por las mañanas y por las noches.

En ese momento también se encontraba Ella en La Paisible; después de los largos meses de verano quería volver a ver a su nieto, y, además, a medida que cumplía años, buscaba cada vez más estar cerca de su hija.

Audrey había preparado una tarta y sirvió el café en el jardín. El sol todavía tenía suficiente fuerza por la tarde, de forma que había que aprovechar los últimos días para estar en el exterior. Sean, que estaba entusiasmado de tener en casa a su abuela y a su nuevo amigo Andrea, daba vueltas a su alrededor como una peonza.

—Me alegro mucho de que estés aquí —dijo Audrey sonriendo, y le puso al hombre una mano en el brazo. Él le devolvió la sonrisa y le dio un beso suave en la mejilla; el verdadero beso de bienvenida, sin la presencia de Ella, había sido bastante más apasionado—. A pesar del largo viaje.

—Bah, ¿a quién le importan mil kilómetros? —bromeó Andrea, y cogió un trozo de tarta—. Tarta de pera, mi favorita. Mi madre tiene también una receta exquisita.

—Háblenos de su familia —le pidió Ella. Estaba sentada más derecha que una vela y lo miraba fijamente desde el otro lado de la mesa. Audrey confiaba ardientemente en que aquello no se convirtiera en un interrogatorio; tenía un desagradable *déjà-vu* en la cabeza. Su madre no se anduvo con contemplaciones con Mel en los primeros momentos de su relación.

—¿Qué le puedo decir? —Andrea extendió las manos—. Procedo de una familia grande y muy unida. Estoy seguro de que se llevarían bien. Espero que tengan muy pronto la ocasión de conocerse. —Al pronunciar estas palabras lanzó a Audrey una sonrisa de complicidad; acababa de decirle que en breve le presentaría a sus padres en Roma. Audrey se quedó sin respiración al oírlo. Su relación con Andrea iba demasiado deprisa, aunque tampoco le importaba, le gustaba recibir tanto cariño y atención después de los largos meses de soledad.

—¿Qué edad tienen sus padres?

A Andrea no pareció incomodarle una pregunta tan directa.

—Mi madre tiene cincuenta y tres años, mi padre es cuatro años mayor.

Ella levantó las cejas.

—¡Dios mío, entonces su madre es solo catorce años mayor que Audrey! ¿Cuántos años tiene usted, *dottore*, si me permite preguntárselo?

—Llámeme Andrea. Tengo treinta años.

Ella se limitó a soltar un sonido indefinible, pero lanzó una significativa mirada a su hija. Audrey fingió no verla y siguió cortando la tarta en trozos sin inmutarse. Naturalmente, ella también había pensado en la diferencia de edad, pero al final había decidido restarle importancia. Andrea y ella estaban en la misma onda, y pensaban y sentían tan parecido que no les importaban los casi diez años que los separaban.

—¿Y con treinta años todavía no está usted comprometido? —prosiguió Ella con su entrevista. Su voz había adquirido un tono dubitativo.

—¡Mamá! —murmuró Audrey, pero Ella la ignoró.

—Es evidente —respondió Andrea sonriendo con bondad—. De lo contrario, no estaría ahora aquí.

Audrey le lanzó una mirada de agradecimiento; por suerte, él no parecía tomarse a mal el interrogatorio. Tal vez su propia madre estuviera cortada por el mismo patrón.

Sean se acercó corriendo a la mesa, cogió un trozo de tarta y se lo comió de pie. Audrey agradeció esa breve interrupción.

—¿Juegas luego al fútbol conmigo, Andrea?

—¡Claro, por supuesto! —contestó él.

—¿Vive usted todavía con su *mamma*? Me han dicho que por lo general en Italia los hombres solteros son los niños mimados de mamá, que hasta que se casan se alojan en el «Hotel Mamma» para encontrarse siempre la comida hecha y la ropa limpia.

—¡Ya basta, mamá! —siseó Audrey. La franqueza despiadada de Ella le resultaba más que desagradable. Apretando los dientes, confió en que su madre no lo ahuyentara.

Pero Andrea parecía más divertido que ofendido.

—Puede que tenga usted razón, aunque yo tengo mi propia vivienda y en mi trabajo gano lo suficiente para poder permitirme tener ayuda en casa.

Ella no hizo ningún comentario. Se quedó mirando ensimismada las hojas de los árboles, que iban adquiriendo tonalidades rojas y amarillas. Audrey le lanzó una mirada furtiva a Andrea para dejarle claro lo vergonzosas que le resultaban las preguntas de su madre.

—¿Sabe, *dottore*? —dijo esta después de estar un rato en silencio—. Mi hija lo ha pasado muy mal en los últimos tiempos. Probablemente sepa que se acaba de separar. Claro que lo sabe, ha salido en todos los periódicos. ¿Cómo se conocieron a bordo de ese barco? ¿La sometió usted a sesiones de terapia como psiquiatra? Audrey está todavía bastante alterada. Por favor, disculpe mi pregunta, me gustaría hacerme una idea.

—Creo que... —empezó a decir ella furiosa, pero Andrea le puso una mano en el brazo para tranquilizarla.

—No, nada de eso, *signora* Van Heemstra. Pasamos mucho tiempo juntos, y enseguida saltó la chispa, como les ocurre a otros hombres y mujeres.

Él y Ella se miraron a los ojos durante un buen rato, y luego la mujer asintió, como si por fin quisiera dejar el tema a un lado. En cuanto aquel se terminó la tarta, Audrey se puso de pie y recogió la mesa. No podía soportar aquella situación ni un minuto más.

Más tarde, mientras Andrea jugaba al fútbol con Sean a la luz dorada del atardecer, Audrey llamó a la puerta de la habitación de su madre, que estaba sentada escribiendo una carta, probablemente dirigida a uno de sus hermanos. Apenas levantó la vista cuando entró.

—¿Cómo has podido hacerle esas preguntas? —le preguntó indignada—. Ha sido un auténtico interrogatorio.

Su madre terminó de escribir la carta con calma y plasmó su firma de trazos enérgicos antes de responder.

—Ese joven parece muy interesado en ti, y tú en él. Tenía que averiguar qué intenciones tiene. Me da la impresión de que te has metido en esta relación de forma bastante precipitada.

—¿Y qué? —dijo Audrey, sentándose en el borde de la cama—. Ya soy mayorcita para tomar mis propias decisiones.

—A propósito de tu edad. Él es diez años más joven que tú. ¿Es que no te importa?

—No. Y a él tampoco. Si yo fuera un hombre y él una mujer, no le parecería mal a nadie.

—Es posible —admitió Ella—. Pero existen ciertas convenciones en nuestra sociedad. La gente habla cuando un hombre y una mujer se llevan tantos años.

—¡Mamá! Son solo diez años, no veinte ni treinta. Estamos a finales de los sesenta, por todas partes se habla del amor libre y desenfrenado, no creo que unos pocos años le importen hoy a nadie.

—Si tú lo dices... —Metió la carta en un sobre y lo cerró; seguía sin mirar a su hija—. En cualquier caso, tengo la sensación de que el buen *signor* Dotti..., ¿cómo lo diría? Bueno, tengo la sensación de que es un vividor. Alguien que no quiere perderse nada.

Audrey se rio, pero no parecía muy contenta. Le molestaba la manía de su madre de analizar a cada persona antes de conocerla mejor.

—¿Por qué piensas eso? Es la primera vez que lo ves.

—Lo sé. Es solo una impresión. Será por mi conocimiento de la naturaleza humana o algo así. Además... —Ella dejó la carta sobre la mesa con mucho cuidado y se volvió hacia su hija. Buscó su mirada con los ojos por primera vez—. Has pasado unos años muy malos. No eras feliz con Mel. Algo así no se olvida fácilmente. Eres vulnerable y no has roto con el pasado todavía. No me gustaría que un hombre volviera a hacerte infeliz.

—Pero, mamá —dijo Audrey en voz baja—. Andrea no va a hacerme infeliz. Me hace infinitamente feliz. He estado meses deprimida, melancólica, y me ha ayudado a recuperar las ganas de vivir. Lo celebro todos los días, gracias a él.

Después de jugar al fútbol, Andrea y Sean entraron en la casa felices y sudorosos.

—¿Puede venir todos los fines de semana? —preguntó Sean.

Audrey sonrió a Andrea.

—Si quiere... ¡Y ahora al baño!

El niño subió la escalera corriendo, y Andrea la abrazó desde atrás y la atrajo hacia sí. Ella cerró los ojos. Hacía mucho tiempo que no se sentía tan protegida y querida como en ese momento.

—Sean es un chico estupendo —dijo él, y le cubrió la nuca de besos—. Es muy alegre y despierto.

—Espero que no se apropie de ti —murmuró—. Al ser hijo único está deseando tener alguien con quien jugar.

—¿No te habría gustado tener más hijos? —preguntó Andrea, y pasó a besarle el cuello.

—Claro que sí —suspiró ella—. Pero no funcionó.

—Bueno, ahora empieza un partido nuevo.

Audrey se giró bruscamente hacia él y lo miró a los ojos.

—¿Tú quieres tener hijos?

—Claro que sí —se limitó a decir.

Se besaron, y ella tuvo la sensación de que de pronto el mundo giraba un poco más deprisa y que ellos se sumían en un éxtasis de deseo y felicidad.

4

Diciembre de 1968

Audrey y Andrea estrecharon su relación rápidamente. Durante la semana ella llevaba una vida tranquila en La Paisible, y los fines de semana volaba a Roma o iba él a Suiza, donde pasaban juntos cada segundo. Era como si flotaran en una pompa de jabón irisada en la que solo estaban ellos dos. Se sentía ligera, feliz de haber escapado para siempre de las garras de la tristeza. Con Andrea a su lado la vida resultaba más fácil, se sentía querida, deseada y segura.

En diciembre, cuando el invierno ya se había adueñado de Tolochenaz y el jardín estaba helado y sin hojas, Audrey dejó a Sean unos días con Ella, que había ido a pasar las Navidades con ellos, y se marchó a Roma a conocer a los padres de él. Se sentía como una jovencita que va por primera vez a casa de su novio, nerviosa, pero en el fondo feliz de haber dado tan pronto ese paso en su relación.

El *palazzo* de los Dotti estaba en el centro de Roma y era impresionante. Los techos eran tan altos como en un museo; los suelos, de los mármoles más selectos, y en las paredes colgaban retratos a tamaño natural de antepasados aristocráticos. A pesar de todo, en la familia Dotti el ambiente era ruidoso y alegre. Había muchos familiares invitados a esa cena en la que iban a conocer a Audrey, y todos hablaban en voz alta, interrumpiéndose animadamente mientras una criada servía la cena, de cuya preparación se había encargado la madre desde primera hora de la mañana.

—Me alegro mucho de que Andrea la haya conocido —dijo entusiasmada Paola Dotti, que se había metido a presión entre Audrey y su hijo en la mesa. Era una mujer rolliza completamente vestida de negro, con el pelo negro recogido, muy guapa y elegante, la viva imagen de una madre italiana—. He visto todas sus películas, soy una gran admiradora suya.

—Gracias —dijo Audrey sonriendo. Estaba muy callada, el barullo la dejaba agotada.

—Y hace poco tiempo que está separada, ¿no? —preguntó Paola con una sonrisa pícara—. ¿Y libre para compromisos nuevos? ¿Le gustaría volver a casarse? ¿Y qué pasa con los niños?

—¡*Mamma!* —la reprendió Andrea divertido, y le lanzó una mirada desvalida a ella, que sonrió para sus adentros. Al parecer, la curiosidad indisimulada de Ella no era un caso aislado.

—Se puede preguntar —dijo Paola, y le guiñó un ojo a Audrey a la vez que le pasaba la fuente de la pasta—. ¡Sírvase un buen plato, está usted muy delgada! Venga más a menudo, así conseguiré que engorde.

La señora quería saberlo todo acerca de La Paisible y de Sean, y ella habló abiertamente. La madre de Andrea parecía tener mucho interés en su persona, pues estaba absorta escuchando, y cuando terminó dijo con un suspiro:

—Me alegro mucho de que nuestro conquistador haya encontrado una mujer como usted.

A Andrea no pareció molestarle esta afirmación de su madre. No comentó nada del título de «conquistador» que le había concedido su madre, sino que se limitó a decir:

—¡*Mamma!* Déjalo ya. Hablas como si estuviéramos ya ante el altar.

—¿Quién sabe? —Paola sonrió con picardía, y Audrey esbozó una sonrisa. Él la miró y puso los ojos en blanco, aunque le apretó la mano con cariño.

Pasaron las Navidades en La Paisible, que en esa época parecía el pueblo de un cuento de Navidad. Había nevado ligeramente, y una capa fina de azúcar blanco cubría los caminos y la hierba. Audrey le había encargado al jardinero que colgara guirnaldas de luces en las ramas desnudas de los árboles, y al atardecer y por la noche se creaba un ambiente muy acogedor en el jardín. Andrea llegó el día 23 con las maletas llenas de regalos, la mayor parte para Sean. El día de Navidad se sentaron delante de la chimenea, en la que ardía un gran fuego mientras fuera caían copos de nieve con suavidad, y abrieron los regalos. Él le regaló a Ella un pañuelo de Hermès en tonos pastel; ella le dio las gracias con educación y luego observó el intercambio de regalos con cierta reserva, como si la gran cantidad de presentes la hiciera sospechar.

Al final, cuando ya habían abierto todos los paquetes y Sean jugaba con su avión teledirigido nuevo, Andrea sacó una cajita del bolsillo de su chaqueta y se la entregó a Audrey con gesto serio.

—Tengo otra cosa para ti, *bellisima*.

—Oh. Has dejado lo mejor para el final, ¿no? —bromeó ella, aunque sentía cosquillas en el estómago.

Notó la mirada de él, y también la de su madre, clavada en ella mientras se agachaba delante de la chimenea y retiraba el papel de regalo con dedos temblorosos. Apareció una cajita de Bulgari en la que había un anillo de diamantes de aspecto pecaminosamente caro.

—¡Es tan grande como una canica! —exclamó Sean, que pasó corriendo a su lado persiguiendo su avión.

—¡Andrea...! —Audrey alejó un poco el anillo y lo miró fijamente mientras en su interior las emociones revoloteaban como los copos de nieve al otro lado de la ventana.

Él se sentó en la alfombra a su lado y cogió el anillo.

—¿Quieres ser mi esposa, *carissima*?

Sin decir nada, ella miró sus ojos marrones, que la observaban llenos de amor, y se sumergió en ellos. Como a través de algodones oyó que, en el sofá, su madre cogía aire.

Audrey asintió mientras las lágrimas asomaban a sus ojos.

—Sí —susurró—. Sí quiero.

Andrea le puso el anillo en el dedo con actitud ceremoniosa.

Luego se inclinó y se dieron un beso largo y cariñoso. Audrey se sentía ebria de felicidad. Su sueño de tener una relación satisfactoria y una familia feliz, que había enterrado tras su ruptura con Mel, de pronto volvía a hacerse realidad de forma inesperada. Intuía que su matrimonio con Andrea no iba a ser como el primero. Ya no tenía veinticinco años, era una mujer madura que se enfrentaba a los hechos con los dos pies en el suelo y no iba a permitir que nadie volviera a decidir por ella. Él no era ese tipo de hombre, era muy distinto a Mel. Ambos estaban al mismo nivel e iban a ser muy felices.

Mientras Andrea daba un paseo en trineo con Sean, Audrey telefoneó a sus hermanos y amigos para anunciarles su boda. Givenchy se alegró mucho de la noticia y enseguida le prometió que se encargaría del vestido de novia personalmente. Después de hablar con él, pensó que contaría con la aprobación unánime de todos los demás. Pero Connie mostró ciertas reservas al saber la noticia.

—¿Hace cuánto que lo conoces? —preguntó tras un minuto de silencio.

Audrey se rio.

—Pero, Connie, ¿qué importa eso? Ya sabes que hay personas con las que enseguida te sientes como si las conocieras de toda la vida. Da igual que sean cinco meses o tres años.

—Yo no lo veo así, querida —la contradijo su amiga en un tono suave—. Se necesita un tiempo para conocerse bien. Hay que superar la embriaguez del primer enamoramiento para estar segura de que los sentimientos son lo suficientemente sólidos como para aguantar toda una vida.

—Créeme, estoy segura. No hemos pasado demasiado tiempo juntos, pero ha sido muy intenso. A diferencia de Mel, Andrea es una persona muy equilibrada y serena.

—Ya que lo mencionas... —dijo la otra dubitativa—. Ahí veo yo el principal problema. Han pasado muy pocos meses desde que te divorciaste. ¡Estuvisteis catorce años casados! ¡Catorce! ¡Eso lo tienes que asimilar, Audrey! No puedes decidirte por alguien nuevo tan pronto... Necesitas tomarte un tiempo para ti.

Audrey miró por la ventana. A lo lejos vio a Andrea tirando del trineo donde iba sentado Sean por el camino cubierto de nieve. Las palabras de Connie le dolieron un poco; pensaba que su amiga iba a alegrarse. ¿Cómo podía dudar de que ella pudiera tomar una decisión acertada?

—Tú me aconsejaste que viajara a Italia.

—Sí, es lo que hice. Para que escaparas de la soledad, querida. Y, por mi parte, para que conocieras a gente nueva y ligaras un poco, pero no para que te enamoraras del primero que se te pusiera delante. ¿Qué sabes de él?

—Suficiente —respondió ella en voz baja—. Sé lo suficiente. Lo conozco a él, conozco a su familia, su casa. Y veo cómo trata a Sean. Será un buen padre para él. ¿Vas a venir a la boda?

Su amiga soltó un suspiro profundo.

—¡Por supuesto que iré, ya lo sabes! Y si se acaba el mundo... también iré. Yo... tengo miedo de que cometas un error.

A Audrey le conmovió que se preocupara tanto por ella.

—No debes tener miedo, Connie —le dijo con cariño—. Tienes que conocer a Andrea cuanto antes, así te darás cuenta de que tus temores son infundados. Es un hombre maravilloso.

Pocas semanas después se celebró la boda. Era enero y, en la pequeña iglesia de Morges, a pocos kilómetros de La Paisible, hacía frío. Audrey estaba tan emocionada que a pesar de su vestido corto rosa no notó las temperaturas gélidas; estaba como en una nube de incredulidad y felicidad. Cuando ya estaban casados y salieron a la plaza que había delante del templo, una auténtica muchedumbre de admiradores los rodeó y felicitó. Le impresionó que la gente siguiera interesándose por ella a pesar de que hubiera abandonado su carrera cinematográfica. Andrea sonreía y saludaba con gesto altivo a las masas de gente, lo que la hizo sonreír. Todos sus seres queridos estaban allí: su madre, sus hermanos, su hijo, Connie y Jerry, Givenchy y Philippe, Gregory Peck con su familia, Kurt Frings y otros muchos amigos y compañeros antiguos.

Tras la boda los tres se trasladaron a una vivienda elegante con frescos en las paredes y vistas sobre los tejados de Roma. Aunque algunos fines de semana volvía a Tolochenaz, estaba muy contenta con la vida que llevaba allí. Mientras Andrea estaba en su consulta, ella recorría los sitios en los que había sido tan feliz durante el rodaje de *Vacaciones en Roma*. Desde el principio se sintió como en casa. Sean se adaptó enseguida a su colegio nuevo, donde hizo muchos amigos. Los sábados que no viajaban a Suiza paseaban por la ciudad los tres juntos y comían en los restaurantes más selectos. Su suegra, Paola, se ocupaba de ella como si fuera su hija...; en pocas palabras, los primeros meses de casada transcurrieron en un ambiente de completa tranquilidad.

Tres meses más tarde supo que estaba embarazada. Sintió pánico y euforia a la vez. Tenía cuarenta años y había sufrido varios abortos. Su médico de Ginebra le dijo que era un embarazo de alto riesgo.

Tras la visita al médico, Audrey no se atrevió a volar de vuelta a Roma, ya que el viaje podría ser peligroso en una fase tan temprana, así que se quedó en La Paisible. Andrea viajó hasta allí el fin de semana, excitado y feliz.

—*Carissima!* —Se sentó junto a su mujer, que estaba echada en el sofá del cuarto de estar rodeada de libros y revistas, y la besó como si tuviera miedo de hacerle daño con sus muestras de cariño—. ¡Estoy que no me lo creo! ¿Sabes la alegría que me has dado? Voy a ser padre. Todavía no me lo puedo creer.

Audrey sonrió y se recostó en su pecho.

—Yo también soy muy feliz. Es como si se hiciera realidad un sueño en el que ya no creía. Tengo que repetirlo continuamente en voz alta para convencerme de que es verdad.

—Mi madre está loca de alegría, *bellisima*. No se cansa de tener nietos, y ya en la boda me dejó bien claro lo que espera de mí.

Se rio, y Audrey se unió a sus risas. Luego se puso muy seria, tragó saliva y le cogió la mano.

—Tengo tanto miedo, Andrea... Ya sabes cuántos abortos he tenido. No podría soportar que algo saliera mal. Perder este niño...

—Eso no va a ocurrir —aseguró él, y la abrazó. Pero no sonaba muy convencido. Como médico sabía lo arriesgados que son los embarazos a la avanzada edad de cuarenta años, y más con el historial de ella—. Haremos todo lo posible para protegerlo.

—Iré contigo a Roma después del fin de semana, pero me gustaría volver pronto a Suiza y pasar aquí la mayor parte del embarazo. Aquí tengo mucha tranquilidad, y mi médico está cerca. Mi madre me ha asegurado que se quedará conmigo los próximos meses para cuidarme. Sean puede ir aquí al colegio provisionalmente. Espero que estés de acuerdo.

Audrey temía que Andrea no aceptara bien la idea de vivir solo en Roma durante un tiempo. Probablemente no le gustara mucho tener que estar separados. Ella, claro, también lo iba a echar mucho de menos, pero en ese momento la máxima prioridad era asegurar un desarrollo estable del embarazo.

No tenía de qué preocuparse. Él sonrió e inclinó la cabeza asintiendo.

—Claro que estoy de acuerdo, *cara*. No hay nada más importante que tu salud y la del bebé.

Audrey sintió un gran alivio, y una ola de cariño le desbordó el corazón.

—Me alegro de que estemos de acuerdo. El médico me ha aconsejado que guarde reposo absoluto en la cama, como en el embarazo de Sean.

—Y mira qué chicarrón es ahora —dijo Andrea sonriendo satisfecho.

Audrey se echó hacia atrás y apoyó la cabeza en un cojín. Después de hablar con él tenía una sensación de confianza muy agradable. Se iba a cuidar lo máximo posible, iba a dejar de fumar y a comer de forma ordenada. Ese niño tenía que llegar sano al mundo.

A partir de entonces él viajó a Suiza todos los fines de semana y los dos pasaron largas veladas echados en la cama o en el sofá delante de la chimenea haciendo planes y soñando con su futuro retoño.

En febrero del año siguiente nació por cesárea su hijo en común, Luca Dotti. Andrea no cabía en sí de orgullo; Sean asumió el importante papel de hermano mayor, y Audrey se sintió como en un sueño..., rodeada de amor, su deseo hecho realidad, feliz de haber recibido de nuevo ese gran regalo de la vida.

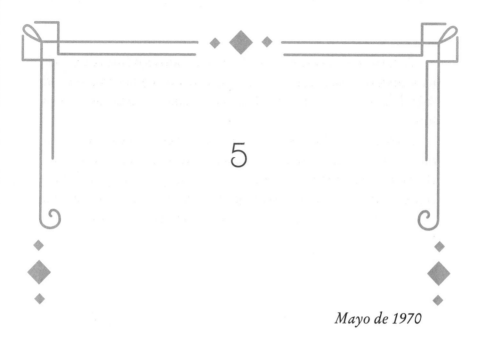

5

Mayo de 1970

Después del parto Audrey se quedó un tiempo en La Paisible con los dos niños. Andrea no tenía nada en contra de estar solo en Roma durante la semana, y no le importó concederle el tiempo que necesitaba para su recuperación. Ella recibió algunas cartas de su suegra, Paola, en las que le pedía que regresara pronto al seno de su gran familia. Tenía muchas ganas de ver a su nieto y quería mimar un poco a su nuera. Además, le recomendaba que se ocupara otra vez de su recién estrenado marido; estar solo no le sentaba nada bien y todas las noches buscaba compañía fuera de casa. Al principio sonreía ante las descripciones insistentes que le hacía de la vida de su marido en Roma, pero enseguida le intranquilizó el tono cada vez más serio de su suegra.

«Andrea sale todas las noches con compañeros de trabajo —le escribió Paola—. Entre ellos también hay algunas compañeras, *carissima*. No quiero meterte miedo, pero como *mamma* italiana sé que mi hijo es muy sociable... Antes de casarse contigo no le decía que no a nada... Sería mejor que volvieras pronto».

Audrey le mostró la carta a Ella, que la leyó con el ceño fruncido. Casi esperaba que su madre hiciera algún comentario sobre lo precipitado de su boda, pero evitó cualquier observación y le recomendó también regresar a Italia.

—Luca tiene ya unos meses, no es ningún recién nacido. Deberías volver con tu marido, aunque tras el embarazo tan difícil que has tenido necesitas una calma que probablemente no encuentres en Roma.

—Tienes razón —murmuró ella—. Ha llegado el momento de retomar mi vida diaria normal.

Ella se marchó, y también Audrey abandonó su domicilio tranquilo para regresar a la capital de Italia. Paola la recibió entusiasmada y todos los días les llevaba bandejas de comida que ella misma preparaba, como si la familia estuviera a punto de morir de hambre.

—*Mamma*, tenemos servicio doméstico —trató de explicarle Andrea—. Nos arreglamos bien.

Dado que Audrey no tenía otra cosa que hacer que ocuparse de los dos niños, llevaba una vida muy apacible. Si durante años había estado acostumbrada a levantarse temprano para ir a los rodajes, ahora podía quedarse en la cama hasta tarde, supervisar el trabajo del cocinero, aprender a hacer platos de pasta nuevos y deambular por los mercados de frutas y verduras. Su hijo iba al colegio francés, así que Audrey tenía mucho tiempo para callejear con Luca en su carrito y mirar los escaparates de las tiendas de lujo. Andrea tenía mucho trabajo y solía volver muy tarde a casa, pero le gustaba mimarla y era un padrastro cariñoso para Sean.

Lo único que le molestaba ahora eran los *paparazzi*, de los que no conseguía librarse. Su suposición de que al retirarse del mundo del cine habría desaparecido todo interés por ella resulto ser errónea. En cuanto ponía un pie en la calle con el carrito de bebé, la reconocían y la perseguían.

«¡Señorita Hepburn! —gritaban en su inglés chapurreado en cualquier sitio donde ella estuviera—. ¿Cuándo va a rodar una película nueva? Señorita Hepburn, seguro que recibe muchas ofertas, ¿cuándo va a interpretar un papel nuevo? Señorita Hepburn, ¿nos concedería una entrevista?».

Y así todos los días. Ella los rechazaba con amabilidad y siempre trataba de seguir su camino como si nada, pero los reporteros insistían cada vez más. Un día que acababa de dejar a

Sean en el colegio y se disponía a dar un paseo al sol con Luca, un *paparazzo* se acercó tanto a ellos que sintió miedo.

—Solo unas preguntas breves —insistió, inclinándose sobre el carrito de bebé para hacer unas fotos de Luca—. Y un par de instantáneas de su encantador hijo.

—Pare de una vez, por favor —le pidió Audrey, y trató de apartar el carrito. El bebé miró con sus ojos grandes y marrones al desconocido que había invadido su espacio y empezó a llorar desconsoladamente.

—Vaya, ¿quién es este niño que llora tanto? —lo calmó el reportero, que siguió haciendo fotos y le puso bien el gorrito a Luca, que seguía con su ataque de gritos—. Así vas a salir mejor en la foto, pequeño gritón.

—¡Pare de una vez! —dijo ella casi sin poder contenerse—. No quiero que toque a mi bebé. Déjenos seguir.

El *paparazzo* se rio, dirigió directamente su cámara al rostro pálido de Audrey y disparó.

—Vaya, vaya. Está usted acostumbrada a estar delante de la cámara, ahora no se haga usted la intocable.

Ella dio la vuelta al carrito y torció por una calleja pequeña. Oía las risas del reportero a sus espaldas y tuvo miedo de que la siguiera. Aceleró el paso. Al cabo de unos minutos, y cuando ya había torcido por otra calle, se atrevió a girarse. No había nadie, la calle adoquinada estrecha estaba vacía.

Respiró hondo y decidió volver a casa. Le entristecía que le robaran la libertad de pasear por donde quisiera sin ser molestada, pero Roma no era Tolochenaz, donde nadie la había importunado jamás.

Por la noche esperó a Andrea con un plato de pasta con salsa de verduras, una receta que le había dado Paola, que estaba encantada de revelarle sus secretos culinarios a su nuera. Sean estaba en la cama y Luca, que siempre empezaba a gimotear en cuanto lo dejaban en la cuna, estaba en sus brazos, de forma que ella tenía que comer con una mano.

—Cada vez es peor con los *paparazzi* —dijo abatida, y se metió una cucharada de pasta en la boca—. Cuando salgo con los niños tengo que dar mil rodeos para volver a casa para que no descubran dónde vivimos. No tenemos ni un minuto de tranquilidad. Hoy un *paparazzo* ha metido tanto la cabeza en el carrito de Luca que se ha asustado y ha estado una hora llorando. Y le ha tocado... No quiero todo esto, Andrea.

Este, que había colgado su chaqueta en el respaldo de la silla y estaba muy atractivo con una camisa color crema que resaltaba su piel bronceada, sonrió.

—Pero, *bellisima,* es lo que ocurre cuando uno es famoso. Deberías saberlo ya. Los periódicos se interesan por ti.

—He dejado claro muchas veces que mi carrera ha terminado y que ya no soy un personaje público —lo contradijo Audrey. Luca empezó a moverse, por lo que dejó la cuchara y lo acunó en sus brazos.

Él se sirvió más pasta en el plato.

—No seas tan inflexible, querida. Quién sabe, lo mismo dentro de poco tienes ganas de rodar más películas.

Audrey lo miró fijamente y sintió un cosquilleo de nervios en el estómago.

—No, seguro que no, Andrea. Ya lo hemos hablado. Soy feliz siendo madre y ama de casa. ¿Qué hay de malo en ello?

—Nada —la tranquilizó él, y se puso de pie. Volvió a ponerse la chaqueta y rodeó la mesa para dar un beso primero a Luca y luego a ella—. Solo quiero decir... que quizá algún día tengas ganas de volver a hacer cine. Rodaste unas películas tan maravillosas que eras toda una estrella, ¿cómo no ibas a querer volver a serlo?

Audrey se quedó sin habla un momento; luego abrió la boca para decir cosas como «Porque el sueño de mi vida es cuidar de una familia»; «Porque quiero estar con mis hijos»; «Porque no quiero volver a estar meses separada de mis hijos»; «Porque quiero vivir de cerca cada día de su infancia»... Pero Luca empezó a mover la cabecita buscando su pecho y Andrea estaba ya saliendo por la puerta.

—Adiós, *bellisima*, tengo una reunión con mi equipo de trabajo. Después iremos a tomar algo, es el cumpleaños de Chiara. No me esperes.

—Pero... —exclamó ella sorprendida, pero él ya había cerrado la puerta.

Sintiéndose muy sola, se subió el jersey para dar de mamar a Luca. De pronto en la casa que parecía un *palazzo* reinó tal silencio que se oía el reloj del vestíbulo.

Algo más tarde dejó los platos en la cocina y se duchó. Mientras tanto dejó al bebé en su cuna, pero enseguida protestó enérgicamente. Se secó a toda prisa el pelo mojado con una toalla, se puso un camisón sin terminar de secarse el cuerpo y lo cogió en brazos para meterse con él en la cama. Pero, para su sorpresa, Sean estaba allí con la manta subida hasta la barbilla.

—¿Puedo dormir contigo? —susurró—. He tenido una pesadilla, había un monstruo.

—Claro que sí —dijo ella, besándole en la frente.

Apagó la luz y se metió bajo las sábanas con cada hijo en un brazo. Olió la colonia infantil dulzona del mayor y el olor a leche materna y polvos de talco de Luca. Los quería tanto que le dolía el corazón. A pesar de todo, en ese momento se sentía increíblemente sola y se preguntó cuándo volvería Andrea a casa. Tuvo que reconocer que no se había imaginado así su matrimonio. Ese tiempo en el que él quería pasar cada minuto con ella parecía ya muy lejano. Sintió un hormigueo en su interior ante la idea de que pudiera alejarse de ella igual que hizo Mel. ¿Era culpa suya? ¿Hacía ella algo mal? Por las rendijas de la persiana no se veía nada más que la oscuridad, apenas iluminada por las luces de la calle, pero los sonidos conocidos de las parejas paseando entre risas y los frenos chirriantes de los coches se oyeron durante horas. Al igual que Nueva York, Roma era una ciudad que nunca dormía.

Era mucho más de medianoche cuando por fin Andrea abrió la puerta del dormitorio muy despacio y entró sin hacer ruido.

—Hola, preciosa —susurró, y se inclinó sobre Audrey—. Ya veo que compartes la cama con otros dos hombres.

—¿Dónde has estado tanto tiempo? —preguntó, despertándose de golpe. Algo la irritaba, hasta que estuvo lo suficientemente despierta como para percibir un olor ligero a perfume.

Él se quitó el traje de verano de color claro y lo colgó en el armario.

—Ya te lo he dicho. Después de la reunión hemos estado en un bar celebrando el cumpleaños de Chiara. Ya sabes, es profesora de Psicología Infantil en la universidad.

—Hueles a perfume. —La voz sonó sobria, neutra.

—Pues claro. —Andrea soltó una risita y se metió bajo las sábanas. La besó con cariño en la nuca por encima de los niños—. Chiara es una mujer. Y también había otras dos compañeras, pero también tres hombres más. ¿No estarás celosa, querida?

—No soy ese tipo de mujer —murmuró ella. Agotada, se hizo un ovillo, pero el carrusel de su cabeza no la dejaba dormir. Había que tener un contacto muy estrecho con una mujer para acabar oliendo a su perfume, ¿no?, pensó. Pero, por suerte, enseguida llegó el sueño y la liberó de la inquietud.

Audrey se encerraba en casa cada vez más. Por las mañanas llevaba a Sean al colegio, pero enseguida volvía por los caminos más sinuosos para que no la descubrieran los *paparazzi*. Pasaba la mayor parte del tiempo en la habitación de los niños, donde jugaba con Luca, que cada vez se movía más. Su suegra le hacía compañía a veces. Compartían el amor por la cocina y se pasaban horas creando juntas los platos más exquisitos. A menudo Andrea no estaba en casa el tiempo suficiente para disfrutar de esas comidas. Paola presenció en más de una ocasión cómo su hijo engullía a toda prisa un par de tenedoradas antes de salir corriendo hacia una de sus reuniones.

—Me gustaría que pasara más tiempo en casa —se le escapó a Audrey una noche en la que estaba sentada en la cocina con su suegra. Estaban en pleno verano, con las persianas de las ventanas entornadas para no dejar entrar el calor, que ni siquiera amainaba a esas horas. Estaba dando la cena a Luca, que, sentado en su trona, escupía la comida una y otra vez.

—No debes abandonarte —le aconsejó Paola, que se estaba comiendo los restos que Andrea se había dejado.

Audrey la miró sorprendida.

—¿Qué quieres decir?

—Bueno... Tienes que cuidarte y vestirte bien para que tenga siempre un motivo para venir a casa —dijo su suegra en tono casi de disculpa.

Audrey creyó haber oído mal; se le pasaron mil preguntas por la cabeza.

—Pero... ¿quieres decir que no le gusta volver a casa? ¿Que prefiere estar con otra gente? ¿Qué significa eso, Paola?

Pero su suegra guardó un silencio elocuente; esperó a que Sean cogiera un zumo de naranja de la nevera y desapareciera para lanzarle a su nuera unas miradas cargadas de significado.

Audrey decidió hablar con claridad.

—¿Quieres decir que debo tener miedo de que me engañe? —Sus ojos preocupados se quedaron clavados en la mujer; no sabía si estaba preparada para una respuesta alarmante. Se sentía demasiado vulnerable, demasiado frágil anímicamente como para soportar una mala noticia. Andrea era su único sustento en aquel país desconocido que no era su patria, donde no tenía amigos ni familia propia que la ayudara.

—¡Qué va! —Paola sacudió la cabeza y se limpió la salsa de tomate de la barbilla—. Eres una esposa maravillosa y él te quiere de todo corazón. A pesar de todo es joven e italiano.

—¿Y eso significa...? —insistió Audrey con cautela mientras limpiaba de forma automática la papilla que Luca escupía.

—Eso solo significa que debes tener cuidado —dijo la otra sonriéndole con cariño—. El mismo cuidado que debes tener con tus hijos. No tienes dos, sino tres niños que requieren tu atención.

Audrey se limitó a asentir y no dijo nada más. Paola mantenía a menudo conversaciones extrañas con ella.

Si era sincera consigo misma tenía que reconocer que su felicidad tan perfecta había empezado a mostrar pequeñas grietas. Andrea era un marido bondadoso, amable y considerado y les daba todo su amor a los niños, también a Sean, pero pasaba más tiempo de viaje que en casa y también salía casi todas las noches.

No le ocultaba que también había siempre mujeres en el grupo. Audrey confiaba en él, pero no podía evitar sentir cierto malestar. Además, había llegado un momento en el que no podía ni quería confiar en nadie. Seguía manteniendo contacto con la *contessa* Lovatelli y con Olimpia, pero eran más bien amistades superficiales. Sus amigos de verdad estaban muy lejos, y, además, no quería molestar a Connie con sus dudas, aparte de que tenía miedo de que volviera a pasarle por las narices su advertencia de que era muy precipitado casarse con Andrea. ¿Habría ido realmente muy deprisa tras el divorcio de Mel, que había hecho desaparecer el suelo bajo sus pies? ¿No había controlado sus sentidos y había sucumbido con demasiada facilidad a ese rostro atractivo de ojos marrones cálidos? No se arrepentía de haberse casado con él, lo amaba con toda el alma, y le había regalado un hijo maravilloso, una familia completa. Pero ahora deseaba haber dejado que todo hubiera ido más despacio.

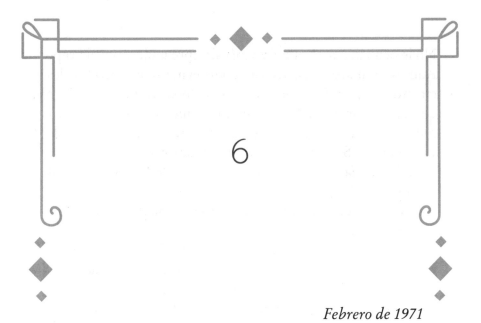

6

Febrero de 1971

A pesar de su larga ausencia del mundo del cine, Kurt no la había olvidado. Seguía enviándole guiones que le parecían tentadores. Aquella mañana también le habían dejado en la mesa del desayuno un paquete pesado procedente de América.

Audrey suspiró mientras se disponía a abrir la caja.

—El bueno de Kurt. Lo hace con buena intención, pero ya le he dejado bien claro que no me envíe más ofertas.

Andrea sonrió y movió el azúcar de su *espresso*.

—Bueno, puedes echarles un vistazo, *bellisima*.

—¿Para qué? —replicó ella cansada, y recogió el vaso infantil con té que el bebé tiraba una y otra vez al suelo de mármol para hacer la gracia—. Luca tiene solo un año. Jamás volvería a someterme a la tortura de estar meses fuera de casa con un bebé y una niñera.

—Por mirarlos no pasa nada —opinó él, dándole la taza, que esta vez había caído a su lado—. Y lo mismo encuentras el guion definitivo. Ese que llevas toda tu vida esperando.

Audrey sintió que se le revolvía el estómago, pero evitó soltar una respuesta dura. ¿Por qué no entendía Andrea que ella no quería volver al mundo del cine?

—Ya no estoy en el mercado. No voy a volver, tienes que entenderlo. Y, por favor, no me insistas tanto en que lea los guiones de Kurt. Mel estuvo años presionándome para que aceptara papeles... No quiero que vuelva a repetirse esa situación.

—Entendido, *carissima*. —No le importó lo más mínimo que pusiera a su antecesor sobre el tapete y lo comparara con él. Se terminó el café y se puso de pie.—. Tú eres la jefa, tú mandas. Y ahora tengo que irme.

Audrey se volvió hacia él para despedirse con unas palabras cariñosas, inocentes, pero se quedó callada.

—El té se queda sobre la mesa, pequeño diablillo —regañó a Luca, que la dejó desarmada al lanzarle una sonrisa radiante con esa boquita en la que ya asomaban un par de dientes.

Le daba miedo que su vida con Andrea mostrara algún paralelismo con su matrimonio con Mel. Aunque él no lo mencionara a menudo, se notaba claramente que no le importaría que ella volara unos meses a Hollywood para rodar una película. Estaba orgulloso de que su mujer hubiera sido tan famosa, y en realidad no había nada que objetar a eso, ¿no?

Audrey desistió de animar a Luca a que bebiera y se levantó también de la mesa. Al principio de conocer a su marido pensó que podría deshacerse de su vida con Mel igual que una serpiente se desprende de su piel. Pero ahora era cada vez más consciente de que aquello era imposible. La insistencia de aquel en preocuparse por su carrera la había perseguido hasta Roma; ahora era Andrea el que insistía en que volviera a trabajar.

Decidió no desembalar los guiones de Kurt. Sacó la cinta adhesiva del cajón y volvió a dejar el paquete listo para enviar.

Su marido volvió a la cocina para despedirse. Venía anudándose la corbata.

—¿Vas a devolver el paquete así, sin más?

Audrey asintió sin mirarlo a los ojos.

—Sí. No tengo ganas de ocuparme de eso ahora.

—Está bien. —Le dio un beso de despedida en la mejilla—. Me lo llevo y lo dejo en correos.

Después de haber pasado un día tranquilo con Luca en casa, por la tarde lo sentó en la sillita de bebé para ir a recoger a Sean del colegio. Estaban en pleno verano, el asfalto brillaba por el calor, y ella avanzaba lo más deprisa posible buscando la sombra de los edificios para escapar del sol abrasador.

El colegio estaba bajo una luz deslumbrante. Se unió a los padres que esperaban a sus hijos, hasta que llamó su atención un tumulto en la esquina. Para su asombro, descubrió a Andrea hablando con un grupo de reporteros junto a su coche. Inmediatamente dirigió el carrito de bebé hacia su marido.

A unos metros de distancia se detuvo bajo un árbol y se escondió detrás del tronco al darse cuenta de que él no sufría en modo alguno el acoso de los periodistas, como ella había supuesto al principio, sino que respondía complaciente a todas sus preguntas.

—Claro que estoy muy orgulloso de tener una mujer tan famosa —dijo, con las manos metidas con desenfado en los bolsillos del pantalón—. ¡Es una estrella mundial!

—¿No le da pena que su mujer se haya retirado de la vida pública? —preguntó un reportero con el rostro cubierto de gotas de sudor por el calor.

—Por supuesto —admitió Andrea displicente—. Pero no va a ser para siempre. De momento nuestro hijo es todavía muy pequeño, pero enseguida crecerá... Y entonces seguro que vuelve encantada al mundo del cine. Sigue recibiendo muchas ofertas, ¿por qué no iba a elegir las mejores? Sigue siendo una estrella muy popular, seguirá causando furor.

Audrey no se movió. Respiraba deprisa y tenía las manos aferradas con fuerza al carrito de bebé, bañadas en sudor. No podía creer lo que estaba diciendo su marido. Solo el hecho de que hablara con los *paparazzi* a pesar de que habían acordado mantenerlos alejados de su vida ya le parecía inaudito; además, hablaba de ella como si fuera un trofeo y alardeaba de un regreso que no se iba a producir nunca.

—Entonces ¿podemos esperar que su mujer vuelva pronto al mundo del cine? —preguntó un periodista joven, y le acercó el micrófono a los labios.

Andrea sonrió.

—Por supuesto, claro que sí. Yo mismo me ocuparé personalmente de que vuelva a ponerse delante de las cámaras. Sería una pérdida para todo el mundo que no lo hiciera.

Audrey cambió el peso de un pie a otro. Le habría gustado arrancar a su marido del grupo de periodistas, pero así solo se convertiría ella en el blanco de sus preguntas. Salió de la sombra del árbol y se dirigió de nuevo a la puerta del colegio, por la que ya estaban saliendo los niños.

—¡Mamá! —Sean corrió hacia ella y colgó su cartera en el carrito—. He sacado un diez en Francés. ¿No es estupendo?

—Es maravilloso —lo elogió ella algo distraída, ya que seguía vigilando de reojo—. Estoy muy orgullosa de ti.

—¿No es ese Andrea? —preguntó el niño—. ¿Es que hoy venís juntos a recogerme?

—Yo... Nosotros... —empezó a decir ella, pero su marido ya se había plantado a su lado en dos zancadas.

—Hola, queridos. ¿No es una sorpresa magnífica?

—¿Qué haces aquí? ¿A estas horas? —preguntó Audrey en un tono que sonó bastante agrio.

Él la miró asombrado.

—He hecho una pequeña pausa porque me han cancelado una cita y pensé que podríamos ir a tomar un helado todos juntos.

—¡Genial, es lo mejor que podemos hacer con este calor! —exclamó Sean entusiasmado.

Audrey miró a Andrea con sus ojos oscuros y profundos.

—¿Por qué les has dado tantos detalles a esos periodistas? ¿Por qué les has contado esa mentira de que voy a volver al cine muy pronto?

—¿Vas a marcharte otra vez durante meses? —la interrumpió asustado su hijo, que se había enterado solo de la mitad—. Me prometiste que...

—Tranquilo, no me voy a marchar —lo tranquilizó Audrey sin apartar la mirada del otro—. Adelántate con Luca, tesoro.

Lo siguió con la mirada hasta que el carrito estuvo a una distancia suficiente para que no pudiera oírlos; luego se volvió otra vez hacia Andrea, que sonreía con total despreocupación.

—*Carissima!* No pasa nada por hablar con la prensa, ¿no? ¿Por qué no contentarlos de vez en cuando con unas palabras sin importancia? Son como niños pequeños, les das unos caramelos y son felices.

—¿Por qué les cuentas cosas que no son verdad? —preguntó Audrey irritada—. Cada vez me da más la impresión de que quieres que vuelva a trabajar. ¿Quieres que esté siempre de viaje y apenas os vea a ti y a los niños? Esa no es la vida que tengo en mente.

—No te alteres, querida. Solo he hablado con un par de reporteros curiosos, no ha pasado nada más —trató de calmarla él, y le apartó con cariño un mechón de pelo de la frente.

—Les has dicho que te ocuparás personalmente de que yo vuelva al mundo del cine. ¡Andrea, ya he tenido un marido que pensaba que era mi agente...! ¡No quiero nada de esto...!

Él la tomó de la mano; juntos siguieron a los niños a cierta distancia.

—Los italianos hablamos mucho cuando el día es largo, ¿no lo has notado? No tienes que tomar al pie de la letra todo lo que se dice. —Guiñó levemente los ojos, divertido, y Audrey sintió que su malestar empezaba a desaparecer—. No pienses más en ello, vamos a tomar un helado con los niños y a disfrutar del día. Tenemos que aprovechar que tengo un rato libre antes de la próxima cita.

—De acuerdo —murmuró ella, e intentó apartar los pensamientos sombríos. Probablemente tuviera razón Andrea; era verano, se querían y tenían dos hijos maravillosos, eso era lo importante. Y de hecho pasaron una tarde muy agradable, ya que encontraron una heladería apartada y a la sombra en la que estaban solos. Sean estaba encantado de pasar un rato con su madre y su padrastro, y también Luca daba grititos de alegría.

Solo cuando volvieron al coche, que seguía aparcado en el colegio, empezaron a ser más indecisos sus pasos. Tres o cuatro periodistas habían tomado posiciones junto al vehículo, probablemente para iniciar la persecución en cuanto volviera a aparecer el propietario.

Esta vez también se le heló la sonrisa a Andrea. Metió a Audrey y a los niños en el coche, plegó a toda prisa el carrito de bebé y lo guardó en el maletero antes de sentarse al volante.

—Van a seguirnos —murmuró Audrey, mirando nerviosa hacia atrás—. Seguro que quieren descubrir dónde vivimos.

—Hum. —Miró por el retrovisor con el ceño fruncido antes de salir de la plaza de aparcamiento y avanzar por la calle. Dos de los reporteros se habían subido a un Fiat abollado y estaban ya justo detrás de ellos.

—¡Nos siguen! ¡Tienes que librarte de ellos! —gritó Sean entusiasmado.

Andrea apretó los dientes y aceleró. El Fiat también avanzó más deprisa y enseguida estaba casi pegado a su parachoques.

—¿No puedes perderlos de vista? —preguntó Audrey pálida—. Si nos siguen hasta casa no podremos deshacernos de ellos nunca más. Acamparán día y noche delante de nuestra puerta.

—Lo estoy intentando —soltó él. Pisó el acelerador, y el motor rugió. Dio varias curvas derrapando, se metió por calles estrechas, avanzaron a saltos por el adoquinado, dieron la vuelta a varias plazas y escaparon por una calle diminuta en el último momento.

—¡Los hemos despistado! —gritó Sean, que había estado todo el tiempo mirando por el cristal trasero—. ¡Lo has conseguido, Andrea!

—¡Gracias a Dios! —dijo Audrey en voz baja. Le temblaban las manos y estaba un poco mareada—. Salvados por los pelos, se puede decir. Lo has hecho muy bien, Andrea.

—Sí —gruñó él—. Espero que esto no vuelva a ocurrir. ¿Entiendes ahora por qué creo que es mejor conceder una entrevista a los periodistas de vez en cuando? Tal vez así nos dejen en paz el resto del tiempo y no vuelvan a perseguirnos.

—Eso es una tontería —lo contradijo ella con amargura—. Ya les has concedido una entrevista en el colegio y a pesar de todo nos han seguido. Los *paparazzi* no se conforman tan fácilmente. Están siempre ahí.

—Sí, están siempre ahí —repitió él sin mirarla—. Eres un personaje famoso, va todo junto. Entiéndelo de una vez.

—Solo por haber sido actriz no tengo por qué sentirme perseguida el resto de mi vida, ¿no? —preguntó con voz apagada—. Quiero ser una mujer y una madre como todas las demás. No quiero que me observen continuamente. Me gustaría salir de mi casa sin tener miedo de que un *paparazzo* espere a mi hijo en la puerta del colegio o meta la cabeza en el carrito de mi bebé.

Andrea dio unos golpecitos con los dedos en el volante.

—Bueno, por desgracia solo existe una alternativa a esta vida que ahora llevamos: Tolochenaz.

—Tolochenaz —dijo ella casi sin voz.

—Sí, exacto. Podrías retirarte en Suiza, allí sí que no hay nadie, pero entonces estaríamos separados durante toda la semana, y a veces también los fines de semana, cuando yo tenga citas. ¿Es eso lo que quieres?

Audrey agachó la cabeza y se miró las manos. Se sentía muy desvalida al pensar que tenía que aguantar la presencia continua de los *paparazzi*.

—No, claro que no, ya lo sabes. Me gustaría que estuviéramos juntos toda la familia.

—Por supuesto, querida, a mí también —dijo Andrea, y metió el coche en el garaje de la casa—. Pero entonces tendrías que hacer de tripas corazón, por mucho que yo tratara de ahorrarte todo este circo. No veo ninguna otra posibilidad.

No volvieron a hablar de Tolochenaz. En lo sucesivo Audrey aguantó todo lo que le disgustaba o trató de llevarlo lo mejor posible.

Su vida en Roma siguió igual; los *paparazzi* la seguían a cada paso. En algún momento descubrieron dónde vivían. A partir de entonces empezaron a jugar de verdad al ratón y el gato, y ella salía todavía menos de casa. Echaba de menos la libertad y los campos y prados inmensos y desiertos que rodeaban La Paisible.

Sean se convirtió en un adolescente larguirucho que quería ser cada vez más independiente y la necesitaba cada vez menos. Audrey sentía orgullo, pero también nostalgia, cuando pensaba en el pequeño que había sido. También Luca era ya un niño despierto y alegre. Toda su vida giraba en torno a sus dos hijos.

Andrea seguía muy unido a ella, aunque no había cambiado nada con respecto a sus ausencias continuas. Pasaba mucho tiempo en su consulta y en la universidad, donde daba clases, y también solía salir después del trabajo.

Audrey vivía en una tensión interior continua al pensar que su marido podría estar engañándola. Como tantas veces en su vida, el tabaco era la única válvula de escape que encontraba para hacer frente a esos sentimientos tan fuertes. Las insinuaciones de su suegra de que debería ocuparse más de él para contener su instinto cazador tampoco ayudaban mucho. A menudo descubría en las páginas de sociedad de los periódicos a su marido del brazo de una mujer atractiva. Cuando se lo comentaba, se limitaba a reírse y aseguraba que eran compañeras de trabajo con las que coincidía en eventos. Que cada vez había más mujeres que ejercían la medicina. Aparte de esas fotos, Audrey no tenía nada concreto, solo sospechas; estaba en un estado continuo de oscilación entre el miedo y la esperanza. Tenía ya cuarenta y cinco años, Andrea treinta y cinco, y, aunque conservaba su figura elegante y su piel inmaculada, se sentía mayor y desilusionada. Era un hecho que su segundo matrimonio tampoco la hacía feliz. Pero no pensaba darse por vencida. Sean quería a su padrastro, y este adoraba a los dos niños. Si ellos eran felices, ella podía pasar algunas cosas por alto..., al menos de momento.

Pero el verano en el que Sean tenía catorce años y Luca cuatro, la desgracia le sobrevino desde otro lado. Italia se vio sacudida por las mayores revueltas registradas desde la Segunda Guerra Mundial. La enésima crisis de gobierno provocó una crisis económica de dimensiones hasta entonces desconocidas. Escaseaban alimentos básicos como el pan y la pasta, la gente hacía largas colas delante de las tiendas, y floreció el mercado negro. Millones de italianos se manifestaron, y en las calles de Roma se producían a menudo escenas violentas. La población rica y acomodada sufría amenazas y robos, y a un compañero de clase de Sean lo secuestraron miembros de las Brigadas Rojas. El rescate que pidieron era exorbitante.

En ese momento (Roma sufría de nuevo un calor extremo), Sean acababa de llegar a casa y estaba contando que otro compañero había sufrido también amenazas de secuestro.

Audrey y Paola, sentadas a la mesa de la cocina, escuchaban sus explicaciones con el rostro petrificado.

—La situación está cada vez peor —soltó su suegra indignada mientras picaba las verduras para la cena en una fuente—. ¡Estamos como en la guerra! ¡Me recuerda al 44 y el 45! ¡Esto ya lo hemos vivido!

—A mí me ocurre lo mismo —dijo ella con voz apagada. Estaba pálida, se notaba que habían vuelto los fantasmas del pasado. De hecho, veía ante sus ojos escenas de su juventud, era como si sintiera el hambre de entonces, el miedo a caer en situaciones de peligro. Aunque su familia disponía de dinero suficiente para pagar los precios desorbitados de los alimentos, temía por la seguridad de Sean y de Andrea. A diferencia de Luca y ella, los dos tenían que salir de casa a diario para ir al colegio y al trabajo—. Me gustaría que te quedaras un tiempo en casa y no vuelvas al colegio —dijo después de reflexionar un rato.

—¡Pero, mamá! —protestó Sean—. No lo dirás en serio, ¿no? No pasa nada. ¡No me voy a quedar aquí como un niño pequeño, ni hablar! Quiero estar con mis amigos.

—Tengo miedo por ti —replicó Audrey con voz enérgica. Encendió un cigarrillo con dedos temblorosos, a pesar de que normalmente evitaba fumar en presencia de sus hijos—. ¿Y qué pasa si eres tú el próximo secuestrado? ¡No podría soportar que te ocurriera nada!

El chico se rio; se creía intocable, como todos los adolescentes. Entonces Luca, que estaba sentado en el suelo jugando con su tren, se echó a llorar. Se levantó de un salto y abrazó a su hermano, al que admiraba por encima de todo.

—¡Quédate con nosotros, Sean! ¡No quiero que te pase nada!

—Deberíamos quedarnos todos en casa —opinó Paola pesarosa—. Andrea también. Esos agitadores no se detienen ante nada ni nadie.

—Podéis contratar a un guardaespaldas para que me lleve al colegio —objetó Sean de mala gana—. Y también otro para Andrea, para que lo acompañe a la consulta.

—No es mala idea —murmuró Paola. Se puso de pie con dificultad y echó las verduras en una cazuela—. ¿Dónde está ahora?

Audrey, sobresaltada, abandonó sus pensamientos siniestros y miró el reloj.

—Debería estar aquí hace tiempo. Dijo que volvería a casa cuando cerrara la consulta.

—¡Jesús, María y la Santísima Trinidad! Esto va a acabar mal para todos —empezó a lamentarse Paola.

Audrey sentía un gran afecto hacia su suegra, pero en ese momento deseaba que se quedara callada y no la pusiera más nerviosa. Removió en silencio la pasta que hervía en el fuego.

—Podemos cenar ya. No sé si tiene sentido esperar a Andrea. Tal vez tenga una cita imprevista.

—En ese caso habría llamado.

«O ha ido a tomar algo con una mujer», pensó ella intranquila. Volvió a mirar el reloj. A través de la ventana llegaba el ruido del tráfico; un grupo de gente discutía a voces; luego se oyeron gritos. Apretó los labios y trató de concentrarse en la salsa que hervía a fuego lento. Estaba inquieta, no sabía qué era peor: que Andrea se encontrara en peligro en las calles de Roma o que estuviera en una misión amorosa. Decidió volver a pedirle cuentas esa noche, y esta vez no se iba a conformar con la excusa de que se trataba de una cena de trabajo con una compañera o de una paciente que necesitaba su ayuda urgentemente.

—¿Cuándo cenamos? —preguntó Sean, olisqueando el aire en dirección a la cazuela. Ya era más alto que Audrey y engullía cantidades ingentes de hidratos de carbono.

—Ahora —decidió ella—. Quién sabe cuándo va a venir tu padre.

—Yo me despido, queridos —anunció Paola, y cogió su bolso de piel de cocodrilo negro—. Con ese alboroto ahí fuera prefiero llegar pronto a casa.

—Te llamo un taxi —dijo—. No deberías ir sola por la calle.

La suegra aceptó y le hizo prometer a su nuera que la llamaría en cuanto su hijo llegara a casa, y enseguida la recogió un coche.

Audrey cenó en silencio con sus dos hijos. Después Sean, que estaba enfadado por tener que quedarse en casa, se marchó a su habitación, donde se puso a escuchar a Elton John y a ABBA a todo volumen. Ella dejó que, excepcionalmente, Luca se quedara viendo la televisión hasta más tarde de lo habitual para que no se contagiara de su miedo. ¿Dónde se había metido Andrea? ¡Al menos podría haber avisado de que se iba a retrasar! Sabía perfectamente lo que a ella le atemorizaba ese estado casi de guerra civil.

Finalmente se hizo de noche. Por las ventanas entraba una brisa suave que olía a flores. De vez en cuando se oían las sirenas de los coches de policía, entremedias también los gritos y amenazas de los jóvenes alborotadores. Audrey mandó a los chicos a la cama y se sentó en el sofá del salón sin hacer nada. Vivía rodeada de lujo (techos cubiertos de artísticos frescos, arañas de cristal que desprendían una luz cálida, puertas de arco de medio punto, adornos de mármol...), y, a pesar de todo, se sentía como en una jaula de oro. En ese momento echó tanto de menos La Paisible que se le saltaron las lágrimas.

Cuando finalmente se abrió la puerta de la calle, se puso de pie de un salto para recibir a su marido, pero oyó que estaba acompañado. Se dirigió al vestíbulo y allí soltó un grito de sorpresa. Andrea mostraba un aspecto horrible, tenía un desgarrón en una manga del traje y un arañazo en la mejilla. A su lado había un *carabiniere*.

—¡Dios mío! ¿Qué te ha pasado? —gritó, tocándole con cuidado la mejilla.

Él hizo un gesto de dolor.

—No es tan grave, *bellisima*. ¿Puedo presentarte al agente Brugnori? Me ha salvado esta noche, bueno, tal vez incluso me haya salvado la vida.

El *carabiniere* hizo una leve inclinación ante Audrey.

—Encantado de conocerla, *signora*.

—Lo mismo digo... Pero... ¿qué ha ocurrido?

—Acababa de salir de la consulta cuando dos tipos vestidos con ropa oscura me han atacado por detrás y han intentado meterme en un coche —contó su marido, cansado.

Horrorizada, ella se tapó la boca con una mano.

—Naturalmente, me he defendido y he empezado a dar patadas y golpes, y se ha producido una pequeña pelea. Por suerte estaba el agente Brugnori por allí cerca y lo ha visto todo. Ha detenido a los secuestradores y ha pedido refuerzos, que se los han llevado.

—¡Ay, Dios mío! —soltó Audrey con los labios blancos—. Si no hubiera estado usted allí, agente, podrían haber secuestrado a mi marido o incluso... —No logró expresar lo que pensaba, así de aterradora era la idea.

—No tiene importancia, es mi trabajo —contestó amablemente el *carabiniere*.

—Disculpa que no te haya avisado —dijo Andrea, y se limpió con un pañuelo la herida de la cara, que parecía dolerle—. Al final se ha alargado todo, hemos tenido que esperar a los refuerzos, y luego me han llevado a comisaría para que prestara declaración. El agente ha tenido la amabilidad de traerme a casa.

—Mil gracias —dijo Audrey—. No puedo agradecérselo suficientemente...

Entretanto, Sean se había despertado con las voces agitadas y apareció en pijama en el vestíbulo.

—¿Qué ocurre, Andrea? ¿De dónde vienes tan tarde?

—Ahora hablamos —dijo él, pasándole un brazo por los hombros—. Muchas gracias, agente, creo que ya nos podemos arreglar solos. Le estoy muy agradecido.

Cuando el hombre abandonó la vivienda, se dirigieron a la cocina. Audrey sacó enseguida un desinfectante del botiquín y le limpió la herida de la cara. Luego se sentaron a la luz mortecina de una lamparita; a los tres les pareció inoportuno encender todas las luces.

—Esto no puede seguir así —dijo ella tras un rato de silencio tenso—. Tengo miedo por todos vosotros. Tú, Sean, ya no estás seguro cuando vas al colegio, y ya hemos visto esta tarde los peligros que te acechan a ti, Andrea. Y, aunque a partir de ahora nos quedáramos todos en casa..., en los últimos días y semanas se oye a menudo que los agitadores entran en los *palazzi* y los asaltan con la gente dentro.

Su marido se puso de pie y sirvió un coñac para él y otro para ella.

—Toma, *carissima*, te va a sentar bien. Y tienes toda la razón, estoy totalmente de acuerdo contigo.

—Ya te propuse antes que contratemos un guardaespaldas —añadió Sean. Su cara parecía de pronto casi infantil a la luz débil de la lámpara, y a Audrey se le encogió el corazón al pensar que pudiera ocurrirle algo a su hijo.

—Lo haremos —aceptó Andrea distraído. Dejó la botella de coñac sobre la mesa de la cocina y volvió a sentarse—. Pero eso no es suficiente.

Miró a su mujer a los ojos con insistencia, y durante un buen rato ella sostuvo esa mirada cargada de palabras no pronunciadas. Finalmente asintió, comprendiendo su significado.

—No, no es suficiente.

—¿Qué significa eso? —preguntó Sean con desconfianza.

—Eso significa... —empezó a decir Audrey, pero Andrea la interrumpió. Le puso una mano al chico en el hombro y lo miró con la misma intensidad con que había mirado antes a su madre.

—Eso significa que tenéis que instalaros en un lugar seguro. Tenéis un segundo hogar, y eso nos viene de maravilla en momentos como este. Tenéis que volver a La Paisible. Allí no os va a pasar nada. Podrás ir al colegio, y tú y tu hermano podréis moveros libremente sin tener que pasar miedo.

—Pero... —protestó Sean. Audrey vio el carrusel de pensamientos que empezó a girar detrás de su frente. Le dolía exigirle ese cambio, arrancarlo de su colegio y de su grupo de amigos. Pero al final él asintió, si bien con una infinita tristeza—. Si tiene que ser así...

—Estoy orgullosa de ti, de que seas tan sensato —dijo Audrey, y se inclinó hacia él y le besó el pelo revuelto.

—Yo iré a veros los fines de semana —prometió Andrea, y los abrazó a los dos—. Lo organizaré todo para cerrar la consulta un poco antes los viernes. Así saldré esa misma tarde y no tendré que esperar hasta el sábado por la mañana.

Estuvieron un rato en silencio, unidos en un abrazo cariñoso. Ella se sentía vacía y agotada, pero sabía que ambos habían tomado la decisión correcta, por el bien de los niños. Volvería a La Paisible, su hogar, su refugio. Aunque se preguntaba si el hecho de vivir lejos de su marido afectaría a su matrimonio. Esperaba de todo corazón que no le causara más daño.

7

Aunque echaba de menos a Andrea y la consumía la preocupación por que en Roma él pudiera dedicarse a actividades extraconyugales, cada vez disfrutaba más de haber vuelto a casa. Allí podía moverse libremente, pasarse cada día horas preparando el jardín para el invierno o dando paseos largos sin que nadie la molestara. Luca jugaba con los niños del pueblo, como hizo en su momento su hermano mayor, mientras que Sean iba al colegio y se reunía con sus amigos cuando quería. Sus recelos iniciales ante la idea de volver a Suiza desaparecieron enseguida a la vista de las libertades que, como quinceañero, tenía en este país. Al principio Andrea iba a verlos todos los fines de semana, pero era un viaje largo y lo agotaba cada vez más, de forma que empezó a ir menos, en ocasiones solo una vez al mes. Audrey también se acostumbró a esto. Su marido se convirtió en lo que en realidad era ya desde hacía un tiempo: una visita que llegaba por sorpresa, pero no se quedaba mucho tiempo. Un hombre al que amaba, pero al que también observaba con desconfianza. ¿Cómo podía saber si en Roma llevaba una doble vida amorosa que ella desconocía? Su suegra le escribía cartas largas en las que le decía que entendía que se hubiera retirado a Suiza, pero en las que también dejaba entrever su temor a que eso pudiera suponer el fin de su matrimonio. ¿No podría Audrey volver pronto para estar al lado de su marido?

Pero para ella ya no había vuelta atrás. Se había adaptado tanto a la vida en La Paisible que le parecía inimaginable volver al ruido y el bullicio de Roma. Ahora valoraba más que nunca el silencio y el aislamiento del pequeño pueblo suizo. Volvió a invitar a sus amigos, y cuando ya llevaba unos meses con los niños en La Paisible pensó en llevarse a su madre a vivir con ella. Para entonces Ella estaba en torno a los setenta y cinco años y cada vez tenía más achaques.

Audrey se dejó aconsejar por Connie, que aquel invierno voló desde Los Ángeles para pasar dos semanas con ella. Fue como en los viejos tiempos; se sentaron en el suelo con las piernas cruzadas delante de la chimenea, contemplaron el fuego, bebieron chocolate caliente con nata y nubes y hablaron de lo divino y lo humano. Sus años en Roma le parecían cada vez más un sueño lejano que había dejado atrás, algo que nunca había sido real.

—Creo que es lo mejor para mi madre —dijo, cogiendo con la cuchara la nata de su chocolate—. Y para los niños. Adoran a su abuela. Pero las cosas no son lo mismo para mí.

Connie se rio para sus adentros. Su pelo antes claro había adquirido una tonalidad gris plata, pero su rostro mostraba un aspecto tan fresco y juvenil como décadas antes.

—Eso nos pasa a todas. A ninguna mujer le resulta fácil vivir con su propia madre. Pero puedes estar contenta de tenerla todavía.

—Sí, tienes razón —suspiró Audrey—. Tengo que ocuparme de ella, sus problemas de salud no son simples achaques. Lo malo es que somos muy diferentes.

Pensó con tristeza en la educación estricta y conservadora que había recibido Ella, su exigencia de no mostrar jamás sus sentimientos, principios que había seguido firmemente también con su hija. Sus elogios habían sido escasos, había ahorrado en abrazos, aunque a pesar de todo ella había sentido siempre el cariño de su madre. Enseguida se tomó la decisión: se mudó a

La Paisible con todas sus pertenencias y se encargó de organizar la casa. Se ocupó del servicio doméstico y del jardinero que ayudaba a Audrey y los dirigió como si fuera la administradora de una finca grande. A veces ella tenía que reírse, pero se entendían bien y era agradable compartir algunas tareas, sobre todo ahora que era prácticamente soltera.

Aparte de Connie y Givenchy también los visitó Kurt. Tal como ella había imaginado, su equipaje incluía material de trabajo. Aunque esta vez se trataba de un único guion.

En la chimenea ardía un fuego confortable que desprendía un calor agradable; tras las ventanas, el jardín estaba otra vez nevado, como cubierto por una alfombra mullida. Había preparado café y un bizcocho cubierto de azúcar glas. Audrey disfrutó sentada a la mesa con su agente y escuchando sus anécdotas de Hollywood, si bien no quería volver a formar parte de aquello por nada del mundo. Luca corría por la casa con su traje de indio y un arco y unas flechas, y Sean jugaba con él por compasión; como cualquier otro adolescente, habría preferido quedarse en su habitación escuchando música a todo volumen.

—Hace poco me encontré a Mel en una entrega de premios —dijo Kurt, y la lanzó una mirada cauta—. Estaba con su mujer, Elizabeth... Aunque lo mismo no quieres saber nada...

—Está bien —lo tranquilizó Audrey—. Mel no es mi tema de conversación favorito, como podrás imaginarte, pero tampoco es un tabú. Al fin y al cabo, es el padre de Sean, y siempre lo será. Pero mejor cuéntame qué es eso. Sé que te traes algo entre manos.

Él sonrió.

—Tienes razón. Sé que no le das ninguna importancia a los guiones y que ya ni siquiera los miras. Por eso hace ya tiempo que no te mando ninguno. Pero esta vez he recibido uno al que deberías echar un vistazo.

Audrey sacudió la cabeza con gesto indulgente.

—Kurt, como siempre, es muy amable por tu parte que pienses en mí, pero ya sabes que hace años que me despedí del mundo del cine. No tengo previsto volver. Mi vida está aquí, con los niños.

—Pero al menos mira la oferta —intervino Ella, y le sirvió al agente un buen trozo de bizcocho en el plato. Él se abalanzó agradecido.

—Se titula *Robin y Marian* —masculló con la boca llena.

—¿Trata sobre Robin Hood? —preguntó Sean, que galopaba por la habitación con su hermano a cuestas—. ¿De verdad? Es genial.

—¿Robin Hood? —gritó también Luca—. ¿Vas a hacer una película sobre Robin Hood?

Audrey se rio.

—¿Cómo se os ocurren esas cosas, niños? Claro que no. No voy a rodar ninguna película.

—Se trata de un Robin Hood ya mayor que al cabo de los años regresa de las cruzadas al bosque de Sherwood. Allí se encuentra a su antiguo amor, Marian, que ha entrado en un convento... —detalló Kurt, como si no hubiera oído los reparos de Audrey.

—Suena bien. Seguro que hay alguien que quiera hacer ese papel.

Él puso los ojos en blanco.

—Sí, claro, lo vas a hacer tú.

—¿Yo? —Se señaló a sí misma con el dedo. Le parecía inconcebible dejar su vida tranquila para sumergirse en el barullo de un rodaje—. No, jamás. ¡Ya no soy actriz, ya ni sé lo que es eso!

Kurt abrió la boca para soltar una larga perorata justo cuando Sean y Luca se inclinaron sobre su madre por el respaldo del sofá.

—¡Por favor, mamá! ¡Sería genial! Nos encanta Robin Hood, ya lo sabes. Hazlo por nosotros.

Y el mayor añadió sonriendo:

—¡Mis amigos estarían impresionados si actuaras en una película sobre Robin Hood!

—Yo podría ocuparme de él mientras tú estás fuera —dijo Ella lanzando una mirada inocente en dirección a Kurt—. Luca no tiene que ir todavía al colegio, podrías llevarlo contigo, como hiciste en su momento con Sean. Sería solo una película.

Audrey miró a unos y otros alternativamente. De alguna manera fue surgiendo en ella la sensación de que su familia tramaba algún plan sin contar con ella.

—Decidme, ¿se trata de una partida amañada? ¿Os habéis puesto todos de acuerdo antes?

—¡Nooo! —exclamaron Kurt, Ella, Sean y Luca al unísono, y estallaron en carcajadas.

También ella tuvo que limpiarse las lágrimas de tanto reír.

—No sé por qué queréis convencerme de que haga esta película precisamente, y ya que insistís tanto le echaré un vistazo al guion, pero no voy a hacer el papel de Marian.

—Por cierto, se rodará en España —dejó caer el agente sonriendo—. Te vendría bien salir un poco, ¿no?

—¿Y quién es el protagonista masculino? —preguntó Ella con un destello en los ojos.

—Sean Connery.

—¡Oh, siempre he sentido debilidad por él! —dijo la mujer con voz meliflua—. Y no solo desde James Bond.

—¡Estáis todos compinchados! —exclamó Audrey indignada.

Kurt dejó el guion sobre la mesa.

—Échale un vistazo, querida. Salgo un momento a fumar.

Ante la insistencia de sus hijos, esa noche se retiró pronto a su dormitorio y estudió el guion. Se leía con facilidad, la historia le resultó interesante. De pronto sintió muchas ganas de volver a la actuación con esa película. Sería un proyecto elegido por ella, sin la presión de tener que alcanzar un éxito de taquilla, como ocurría cuando estaba con Mel.

Al día siguiente le comunicó a Kurt en el desayuno que aceptaría su oferta, pero única y exclusivamente esa. No rodaría más películas, lo hacía solo para complacer a sus hijos. Al oírla, Luca se puso a bailar de alegría y empezó a correr por toda la casa dando gritos como un indio, y Sean le dio unos golpecitos en la espalda y le aseguró que a sus amigos les iba a parecer todo increíble. Audrey se rio; se alegraba del entusiasmo de sus hijos. Le gustó que se interesaran tanto por su trabajo.

Más tarde habló por teléfono con Andrea, que estaba en Roma. Él también la animó a hacer el papel de Marian. Kurt se marchó, y La Paisible se sumió de nuevo en el silencio de la nieve.

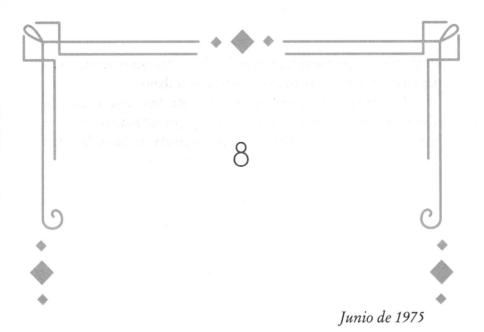

8

Junio de 1975

El rodaje comenzó el verano siguiente y estaba previsto que durara un mes. Audrey no se arrepentía de haber aceptado la oferta, una ausencia tan breve no les iba a afectar ni a ella ni a Sean. Luca la acompañó a España junto con una niñera que contrató expresamente para la ocasión.

—Me alegro de que sea usted quien interprete a la protagonista femenina de la película —la saludó Sean Connery la primera noche en el hotel. La productora había organizado un encuentro para que se conocieran todos los miembros del equipo de rodaje, y de fondo se oían risas desenfadadas entre el tintineo de las copas de champán—. Es un papel muy apropiado para dos viejos como nosotros, ¿no le parece?

Audrey se rio. Con el vestido corto color azul pastel diseñado por Givenchy no aparentaba los cuarenta y seis años que ya tenía, al menos eso era lo que todos aseguraban.

—Sí, está claro que ya han pasado los tiempos en los que interpretábamos a jóvenes enamorados. Tal vez deberíamos alegrarnos de que todavía no hacemos papeles de abuelos.

—Pronto llegará ese momento. —Sonriendo, Connery brindó con ella—. Por cierto, la prensa está entusiasmada con su regreso. Aparece usted en todos los periódicos.

—Yo no lo llamaría regreso —objetó ella—. Solo voy a rodar esta película, lo hago por mis hijos. Son grandes admiradores de Robin Hood, y casi me han obligado a hacerla. Para serle sincera... —dijo, haciendo un gesto de incomodidad—, estoy nerviosísima. Después de tanto tiempo sin ponerme delante de la cámara no estoy segura de poder interpretar mi papel de forma creíble. Estoy totalmente oxidada, sí, llevo semanas sufriendo unas pesadillas horribles en las que fracaso estrepitosamente.

—¡Qué tontería! —dijo Connery riéndose—. ¿Usted, oxidada? Será mejor que no se someta a ninguna presión y disfrute con su trabajo.

Audrey trató de seguir ese consejo en la medida de lo posible. Como el rodaje duraba solo treinta días, soportó el calor fuerte del verano español sin quejarse, a pesar de que con el traje de abadesa acababa bañada en sudor todos los días. Connery era un buen compañero de rodaje, y también pasaban juntos las pausas; por lo general, sentados bajo una sombrilla con una bebida fría. Mientras la niñera estaba con Luca en el hotel, ella le escribía cartas a Sean, que disfrutaba de sus vacaciones de verano en casa y de algún que otro viaje con sus amigos, y Connery leía el periódico.

Una tarde de mediados de agosto ella captó su mirada asustada cuando un artículo de una revista llamó su atención. Rápidamente, la dobló y la dejó a su espalda, como si quisiera ocultarle algo a Audrey.

—¿Qué has visto? —preguntó divertida, y dejó de escribir.

—Nada —respondió él con desenfado—. No hay que leer toda la basura que se escribe.

Luego cogió el *Times* con un gesto exagerado y se atrincheró detrás.

Ella tuvo una mala sensación. De pronto se encendió el recuerdo del rodaje de *Vacaciones en Roma*. Aunque habían pasado ya veinte años, todavía recordaba muy bien el momento en el que descubrió en una revista la foto de su novio de entonces, James, en actitud demasiado cariñosa con una desconocida. Se inclinó sobre Connery con curiosidad y le quitó la revista de la espalda. Él reaccionó como un rayo y se la arrancó de las manos.

—Sean —le pidió ella encarecidamente—, dime, por favor, qué es eso tan horrible que has visto. Tiene que ver conmigo, ¿no? De lo contrario no te habrías comportado de un modo tan extraño.

Él esquivó su mirada y se concentró en un artículo sobre la casa real británica.

—Ya te lo he dicho, no hay que leerlo todo.

—¡Sean!

Su tono era tan exigente que, tras unos minutos taladrándolo con la mirada, aquel suspiró y le tendió la revista arrugada. A ella le latía el corazón como si se le fuera a salir del pecho.

«El marido de Audrey Hepburn se divierte sin ella en un club nocturno de Roma», rezaba el titular de un artículo. El texto consistía tan solo en un par de frases, pero la foto que lo acompañaba ocupaba una cuarta parte de la página. Andrea, con traje negro y pajarita, tenía colgada del brazo a una belleza desconocida vestida con un traje de cóctel a la que besaba en la comisura de los labios. «¿Podrá salvarse todavía el matrimonio del icono de Hollywood, que precisamente ahora trabaja en su regreso grandioso?», ponía debajo. El resto se desdibujó ante sus ojos.

—Lo siento —murmuró Connery—. No quería que lo vieras.

—Que yo lo vea o no... no cambia nada; el hecho es que... está claro que mi marido me engaña —dijo Audrey en voz baja, y se levantó de golpe—. Tengo que hacer una llamada.

—No te precipites —le aconsejó él—. Trata el asunto con la mayor calma posible...

—Soy la calma personificada. —Con las piernas temblorosas y la cabeza dándole vueltas, se dirigió hacia la oficina provisional instalada en una caseta de chapa. Por suerte estaba vacía. Se dejó caer en una silla ante un escritorio en el que se acumulaban montones de documentos, y llamó primero a su casa en Roma. Como era de esperar, no contestó nadie, por eso probó en la consulta de Andrea. La secretaria pareció asustarse al oírla al otro lado de la línea y le aseguró balbuceando que el *dottore* no podía ponerse en ese momento.

Audrey estuvo a punto de preguntarle si estaba en una cita amorosa, pero no llegó a decir nada. Inquieta, empezó a dar vueltas por la caseta asfixiante. La incertidumbre la angustiaba, la corroía por dentro. Podía intentar localizar a su marido por la noche, pero no iba a aguantar tanto tiempo, probablemente se volvería loca antes.

Marcó el número de su suegra con dedos temblorosos.

—¡Audrey! —exclamó esta, aunque enseguida se nubló su alegría al oír a su nuera—. ¡Qué bien que me llames! ¿Vuelves pronto a Roma?

—Paola —dijo ella casi sin voz en lugar de responder—. Tengo que hacerte una pregunta, y te ruego que me digas la verdad. ¿Tiene Andrea una amante? —Al otro lado de la línea reinó el silencio. Cerró los ojos y se agarró al escritorio—. Ese artículo que acabo de ver en una revista... ¿es verdad? ¿Tiene una amante?

—Sí —susurró la suegra con voz apagada—. A mí también me parece terrible, créeme. He tratado de hacerle entrar en razón varias veces, pero no me escucha. ¿Qué hombre en su sano juicio engaña a una mujer como Audrey Hepburn? No lo entiendo.

—¿Desde cuándo? —preguntó. Se sentía como si tuviera la cabeza metida en una bola enorme de algodón, muy lejos del mundo real. Esa conversación le parecía tan irreal..., no podía ser verdad. La otra prefirió seguir guardando silencio, así que ella añadió—: O sea, hace mucho tiempo, ¿verdad?

Paola soltó el aire sonoramente.

—Me habría gustado no tener que mantener esta conversación contigo... No deberías haber estado tanto tiempo fuera de Roma... Deberías haber estado a su lado cada segundo; entonces lo mismo no habría ocurrido nada de esto.

—Creo que Andrea me ha engañado desde el principio —logró decir Audrey a duras penas. La puerta de la caseta se abrió de golpe y un ayudante de dirección que la estaba buscando señaló su reloj con un gesto elocuente y luego le dio la espalda—. ¿No es así, Paola?

—Siempre te he dado a entender que mi hijo tiene un instinto cazador muy fuerte. —Ya se había echado a llorar y sollozaba por el auricular—. Tienes que venir a Roma, ¿me oyes? Ven lo antes posible.

—Me quedan dos semanas de rodaje en España —se oyó decir a sí misma con una voz que no sonaba como la suya—. Después iré inmediatamente a Roma. —Le habría gustado dejarlo todo en ese momento y salir corriendo hacia el aeropuerto para coger el primer avión a Italia. Los sentimientos se agolpaban en su interior. Quería pedirle cuentas a su marido, oír de sus propios labios por qué la engañaba, por qué ella no era suficiente para él, por qué destrozaba su familia.

Temblando, colgó el teléfono y apoyó la cabeza en las manos. Su mundo le pareció de pronto vacío y desconsolado. Como años antes, estaba otra vez ante las ruinas de su matrimonio. ¿Por qué no conseguía ser feliz con un hombre? Amaba a Andrea, y, aunque solo se veían los fines de semana, estaba satisfecha con su relación. La idea de no poder mantener ese matrimonio y de dejar a Luca sin su padre le produjo dolor de estómago. Se obligó a no pensar tan a largo plazo. Después del rodaje volvería a Roma para hablar con él.

Audrey pasó el resto del rodaje en un estado extraño de ensimismamiento. Fumaba un cigarrillo tras otro para mantener los sentidos despiertos y trató de concentrarse en su papel, pero a cada segundo libre que tenía sus pensamientos se desviaban, se perdían en los recuerdos del tiempo pasado junto a Andrea: cuando se conocieron en el barco de Olimpia y en algún punto de las islas griegas se entregaron mutuamente el corazón; su apasionado enamoramiento y la boda a los pocos meses; la increíble felicidad cuando nació el hijo que tenían en común... Pero también los aspectos menos brillantes de su convivencia surgieron como destellos aislados ante sus ojos: las ausencias nocturnas continuas; el olor a otras mujeres pegado a su piel; su necesidad de presumir de su mujer famosa ante la prensa...

Se preguntó con amargura por qué se repetían ciertos capítulos de su vida. Era como un *déjà-vu* enterarse de la aventura amorosa de su marido por la prensa. Le parecía que había pasado mucho tiempo desde la experiencia con James Hanson, era como si hubiera tenido lugar en otra vida. Entonces se separó inmediatamente. Hoy era imposible separarse de Andrea así, sin más. Tenían un hijo juntos, y Sean, que apenas veía a Mel, su padre biológico, también lo quería.

El último día de rodaje, al amanecer, hizo las maletas con sus cosas y las de Luca y, tras la última escena, salió corriendo hacia el aeropuerto sin esperar a asistir a la fiesta de despedida que se iba a celebrar. Sean Connery le sujetó la mano durante un buen rato y le deseó mucha suerte; probablemente tuviera todavía mala conciencia por haber sido él el portador, por así decir, de la mala noticia.

Audrey voló a Ginebra con Luca y la niñera, dejó sus maletas en casa y, sin deshacer el equipaje, le pidió a su madre que se ocupara de los dos chicos.

—Por supuesto —le aseguró Ella preocupada—. No te preocupes. Quédate en Roma todo el tiempo que quieras.

Metió algo de ropa en una maleta de fin de semana. Nunca había hecho con tanto descuido el equipaje para un viaje, pero no le importó.

—¿Por qué no tengo suerte con mis matrimonios, mamá? —Hizo una pausa y le lanzó una mirada de desesperación.

Su madre, pálida, se sentó en el borde de la cama.

—No lo sé. ¿Tal vez se deba a nosotras, las mujeres Van Heemstra? Yo tampoco tuve suerte. Es posible que sea nuestro destino.

—Connie y tú teníais razón —dijo Audrey sorbiéndose los mocos, y buscó un pañuelo en el cajón de la cómoda—. Mi boda con Andrea fue demasiado precipitada. Entonces yo solo conocía la cara buena de él, no tenía ni idea de su instinto cazador, como lo llama su madre. Si hubiera esperado medio año, o un año...

—Estabas sola y traumatizada tras tu ruptura con Mel —dijo Ella con gesto preocupado—. Estabas buscando el amor, tu sitio en la vida...

—No sé qué hacer —soltó—. Tengo la cabeza como vacía. ¿Debo darle otra oportunidad? ¿La quiere él realmente? ¿O ya está todo perdido?

Ninguna de las dos mujeres se había percatado de que Sean estaba en la puerta. Este dejó caer los brazos; parecía muy abatido.

—¿Vas a separarte de Andrea?

Audrey corrió hacia él y lo abrazó.

—No lo sé, tesoro. De momento no sé nada.

El quinceañero se apartó de ella y se llevó las manos a los ojos como si quisiera ocultar las lágrimas.

—Me gusta tanto...

—Lo sé —dijo ella afligida—. Es el padre de Luca. Da igual lo que pase, los dos seguiréis viéndolo, yo me encargaré de ello.

Audrey dio otro abrazo a sus hijos y se despidió de su madre antes de dirigirse al aeropuerto por segunda vez aquel día. Entretanto estaba ya muy oscuro fuera, y esperaba encontrar sitio en el último avión de la jornada. Por suerte lo consiguió, y dos horas más tarde, totalmente cansada y agotada, estaba ya sentada en la cabina, que a aquellas horas estaba iluminada solo por algunas luces individuales. Únicamente se oía el zumbido monótono de los motores; la mayoría de los pasajeros dormían o leían. Tal vez habría sido mejor pasar la noche en casa para tranquilizarse, pero estaba tan impaciente por hablar con Andrea que no podía esperar ni un día más.

Cuando llegó a Roma la recibió un ambiente suave y cálido. Seguro que en Tolochenaz refrescaba ya por las noches, pero en Italia estaban todavía en pleno verano. Tomó un taxi para ir a su casa. Los ojos le ardían del cansancio, pero a través de la ventanilla fue observando la ciudad, que, a pesar de lo tarde que era, seguía tan animada como de día. El ajetreo alegre de las calles y la vida nocturna tan movida le resultaron extrañas, apenas podía creer que hubiera vivido allí varios años de su vida.

Por fin el taxi se detuvo ante la puerta de hierro fundido del edificio blanco, en el que su domicilio ocupaba la última planta.

Le pagó al taxista un precio excesivo, porque no tenía fuerzas ni para esperar el cambio. Su pequeña maleta no pesaba mucho; entró con ella y subió en el ascensor. Una vez arriba abrió la puerta y accedió a la vivienda conteniendo la respiración. Sus tacones resonaron en el suelo de mármol. Encendió la luz del pasillo y comprobó que la chaqueta de Andrea estaba colgada en el perchero. Recorrió las habitaciones a paso lento, como si fuera una extraña; todo estaba impoluto, seguro que el mérito era de Paola y del servicio doméstico. Por lo demás la casa parecía un museo..., un espacio vacío en el que no vivía nadie. Cuando estaban los juguetes de Luca y la ropa de Sean tirados por todas partes se parecía más a un hogar. Al recordar los tiempos en los que había sido allí tan feliz con su marido y los niños, sintió un pinchazo en el corazón. ¿Pero no estaba idealizando el pasado? Desde el principio había notado que a él le gustaban también las demás mujeres, aunque no había querido admitirlo.

Cruzó el gran salón con esos óleos tan valiosos en las paredes y se dirigió al dormitorio. Tenía que ver la manera de entrar sin asustar a Andrea; probablemente fuera un shock para él verla aparecer de pronto como el genio de la botella. Pero mientras pensaba oyó algo dentro, unos ruidos inconfundibles.

Todo en su interior se encogió de espanto. Llamó a la puerta (más tarde este gesto le parecería ridículo) y la abrió. El dormitorio estaba iluminado por la luz suave de innumerables velas llameantes. Su marido estaba desnudo entre las sábanas revueltas y tenía entre sus brazos a una mujer a la que besaba y acariciaba con pasión. Como no había hecho ruido al entrar, al principio él no notó su presencia, solo levantó la mirada cuando la mujer la vio y se quedó petrificada.

—¡Audrey!

—Andrea.

Se apoyó con la mano en el marco de la puerta haciendo un esfuerzo por mantener la calma. Aunque sabía que su marido le era infiel, pillarlo in fraganti fue ya demasiado. La mujer de la cama, de su cama, se tapó el pecho con la sábana. No sabía si era la misma chica de la foto de la revista, y además eso le daba igual.

Una melena rubia le cubría los hombros y parecía joven, mucho más que ella, como tuvo que reconocer con dolor.

Tardó unos segundos en conseguir moverse; luego dio media vuelta y corrió hasta la cocina, donde se apoyó con ambas manos en el borde de la mesa, como si las piernas ya no la sujetaran. Un instante después apareció Andrea; se había puesto a toda prisa una camisa que se había abotonado mal mientras andaba. Lo perseguía un olor a velas apagadas.

—*Bellisima!* ¿Qué haces aquí a estas horas de la noche? —preguntó haciendo ademán de ponerle las manos en los hombros.

Ella se libró de él.

—¿Qué haces tú aquí?

—Yo..., bueno. No contaba con que vinieras —murmuró Andrea, y se dejó caer en una silla.

—Es evidente. —El corazón le latía con tanta fuerza en el pecho que veía estrellitas bailando ante sus ojos—. ¿Puede...? —Audrey señaló con la barbilla hacia el dormitorio—. ¿Puede abandonar la casa antes de que hablemos?

La idea de que la amante estuviera cómodamente echada en su cama mientras ella luchaba por su matrimonio le parecía absurda.

—Por supuesto. —Se levantó de un salto y salió. Ella oyó un intercambio de palabras apagado y, unos minutos después, susurros en el pasillo y la puerta principal abriéndose, que luego se cerró casi sin ruido.

Apoyó la cabeza en las manos y trató de calmar su respiración acelerada antes de que Andrea se sentara ante ella.

—Así que es verdad —empezó a decir casi sin voz—. Todo lo que he leído acerca de ti es verdad. Me has sustituido por otra mujer. O por otras, pero eso ahora no importa. Hasta hace unos minutos todavía confiaba en que todo fuera un error. Esperaba que los medios hubieran exagerado la noticia y que en realidad existiera una explicación sencilla para esa foto.

Él extendió los brazos como si tampoco entendiera lo ocurrido.

—Lo siento mucho, *carissima*.

—¡Para ya con tu *carissima*! Ya no lo soy. Nunca lo he sido —dijo. Ahora que ya tenía la certeza sintió una tristeza profunda—. ¿Por qué?

Andrea se encogió de hombros con gesto desvalido, acercó su silla más a Audrey y le cogió las manos.

—No lo sé... Pero te quiero...

Sus palabras le partieron el corazón en pedazos. Otra vez la asaltó por la espalda ese *déjà-vu*. Mel y ella también se habían querido, pero a pesar de todo no había salido bien.

—Yo también te quiero. Pero al parecer eso no es suficiente. He deseado tanto que fuéramos felices juntos... Pero desde el principio salías todas las noches, con gente desconocida...

—Y tú quisiste retirarte a La Paisible —argumentó él. Ella no retiró las manos; lo miró en silencio a esos ojos marrones en los que siempre había habido tanto amor y calor—. ¿Quieres divorciarte? —añadió susurrando.

Cuando él pronunció esas dos palabras, Audrey se estremeció de tristeza; como unos años antes, estaba a punto de perder todo lo que le importaba, aunque con la diferencia de que ahora tenía dos hijos que sufrirían con ella, no solo uno.

—Es lo que acabará ocurriendo... Llevas años engañándome, no vamos a poder reparar nuestra relación, ¿no?

Él sacudió la cabeza, y ella notó que una lágrima se desprendía de sus pestañas.

—No, creo que no.

Intentó con todas sus fuerzas encerrar todo el dolor en lo más hondo de su corazón para pensar en lo que era importante.

—Los niños, Andrea. Me gustaría que sufrieran lo menos posible. Sean te quiere como si fueras su padre, y Luca es carne de tu carne. ¿Crees que vamos a lograr que mantengas contacto con los dos regularmente?

—Sí. —Se puso de pie, cogió un trozo de papel de cocina y se limpió la nariz—. Seguiré viendo a los dos.

—Bien. —Ahora que ya estaba asegurado el bienestar de los críos, Audrey volvió a derrumbarse como un castillo de naipes. Miró a su alrededor y contempló la acogedora cocina donde había pasado tantas horas, donde había comido con sus hijos y había preparado y probado recetas con su suegra. Tras un rato en el que los dos guardaron silencio, finalmente preguntó—: ¿Es porque soy mucho mayor que tú?

Él sacudió la cabeza con vehemencia.

—No busques motivos, *carissima*. No sé por qué ha salido todo así. Yo te he querido mucho...

Que hablara en pasado fue como una inyección letal.

—Yo a ti también —dijo igual que había afirmado antes—. Pero al parecer no era suficiente para ti.

Como no sabía a dónde ir, pasó la noche en el sofá. No se desvistió, sino que se echó sobre los cojines con su vestido de punto, sintiéndose como una extraña, fuera de lugar. Esa noche tampoco durmió nada. A la mañana siguiente, cuando la primera luz del día se coló por las persianas, Andrea le llevó una taza de café, pero ella solo dio unos sorbos y encendió un cigarrillo mientras él estaba en silencio a su lado. No tenían nada más que decirse. Su marido le llamó un taxi, y, mientras esperaban, acordaron en pocas palabras cuándo iría él a La Paisible a ver a los niños.

Aunque Audrey estaba totalmente exhausta y sin fuerzas, volver a casa no fue tan terrible como se había temido. Aquel lugar no había sido nunca el hogar de Andrea, solo el suyo. Él siempre había sido un huésped que se marchaba a los pocos días. Que apenas hubiera recuerdos suyos en la casa aliviaba su dolor; cada ranura, cada rincón, delataba la presencia de los niños, nada más.

Saludó a su familia y luego siguió la indicación de su madre de que se metiera en la cama.

—¿Cuándo es la última vez que has dormido? —preguntó Ella preocupada.

—Debió de ser en España —respondió bostezando. Estaba tan cansada que empezaba a tener trastornos de la vista y sensación de que el suelo se movía bajo sus pies.

—Entonces vete a descansar ahora mismo. Hablamos más tarde —le ordenó su madre.

Ella dejó su maleta en la entrada, subió la escalera apoyándose en la barandilla, se quitó el vestido y cayó sobre la cama. Durmió hasta la tarde, y cuando se despertó la luz que entraba por la ventana era ya suave y el aire olía levemente al otoño que se acercaba. Cuando recordó las horas y los días anteriores volvió a caerle encima un peso enorme que amenazaba con asfixiarla. Pero entonces notó que no estaba sola. Tenía un cuerpo infantil cálido acurrucado a su espalda. Se giró y rodeó a Luca con los brazos.

—Me alegro mucho de que estés otra vez aquí, mami —murmuró el pequeño de cinco años.

—Yo también, conejito —susurró ella, y no pudo evitar que se le humedecieran los ojos. De dolor por la pérdida, pero también de felicidad al ser recibida en casa con tanto amor.

—¿Va a venir papá pronto a vernos?

Audrey asintió y besó el pelo castaño revuelto de Luca.

—Sí. Pronto.

9

La situación de Audrey no cambió prácticamente nada tras la separación de Andrea. Desde que había regresado a Suiza por los disturbios de Roma había criado sola a sus hijos; él había sido solo un huésped de fin de semana esporádico. Y siguió siéndolo, aunque cuanto mayor era Luca más a menudo viajaba él a Italia durante las vacaciones, mientras que Sean se marchaba a Estados Unidos a ver a Mel. Evidentemente, Sean descubrió enseguida que su madre y su padrastro ya no eran pareja, pero esta vez no le afectó tanto como la separación de Mel; ahora era mayor, casi un adulto, y lo entendía.

En los momentos más oscuros, Audrey se ahogaba en una melancolía incipiente, pero siempre conseguía superarla por el bien de sus hijos, y encontró consuelo en el jardín que cultivaba y cuidaba y en los viajes que hacía. Voló a París con más frecuencia que antes para ver a Givenchy, quien, como en todas sus crisis vitales, se mostró como un amigo en el que podía confiar.

Esta vez había viajado a Francia para acompañarlo en la Semana de la Moda de París. Después de los días de más excitación y trabajo pasó algún tiempo en la residencia del diseñador, y el último día fueron a dar un paseo por la orilla del Sena al atardecer. Estaban a comienzos de marzo y todavía hacía frío, pero ya flotaba en el aire la promesa de la primavera. Por el río, cuyas aguas eran oscuras en la penumbra incipiente, pasó un barco casa en el que se celebraba una fiesta. Tras las ventanas brillaban incontables faroles cuya luz se reflejaba en el agua.

Givenchy y Audrey se sentaron en un banco en la orilla y se quedaron mirando el barco ensimismados. Para ella fue como si viera su propia vida: antes era tumultuosa y agitada y ahora transcurría como un río tranquilo.

—Sigues diciéndole a la prensa que estás felizmente casada —dijo su amigo, apartando la vista del río y mirándola con atención. Sus ojos claros mostraban tanta calidez que a ella se le hizo un nudo en la garganta. Se sentía muy sola últimamente—. ¿Por qué lo haces? ¿Cuánto hace que te separaste de Andrea?

—Cuatro años —dijo ella con voz apagada—. Pero en los papeles seguimos casados. No sé por qué le oculto a todo el mundo que hace tiempo que ya no nos une nada. Tal vez porque he fracasado de forma estrepitosa por segunda vez. Dos veces creí haber encontrado el amor, pero las dos veces salió mal. He tenido una carrera maravillosa, pero a menudo me he sentido infeliz o sola. ¿Por qué, Hubert? ¿Por qué a la felicidad le siguen siempre estas fases de dolor profundo y soledad?

Una sonrisa leve le arqueó la comisura de los labios a Givenchy.

—Eso se llama sencillamente vida, *chérie*. Espero que te arregles bien tú sola en La Paisible.

—Por supuesto. Aunque dentro de poco Sean se marcha a estudiar fuera, tengo todavía a mi madre y a Luca. Además, siempre me he arreglado bien, incluso en los tiempos más duros.

Givenchy le sonrió con cariño.

—Eres una mujer fuerte.

—No, no lo soy —lo contradijo. Se quedó mirando el barco casa, que se alejaba; en la cubierta sonaba una música suave por los altavoces y algunas parejas se movían en una pista de baile diminuta.

—¡Ay, Hubert! —Apoyó la cabeza en su hombro y aspiró la fragancia de su perfume masculino, que había creado él mismo. Olía a confianza y consuelo—. Nosotros dos formamos ya un tándem, ¿verdad? ¿Hace cuánto que nos conocemos? ¿Veinticinco años? Hemos vivido tantas cosas juntos... Ya éramos amigos antes de que yo me enamorara de Mel.

—Tú serás siempre mi musa. Aunque ya tengas cincuenta años. Todavía no te supera nadie en elegancia y estilo —dijo sonriendo—. L'Interdit sigue siendo un éxito de ventas a pesar de que he sacado más perfumes al mercado.

—Gracias por recordarme mi edad. ¿A qué mujer no le gusta oírlo? —Audrey soltó una risa repentina—. Es una pena que no estemos casados. Ahora mismo, aquí sentados, parecemos un matrimonio duradero.

Givenchy levantó las cejas con cara divertida.

—No sé, no sé —respondió entre risas—. Seríamos una pareja ideal en todos los sentidos. Pero tal vez sea mejor que no le cuentes nada de esto a Philippe, no creo que le haga demasiada gracia.

—Estaré más callada que un muerto —susurró ella en tono conspirativo—. Pero ahora en serio, Hubert, eres una de las personas más importantes para mí.

—Yo también te quiero, *chérie* —dijo él, y se inclinó para besarla en la comisura de los labios—. Siempre voy a estar aquí para ti.

Audrey pasó el día de Navidad con sus hijos y su madre en su casa de La Paisible. Ella se estaba recuperando de un ictus y todavía estaba algo débil y cansada. Aquellos días agradeció mucho tenerla a su lado. Aunque siempre había escatimado en elogios y muestras de afecto, nunca había dejado de apoyar a su hija a su manera reservada.

Connie había invitado a Audrey a su fiesta de Nochevieja en Beverly Hills, y, como su madre y sus hijos insistieron en que fuera (había cuidado a Ella las veinticuatro horas del día durante semanas, más allá del agotamiento), aceptó la invitación.

—Me siento muy feliz de volver a verte por fin —exclamó su amiga con las mejillas rojas de alegría cuando llamó al timbre cargada de los regalos de Navidad, que llegaban con retraso.

El sol se estaba poniendo tras las colinas de Beverly Hills y se detuvo un momento dubitativo y ardiente sobre los tejados de las villas imponentes antes de que anocheciera. Como Connie y Jerry ya no organizaban las barbacoas desenfadadas de otros tiempos, la anfitriona iba excepcionalmente elegante. Llevaba un vestido de cóctel azul oscuro con muchos adornos de diamantes, mientras que Audrey optó por un vestidito negro y perlas en el cuello y en las orejas. Se abrazaron con cariño, y en ese instante fue consciente de lo mucho que había echado de menos a su amiga.

—Aquí hay algunas cositas para poner debajo del árbol —dijo, y le entregó los regalos a Connie, que hizo como que se derrumbaba bajo mucho peso.

—Exageras, como siempre. Pero entra. Ya han llegado casi todos los invitados.

La anfitriona había preparado en el comedor una mesa alargada de fiesta como para unas doce personas. Toda la habitación estaba magníficamente decorada. Junto al piano había un árbol de Navidad que llegaba hasta el techo y estaba cargado de adornos dorados y plateados, y encima de cada ventana había ramas de abeto con campanitas doradas, guirnaldas y estrellas. Algunos invitados tomaban un aperitivo y charlaban en grupitos. El ambiente de la estancia parecía vibrar de expectación.

Enseguida Jerry dio unas palmadas e invitó al personal a que tomara asiento.

—¡Ya estamos todos! Connie y yo nos alegramos de celebrar con todos vosotros la llegada de otro año. ¡No solo empieza uno nuevo, también cambiamos de década! Los años ochenta. ¿Qué nos traerán?

Los invitados buscaron su sitio entre murmullos de aprobación. El compañero de mesa de Audrey era un hombre alto, de pelo y barba oscuros con algunas canas incipientes. La examinó brevemente con sus ojos claros mientras se sentaba; él sí la reconoció, pero ella no sabía quién era. Con su traje negro, le pareció realmente atractivo.

—Robert Wolders —se presentó—. Ya sé quién es usted, naturalmente. ¿Quién no la conoce?

Su voz era agradable, pero tenía un leve acento que Audrey conocía muy bien. Se le encogió el corazón ante todos los recuerdos que se le agolparon en la cabeza.

—A pesar de todo, me presento —dijo ella sonriendo—. Audrey Hepburn.

—Un placer. —Le correspondió con otra sonrisa, y chocaron las copas para brindar por ellos.

Connie explicó la sucesión de platos que había preparado junto con su cocinera, y ella se esforzó en centrar la atención en su amiga.

Cuando en la mesa la conversación se dividió en grupos de dos o tres personas, Robert volvió a centrarse en Audrey.

—Es usted holandés, ¿verdad? —le preguntó ella.

Él asintió y volvió a mirarla con esa mirada irritantemente intensa de ojos azules.

—Sí, como usted. Tenemos la misma lengua materna.

Ella se rio tímidamente antes de pasar sin esfuerzo al holandés, lo que le produjo una sensación muy peculiar. Fue como volver a casa después de mucho tiempo.

—Según cómo se tome. A veces pienso que no tengo ninguna lengua materna. Pasé los primeros años de mi vida en Bélgica y hablaba mucho francés. En casa hablaba holandés, naturalmente, pero cuando me trasladé a Londres con mi madre hablaba inglés. En Roma hablaba exclusivamente italiano con mi segundo marido y su familia... Creo que soy algo así como el resultado de una mezcla de razas. Ni una cosa ni otra.

Robert se rio, pero a ella no le pasó desapercibido que lo envolvía cierto aire de tristeza, como si la vida lo hubiera marcado y tratara de ocultarlo bajo una coraza de reserva callada. Se sintió extrañamente atraída por él, quería saber más sobre su persona.

La oportunidad se presentó después del postre. Los invitados se dispersaron con un coñac por aquí y por allá; Audrey conocía a la mayoría solo de vista, pero le atraía más Robert. Como si lo hubieran acordado, cruzaron juntos las amplias puertas de cristal de la terraza. Estaba ya oscuro y en el cielo habían aparecido algunas estrellas que brillaban como botones de luz en el manto de la noche. Estuvieron un rato callados, uno junto al otro, escuchando el silencio.

—¿De qué parte de Holanda procedes exactamente? —preguntó Robert.

—De Arnhem. ¿Y tú? —Estaban ligeramente vueltos el uno hacia el otro, lanzándose miradas cautelosas casi de reojo.

—De Róterdam. Crecimos separados por algo más de cien kilómetros.

—Seguro que tú eres más joven que yo. Cuando yo era una adolescente tú debías de ser muy pequeño.

—¿Cuántos años tienes? —preguntó él, y le lanzó una mirada sorprendida, como si la considerara una jovencita.

—Cincuenta. ¿Y tú?

—Cuarenta y tres.

Audrey dio un sorbo de coñac y miró hacia las colinas oscuras.

—Los años de la guerra fueron terribles. Jamás voy a olvidarlos.

—Sí —corroboró él—. Algo así te marca de por vida. Cuando acabó yo solo tenía nueve años, pero recuerdo muy bien aquel último invierno devastador, el del hambre. Mi abuela murió entonces. Estaba demasiado débil y no había ni comida ni medicinas.

Audrey se estremeció; sentía demasiado presentes los recuerdos que todavía la perseguían a veces mientras dormía.

—El día de la liberación un soldado inglés me regaló una tableta de chocolate. Desde entonces ha sido algo simbólico para mí. No pasa ni un solo día sin que el cuerpo me pida un trozo.

—En mi caso es el pan —dijo Robert—. Pan tierno, jugoso. Entonces solo teníamos esa masa de harina de guisantes.

Guardaron silencio un momento, sumidos en sus pensamientos. Audrey sintió esa conexión fina como un hilo que los unía; notó que sin querer contenía la respiración, como para no romperlo.

—Cuando está amenazada la propia salud, la propia vida, no se vuelve a ser ya la misma persona —murmuró.

—No —confirmó él con voz apagada—. Pero eso solo pueden entenderlo las personas que han estado en esa situación.

La curiosidad estalló a borbotones dentro de Audrey como si fuera una fuente. Quería saberlo todo sobre Robert.

—¿Tú también eres actor? Quiero decir, Connie es como una madre para los actores y la gente del cine...

—Sí, soy actor. Pero no demasiado conocido, me temo. Trabajé en *Flipper*.

—¡A mis hijos les encanta *Flipper*! —exclamó ella entusiasmada.

Él encogió los labios en una sonrisa, aunque casi pareció un gesto de dolor.

—Pero hace tiempo que no acepto ningún papel. Los últimos años han sido muy difíciles. —Se quedó callado y miró a la oscuridad. Audrey notó que trataba de evitar un tema doloroso y decidió no insistir. Durante un rato reinó el silencio, solo se oía el susurro de las hojas de las palmeras mecidas por el viento suave—. Mi mujer murió hace unos meses —confesó él al cabo de unos minutos, cuando ella ya contaba con que no dijera nada—. Tenía cáncer. La cuidé hasta el final.

Se volvió hacia él, y su corazón se abrió aún más a ese hombre encantador que parecía tan perdido.

—Lo siento mucho, Robert.

Entonces este pareció salir de golpe de su recogimiento y la puso en el foco de sus ojos azules, que detectaron también toda la tristeza que ella escondía.

—¿Y tú, Audrey? He leído que no vives con tu marido.

Audrey tragó saliva; era muy raro mantener una conversación tan íntima con alguien al que acababa de conocer unas horas antes. Pero había algo entre ellos, como si se conocieran desde hacía mucho tiempo.

—Estamos separados. Pero de algún modo todavía no he conseguido firmar los papeles. Es como si fuera algo definitivo. Era mi segundo matrimonio, y fracasó de forma tan estrepitosa como el primero.

—Probablemente no fuera el hombre adecuado para ti en ninguno de los dos casos —aseguró él sin más.

—No lo sé —murmuró ella—. Probablemente no. Las dos veces me comprometí de forma precipitada.

—Es mejor abordar las cosas despacio. —La miró con calma, y Audrey se preguntó si estaba hablando de ellos dos o solo lo interpretaba ella así. Pero luego Robert sonrió, y sus rasgos se iluminaron y perdieron algo de su tristeza, con lo que ella tuvo una cálida sensación. Hablaba de ellos dos. Audrey tenía cincuenta años y se alegraba como una quinceañera de haber encontrado a un hombre tan agradable y sensible.

Ambos se estremecieron cuando Connie abrió de pronto la puerta de la terraza y llegó hasta ellos como una brisa suave.

—¡Aquí estáis! ¿No queréis entrar con nosotros? Aquí hace mucho frío.

—Hemos estado hablando un poco aquí fuera —dijo Audrey a su amiga, y Robert sonrió asintiendo.

—Ajá. —La mirada experta de Connie pasó de uno a otro—. Bueno. Pero ahora deberíais entrar. Son casi las doce. ¡Empieza un nuevo año!

Se dejaron llevar al salón, donde hacía demasiado calor, y enseguida les pusieron sendas copas de champán en las manos. Los invitados estaban formando un semicírculo y cantaban «Auld Lang Syne» emocionados. Audrey y Robert estaban tan cerca que ella sintió el calor de su cuerpo, como si ardiera por dentro.

Jerry comenzó la cuenta atrás; luego el gran reloj de pie marcó la medianoche, y todos gritaron de alegría y se besaron y se desearon feliz año nuevo y brindaron con champán. Al mismo tiempo estallaron detrás de las colinas unos fuegos artificiales que cubrieron el cielo oscuro de luces brillantes y relámpagos rojos, azules y verdes.

Audrey sintió los labios de Robert en su mejilla. Su proximidad le resultó muy agradable, la envolvió como una manta protectora mientras le palpitaba el corazón de emoción.

—¡Feliz año nuevo! —le susurró él casi al oído—. ¡Por 1980! ¡Por que sea un buen año!

—Un buen año para los dos —dijo ella, pero sus palabras se perdieron en el bullicio alegre.

Robert le lanzó una sonrisa; parecía haberlo entendido a pesar de todo.

—¿Desayunamos mañana temprano? ¿En el Café Tulip? ¿Para intercambiar recuerdos de nuestra añorada Holanda?

Audrey asintió.

—Con mucho gusto.

Sabía que solo se iban a deleitar con sus recuerdos o a contarse las heridas que les había causado la vida. No iba a ocurrir nada más. Pero no le importaba. De pronto se sintió ligera y animada y tuvo la sensación de que tal vez la nueva década que comenzaba tuviera muchas cosas maravillosas preparadas para ella. Solo debía abordarlas despacio, como decía Robert.

A ella, Audrey Hepburn, la vida la había marcado en muchos sentidos, pero aún era lo suficientemente joven y curiosa como para aceptar agradecida todo lo que todavía pudiera llegar.

Connie puso un disco y sonó la música, «Crazy Little Thing Called Love», de Queen. Los invitados empezaron a bailar entusiasmados, y Robert se inclinó ante ella.

—¿Bailamos?

—Por supuesto. —Él la sujetó entre sus brazos y se movieron alegres y felices al compás de la música. Audrey sintió una felicidad profunda, callada. La esperanza de encontrarse a sí misma la inundaba cada vez más. Había intentado alcanzar las estrellas tantas veces en su vida... ¿Brillarían ahora por fin para ella?

Desde que el mundo existe, ha habido injusticia.
Pero es un solo mundo, sobre todo desde
que es más pequeño y accesible.
Es incuestionable que existe la obligación moral de que los
que tienen algo lo compartan con quienes no tienen nada.

AUDREY HEPBURN

EPÍLOGO

En el avión a Etiopía, marzo de 1988

La avioneta militar volaba entre las nubes densas. Por un momento, a través de las ventanillas solo se vio un blanco impenetrable. Los motores rugían con fuerza, prácticamente impedían mantener una conversación. Audrey y Robert, vestidos con camisa y pantalones gruesos y calzado rústico, iban sentados en los sacos de ayuda material, y los demás pasajeros, colaboradores de Unicef, como ellos, sobre sacos de arroz o directamente en el suelo.

Se dirigían a Etiopía, que en ese momento sufría una sequía devastadora. La habían preparado para las imágenes terribles y los encuentros con personas hambrientas a los que se iba a enfrentar, y estaba lista para afrontar toda la miseria que iba a presenciar.

—Va a ver niños deshidratados, niños con enfermedades incurables, niños moribundos... —le dijo uno de sus acompañantes, examinándola.

Ella asintió.

—Lo sé.

—¿Y está segura de que va a poder soportarlo?

—Sí. Tengo que poder. Tenemos que ayudar a esas personas, sencillamente debemos hacerlo.

Este era su primer viaje como embajadora especial de Unicef. Tras haber entrado en contacto casualmente con el trabajo de la organización humanitaria unos años antes, ahora tenía la idea de no abandonar nunca esa tarea, de dedicarse a algo realmente importante y útil al terminar su carrera. ¿Y qué lo era más que salvar al mayor número posible de niños pobres y hambrientos de todo el mundo? Tenía por delante un camino marcado por una línea muy clara: de niña se había beneficiado de la ayuda humanitaria que la había salvado de morir de hambre. No había olvidado que, al finalizar la guerra, fue con sus hermanos a recoger alimentos y medicinas en su antigua escuela. Ya entonces se quedó profundamente impresionada por la labor de la organización.

Y después de años de fama y esplendor le parecía que lo más natural era aprovechar su popularidad para llamar la atención de la sociedad sobre la pobreza en el mundo.

Había recibido mucho bien y mucho amor a lo largo de su vida, y quería devolver algo de ello a las personas que no habían tenido la misma suerte que ella.

Unos días antes había presentado la solicitud como embajadora especial, y la tarde anterior le habían comunicado por teléfono que había un avión preparado para llevarla a Etiopía.

Robert le apretó la mano, pues notaba su agitación. Hacía años que estaba día tras día a su lado.

—¿Qué carta es esa que has guardado en la mochila? —le preguntó, señalando un sobre que ella había cogido del buzón de La Paisible en el último momento antes de salir, y que había guardado porque no sabía qué hacer con él.

—Bah, nada importante —respondió haciendo un gesto de rechazo. Miró los ojos azules de Robert y de nuevo sintió, como siempre, esa sensación abrumadora de amor y seguridad—. Gracias por acompañarme, Rob.

—Es lo más natural —dijo él.

—No, no lo es. Te quiero porque me apoyas en todo de forma incondicional.

—Siempre —corroboró, y la besó con suavidad en los labios—. No podría soportar estar una semana sin ti.

Después de conocerse aquella Nochevieja en la fiesta de Connie mantuvieron el contacto. Al principio su relación fue meramente amistosa, ya que él todavía trataba de superar la muerte de su mujer. Audrey ya se había enamorado, pero le dio tiempo y esperó. Sin embargo, a medida que pasaron los meses, Robert se dio cuenta de lo mucho que ella significaba para él. No fue un amor tormentoso que les hiciera perder la cabeza desde el principio; fue más bien algo que creció lentamente y, tal vez por eso, más profundo.

Vivían juntos en La Paisible desde hacía años. Llevaban una vida tranquila, apacible, como le gustaba a Audrey. Él la había ayudado a educar a Luca y había estado a su lado en los días duros, hacía cuatro años, cuando Ella sufrió un segundo ictus y falleció. En ese momento ella sintió que su mundo se desmoronaba, pero Robert la ayudó a superarlo.

En los últimos años apenas habían pasado un día separados. Él era un compañero cariñoso en todas las situaciones de la vida, sensato y prudente, cualidades que sus dos exmaridos no tenían.

La avioneta dio un bote, y ella le agarró la mano con fuerza. Sus mochilas se volcaron y la carta que asomaba quedó más a la vista.

—¿Qué pone ahí? —volvió a preguntar Robert.

Audrey sonrió.

—Tú no eras un cotilla, ¿no? Para tranquilizarte: se trata solo de una oferta.

—Hace una eternidad que no ruedas una película, y ahora tienes una nueva misión. ¿No estaba eso claro? —preguntó él divertido.

Audrey se rio.

—No es una oferta para rodar una película, sino para escribir una biografía. Una editorial me ofrece escribir un libro sobre mi vida con la ayuda de un escritor fantasma.

Robert la miró sorprendido.

—¿Y eso? ¿Vas a aceptar la oferta?

Audrey encogió los hombros y miró las densas montañas de nubes por la diminuta ventanilla.

—Claro que no. ¿Una biografía sobre mí? ¿Hay algo interesante que escribir sobre mí? En mi vida no ha habido escándalos grandes. He trabajado mucho, he criado a dos hijos y a los cincuenta he encontrado el amor de mi vida. No hay nada espectacular. No merece la pena escribir un libro sobre mí.

Robert la miró incrédulo; luego se echó a reír y la besó con ternura.

NOTA FINAL...

Audrey trabajó hasta su muerte para combatir la pobreza y el hambre y viajó incansablemente por todo el mundo. En su último viaje a una Somalia sacudida por la guerra civil, que se convirtió en su infierno personal (sostuvo a niños moribundos en los brazos), sintió algunas molestias. De vuelta a casa le confirmaron que padecía un cáncer incurable. Le quedaban unos meses de vida.

En 1992 pasó sus últimas Navidades en La Paisible, en compañía de sus queridos hijos y de Robert. Pocos días antes se había despedido para siempre de Connie en América, a donde se trasladó para someterse a un tratamiento que no tuvo éxito.

Para la última despedida, Robert reunió a las personas más importantes para Audrey, entre otras Hubert Givenchy, su fiel amigo de toda la vida. Mel Ferrer y Andrea Dotti acudieron para acompañar a sus hijos.

El 20 de enero de 1993 Audrey Hepburn murió a los sesenta y tres años.

Su obra (sus películas y su trabajo como embajadora especial de Unicef) quedará siempre en nuestra memoria.

... Y UNAS PALABRAS PERSONALES PARA ACABAR

Antes de oír hablar de Audrey Hepburn yo ya conocía a Mel Ferrer. En los años ochenta ponían en el canal ARD la serie americana *Falcon Crest*. De pequeña pasaba las noches de los martes con mi abuela, y juntas veíamos las intrigas en torno a la familia Channing, cuyo abogado, Phillip Erickson, era Mel Ferrer.

A ella la conocí más tarde. Me fascinó de inmediato. Me encantaron su personalidad, su elegancia, su discreción y su sensibilidad. Yo, que nací muchas décadas después y crecí con un tipo de películas totalmente diferentes, desarrollé una predilección impensable por las películas antiguas de Audrey, especialmente las de los años cincuenta y sesenta, que sorprenden por sus numerosos juegos de palabras y sus situaciones cómicas. Sus valores y su carácter la convirtieron en la protagonista ideal de esta obra.

El libro se convirtió en un proyecto personal. Me sumergí por completo en el siglo pasado para comprender mejor la vida de Audrey. Por desgracia, he tenido que abreviar o suprimir algunos aspectos para no superar los límites. Para trabajar en este manuscrito me he basado en investigaciones extensas y me he orientado por la vida real de Audrey como mejor he podido; espero que sus grandes admiradores sepan perdonar las posibles pequeñas desviaciones en favor de la fluidez de la lectura.

Agradezco a mi editora, Pascalina Murrone, de la editorial Ullstein, su gran apoyo durante meses y su colaboración en todos los aspectos de este libro. ¡Gracias por todo!

Gracias a mi querido marido por su ayuda infatigable, sobre todo en los aspectos técnicos y nerviosos.

Inolvidables serán nuestras tardes de cine en familia los sábados, en las que hemos visto todas las películas de Audrey Hepburn disponibles. Mi hija de diez años se ha convertido en toda una experta en ella. Al comienzo de cada película preguntaba siempre: «¿Se enamora Audrey en esta película?».

A propósito de películas... Sigo buscando esa «desaparecida» que rodaron Audrey y Mel, *Mayerling*, de 1957. Si alguien conoce algún distribuidor agradecería la ayuda...

Este libro se publicó
en mayo de 2022.

«Para viajar lejos no hay mejor nave que un libro.»
EMILY DICKINSON

Gracias por tu lectura de este libro.

En **penguinlibros.club** encontrarás las mejores
recomendaciones de lectura.

Únete a nuestra comunidad y viaja con nosotros.

penguinlibros.club

 penguinlibros